DÄMMERUNG

SCHICKSALSWEGE-TRILOGIE
BUCH 2

JEN L. GREY

Knurren, Wimmern, der Gestank von Blut und Dunkelheit umgaben mich, während schreckliche Qualen in mir wüteten. Der Schmerz war allumfassend, während meine Wolfsmagie erwachte und dadurch alle meine Empfindungen überwältigend wurden.

So musste es sich anfühlen, in einem Stück verschluckt zu werden.

Starke Arme drehten mich auf den Rücken und schoben sich dann unter meine Beine und meinen Kopf. Als Bodey mich vom Boden aufhob, spürte ich das Summen unsere Schicksalsverbindung direkt in meine Seele.

Ich war etwa sechs Meter von den königlichen Beratern und Samuel entfernt gewesen, um der Krönung unseres neuen Königs beizuwohnen. Dina, die königliche Priesterin, hatte in ihrem weißen Priesterinnenkleid am Rande des Snake Rivers gestanden, Samuel auf der Böschung vor ihr und die zehn anderen Hexen des königlichen Hexenzirkels etwas tiefer im Wasser hinter ihnen. Der blaue Himmel, die hochstehende Sonne und die wunderschöne Kulisse des Hells Canyons hatte die Szene irgendwie vertraut erscheinen lassen. Die Zeremonie ... mit der magischen Tinte, die über Dinas Kopf geschwebt hatte, bereit, den nächsten Herrscher der Nordwestwölfe zu markieren, hätte atemberaubend werden sollen ... aber natürlich waren wir angegriffen worden.

Als Bodey mich an seine Brust drückte, atmete ich seinen zimtigen Sandelholzduft ein und versuchte, den Geruch von Blut aus meiner Nase zu verdrängen. Trotz der Gefahr, in der wir schwebten, fühlte ich mich in seinen Armen sicher. Ich zweifelte nicht daran, dass er mich beschützen würde, und ich hasste es, dass ich den Gefallen nicht erwidern konnte, aber mein Körper war wie erstarrt. Ich konnte spüren, wie er die Verbindung zu mir aufnahm.

Ich werde dich hier rausholen. Das verspreche ich.

Ich wollte ihm sagen, er solle sich keine Sorgen um mich machen, er solle sich selbst retten, aber ich schaffte es nicht einmal, die Worte in meinem Kopf zu bilden. In meinem Körper pulsierte die Magie so stark, dass ich das Gefühl hatte, zu implodieren, und der brennende Schmerz in meiner Brust und in meinem Hals schien jede Sekunde stärker zu werden. Alles, was ich tun konnte, war, dem brutalen Kampf zuzuhören, der um uns herum entbrannte.

»Wir müssen sie hier rausbringen«, sagte Janet. »Wir alle vier, wenn es sein muss. Sie muss unter allen Umständen beschützt werden.«

Der Schmerz durchzog noch immer die Verbindung, die ich mit Bodey teilte, und erinnerte mich daran, dass auch er verletzt war und mich trug.

Mom, diesen beiden kann man nicht trauen, sagte Bodey und bezog mich in das Gespräch mit ein.

Unsere Schicksalsverbindung verstärkte sich noch mehr, als meine Verbindung zu Janet in meiner Brust aufflammte. Ich konzentrierte mich jedoch voll und ganz auf Bodey. Das

Summen zwischen uns linderte meine Qualen ein wenig und erlaubte meiner Wolfsmagie, mit dem Schmerz zu verschmelzen.

Ich verstehe, mein Sohn. Aber die beiden sorgen sich ebenfalls um sie, auch wenn sie fehlgeleitet sind. Wir brauchen ihre Hilfe, aber wir werden bei ihr bleiben und dafür sorgen, dass sie in Sicherheit ist. Die Wärme ihrer Zuneigung sickerte durch unsere Rudelverbindung, als sie fortfuhr: *Sie ist jetzt auch meine Tochter und gehört zur Familie.*

»Ich übernehme die Führung«, knurrte Theo. »So kann ich nach möglichen Bedrohungen Ausschau halten – es sei denn, du willst, dass ich sie trage.«

»Du wirst sie *auf keinen Fall* anfassen«, knurrte Bodey, und seine Brust vibrierte gegen meinen Kopf. »Übernimm einfach die verdammte Führung.«

»Hört sofort auf, ihr zwei«, schnauzte Stevie. »Wir müssen von hier verschwinden.«

Ich erwartete weitere bissige Bemerkungen, aber stattdessen lief Bodey los, und drei Paar Füße folgten uns.

Während wir uns bewegten, blies die kalte Brise des späten Idaho-Februars über meine Haut, die ein starker Kontrast zu der Wärme war, die in meiner Brust aufstieg. Das Gefühl war ähnlich wie das von letzter Nacht, als ich die mehr als zweihundert Rudelmitglieder in meiner Brust gespürt hatte, nachdem Bodey und ich unsere Schicksalsverbindung besiegelt hatten und ich Teil seines Rudels geworden war. Diese Wärme fühlte sich fast genauso an, aber statt zweihundert Stellen spürte ich tausende, während der Schmerz in meinem Nacken und meiner Brust noch stärker brannte.

Bodey stöhnte, und ich spürte, wie sein Unbehagen ebenfalls zunahm.

Langsam schaffte ich es wieder, freier zu atmen und sogar die Augen zu öffnen.

Ich hatte mit Dunkelheit gerechnet, aber ich sah nur das wunderschöne Gesicht meines Gefährten.

Er hatte die Zähne fest zusammengebissen, seine normalerweise indigoblauen Augen waren fast schwarz vor Angst, Schmerz und Sorge. Sein zerzaustes, kastanienbraunes Haar hing ihm ins Gesicht und berührte die Spitzen seiner schwarzen Wimpern. Er war glattrasiert und trug immer noch seinen dunklen Anzug, den er für die Krönung ausgewählt hatte. Ich vermisste seinen 3-Tage-Bart, aber er würde schnell genug nachwachsen.

Selbst in einer Situation wie dieser raubte er mir den Atem und ließ mein Herz schneller klopfen.

Als er seinen Blick senkte, um mich anzusehen, wich ein Teil der Anspannung aus seinem Gesicht.

Du hast die Augen geöffnet, sagte er über unsere Gedankenverbindung. *Ich dachte, als dein Herz ... ich dachte ...*

Ich kann allmählich besser mit den Schmerzen umgehen. Weniger wurden sie leider nicht, aber mittlerweile war ich in der Lage, sie zu ertragen. Meine erst kürzlich gebrochenen Rippen waren nichts im Vergleich zu dem, was ich jetzt durchlebte. Es fühlte sich so an, als hätte man mir die Kehle und meinen Brustkorb aufgerissen.

Ich blinzelte ein paar Mal und versuchte, meine Augen an das Licht zu gewöhnen. Es war tageshell, und ich verstand nicht, woher die Dunkelheit gekommen war. Was zum Teufel war denn nur passiert?

Es war eine Frage, die man auf viele Dinge beziehen konnte und ich war mir selbst nicht sicher, worauf ich mich bezog – die Dunkelheit, die schwebende Tinte, die angreifenden Wölfe oder Zeke, der sie angeschrien hatte, *mich* nicht anzugreifen.

Dann zog sich meine Brust zusammen. *Samuel!* Wir hatten den König zurückgelassen.

Es geht ihm gut, und die Tinte hat ihr Ziel erreicht, gerade als die unbekannten Wölfe angegriffen haben, antwortete Bodey und lief weiter. Er schwenkte nach links aus, um einer Tanne auszuweichen.

Als ich den Hals reckte, sah ich, wie Stevie auf der anderen Seite des Baumes vorbeilief, bevor sie wieder zu uns stieß. Einige Strähnen ihres blonden Haares waren aus ihrem Zopf entkommen, und ihre dunkelbraunen Augen waren nach vorn gerichtet. Ihr rosa Pyjamaoberteil hatte Risse, die vor meinem Sturz noch nicht da gewesen waren.

Meine Kehle schnürte sich zusammen, und das Blut in meinen Adern begann zu kochen. Sie könnte die Person sein, die verantwortlich für dieses Chaos war. *Wo ist Theo? Sollte er nicht ein Auge auf sie haben?*

Er ist uns voraus und hält nach Bedrohungen Ausschau. Bodey verdrehte die Augen. *Ich hoffe, ein Wolf schnappt ihn. Er wäre ein annehmbares Opfer, wenn es dir, Mom, Stevie und mir erlauben würde, zu entkommen.*

Ich stieß ein leises Lachen aus, was den Schmerz jedoch nur noch verstärkte, weshalb ich es unterdrückte. Ich musste im Delirium sein, um das lustig zu finden. Theo war zwar nicht perfekt, aber mit einem Vater wie seinem war das nur nachvollziehbar. Zeke hatte eine bestimmte Art, seine Rudelmitglieder zu zwingen, seinen Anweisungen zu folgen, auch wenn das bedeutete, ein sechsjähriges Mädchen zu verletzen, um seinem Sohn etwas klarzumachen.

Die Schmerzen ließen nach, und meine Lunge funktionierte immer besser. Da Bodey mich tragen musste, waren wir viel zu langsam. *Du kannst mich jetzt absetzen. Ich bin bereit, zu laufen.*

Er schüttelte den Kopf und hielt nicht einmal inne. *Du hast immer noch Schmerzen. Das spüre ich.*

Genau wie du. Ich hob mein Kinn, wobei die Geste nicht

ganz so wirkungsvoll war, wie ich gehofft hatte, da ich mich anschließend an seine muskulöse Brust lehnte.

Ich bin deinetwegen nicht langsamer. Ich konnte seinen Ärger spüren, als sich ein anderer Mann gedanklich verband. *Zehn Wölfe sind auf dem Weg zu den Autos der Berater.*

In meinem Magen bildete sich ein Knoten.

Du musst mich loslassen. Falls noch mehr Wölfe kamen, mussten wir uns auf einen Kampf vorbereiten. »Wir müssen uns alle verwandeln.«

Stevies Kopf zuckte in meine Richtung. »Du kannst dich nicht verwandeln. Dir ist Fell gewachsen, aber dann ist es verschwunden.«

Ihre Worte waren wie ein Schlag in die Magengrube.

»Sie hatte *schreckliche* Schmerzen«, schnauzte Bodey, und die Haut um seine Augen spannte sich an. »Hast du jemals versucht, dich zu verwandeln, während du dachtest, du würdest sterben?«

Stevie stolperte über ihre Füße, was ungewöhnlich war, da der Boden hier größtenteils flach war. »Sie dachte, sie würde *sterben?* Woher willst du das wissen?«

»Weil sie Gefährten sind«, sagte Janet, die auf der anderen Seite neben Bodey lief. Ich konnte sie jedoch nicht sehen, da sie dort war, wo meine Beine von Bodeys Armen hingen.

Stevie keuchte.

Wir hatten jetzt wirklich keine Zeit für so etwas.

Babe, bitte. Ich hasste es, zu betteln, aber ich wollte nicht gegen ihn ankämpfen und uns dadurch noch mehr aufhalten. *Du bist vielleicht nicht viel langsamer mit mir, aber wir könnten noch schneller sein, wenn wir uns alle verwandeln.*

Er warf mir einen finsteren Blick zu, bremste aber ab. Ich spürte, dass er mich nicht absetzen wollte, aber die logische

Seite in ihm wusste, dass ich recht hatte. Vorsichtig stellte er meine Füße auf den Boden.

Kurz erwartete ich, dass sich die Welt drehen würde, aber das tat sie nicht. Wenn überhaupt, konnte ich sie noch besser sehen – sogar die einzelnen Tannennadeln auf den Bäumen, die etwa hundert Meter von mir entfernt waren. Diese Sehstärke war ein wenig beunruhigend.

Bodeys Augen huschten zu meinem Hals und meiner Brust. Ich wollte ihn gerade fragen, warum, aber da hörte ich das Stapfen der Pfoten der zehn fremden Wölfe hinter uns.

»Sie kommen immer näher.« Ich hasste es, dass ich der Grund dafür war. Aufgrund meines Zusammenbruchs hatte ich Samuel nicht nur angreifbar gemacht, sondern uns auch gefährlich verlangsamt, auch wenn Bodey das nicht zugeben wollte.

Theo drehte sich um und runzelte die Stirn. Er hatte sich sein karamellbraunes Haar mit Gel zurückgekämmt, wahrscheinlich wollte er passend zum schwarzen Anzug, den er trug, elegant aussehen. Aber er hatte den ganzen Tag daran herumgezerrt, weswegen es jetzt ein schwitziges Durcheinander war. Seine topasfarbenen Augen verengten sich. »Ich höre nichts. Von welchen Wölfen redest du?«

»Jemand aus Lucas' Rudel hat uns informiert, dass zehn Wölfe gerade in diese Richtung unterwegs sind.« Bodey nickte in die entgegengesetzte Richtung. »Wenn Callie sagt, dass sie sie hört, dann tut sie das auch. Du solltest es besser wissen, als sie infrage zu stellen.«

Ich lächelte. Mich infrage zu stellen und mich zu ignorieren waren zwei Dinge, die mein altes Rudel immer getan hatte, ganz im Gegensatz zu Bodey.

Dann erst realisierte ich, was hier gerade geschah. Warum hatte *ich* Lucas' Rudelmitglied in meinem Kopf gehört?

»Ihre Brust.« Janet legte eine Hand auf ihren Mund,

während ihre indigoblauen Augen immer größer wurden. Die Sonne brachte ihr erdbeerblondes Haar zum Leuchten, und sie sah aus wie ein Engel, obwohl der Rock ihres königsblauen Neckholderkleides an einer Seite zerrissen war.

»Deshalb werden wir uns jetzt verwandeln und so schnell rennen, wie wir können.« Bodey zog seine Jacke aus und warf sie auf den Boden.

Ich war mir nicht sicher, was meine Brust mit all dem zu tun hatte, aber das konnte ich später noch erfragen. Meine Wölfin heulte bereits in meinem Kopf. Sie wusste, wie brenzlig die Lage war. »Aber so können wir nicht kommunizieren.«

»Das werden wir schon schaffen. Wir werden unseren Gegenangriff planen können«, versicherte mir Bodey, der mich mit ernstem Gesichtsausdruck anschaute. *Ich verspreche es.*

Ich glaubte ihm und ließ zu, dass meine Wölfin die Kontrolle übernahm. Meine Haut kribbelte, als sie mit meinem Geist verschmolz. Es fühlte sich ganz anders an als beim ersten Mal, als wir eher nebeneinander zu existieren schienen. Diesmal wurden sogar unsere Geister eins. Ich blickte an mir herunter und betrachtete ein letztes Mal mein geliehenes Kleid. Das schwarze, trägerlose Oberteil und der fuchsiafarbene Rock waren wunderschön, und jetzt würde ich beides ruinieren, aber ich hatte keine Zeit, mich auszuziehen. Die Wölfe kamen immer näher.

»Jetzt höre ich sie auch.« Stevies Unterlippe zitterte. »Wir müssen *sie* von hier wegbringen.«

Warum waren alle so sehr auf mich konzentriert? Wir mussten uns um Samuel kümmern!

Wenn wir Stevie und Janet in Sicherheit gebracht hatten, dann könnten Bodey und ich ihn holen.

Stevies Sorge machte mich wütend. Sie hatte der Königin

des Südwestens geholfen und mich angefleht, heute nicht zur Krönung zu gehen. Anstatt mir die Wahrheit zu sagen, war sie mir hierher gefolgt, für den Fall, dass ein Angriff stattfinden sollte.

In Sekundenschnelle war ich auf allen Vieren. Außer einem Ziehen in der Brust und im Nacken, die Stellen, an denen ich auch in meinem menschlichen Körper Schmerzen gehabt hatte, spürte ich kein Unbehagen.

Die anderen vier folgten meinem Beispiel, und ich war nicht überrascht, als Stevie als Letzte die Verwandlung beendete; sie war die Schwächste von uns.

Die anderen Wölfe würden in wenigen Sekunden hier sein. Wir mussten so nah wie möglich an die Autos herankommen und sicherstellen, dass Stella und alle anderen sicher zu ihren Fahrzeugen kamen.

Ich lief los und vermutete schon, dass ich die Langsamste sein würde, aber bereits nach hundert Metern war Bodey der einzige Wolf neben mir.

Warum halten die anderen sich zurück? Die ankommenden Wölfe teilten sich auf, was mir einen Schauer über den Rücken jagte. Ich konnte hören, wie je fünf von ihnen auf je eine Seite von uns verteilten.

Bodey sah mich an und keuchte. *Das tun sie nicht. Du bist jetzt nur viel stärker.*

Da ich genau wusste, wie es sich anfühlte, zurückzubleiben, drosselte ich mein Tempo. Ich weigerte mich, sie unverteidigt zurückzulassen.

Sie sind hier, sagte ich zu meinem Gefährten und ich fing an, vor Anspannung zu zittern. Fünf der Wölfe tauchten vor Bodey und mir auf, während die anderen fünf hinter Janet und Stevie herliefen. Natürlich war Theo in der Mitte unserer Gruppe und nicht hinten, um die anderen zu beschützen.

Die gegnerischen Wölfe bildeten einen Kreis um uns. Sie kesselten uns ein, und ich knurrte und kauerte mich zusammen. Obwohl ich noch nie in meiner Wolfsgestalt gekämpft hatte, wusste ich, dass ich einfach meinen Instinkten vertrauen musste. In jedem von uns war das Kämpfen tief verankert.

Wir sollten auch einen Kreis bilden, sagte ich durch die Gedankenverbindung und ging auf die anderen drei zu. Wir mussten einander den Rücken freihalten ... im wahrsten Sinne des Wortes.

Callie? Stevies Stimme tauchte in meinem Kopf auf.

Eine Sekunde lang schwankte ich und meine Beine drohten unter mir nachzugeben. Das sollte nicht möglich sein. Stevie sollte mich gar nicht erreichen können.

Eine schwarze Wölfin vor mir neigte den Kopf. Ihre ebenholzfarbenen Augen musterten mich und untersuchten meine Brust, bevor sie den Kopf wieder hob.

Hört auf Callie, befahl Bodey, der mir folgte.

Das tun wir, antwortete Theo.

Ich schüttelte den Kopf. Das musste ein Traum sein ... oder ein Albtraum. Der Angriff während der Krönung, der Schmerz, die Verwandlung und jetzt das Gespräch mit zwei Personen, zu denen ich noch nie eine Verbindung hatte herstellen können, all das machte mich sprachlos.

Was machen wir jetzt?, fragte Janet in dem Moment, als sich unsere fünf Hinterteile berührten.

Das war eine berechtigte Frage.

Lasst euch nicht zu stark verletzen. Bodey fletschte seine Zähne. *Ich werde dich und Callie beschützen.*

Als ich unsere Gegner musterte, bemerkte ich, dass die beiden vor mir, die schwarze Wölfin und ein hellgrauer Wolf, auf Bodey fixiert zu sein schienen, aber bevor ich etwas sagen konnte, griffen sie bereits an.

Sofort stürzte ich mich auf sie. Ich würde auf keinen Fall zulassen, dass sie meinen Gefährten verletzten.

So schnell ich konnte, bohrte ich meine Krallen in die Schulter der schwarzen Wölfin, während ich meinen Körper gegen den hellgrauen Wolf rammte.

Der hellgraue Wolf stolperte mit einem lauten Kläffen zurück, als hätte ich ihn überrascht, aber die Wölfin bereitete sich auf einen neuen Angriff vor. Speichel tropfte von ihren Zähnen, während sie sich auf mich zubewegte.

Gut. *Dann zeig mir mal, was du kannst, Schlampe.* Ich würde alles tun, um ihre Aufmerksamkeit von Bodey abzulenken.

Als die schwarze Wölfin angriff, warf sich der hellgraue Wolf in ihre Seite. Ich schluckte und versuchte zu verstehen, was zum Teufel gerade passiert war. Der hellgraue Wolf hatte mich beschützt, aber das ergab überhaupt keinen Sinn.

Ich nahm mir einen Moment Zeit und sah, wie Bodey mit drei Wölfen gleichzeitig kämpfte.

Wenn meine beiden Wölfe ihn angegriffen hätten, wären sie zu fünft gewesen. Warum hatten sie es auf ihn abgesehen?

Vermutlich, weil er einer von Samuels Verbündeten war.

Beschütze Stevie und Janet, sagte ich Theo über die Verbindung. Ich war bereit, die Sache *jetzt* zu beenden.

Eine kastanienbraune Wölfin stürzte sich auf die drei Wölfe, die Bodey angriffen. Mein Gefährte hatte sich gerade auf die Hinterbeine gestellt und kämpfte mit seinen Vorderpfoten gegen die drei anderen Wölfe an, als die Wölfin sich unter ihre Kameraden duckte. Sie wollte ihn von unten angreifen.

Nein.

Ich stürmte vorwärts. Der Wölfin schnappte, zielte auf den Bauch meines Gefährten und traf stattdessen meinen Hals. Ich stürzte mich auf sie und stieß sie in zwei der anderen Wölfe, die Bodey angriffen. Sie fielen zurück, während die Wölfin und ich übereinander stürzten.

Callie! Bodey verband sich mit mir, bevor das Geräusch von reißender Haut die Luft erfüllte.

Ich spürte Bodeys Schmerz, als es mir gelang, mich auf die kastanienbraune Wölfin zu rollen und meine Zähne in ihrem Nacken zu versenken.

Ein anderer Wolf sprang auf mich zu und tötete die kastanienbraune Wölfin, indem er mich mit seinem Manöver dazu zwang, ihr die Kehle herauszureißen. Ich landete hart auf der Seite, Dreck wirbelte auf. Meine Augen brannten, als der schiefergraue Wolf in meinen rechten oberen Vorderlauf biss.

Mit meiner linken Pfote schlug ich nach seinem Gesicht und meine Krallen gruben sich in seine Augen und seine Schnauze.

Babe. Bodey klang gebrochen und ich konnte seine Angst nun deutlich spüren.

Der Wolf jaulte und ließ mich los. Er trat ein paar Schritte zurück, sein Blut tropfte auf den Boden.

Bodey musste sich auf seinen eigenen Kampf konzentrieren, also verband ich mich schnell mit ihm. *Es geht mir gut. Es ist nur ein Biss.*

Es ist nicht nur ein Biss, zischte er.

Ich habe ihn schlimmer verletzt als er mich. Das musste doch etwas zählen ... zumindest wollte ich so tun.

Den stechenden Schmerz ignorierend, sprang ich auf und stürzte mich auf die verletzte Seite des schiefergrauen Wolfs. Er hatte keine Möglichkeit, meinen Angriff vorherzusehen.

Ich biss ihm in den Nacken, wollte ihn aber nicht töten. Wir brauchten mindestens einen gegnerischen Wolf lebend, damit wir ihn verhören konnten. Ich würde versuchen, ihn bewusstlos zu schlagen oder so zu verletzen, dass er sich nicht mehr wehren konnte.

Der Wolf wimmerte, als ich rechts von mir schwarzes Fell erblickte.

Die schwarze Wölfin musste den anderen entkommen sein.

Sie versuchte, sich an mich heranzuschleichen, aber es war zu spät. Sobald sie in der Nähe war, sprang ich beiseite und die Zähne der schwarzen Wölfin bohrten sich in den Hals des schiefergrauen Wolfes, fast an der gleichen Stelle, an der ich zugebissen hatte.

Schnell rollte ich mich auf den Rücken und versenkte meine Zähne in den Bauch der Wölfin. Ich biss tief und fest zu, und sie jaulte. Als ich sie losließ, zeigte ein klaffendes Loch einen Teil ihrer Eingeweide.

Galle brannte in meiner Kehle, aber als ich Bodeys Schmerz durch unsere Verbindung spürte, drehte ich mich um.

Als ich ihn erblickte, schien meine ganze Welt stehenzubleiben. Drei Wölfe waren auf Bodeys Rücken gestiegen und ein brauner Wolf stand vor meinem Gefährten, bereit, ihm die Kehle herauszureißen.

KAPITEL ZWEI

Ich sprang auf den braunen Wolf zu, Bodeys Schmerz und Angst wüteten wie ein Sturm in mir.

Als der Wolf angriff, biss ich in seinen Schwanz und grub meine Krallen in sein Hinterteil, um ihn zu Boden zu drücken. Sein Kiefer schloss sich nur wenige Millimeter vor dem Hals meines Gefährten, bevor er zusammenbrach.

Den Wölfen aus dem Südwesten war es gelungen, unseren Kreis zu durchbrechen, sodass Bodey von allen Seiten angegriffen werden konnte. Heiße Wut kochte in mir hoch. Ich trug eine Mitschulddaran, dass wir ihn verwundbar gemacht hatten.

Ich nutzte die Wärme in meiner Brust und verband mich mit allem und jedem, den ich finden konnte. *Die Wölfe hier konzentrieren sich auf Bodey. Samuel und Bodey müssen beide beschützt werden.*

Sie konzentrieren sich auf Bodey?, fragte Jack überrascht. *Nicht auf dich?*

Nein, nicht auf mich. Irgendetwas Seltsames ging hier vor sich, aber jetzt war nicht die Zeit, um länger darüber nachzudenken.

Der hellbraune Wolf stieß mit seinen Hinterbeinen gegen meine und schlug mir die Pfoten unter den Beinen weg. Ich biss noch fester in seinen Schwanz, wobei mir das Blut die Kehle und Brust hinunterlief.

Beschützt Samuel und Callie, warf Bodey ein, als der Schmerz unsere Schicksalsverbindung durchdrang. *Ich komme schon klar.*

Sie greifen weder mich noch sonst jemanden hier an. Nur Bodey. Ich wollte nicht, dass er zum Märtyrer wurde. Ich brauchte ihn ... mehr als alles andere auf der Welt.

Plötzlich meldete sich Stella. *Ich habe die Mütter ins Auto gebracht und die Schlüssel bei ihnen gelassen. Ich werde bald da sein, um zu helfen.*

Ich krallte mich in den Rücken des braunen Wolfes und zog daran. Er heulte gequält auf.

Nein, bleib am Auto, sagte Miles. *Ich werde zu ihnen gehen.*

Dann unterbrachen sie die Verbindung und unterhielten sich wahrscheinlich privat. Ich brauchte es nicht zu hören, um zu wissen, wie das Gespräch verlief.

Der hellbraune Wolf rollte sich auf den Rücken und drückte mich auf den Boden.

Callie hat recht, sagte nun Janet, *Bodey ist eindeutig das Ziel.* Aus dem Augenwinkel sah ich, wie sie auf einen marmorgrauen Wolf sprang und versuchte, ihn von Bodeys Rücken zu stoßen.

Das Gewicht des braunen Wolfes erdrückte mich, und ich konnte nicht mehr atmen. Mit aller Kraft versuchte ich, ihn von mir runter zu schieben, ohne zu erwarten, dass es wirklich funktionieren würde.

Plötzlich flog der hellbraune Wolf von mir weg und prallte gegen eine Tanne. Als der Kopf des Wolfes dagegen schlug, hörte ich ein widerliches *Knacken* und dann einen dumpfen Aufprall, als sein Körper auf dem Boden aufschlug.

Kurzzeitig konnte ich mich nicht bewegen. Dann erinnerte ich mich an meinen Gefährten.

Schnell drehte ich mich zu Bodey, der jetzt mit zwei Wölfen kämpfte. Mein Herz schlug mir bis zum Hals, als ich sah, in welchem Zustand er war. Sein dunkles Fell war von dunklen, feuchten Flecken durchzogen, die sich an seinen Seiten und auf seinem Rücken ausbreiteten.

Diese Arschlöcher würden sterben.

Als ich auf ihn zustürmte, versuchte ein weiterer grauer Wolf, sich von hinten in den Kampf zu schleichen, wobei seine Augen auf den Rücken meines Gefährten gerichtet waren.

Hoffentlich würde meine neu gewonnene Macht jetzt nicht schwinden. Ich ging in die Hocke, sprang hoch und warf mich vor Bodeys Körper. Mein verletztes Bein schmerzte und die Luft zerzauste mein Fell, als ich fiel.

Diesmal war das Glück auf meiner Seite, und ich landete direkt hinter ihm, dem grauen Wolf gegenüber. Seine dunklen Augen weiteten sich überrascht, und ich versenkte meine Zähne in seiner Kehle. Blut füllte mein Maul, und ich erlaubte meiner Wölfin, die Kontrolle zu übernehmen, riss meinen Kopf zur Seite und tötete einen weiteren Widersacher.

Der Wolf, der Theo und Stevie angriff, schlug nach ihnen, als wollte er sie ablenken. Er war nicht aggressiv, sondern schien Stevie zu benutzen, um Theo daran zu hindern, anzugreifen und sich zwischen den beiden zu halten. Er spielte mit ihnen.

Das Geräusch anderer Wölfe, die sich näherten, verursachte einen Kloß in meinem Hals. Sie kamen aus der gleichen Richtung wie die ersten zehn, was bedeutete, dass es höchstwahrscheinlich gegnerische Wölfe waren. Ich musste meinem Gefährten *jetzt* helfen.

Janet riss dem Wolf, gegen den sie gekämpft hatte, die Kehle heraus.

Hilf Theo, befahl ich, während ich mich bewegte, um den Angriff einer aschgrauen Wölfin abzufangen, die meinem Gefährten in die Seite fallen wollte.

Callie! Bodey jaulte auf, als sich die Krallen der Wölfin in meine Brust bohrten.

Kämpfe du gegen den anderen, sagte ich zu Bodey, der aufstöhnte, als wir zusammenstießen.

Dann endlich meldete sich Samuel. *Wir sind auf dem Weg.*

Die aschgraue Wölfin knurrte und stürzte sich auf mich. Ich ließ mich zu Boden fallen, drehte mich um und sie versuchte, ihren Sprung abzufangen. Ich hob alle vier Pfoten und zog meine Krallen über ihren Bauch, als sie über mich flog. Blut spritzte und durchtränkte mein helles Fell.

Sie stieß einen erstickten Schrei aus, als sie zu Boden stürzte. Ihre Eingeweide hingen aus der Wunde, die ich ihr zugefügt hatte.

Als ich mich aufsetzte, sah ich, wie Stellas dunkle Wölfin auf Bodeys anderen Angreifer zustürzte. Kurz darauf hatte sie dem Wolf ebenfalls die Kehle herausgerissen.

Mein Gefährte sackte zu Boden.

Nein. Er kann nicht tot sein. Nicht *er.*

Ich stürzte zu ihm hinüber und stupste ihn an. *Babe?*

Ich komme schon klar, erwiderte er und stupste mich ebenfalls an. *Du solltest dich auf den Kampf konzentrieren.*

Ein Schauer lief mir über den Rücken, als ich mich den neuen Wölfen zuwandte, die sich uns näherten. Ich wusste, dass es keine Wölfe aus unserem Territorium waren, die uns zu Hilfe kamen. Es waren Feinde, und wir waren nur zu sechst, wobei Bodey schwer verletzt war.

Ich musste ihn dringend von hier wegbringen und jede Bedrohung beseitigen, die versuchte, uns zu folgen.

Geh zum Auto, sagte ich, während ich mich in die Hocke begab, bereit, ihn zu beschützen.

Nicht ohne dich, antwortete er.

Plötzlich waren unsere Rollen vertauscht. Das war wohl Karma. *Ich komme mit. Vertrau mir.*

Der Wolf, der Theo und Stevie angegriffen hatte, wich zurück und wartete offenbar auf die Ankunft seiner Verbündeten.

Feigling.

Zwanzig Wölfe stürmten auf uns zu. Ich konnte sehen, dass sie stärker waren als die ersten zehn.

Bodey machte sich auf den Weg zu den Autos, aber bewegte sich viel langsamer als sonst. Ich blieb neben ihm und schaute immer wieder über meine Schulter, nur um festzustellen, dass alle zwanzig Neuankömmlinge uns im Visier hatten und immer näherkamen.

Ich wollte mich zurückfallen lassen, aber ich wusste, dass Bodey stehenbleiben würde, wenn ich das täte. Er würde mich nicht verlassen, so wie ich mich weigerte, ihn zurückzulassen. Wir würden zusammen siegen, oder zusammen untergehen.

Stella, Janet und Theo fielen zurück und nahmen den hinteren Teil der Grupp ein, um gegen drei Wölfe zu kämpfen, aber die anderen achtzehn, zu denen auch der feige Wolf von vorhin gehörte, rannten an ihnen vorbei in unsere Richtung.

Mit jedem Schritt, den wir machten, machten sie zwei.

Mir gefror das Blut in den Adern. Ich konzentrierte mich auf die stärksten Verbindungen in meiner Brust, in der Hoffnung, dass diese Stärke bedeutete, dass uns diese Wölfe am nächsten waren. *Wenn uns jemand helfen kann, bitte kommt. Wir sind in der Unterzahl, und Bodey ist verletzt.*

Das Fell in meinem Nacken richtete sich auf, als ich mich auf ein Gemetzel vorbereitete. Gegen ein paar Wölfe konnte ich mich gut wehren, aber nicht gegen so viele.

Ein rauchgrauer Wolf führte den Angriff an, und ich wusste ohne Zweifel, dass dies der härteste Kampf sein würde, den ich bisher erlebt hatte. Ich konnte die Macht seines Wolfes spüren.

Jedes Mal, wenn Bodey den Boden berührte, schoss der Schmerz durch seinen Rücken und seine Seiten, sodass mir selbst der Atem stockte.

Als der rauchgraue Wolf bei Stevie ankam, war die Zeit abgelaufen. Ich musste etwas unternehmen, bevor er Bodey erreichte.

Ich bog scharf rechts ab und bemerkte plötzlich Samuel und die anderen Berater hinter uns.

Die Augen des rauchgrauen Wolfes leuchteten auf, kurz bevor ich mit ihm zusammenstieß. Er hatte keine Zeit, den Kurs zu korrigieren, als ich in seine Seite krachte und ihn in die Wölfe trieb, die zu seiner Rechten liefen. Ich überschlug mich und trat den Wölfen zu seiner Linken die Füße weg. Die ersten drei Wölfe hatten nicht damit gerechnet, dass ich mich opfern würde, und ihre Pfoten stolperten über meinen Körper. Ich drehte mich weiter und versuchte, jeden Einzelnen von ihnen auszuschalten, solange ich noch konnte.

Callie!, schrie Bodey durch das neue Chaos der Rudelverbindung, und ich konnte sehen, dass er langsamer wurde, weil das rüttelnde Gefühl, das sich durch unsere Verbindung zog, nicht mehr ganz so intensiv war. *Ich komme.*

Bodey, geh weiter!, sagte nun auch Jack durch die Verbindung. *Sie haben es wirklich auf dich abgesehen, und deine*

Gefährtin versucht, deinen Arsch zu retten. Lucas, Zeke und ich sind fast bei ihr. Bleib einfach in Bewegung.

Die feindlichen Wölfe, mit denen ich zusammengestoßen war, lagen nun auf mir, und mir wurde schwindelig, weil mir der Sauerstoff fehlte, als sie wieder auf die Beine kamen und davonliefen.

Ich hatte sie aufgehalten, aber nicht lang genug. Der rauchgraue Wolf war ihnen bereits vorausgeeilt.

Ich sprang auf und rannte ihnen hinterher. Janet, Theo und Stella waren ein paar Meter vor mir, und zwei Berater schlossen zu beiden Seiten der anderen Gruppe auf.

Der feindliche Wolf hatte nun Bodey fast erreicht, und ich gab mir mehr Mühe als je zuvor in meinem Leben. Meine Pfoten schlugen immer schneller auf den Boden, das scharfe Stechen meiner Verletzungen brannte fast ununterbrochen in meinem Körper.

Ich hechtete vor den anderen Wölfen her, die mich kaum beachteten, und erreichte den rauchgrauen Wolf gerade, als er angreifen wollte.

Mist. Ich würde ihn nicht rechtzeitig aufhalten können. *Beweg dich zur Seite!*

Der Wolf stürzte sich auf ihn, und Bodey sprintete nach links, sodass der Wolf ihn kaum berührte. Aus dem Gleichgewicht geworfen, schlug der rauchgraue Wolf auf dem Boden auf.

Ein anderer Wolf erreichte ihn, als er gerade wieder auf die Beine kam, und ich sprang los. Ich landete zwischen ihnen, die Beine ausgestreckt, krallte mich in ihre Seiten und drückte uns alle zusammen. Kurzzeitig bewegten sie sich widerstandslos, dann wich ich zurück und zog sie an mich heran. Schnell biss ich dem rauchgrauen Wolf in den Hals. Als er bockte, ließ ich ihn los und biss in den Nacken des anderen.

Während beide zur Seite umkippten, landete ich mit einem gewaltigen Aufprall auf dem Rücken.

Zehn Wölfe haben sich gerade von der Gruppe entfernt und laufen in Samuels Richtung, sagte Miles. *Sie haben sich aufgeteilt.*

Das war zwar keine gute Nachricht, aber wenigstens waren nicht alle einundzwanzig Wölfe nur auf Bodey konzentriert. *Wir müssen Samuel und Bodey von hier wegbringen. Sie scheinen nicht daran interessiert zu sein, sonst jemand anderen zu verletzen.*

Da stimme ich zu, sagte nun der Mann, den ich zuvor zum ersten Mal gehört hatte. *Sie versuchen gar nicht erst, uns etwas anzutun. Wir sind auf dem Weg zu euch.*

Samuel, Jack und ich werden die zehn Wölfe ablenken, die sich von der Gruppe getrennt haben, während ihr weiterlauft, meldete sich nun Lucas über die Verbindung. *Miles, Zeke und Theo, lauft ihr voraus und lenkt sie von Bodey ab, damit Callie ihn, Stella und ihre Schwester ins Auto bringen kann und sie von hier verschwinden können.*

Wir sind in ein paar Sekunden da, antwortete Michael. *Wir können den Kampf bereits hören.*

Die beiden Wölfe, die ich angegriffen hatte, bewegten sich kaum, also konzentrierte ich mich auf die nächstgrößere Bedrohung. Sie zu schwächen, war vielleicht eine bessere Strategie als sie zu töten. Töten dauerte zu lange.

Ich versuchte zu rennen und verzog das Gesicht. Mein rechtes Bein wollte nachgeben, aber das würde ich auf keinen Fall zulassen. Nicht, wenn das Leben meines Gefährten auf dem Spiel stand. Der dunkle Wolf von Miles, der karamellfarbene von Theo und der braune von Zeke zogen an mir vorbei, als ich an Geschwindigkeit zulegte.

Die drei griffen jeweils einen Wolf an, sodass noch fünf

hinter Bodey herliefen. Zwei waren dicht hinter ihm, und ich konnte sehen, dass er immer schwächer wurde.

Mein Herz verkrampfte sich schmerzhaft in meiner Brust. Bodeys Schmerz und der Blutverlust holten ihn langsam ein; das spürte ich durch unsere Verbindung. Ich sprang um die Wölfe herum und landete zwischen Bodey und seinen Angreifern.

Dann kauerte ich mich hin und hinderte sie daran, zu ihm vorzudringen. Damit hatten sie nicht gerechnet, wodurch ich Zeit hatte, zuzuschlagen. Ich stellte mich auf die Hinterbeine und schlitzte ihnen mit meinen Vorderpfoten die Gesichter auf. Meine Krallen schnitten von den Augen bis zur Schnauze und ließen sie wie Welpen winseln.

Knurrend bereitete ich mich darauf vor, den Kampf fortzusetzen, aber die Berater und Stella griffen bereits die anderen Gegner an, während mehrere unserer Wölfe auf uns zurannten.

Tränen brannten in meinen Augen, als immer mehr Leute kamen, um mit uns zu kämpfen.

Samuels hellbrauner Wolf eilte an mir vorbei und verband sich mit mir. *Ich bin hier.*

Wenigstens hatte er es geschafft, aufzuholen. Jetzt mussten wir uns darauf konzentrieren, Bodey und Samuel sicher aus dieser Situation rauszuholen. Ich verband mich mit Stella, Janet und Stevie, da ich wusste, dass die drei sich nicht untereinander verbinden konnten. *Geht zum Auto. Samuel und Bodey sind fast da.*

Gott sei Dank, wimmerte Stevie.

Als Samuel Bodey erreichte, verlangsamte er sein Tempo und lief mit der gleichen Geschwindigkeit wie mein Gefährte. Bodey hinkte und es war offensichtlich, dass es ihm von Minute zu Minute schlechter ging.

Janet und Stevie beschleunigten ihr Tempo, um sich

hinter ihnen einzuordnen, und ich bemerkte, dass Stella mit Miles zurückblieb.

Da würde ich mich nicht einmischen. Ich konnte gut verstehen, dass die beiden zusammenbleiben wollten.

Ich nahm den Platz hinter Janet und Stevie ein und hielt die Ohren offen. Wir waren weiterhin nicht außer Gefahr, und es konnten jeden Moment weitere Wölfe angreifen.

Bodey warf einen Blick über seine Schulter und vergewisserte sich, dass ich da war. Seine Augen waren dunkel von dem Schmerz, den ich in ihm spürte.

Plötzlich hallte ein grässlicher Schrei durch den Wald, und ich drehte mich um, um Theo in einem Haufen zusammengesunken zu sehen. Der rauchgraue Wolf hatte es offenbar geschafft, sich zu bewegen und seine Zähne in Theos Flanke gebohrt.

Sofort wurde ich langsamer, um meinem Freund zu helfen, aber Zeke rannte schon knurrend auf seinen Sohn zu und biss dem angreifenden Wolf in den Hals.

Michael und die Eltern der anderen Berater schlossen sich ihm an, und die Enge in meiner Brust lockerte sich.

Theo war bereits wieder auf den Beinen und stürzte sich auf einen anderen Wolf, der vorbeirennen wollte. Leider war jeder von uns auf die ein oder andere Art verletzt.

Ich konzentrierte mich darauf, Samuel und Bodey in Sicherheit zu bringen.

Obwohl es wahrscheinlich nur Minuten waren, kam es mir wie Stunden vor, bis wir endlich die Autos erreichten. Ich eilte zu der Reihe, in der Bodey seinen Mercedes geparkt hatte.

Lucas' Mutter, Taylor, sprang aus einem schwarzen BMW, der neben Bodeys SUV geparkt war, in dem alle anderen Gefährtinnen der königlichen Berater warteten, und schloss unser Auto auf.

Ich kann mich noch nicht zurückverwandeln, erklärte mir Bodey über unsere Gedankenverbindung. *Meine Verletzungen müssen erst noch heilen.*

Wenn die Wunden tief genug waren, konnte die Verwandlung von einer Gestalt zur anderen sie verschlimmern. Wenigstens war seine Magie in der Wolfsgestalt am stärksten, und so würde er schneller heilen.

Keine Sorge, erwiderte ich, während sich meine Wölfin bereits zurückzog. *Ich fahre ... wenn das in Ordnung ist?*

Natürlich, es ist ja auch dein Auto, antwortete er schlicht. *Wir sind Gefährten. Wir teilen alles.*

Mein Herz erfüllte sich mit Wärme, als mein Körper von der Wolfsgestalt in die menschliche Gestalt überging. Sobald ich wieder auf zwei Beinen stand, fühlte ich mich verlegen. Die meisten Gestaltwandler hatten kein Problem mit Nacktheit, aber für mich war das alles noch sehr neu. Am liebsten hätte ich meinen nackten Körper mit den Händen bedeckt, auch wenn mir Bescheidenheit in diesem Moment das kleinste Problem zu sein schien.

Ich eilte zum Auto und nahm Taylor die Schlüssel ab. »Danke.«

Ihre Augen weiteten sich, als sie auf meine Brust starrte. Ein unbehaglicher Schauer lief mir über den Rücken.

»Natürlich. Es ist mir eine Ehre, Eure Majestät.« Sie verneigte sich, bevor sie wieder in ihr eigenes Auto stieg.

Ich erstarrte. Hatte sie mich gerade *Eure Majestät* genannt? Ich drehte mich zum Mercedes, sah mein verschwommenes Spiegelbild im Fenster ... und mein Herz blieb stehen.

Ich blinzelte und hörte auf zu atmen. Aber jedes Mal, wenn ich die Augen öffnete, sah ich sie.

Eine Tätowierung auf meinem Hals und meiner Brust. Genau dort hatte es wehgetan, als mich die Dunkelheit eingeholt hatte.

Trotz der Kratzspuren konnte ich die klare Form einer Pfote erkennen, die sich über meine Halsbeuge und der Vertiefung meines Schlüsselbeins erstreckte. Das Design war trotz seiner Einfachheit aufwendig, ganz in Schwarz gehalten und mit kleinen silberfarbenen Stellen, die sich wie Wolken über den Vollmond bewegten.

Die Tätowierung *bewegte* sich. Ich war mir nicht sicher, ob mich das beeindruckte oder verängstigte.

Das sollte nicht möglich sein ... und doch konnte ich nicht leugnen, was ich sah.

Babe, sagte Bodey und holte mich in die Gegenwart zurück. *Geht es dir gut?*

Trotz der Qualen, die er empfand – ich konnte sehen, dass er kaum mehr stehen konnte – war er immer noch um mich besorgt.

Ich zwang mich, den Blick vom Fenster abzuwenden. *Ich wurde markiert.*

Ich weiß, antwortete er. *Wir müssen dich in Sicherheit bringen.* Er lief neben mir her und kratzte an der Tür.

Natürlich. Ich musste mich endlich bewegen und die Tür öffnen. Die Bedrohung war immer noch da draußen. Ich verschwendete wertvolle Zeit und brachte möglicherweise andere in Gefahr.

Ich öffnete die Hintertür, und Bodey sprang in den SUV, während Janet, Samuel und Stevie in ihrer nackten menschlichen Gestalt auf uns zueilten.

Meine Wölfin heulte in meinem Kopf und ich war dankbar, dass Bodey bereits ins Auto gestiegen war, bevor Stevie auftauchte. Als ich Samuel sah, musterte ich ihn von oben bis unten.

»Ich werde bei ihnen bleiben, während du Bodey und Samuel nach Hause bringst.« Janet rannte zu ihrem BMW und zwang sich zu einem traurigen Lächeln.

Vermutlich wollte sie auf Michael warten. Ich konnte es ihr nicht verdenken. »Passt einfach auf euch auf ...«

»Das werden wir.« Sie tätschelte meinen Arm und setzte sich dann auf den Rücksitz ihres Autos.

»Pass du bitte auch auf dich ...«, begann Stevie, aber ich unterbrach sie.

»Steig *sofort* in den Mercedes.« Ich schloss die Hintertür. »Ich werde jemanden damit beauftragen, dein Auto nach Hause zu fahren.« Ich hatte nicht vor, sie aus den Augen zu lassen. Zuerst brauchten wir Antworten.

Als ich die Fahrertür öffnete, öffnete Samuel die hintere Beifahrertür, um sich neben Bodey zu setzen, damit meine Schwester vorne bei mir sitzen konnte.

Stevie biss sich auf die Lippe. »Aber Mom und Dad ...«

»Du hast sie gehört.« Samuels babyblaue Augen

funkelten sie wütend an. Er überragte sie um mindestens einen halben Meter. Obwohl er nackt war, machte er einen Schritt zurück und stellte sich direkt vor meine Schwester. »Sich gegen die Königin zu stellen, ist Verrat. Wir haben keine Zeit dafür.«

Ihre Unterlippe zitterte, und ich hielt meinen Blick fest auf sie gerichtet und nicht auf den nackten Samuel.

Hol dir eine Decke aus dem Kofferraum, knurrte Bodey Samuel in Gedanken zu. *Und bring meiner Gefährtin und ihrer Schwester gleich eine mit. Ihr solltet euch alle bedecken.*

Wenigstens war ich nicht die Einzige, der sich unwohl fühlte, auch wenn es mich überraschte, dass Bodey trotz seines Zustandes daran dachte.

Samuel trat noch einen weiteren Schritt zur Seite und versperrte Stevie damit den Weg. Sie musste entweder gegen ihn kämpfen oder ins Auto steigen.

Sie errötete und schnaubte verärgert, aber stieg dann in den Wagen.

Bodeys Schmerz und Verärgerung vermischten sich, und als ich es spürte, zog sich meine zusammen.

Ich startete das Auto und blickte noch einmal in Richtung Wald, während Samuel die Decken aus dem Kofferraum holte.

Ich wusste nicht, was ich erwartet hatte, aber es waren keine Wölfe mehr hinter uns her, und ich war erleichtert und verängstigt zugleich. Wenn sie nicht unseretwegen hier waren, bedeutete das, dass sie andere Rudelmitglieder angriffen.

Ich verband mich mit allen Rudeln in der Nähe. *Benötigt ihr mehr Kämpfer?* Bevor wir von hier abzogen, musste ich sicherstellen, dass niemand in unmittelbarer Gefahr war. Im schlimmsten Fall konnte Samuel Stevie und Bodey nach Hause fahren.

Während ich das tat, spürte ich die vielen überwältigenden Emotionen, die von den anderen Wölfen ausgingen. Es war eine Mischung aus so vielen Gefühlen, dass sie mich fast handlungsunfähig machten. Die häufigsten Gefühle waren Angst, Sorge, Hoffnung und Misstrauen.

Michael antwortete. *Sie ziehen sich zurück. Wir folgen ihnen und versuchen, einige von ihnen zu erwischen. Die meisten von uns haben leichte Verletzungen, was uns verlangsamt. Ihr solltet euch alle auf den Weg machen, für den Fall, dass sich ein paar von ihnen umdrehen und versuchen, euch erneut anzugreifen.*

Wir machen uns sofort auf den Weg. Da sie nicht angegriffen wurden, waren alle Vorbehalte, die ich gegen die Abreise gehabt hatte, verschwunden.

Samuel rutschte auf den Rücksitz und reichte mir eine olivgrüne Decke, während er Stevie eine schwarze Decke zuwarf. Ich wickelte mich schnell darin ein und klemmte sie unter meine Achseln, damit sie nicht herunterfiel, dann legte ich den ersten Gang ein.

Bodey schnaubte. *Das wird aber auch Zeit.*

Ich presste die Lippen aufeinander, sagte aber nichts. Stattdessen trat ich aufs Gas und ließ diesen Ort hinter mir. So schön der Hells Canyon auch war, jetzt verband ich eine Menge schrecklicher Erinnerungen mit ihm.

Nimmst du deine Schwester mit?, fragte Jack und ich konnte seine Sorge durch unsere Verbindung spüren.

Ja, das tue ich. Ich kann ihr im Moment nicht trauen. Es auszusprechen machte mich fertig. Als ich in Zekes Rudel aufwuchs, war Stevie immer mein rettender Anker gewesen. Die einzige Person, der ich immer vertrauen konnte, sogar noch mehr als Theo. Wenn ich jetzt daran denke, dass sie Königin Kel geholfen hat, dreht sich mir der Magen um.

Wir werden nicht weit hinter euch sein, antwortete Dan.

Bring sie einfach alle drei nach Hause und pass auf, dass deine Schwester nicht flieht.

Ich sollte aufpassen, dass meine Schwester nicht floh? Ich hatte Angst davor, wie das aussehen würde. *Ich brauche jemanden, der das Auto meiner Schwester zu Bodeys Haus fährt. Kann das jemand tun? Sie lässt die Schlüssel immer stecken. Ein ewiger Streitpunkt zwischen ihr und meinen Eltern.*

Das können Stella und ich tun, bot Miles an.

Danke.

Als ich auf die Hauptstraße einbog, drängte sich ein anderer Gedanke in den Vordergrund. Obwohl ich meine Tätowierung nicht sehen konnte, berührte ich meinen Hals und fühlte sowohl die Kratzer über ihr, als auch die Stelle, an der sie entstanden war. Wie hatte ich sie überhaupt bekommen? Wenn ich die junge Prinzessin war, die angeblich in dem Feuer im Zuhause des alten Königs gestorben war, hätte mich das keine Hexe *jemals* vergessen lassen können.

Babe, was ist los?, fragte Bodey, und sein Schmerz übertrug sich auf meinen Körper. Meine Arme, Schultern und mein Rücken taten weh und die Empfindungen in diesen Regionen spiegelten das wider, was er erlebte.

Ich mache mir Sorgen um dich – und frage mich, warum ich diese Tätowierung bekommen habe. Ich wollte ihn nicht abwimmeln. *Aber darüber können wir uns später noch Gedanken machen. Ich möchte, dass du dich zuerst auf deine Heilung konzentrierst.*

Ich warf einen Blick über meine Schulter auf den Rücksitz und sah, dass Bodey aus dem Fenster schaute, während Samuel mich beobachtete.

Ich schluckte und zwang mich, mich auf die Straße zu konzentrieren. »Geht es dir gut, Samuel?« Ich hatte gar nicht daran gedacht, wie es ihm jetzt gehen könnte. Sein ganzes

Leben lang hatte er geglaubt, dass er derjenige mit dieser Tätowierung sein würde.

»Na ja, den Umständen entsprechend, ja.« Er lehnte sich zu mir.

Bodey knurrte.

»Meine Güte Bodey, sie hat eine Decke um sich gewickelt.« Samuel hob kapitulierend die Hände. »Ich versuche nicht, irgendetwas anderes zu sehen als ihre Tätowierung.«

Schnaufend senkte Bodey den Kopf, ein stechender Schmerz durchzuckte erst ihn und dann mich. *Du kannst immer noch warten, bis sie angezogen ist.*

Der Geruch von Kupfer hing in der Luft und erinnerte mich daran, dass mein Partner immer noch blutete. In weniger als vierundzwanzig Stunden waren beide Autos von Bodey vollgeblutet worden.

»Wie geht es *dir*, Königin?« Stevie seufzte und schüttelte den Kopf.

»Ich wette, das wollen wir alle wissen.« Das musste ein Fehler sein.

Stevie leckte sich über die Lippen und strich mit ihrer Hand über die schwarze Fleecedecke. »Wir müssen nach Hause. Mom und Dad machen sich sicher schon schreckliche Sorgen um uns.«

»Das ist keine Option.« Ich klammerte mich fester ans Lenkrad. »Du kannst dich mit ihnen verbinden, oder *ich* werde es tun.«

»Verdammt, Callie.« Stevies Körper spannte sich an. »Du bist meine Schwester. Was auch immer vorgefallen ist, es ändert nichts daran, dass ich all das getan habe, um *dir* zu helfen. Ich sollte nicht dafür bestraft werden, dass ich versucht habe, dich zu beschützen!«

Ich lachte hysterischer auf, als ich beabsichtigt hatte. Mein Schicksalsgefährte war verletzt, ich hatte plötzlich ein verfluchtes Tattoo, das nicht da sein sollte, wo es ist, und wir waren in weniger als vierundzwanzig Stunden zweimal angegriffen worden. Wenn das keine Wut auslöste, wusste ich nicht, was dieses Gefühl, das in mir wütete, sonst noch sein konnte. »Du dachtest also, das Leben der anderen wäre weniger wert als meines?«

»Es sollte *niemand* verletzt werden.« Sie lehnte ihren Kopf zurück gegen die Kopfstütze. »Und selbst wenn ... uns beide hat schließlich auch niemand je beschützt.«

»Jeder einzelne königliche Berater, abgesehen von Zeke, hat mich in jener Nacht vor Charles' Angriff mit Pearl und den anderen drei Rudelmitgliedern beschützt.« Da sie diesen Teil vergessen zu haben schien, war ich gerne bereit, sie daran zu erinnern. »Du *weißt* also, dass das nicht wahr ist.«

Sie zuckte zusammen, und meine Kehle schnürte sich zu.

Nein. Das musste eine Art kranker Scherz sein. »Bitte sag mir, dass du nicht schon vorher mit Königin Kel zusammengearbeitet hast.«

Stevie drehte sich zum Fenster und verbarg ihr Gesicht, was mir alles sagte, was ich wissen musste.

»Wie lange?«, knurrte ich. Es tat weh, die Worte auszusprechen.

»Was hätte ich denn tun sollen?« Stevie drehte sich wieder zu mir um, hob ihre Hände und ließ die Decke unter ihre Brüste fallen. »Sie ließen dich nicht aus dem Rudel, um zu arbeiten, und drei Viertel des Geldes, das ich nach Hause brachte, verlangte Zeke für die Ausgaben des Rudels! Wir hätten nie gehen können, und ja, du hast die Hauptlast der Misshandlungen auf dich genommen, aber wir anderen haben auch darunter gelitten ... abgesehen vielleicht von Pearl.«

Ja, Pearl. Die Schwester, die mich hasste. Ich war mir sicher, dass sie Charles und den anderen gesagt hatte, wann und wohin ich gehen würde, damit sie mich schikanieren konnten.

»Aber indem du dich mit der Königin verbündet hast, hast du zugelassen, dass andere genauso behandelt werden wie wir.« Das war der Teil, den ich nicht verstand. Sie hatte versucht, uns zu helfen, indem sie anderen dasselbe antat. »Das ist einfach nur scheinheilig.«

Stevie zog die Decke wieder über ihre Brüste und starrte wieder aus dem Beifahrerfenster. Sie sagte kein weiteres Wort, und ich war mir nicht sicher, ob sie das, was ich gerade gesagt hatte, in sich aufnahm oder es ignorierte.

Eine Weile herrschte eisiges Schweigen im Auto. In meinem Kopf drehte sich alles. Hauptsächlich ging es um die Tätowierung auf meiner Brust und warum die Tinte meine Haut gezeichnet hatte. War der Zauber durch den Wolfsangriff durcheinandergeraten und hatte sich an mich geheftet, weil der Zauber, der meine Wölfin gefangen gehalten hatte, nachgelassen hatte? Das war das Einzige, was für mich Sinn ergeben würde.

Ich konzentrierte mich darauf, meine Magie durch die Schicksalsverbindung zu Bodey zu leiten, um hoffentlich seine Magie zu verstärken und ihn schneller heilen zu lassen.

Du musst dir keine Sorgen um mich machen, sagte Bodey. *Mir wird es bald besser gehen, und gemeinsam werden wir herausfinden, was geschehen ist. Das verspreche ich dir.*

Ich konnte meine Gedanken und Gefühle einfach nicht gut verstecken. Mein Gefährte konnte mich lesen wie ein offenes Buch. *Meine Priorität ist es, sicherzustellen, dass du heilst. Dann können wir herausfinden, wie es zu diesem Fehler kam.*

Egal, was passiert, ich werde an deiner Seite sein, antwortete er, und eine wohlige Wärme breitete sich in mir aus.

Irgendwie wusste er immer genau, was er sagen sollte. In

nur etwas mehr als zwei Wochen hatte er mich besser kennengelernt, als ich mich selbst kannte.

ALS WIR VOR BODEYS – oder eher *unserem* – zweistöckigen, modernen Kolonialhaus vorfuhren, konnte ich kaum glauben, dass immer noch die Sonne schien. Obwohl es erst später Nachmittag war, waren meine Augenlider so verdammt schwer. Es fühlte sich an, als hätte sich im Laufe des Tages das Drama einer ganzen Woche abgespielt.

»Ist das deine neue Siedlung?«, fragte Stevie ein wenig verbittert, als ich in die Garage fuhr. »Die Siedlung von dir und deinem *Gefährten*.«

Das war wie ein Schlag in die Magengrube. Ich hatte ihr nichts von Bodey und mir erzählt, aber ich war genauso schockiert von ihrer Enthüllung wie sie von meiner. »Ja. Ich wollte nach der Krönung zu euch nach Hause kommen, damit Bodey und ich es euch allen erzählen können.«

Sie atmete tief ein und aus. »Und deshalb wolltest du unbedingt dabei sein?«

»Genau.« Ich stellte den Wagen ab und stieg aus, wickelte die Decke fester um mich und öffnete die Hintertür für Bodey.

Als wir alle draußen waren, ging ich zur Haustür und betätigte den Garagenschalter, um sie zu schließen. Wir gingen alle in den großen Vorraum, vorbei an der weißen Bank, die in die Wand eingelassen war, wo wir normalerweise unsere Schuhe abstellten.

Bodey bewegte sich langsam neben mir, als wir in die Küche gingen, und seine Krallen klackerten auf dem dunklen Mahagoniboden.

Stevie war mir dicht auf den Fersen und begutachtete den

schwarzen Herd und die dazu passende Mikrowelle auf der einen Seite sowie den großen schwarzen Kühlschrank, der von grauen Schränken und einer dazu passenden Kücheninsel umgeben war, die sich etwa zwei Meter vom Herd entfernt befand. Die dunklen Granitarbeitsplatten schienen unter dem Kronleuchter über der Insel zu funkeln.

Wir gingen ins Arbeitszimmer mit dem hellbraunen, L-förmigen Ledersofa, dem dunklen Holztisch und dem beigefarbenen, gekachelten Kamin, über dem ein großer Flachbildfernseher hing. Vor den Glastüren war eine riesige überdachte Terrasse mit einem rechteckigen Tisch und sechs Stühlen zu sehen, und direkt hinter dem Arbeitszimmer befand sich das große Esszimmer mit einem hellen Mahagonitisch und sechzehn dazu passenden Stühlen.

Stevies Blick wanderte zu dem Familienporträt. Es zeigte Bodey, seine jüngere Schwester Jasmine, und ihre Eltern, Janet und Michael. Als ich Bodey und Michael nebeneinander sah, fiel mir auf, wie ähnlich ihre Gesichtszüge waren. Die Hauptunterschiede waren ihr Alter und ihre Augen; Michaels Augen waren jadefarben, während Bodeys Augen so blau waren wie die von Janet. Jasmine war das Gegenteil, ihr erdbeerblondes Haar und ihr herzförmiges Gesicht hatte sie von ihrer Mutter, aber ihre jadefarbenen Augen stammten von ihrem Vater.

»Drei von den Leuten auf dem Bild habe ich heute auf der Krönung gesehen.« Stevie zeigte auf Bodeys Schwester. »Wer ist sie?«

Meine Schwester, ich konnte Bodeys Unbehagen durch unsere Gedankenverbindung spüren. Seine Verletzungen pochten heiß, und seine Muskeln waren während der zweistündigen Autofahrt nach Hause steif geworden.

Stevie neigte den Kopf zur Seite. »Warum war sie nicht da?«

Ich öffnete meinen Mund, um ihr zu sagen, dass Jasmine woanders studierte, schloss ihn dann aber wieder. Das waren nur mehr Informationen, die Stevie der Königin weitergeben konnte.

»Jasmine ist *nicht* hier«, warf Samuel von hinten ein. Er musterte Stevie misstrauisch und mit zusammengekniffenen Augen.

Ich konnte sehen, wie sich der Kiefer meiner Ziehschwester verkrampfte, denn es war ihr nicht entgangen, wie vage wir mit den Informationen waren. Sie war nicht dumm; sie wusste, dass Samuel absichtlich nicht genauer darauf eingegangen war und auch ich ihre Wissenslücken nicht füllen wollte.

Bodey humpelte zu dem Platz auf dem Boden vor dem Kamin. Obwohl seine Wunden nicht mehr bluteten, war sein Fell immer noch blutverklebt. Er ließ sich fallen, als würden seine Beine nicht mehr mitspielen.

Ich kann mich immer noch nicht verwandeln. Die Verletzungen sind zu frisch, teilte er mir in Gedanken mit.

Ich hasste es, ihm nicht helfen zu können und ihn allein zu lassen, aber ich vertraute Stevie nicht genug, um ihn in ihrer Obhut zu lassen. »Komm mit in mein Zimmer, Stevie, dann können wir uns anziehen.«

Das ist eine gute Idee, sagte Bodey.

Ich presste meine Lippen aufeinander, nahm Stevies Hand und führte sie zur Treppe. Samuel war uns dicht auf den Fersen.

Ich ziehe mich ebenfalls schnell an und helfe dir dann, auf sie aufzupassen, da Bodey verletzt ist, sagte Samuel, als wir die Treppe hinaufgingen.

Seine Paranoia ihr gegenüber ließ mich noch schneller gehen. Oben an der Treppe bog ich rechts ab, während er geradeaus in sein Zimmer ging.

Innerhalb von Sekunden war ich an dem Gästezimmer vorbei, in dem ich früher geschlafen hatte, und in Bodeys und mein Zimmer gegangen. Die Wände hatten die gleiche Farbe wie der Rest des Hauses, aber über dem Bett hing eine riesige Zeichnung einer akustischen Gitarre. Ich sah mich um und versuchte, das Zimmer mit Stevies Augen zu sehen. Bodey hatte das Zimmer mit schwarzen Nachttischen und einer passenden Kommode ausgestattet, und an der fensterlosen Wand hing ein Sporttrikot mit seinem Namen und der Nummer sechzehn. Ich lächelte über die Bettwäsche, die Bodey aus dem Gästezimmer mit in sein Zimmer genommen hatte, um mir während meiner Abwesenheit näher zu sein.

Kopfschüttelnd schlenderte ich zur Kommode und fischte zwei Shirts und zwei Boxershorts heraus. »Das ist momentan alles, was wir haben.«

Stevie schlang ihre Arme um ihren nackten Körper. »Wie ich schon sagte, wir sollten nach Hause gehen. Ich will nicht, dass die Leute mich anstarren. Und du könntest auch deine eigenen Sachen anziehen.«

»Netter Versuch, aber daraus wird nichts.« Ich schloss die Tür und zog mich schnell an, dankbar, endlich etwas anderes, als diese Decke zu haben.

Stevie sah zwar wütend aus, aber zog nun auch endlich die Kleidung meines Gefährten an. Meine Wölfin knurrte innerlich. Es gefiel ihr nicht, dass meine Schwester seine Sachen trug, aber es war besser als die Alternative.

Kurz darauf ließ mich ein Klopfen an der Schlafzimmertür zusammenzucken. Das musste Samuel sein.

Als ich die Tür öffnete, richtete sich Samuels Blick sofort auf meine Schwester. Seine Nasenflügel blähten sich auf, als er hereinkam. Der Kragen seines feuerroten Poloshirts stand hoch und sein Haar war durcheinander. Er hatte es offenbar sehr eilig gehabt, hierherzukommen.

Stevie wich zurück und schlang erneut die Arme um sich.

Was ist los? Ich verband mich mit Samuel und ein Kloß bildete sich in meinem Hals.

Du musst sie in den Keller sperren. Samuel hob sein Kinn. *Man kann ihr nicht trauen, und alles, was sie sieht und hört, könnte an die Königin weitergegeben werden. Wir sollten ihre Verbindung zum Rudel blockieren, damit, falls sie jemanden hat, der ihr hilft, dieser keine Nachrichten an die Königin weiterleiten kann.*

Sofort rutschte mir mein Herz in die nicht vorhandene Hose.

Er hatte recht. Ich liebte meine Schwester, aber dies waren jetzt meine Leute, und nicht nur, weil ich markiert worden war. Ich war die Gefährtin eines Alphas und königlichen Beraters, der keinen Zwiespalt dulden konnte, nicht einmal zwischen den Staaten.

Samuel, knurrte Bodey, und erst jetzt wurde mir klar, dass er sich mit uns beiden verbunden hatte. *Sie ist immer noch ihre Schwester. Du weißt, wie viel sie Callie bedeutet. Wenn du sie einsperren willst, tu es. Zwing nur Callie nicht dazu.*

Wie immer war mein Gefährte auf meiner Seite.

Sie trägt die Markierung, nicht ich. Es ist ihre Entscheidung, nicht meine. Samuels Kiefer krampfte sich zusammen.

Die Wände um mich herum schienen immer näherzukommen. Ich hatte nicht bedacht, wie verärgert Samuel über all das sein musste, aber natürlich war er es. Er hätte König werden sollen. Er hätte diese Markierung erhalten sollen.

Aber er hatte auch recht. Gegenwärtig lag die Entscheidung bei mir.

»Callie?« Stevies Stimme zitterte. »Was ist hier los?«

Bevor ich meine Entscheidung infrage stellen konnte, zwang ich die Worte aus meinem Mund und hoffte, dass ich keinen Fehler machen würde.

KAPITEL VIER

Mein Herz fühlte sich an, als würde es in einem Schraubstock stecken, und mein Atem kam nur stoßweise. Ich war mir nicht sicher, was ich tun sollte – Stevie einsperren oder nicht –, aber ich konnte nicht ignorieren, was geschehen war.

»Callie?« Stevies Stimme brach. »Wirst du mir antworten?« Sie klammerte ihre Arme noch fester um sich.

Ich straffte die Schultern und bereitete mich auf die Reaktion vor, die folgen würde. »Nach allem, was passiert ist, muss ich eine schreckliche Entscheidung treffen, auch wenn ich es nicht will.«

Sie trat einen Schritt zurück, ihr Körper spannte sich an. »Was meinst du damit?«

Wir müssen das nicht tun, wenn du nicht willst, Babe. Wir können auch so ein Auge auf sie werfen. Schuldgefühle drohten, mich zu übermannen.

Es war *verdammt* verlockend. Ich wollte meine Schwester nicht einsperren. Allein der Gedanke daran ließ mich zusammenzucken, aber Samuel hatte recht. Je länger sie hier draußen bei uns war, alles hörte, was wir sagten oder taten, und je vertrauter sie mit den Beratern wurde, desto mehr Informationen würde sie der Königin geben können. »Wir müssen dich irgendwo unterbringen, damit du nicht weglaufen kannst.«

Sie runzelte die Stirn. »Was soll das heißen? Willst du mich in den Keller werfen, wie Zeke es mit dem Späher getan hat?«

Ich zuckte mit den Schultern. »Stevie, du hast uns verraten. Du hast *mich* verraten.« Ich deutete auf die Tätowierung, die sich auf meiner Haut bewegte. »Ich habe keine andere Wahl. Wir können dir nicht trauen.«

Sie ließ ihre Arme fallen und kam auf mich zu. »Ich habe dich *nicht* verraten! Ich habe nur versucht, dich auf die einzige Weise zu beschützen, die mir eingefallen ist.« Sie nahm meine Hand, drückte sie fest und fuhr fort. »Ich würde dich *nie* verraten, Callie. Mit dir als Königin gibt es für mich keinen Grund mehr, Königin Kel weitere Informationen zukommen zu lassen.«

»Das löst aber nicht das eigentliche Problem.« Ich drückte ebenfalls ihre Hand. »Du hättest gar nicht erst zu Königin Kel gehen sollen, oder du hättest zumindest die Wahrheit sagen können, als ...« Meine Stimme wurde leiser. »Warte. Die Späher, die mich angegriffen haben ... steckst du dahinter?« Nachdem ich einige Zeit bei Bodey und Samuel verbracht hatte, war ich zufällig im Wald hinter dem Büro meines neuen Jobs angegriffen worden. Stevie hatte es schwer getroffen, dass ich so schwer verletzt worden war. Damals dachte ich, es wäre, weil sie sich um mich sorgte, aber jetzt ...

Die Rudelverbindung, die ich mit ihr hatte, wurde schwer und roch nach ... *Schuld*.

»So war das alles nicht geplant.« Sie ließ ihre Hand fallen, trat ein paar Schritte zurück und starrte auf den Holzboden. »Ich habe der Königin von Charles und ihrem Angriff auf dich im Hells Canyon erzählt und von der Kluft zwischen Zeke und den anderen Beratern. Ich hatte nicht erwartet, dass sie Späher auf dich ansetzen würde. Sie wollte dich befragen, und da die Berater dich zu mögen schienen, sagte sie, sie wolle dich gefangen nehmen, um sie in Zugzwang zu bringen.«

»Und davon hast du mir *nichts* gesagt?« Ein Messer im Rücken wäre weniger schmerzhaft gewesen als das hier.

Was ist los? Bodey verband sich gedanklich mit mir. *Du bist verärgert. Ich habe dir doch gesagt, dass …*

Stevie war der Grund dafür, dass dieser Späher mich angegriffen haben.

Sie fuhr sich mit den Fingern durch ihr Haare. »Zeke hat sich immer noch wie ein Arschloch verhalten, und Bodey hatte dir das Herz gebrochen! Ich dachte, wir brauchen vielleicht noch ihren Schutz, aber ich wollte doch nie, dass dir etwas passiert.«

Samuel stellte sich neben mich und rümpfte die Nase. »Du hast nicht nur Callie in Gefahr gebracht, sondern auch jede andere Familie, die in diesem Gebiet lebt.«

Schnaufend hob Stevie ihren Kopf. »Es tut mir leid. Ich wollte nicht, dass jemand verletzt wird.«

»Wenn man sich im Krieg für eine Seite entscheidet, gibt es immer Opfer.« Irgendwie kamen diese Worte mir bekannt vor. »So oder so, du hast uns alle verraten, und ich kann nicht riskieren, dass du Königin Kel noch mehr Informationen zuspielst. Deine Intention spielt dabei keine Rolle. Wir müssen dich irgendwo festhalten und verhindern, dass du Informationen an jemanden weitergibst, der sie der Königin zukommen lassen könnte.« Das Problem war nur, dass ich keine Ahnung hatte, wo. Ich war nur ein einziges Mal in der Siedlung spazieren gewesen – mit Samuel.

»Ich bringe sie in den Keller von Michael und Janet. Der kann abgeschlossen werden, und du bist nah genug, um regelmäßig nach ihr zu sehen«, sagte dieser kurz darauf und packte meine Schwester am Arm.

»Was? Nein.« Stevie versuchte, sich von ihm loszureißen. »Callie, tu das nicht. Du kennst mich doch.«

Meine Schwester so zu sehen, brach mir das Herz. »Das dachte ich zumindest, aber ich hätte nie erwartet, dass du mit der Südwest-Königin zusammenarbeitest. Wir müssen Sicherheitsvorkehrungen treffen. Was, wenn sie versucht, dich zu benutzen, um Informationen zu erhalten?«

»Ist das dein Ernst?« Ihre Unterlippe zitterte. »Ich habe das alles für dich getan ... für uns. Jetzt, da du dich mit einem Berater gepaart hast und zur Königin ernannt wurdest, hat sich alles geändert!« Ich konnte keine Lüge riechen. »Glaubst du mir denn nicht?«

»Es ist nicht wichtig, ob ich dir glaube oder nicht.« Ich seufzte schwer, während meine Augen brannten. Ich versuchte, die Tränen zu unterdrücken, denn sie herauszulassen, würde nicht helfen. »Was du getan hast, war nicht richtig, und bis die Berater hier sind und wir die Situation besprechen können, musst du in Gewahrsam genommen werden. Es tut mir leid, aber es muss sein. Wir müssen uns alle so sicher wie möglich fühlen. Sie werden sich aber nicht sicher fühlen können, wenn du hier bist. Zumindest nicht im Moment.«

»Dann bring mich nach Hause«, bettelte sie. »Ich will nicht, dass unsere Eltern in all das hineingezogen werden.«

Ich warf ihr einen finsteren Blick zu. Sie tat beinahe so, als ob wir sie misshandeln würden, obwohl das absolut nicht der Fall war. »Und du glaubst wirklich, dass wir sie aus all dem heraushalten würden, wenn du nach Hause gehst? Glaubst du wirklich, dass man dich in deinem Rudel genauso gut behandeln würde wie hier? Glaubst du, Zeke wird kein Exempel an dir statuieren wollen? Du solltest besser als jeder anderer wissen, dass ich die einzige Person bin, die versteht, wie es ist, auf seiner Abschussliste zu stehen.« Das war der Hauptgrund, warum ich meine Schwester in der Nähe haben wollte – so konnte ich sie beschützen. Der Gedanke an meine Eltern machte mich jedoch nervös. Was, wenn Pearl auch darin verwickelt war, und die beiden miteinander kommunizierten?

Ich atmete aus. »Arbeitet Pearl mit dir zusammen? Es ist wichtig, dass ich das weiß.« Sie würde alles für ihren Status tun, sogar ihrer eigenen Familie Schaden zufügen.

Stevie erbleichte. »Nein, das tut sie nicht.« Sie hob ihr Kinn. »Ich hätte sie niemals miteinbezogen. Sie würde sich gegen dich wenden, wenn sie die Chance dazu bekäme, und ich habe versucht, uns *alle* zu schützen.«

Das ließ zumindest einen Teil meiner Sorgen schwinden.

»Lasst uns gehen. Ich werde Dina bitten, eine ihrer Hexen zu schicken, um Stevie im Keller zu sichern.« Samuel zerrte an Stevies Arm und führte sie zur Tür. Er runzelte die Stirn, als sich unsere Blicke trafen. »Ich bin in ein paar Minuten zurück.« Auch ihm stand die Sorge ins Gesicht geschrieben.

Er wusste, dass es mir schwerfiel, meine Schwester einzusperren. Jemand, der nicht wollte, dass ich Königin wurde, würde nicht versuchen, mir zu helfen.

»Callie.« Stevies Stimme zitterte, als sie sich gegen seinen Griff wehrte.

Ich stand mit dem Gesicht zur Wand und konnte nicht zusehen, wie er sie wegzog. Mein Herz verkrampfte sich schmerzhaft. Es fühlte sich so falsch an, aber ich hatte keine andere Wahl. *Sie* hatte mich dazu gezwungen.

Plötzlich spürte ich Bodeys Wärme in meiner Brust. *Es tut mir leid, dass du das durchmachen musstest.* Die Sorge, die durch unsere Verbindung strömte, vergrößerte nur den Wunsch, nach unten zu gehen, um bei ihm zu sein.

Trotzdem wartete ich. Samuel und Stevie waren ebenfalls auf dem Weg nach unten, aber ich wollte das Gesicht meiner Ziehschwester nicht mehr sehen. Vielleicht war ich deswegen ein Feigling, aber ich konnte einfach nicht mit ansehen, wie sie wie eine Verbrecherin abgeführt wurde.

Ob ich es nun zugeben will oder nicht, Samuel hat recht. Sie muss irgendwo festgehalten werden, bis wir sicher sein können, dass sie keine Gefahr für uns darstellt. Ich ballte meine Hände zu Fäusten und konzentrierte mich auf das Brennen meiner Nägel, die in meine Haut schnitten. *Wir wissen nicht, was sie der Königin bereits erzählt hat. Es gibt keine Garantie dafür, dass sie uns alles gesagt hat, was sie weiß.*

Anstatt zu antworten, schwieg Bodey, was mir sagte, dass er es ähnlich sah. Er hatte mich einfach nur davor schützen wollen, eine solche Entscheidung über ein Familienmitglied treffen zu müssen.

»Callie! Bitte!«, schrie Stevie von unten.

Es fühlte sich an, als würde mein Herz in tausend Stücke zerspringen, und eine salzige Träne lief mir über die Wange und in den Mund. Als ich an mir herunterblickte, sah ich nasse Flecken auf meinem kastanienbraunen Shirt.

Ich weinte.

»Tu ihr das nicht an«, schimpfte Samuel. »Du machst es euch beiden nur noch schwerer. Du kannst nicht erwarten, dass du dem Feind hilfst und dann nicht bestraft wirst. So funktioniert das Leben nicht.«

Die Haustür öffnete sich, und ich konnte meine Schwester leise weinen hören, als die beiden nach draußen gingen. Als sich die Tür schloss, wischte ich mir die Tränen aus den Augen und kümmerte mich um das Letzte, was ich zu tun hatte.

Ich musste Zeke informieren.

Also setzte ich mich mit ihm in Verbindung und brachte ihn auf den neusten Stand.

Sie muss zu meinem Rudel zurückgebracht werden, forderte Zeke. Auch wenn ich ihn nicht so deutlich spüren konnte wie die Mitglieder meines Rudels, konnte ich seine Frustration deutlich erkennen. *Ich bin ihr Alpha und sollte mich um die Bestrafung kümmern.*

Auf keinen Fall. Ich musste hart bleiben, sonst würde er weiter versuchen, die Sache zu erzwingen. *Ich bin die Königin, und wir alle wurden aufgrund ihrer Entscheidung angegriffen. Ich bin diejenige, die sich darum kümmern muss, und das steht nicht zur Debatte.*

Wie du willst, knurrte er.

Ich schloss die Verbindung, da ich nichts mehr von ihm hören wollte, und ging nach unten, um nach meinem verletzten Gefährten zu sehen.

Wie sehr wünschte ich, es wäre Nacht. Ich war mehr als bereit, ins Bett zu kriechen und mit Bodey zu kuscheln. Nachdem ich befürchtet hatte, ihn zu verlieren, benötigte ich die Zeit mit ihm allein mehr als Luft zum Atmen.

Er lag immer noch im Arbeitszimmer vor dem Kamin. Als ich zu ihm eilte, öffnete er die Augen. Der Schmerz, den ich darin sehen konnte, brachte mich fast um den Verstand, aber ich spürte auch, dass es ihm etwas besser ging. Er heilte.

Du hast geweint, verband er sich mit mir, während sich seine Iris verdunkelte.

Es hatte keinen Sinn, zu lügen. Ich setzte mich neben ihn und fuhr mit meinen Händen durch das dunkle Fell auf seinem Rücken. *Willst du etwas essen? Ich kann dir etwas machen.* Er hatte sich um mich gekümmert, als ich verletzt gewesen war, und ich wollte mich revanchieren.

Er schüttelte den Kopf und zuckte kurz darauf vor Schmerzen zusammen. *Danke, aber ich glaube nicht, dass ich im Moment etwas bei mir behalten kann.*

Du brauchst Kalorien, um zu heilen. Aber ich wollte ihn nicht unter Druck setzen. Das konnte ich selbst auch nicht leiden, also legte ich mich einfach neben ihn, wobei ich darauf achtete, keine seiner Verletzungen zu berühren.

Dina und die anderen sind gleich da. Ich habe mich mit Lucas verbunden, während du mit Stevie gesprochen hast, und sie waren bereits in der Nähe der Siedlung.

Als hätte er sie herbeigerufen, hörte ich in diesem Moment, wie zwei Fahrzeuge in unsere Einfahrt fuhren.

Ich sprang auf und beeilte mich, die Tür für die Nachzügler zu öffnen. Lucas und Jack standen vorne, Stella und Miles in der Mitte und Michael, Janet und Dina bildeten das Schlusslicht.

»Whoa!« Jack starrte mich mit offenem Mund an, als er sein lockiges, blondes Haar aus dem Gesicht schob. Seine kobaltblauen Augen starrten auf mein Tattoo. »Das ist echt *verdammt cool.*«

Lucas' Blick wanderte auf dieselbe Stelle, während er sich über seinen dunklen Ziegenbart rieb. Seine Haut wirkte einen Hauch blasser als sonst. »Und es bewegt sich.«

»Was?« Stella drängte sich an den beiden Jungs vorbei. Sie war in jeder Hinsicht das komplette Gegenteil von mir, mit langem, gewelltem, dunkelbraunem Haar und violettfarbenen Augen, die mich an die Farbe von Veilchenerinnerten. Ihr bronzefarbener Teint schien in der Dämmerung zu leuchten. »Ich hatte keine Ahnung, dass es sich bewegen würde.«

»Ich glaube nicht, dass das normal ist.« Miles runzelte die Stirn. Er fuhr sich mit der Hand durch sein kurzes ebenholzfarbenes Haar, und ich konnte die Verwirrung in seinen dunkelgrünen Augen sehen.

»Vielleicht sollte ich nicht die Königin sein?« Ich trat aus der Tür, ließ sie herein und ging zurück zu Bodey. Dina musste meinen Gefährten so schnell wie möglich heilen. »Wo ist Zeke?« Ich war überrascht, dass er nicht hier war.

»Er und Theo sind zu ihrem Rudel zurückgefahren«, antwortete Michael. »Anscheinend gab es dort einen Angriff, während sie weg waren.«

Ich erstarrte und drehte mich um. »Was denn für einen Angriff?« Meine Gedanken schweiften sofort zu meinen Eltern, und ich sortierte die Rudelverbindungen, um herauszufinden, welche von Mom, Dad und Theo waren. Was war passiert? »Ist jemand verletzt?«

»Laut Zeke wurde nur seine Gefährtin angegriffen. Die Königin hatte jemanden geschickt, um den Späher in Zekes Keller zu retten und sie hat es geschafft.« Lucas zuckte mit den Schultern. »Das war's. Niemand sonst wurde verletzt, aber sie wollten dennoch zurückkehren und nach dem Rechten sehen. Außerdem wurde Theo bei dem Angriff im Hells Canyon verletzt.«

Theo.

»Geht es ihm gut?« Dann zuckte ich zusammen und sah Dina an. »Und was ist mit den Hexen? Wie geht es ihnen?« Die Hexen gehörten genauso zu unserem Rudel wie die Wölfe.

Dina löste das Band aus ihrem Haar, und die kastanienbraunen Strähnen fielen ihr über die Schultern. Ihr Kleid war mit Blutflecken übersät. Ihre kohlefarbenen Augen verengten sich, und eine Gänsehaut breitete sich auf ihrer blassen Haut aus. »Theo geht es gut, er ist nur ein wenig dramatisch veranlagt.« Sie verdrehte die Augen, dann wurde sie ernst. »Eine unserer Hexen hat heute ihr Leben verloren – diejenige, die den Zauber gesprochen hat, um Eindringlinge abzuwehren. Sie haben sie getötet, um ihn zu brechen.«

Ich rieb mir die Brust und versuchte, den Schmerz zu lindern. »Wie viele haben wir verloren?«

»Das ist ja das Seltsame.« Miles biss sich auf die Unterlippe, schlenderte an mir vorbei und ging ins Arbeitszimmer. »Die Hexe ist tot, Theo wurde verletzt und Bodey wäre auch gestorben, wenn wir ihn nicht da rausgeholt hätten, aber allen anderen geht es den Umständen entsprechend gut.«

Das ließ mir das Blut in den Adern gefrieren. »Er und Samuel waren die ganze Zeit das Ziel, selbst nachdem ich *das hier* abbekommen hatte.« Ich deutete auf meinen Hals und meine Brust. Die gesamte Tätowierung war sichtbar, weil Bodeys Shirt mir zu groß war. »Warum hatten sie es nicht auf mich abgesehen?« Ich ging ebenfalls ins Arbeitszimmer, weil ich in Bodeys Nähe sein wollte. Das alles schien nicht ganz so schlimm zu sein, wenn ich in seiner Nähe war. Die anderen folgten mir.

Ich setzte mich neben ihn. Er hob den Kopf, bewegte sich aber nicht weiter.

»Vielleicht dachten sie, deine Tätowierung sei eine Illusion.« Dina neigte den Kopf zur Seite, während sie sie genauer betrachtete.

Ich hasste es, wie alle mich ansahen ... die Tätowierung ansahen. Am liebsten hätte ich meinen Hals und meine Brust bedeckt, aber was hätte das schon gebracht?

Ich schluckte. »Dina, ich frage ja nur ungern, aber besteht eine Möglichkeit, ihm zu helfen?« Ich nickte in Richtung meines Gefährten. Wenn sie wollte, würde ich sogar darum betteln.

Mit ernstem Gesicht kam die Hexe näher. »Ich kann ihm ein wenig helfen, ihn aber nicht vollkommen heilen. Durch die Magie, die wir im Hells Canyon benutzt haben, und den

Verlust eines Mitglieds unseres Hexenzirkels ist meine Magie müde und trauert. Aber ich kann den größten Teil der Schmerzen lindern.«

»Ich wäre dir für jedes bisschen Hilfe dankbar.« Ich wollte sie nicht unter Druck setzen, aber ich würde heute Nacht wirklich gerne mit meinem Gefährten in Menschengestalt schlafen.

Sie nickte und nahm einen Platz auf der anderen Seite von Bodey ein. Michael, Janet und Stella setzten sich auf das Sofa und die drei Berater stellten sich dahinter. Miles legte seine Hände auf die Schultern seiner Seelenverwandten, während er Dina bei der Arbeit zusah.

»Es wird eine Minute dauern.« Dina bewegte sich langsam, die Mundwinkel nach unten geneigt. Ich musste mich nicht mit ihr verbinden, um zu wissen, welchen Kummer sie in sich trug. Sie kniete neben meinem Gefährten nieder und legte ihre Hände auf die Stelle mit den tiefsten Wunden.

Schmerz schoss durch Bodeys und unsere Verbindung, und er wimmerte.

»Gleich wird es dir besser gehen«, murmelte Dina.

Ich konnte ihre Magie durch unsere Verbindung spüren. Das tröstliche, warme Gefühl war ein Echo dessen, was ich an dem Tag gespürt hatte, als sie ihre Magie an mir angewendet hatte.

Die Haustür öffnete sich, und Samuels Duft wehte ins Arbeitszimmer, als sich die Tür hinter ihm schloss.

Dann betrat Samuel den Raum und seufzte. »Ich habe sie in Michaels Keller gesperrt.«

»Ist sie dort sicher?«, fragte Jack. »Vielleicht sollte sie in der Junggesellenbude bleiben, mit dem Rest von uns.«

Die Augenbrauen von Lucas und Miles hoben sich, als sie Jack ansahen, der zwischen ihnen stand.

»Ich bin auch nicht glücklich darüber.« Ich ließ den Kopf

hängen und wünschte mir, dass jemand anderes als Stevie der Informant gewesen wäre. »Aber wir müssen sicherstellen, dass sie nicht noch mehr Informationen an die Königin weitergibt.«

»Du kennst sie besser als jeder andere von uns«, sagte Jack und zeigte auf mich. »Denkst du, dass sie das tun würde?«

Ich schnaufte, während meine Glieder zitterten. »Ich hätte nie gedacht, dass sie es überhaupt je tun würde, also habe ich leider keine Antwort darauf.«

Er nickte nachdenklich. »Das ist nur verständlich.«

Die Wärme von Dinas Magie ließ langsam nach, und bald hob die Hexe ihren Kopf. »Ich habe alles für ihn getan, was ich konnte.«

Durch unsere Verbindung konnte ich bereits den deutlichen Unterschied spüren. Bodey hatte keine Schmerzen mehr, und wenn er auf allen Vieren stand, war nur noch ein leichtes Unbehagen zu spüren. Er verband sich mit seinen Eltern, den Beratern, Samuel und mir. *Ich bin gleich wieder da. Ich werde mich schnell verwandeln.* Dann trabte er los und bewegte sich fast genauso wie vor den Verletzungen. Es war, als würde mir eine riesige Last von den Schultern genommen werden.

Jetzt, wo ich mir nicht mehr so viele Sorgen um Bodey machte, dachte ich wieder an meine Markierung. »Wie konnte das passieren?« Ich strich mit den Fingern über meinen Hals.

Dina stand wieder auf und schritt zwischen der Wand und dem Sofa hin und her. »Ich bin genauso ahnungslos wie du.«

»Glaubst du, der Zauber hat einen Fehler gemacht?« Das war das Einzige, was ich mir vorstellen konnte.

»Vielleicht. Oder es könnte an einem Täuschungszauber

liegen, den eine der Hexen der Südwest-Königin benutzt hat, um uns abzulenken.« Sie räusperte sich, hielt inne und betrachtete mich. »Wenn du willst, kann ich in deiner Energie lesen, um zu sehen, ob du Magie in dir trägst. Vorher konnte ich nur die Blutmagie spüren, die deine Wölfin unterdrückt hat. Diese ist jetzt jedoch schwächer, also müsste ich in dir suchen, um überhaupt Antworten zu finden.«

Mein Puls beschleunigte sich. »Bist du dazu denn momentan in der Lage?« Ich wollte nicht, dass sie ihre Magie oder ihre Gesundheit aufs Spiel setzte. »Oder sollen wir bis morgen warten?«

»Ich habe absichtlich genug zurückgehalten, falls du es überprüfen lassen willst.« Sie leckte sich über die Lippen. »Darf ich?« Dina hob ihre Hände, als sie sich auf mich zubewegte, und bat um Erlaubnis, meinen Arm berühren zu dürfen. »Es wird sich seltsam anfühlen, und du darfst keinen Zugang zu deiner Magie aufbauen, während ich in dir suche.«

Ich nickte und bot ihr meinen Arm an.

Als ihre Magie dieses Mal in mich eindrang, war es nicht so beruhigend wie bei der Heilung, die sie an mir vorgenommen hatte. Ihre Magie fühlte sich heißer und schneidender an. Ich konnte jeden Stoß und jeden Stich spüren, als ihre Macht sich durch die Magie meines Körpers bewegte.

Was ist hier los? Bodey verband sich mit mir, aber ich konnte nicht antworten. Sie hatte mir gesagt, ich dürfe nicht auf meine Magie zugreifen. Vermutlich hätte ich ihn warnen sollen, aber daran hatte ich nicht gedacht.

Als ich nicht antwortete, hörte ich, wie die Tür der Kommode im Schlafzimmer zugeschlagen wurde.

»Keine Sorge, ich werde ihm erklären, was los ist.« Janet lächelte.

Alle Anwesenden beobachteten, wie Dina in mir nach

Antworten suchte. Als das Stoßen immer stärker wurde, stöhnte ich auf.

Gerade als Bodey den Raum betrat, ließ Dina ihre Hände sinken. Sie schien jedoch verwirrter als vorher zu sein.

»Was hast du gefunden?«, fragte mein Gefährte und kam auf mich zu.

Ich blickte zu ihm auf und lächelte. Ich war so erleichtert, ihn wieder in menschlicher Gestalt zu sehen und festzustellen, dass er sich ohne allzu große Probleme bewegen konnte.

Meine Augen musterten jede Stelle ganz genau, an der er verletzt worden war, auch wenn mich seine Muskeln wie immer ablenkten. Sein zerzaustes, kastanienbraunes Haar fiel ihm in die Stirn, und seine olivfarbene Haut war nur ein wenig blasser als üblich, ansonsten sah er so heiß aus wie immer.

Er hockte sich neben mich und nahm meine Hand.

»Das ist es ja gerade.« Dinas Kiefer zuckte. »Ich habe nichts gefunden, und das kann nur eines bedeuten.« Sie hielt inne, ihr Gesicht war angespannt.

Das konnte nicht gut sein, auch wenn ich keine Ahnung hatte, was sie damit meinte.

Offenbar ganz im Gegensatz zu Samuel, der plötzlich laut keuchte.

Bodeys Hand erstarrte wenige Zentimeter vor meiner, was meinen Puls in die Höhe schnellen ließ. Was auch immer Samuel begriffen hatte, Bodey hatte es offensichtlich auch.

Samuel kam ein paar Schritte auf mich zu und musterte mein Gesicht, als ob er etwas suchte.

»Willst du damit sagen, dass es möglich ist, dass sie ...«, begann Michael, schaffte es aber anscheinend nicht, den Satz zu beenden. Stattdessen blinzelte er ungläubig.

Mein ganzer Körper kribbelte. Ich wusste nicht, was sie dachten, und am liebsten hätte ich mich einfach irgendwo eingerollt. In diesem Moment hätte ich alles getan, um den neugierigen Blicken zu entkommen, die auf mich gerichtet waren. Irgendwie war das sogar schlimmer als wenige Minuten zuvor, als sie alle mein Tattoo angestarrt hatten.

Bodey nahm meine Hand, und seine Überraschung verwandelte sich in Ruhe. Er drückte sie sanft und nahm den Platz neben mir ein, wobei sich unsere Beine berührten.

»Willst du damit sagen, dass sie meine Schwester ist?«, murmelte Samuel. Seine Stimme war voller Gefühl.

Dina nickte, und mein Körper wurde taub.

Ich war mir nicht sicher, was ich fühlte. Schrecken und Hoffnung vermischten sich. »Schwester?« Ich sprach das Wort langsam aus, obwohl es ein gängiges Wort in meinem Wortschatz war, und kämpfte mit der neuen Bedeutung im Zusammenhang mit Samuel. »Aber das ist doch nicht möglich.«

Janet neigte den Kopf zur Seite und starrte mich an. »Wenn ich sie genauer ansehe, kann ich König Richards Züge in ihr erkennen. Die Augen und die Haarfarbe stimmen überein. Es ist beinahe unheimlich.«

Ich schüttelte den Kopf, und ein Zittern ging durch meinen Körper. »Daran würde ich mich doch erinnern. Eine Prinzessin zu sein, ist eine verdammt große Sache. Das kann nicht stimmen. Vielleicht hat diese Hexe den Zauber vor den anderen versteckt.« Man sollte meinen, dass es nicht möglich wäre, das Gedächtnis einer Prinzessin auszulöschen. Das musste ein Irrtum sein. Ich konnte nicht das Mädchen sein, von dem der König und die Königin gehofft hatten, es würde alle Gestaltwandler in den USA vereinen.

»Eine Hexe kann einen Zauber nicht vor einer anderen Hexe verbergen, schon gar nicht vor einer, die so mächtig ist wie ich.« Dina entfernte sich ein paar Schritte von mir und fuhr fort. »Was jedoch dein Gedächtnis angeht ... wenn eine Hexe stark genug ist, kann sie selbst die Erinnerungen derer blockieren oder verändern, die selbst sehr mächtig sind. Sie ist zwar schwach, aber ich spüre genug Magie, um zu wissen, dass etwas in dir noch immer unterdrückt wird, und es ist nicht deine Wölfin.«

»Es muss doch einen Weg geben, meine Erinnerungen wieder herzustellen. Ich habe Geschichten über Erinnerungs-zauber gehört.« Ich runzelte die Stirn.

»Es gibt in der Tat zwei Möglichkeiten.« Sie hob einen

Finger. »Erstens, eine Hexe entfernt den Zauber. Zweitens, wenn ein Vampir die Erinnerungen einer Person verändert hat, kommen sie normalerweise zurück – der Verlust ist nicht dauerhaft, wenn die Person einen starken, intelligenten Geist hat. Ich bezweifle jedoch, dass deine Gedanken von einem Vampir ausgelöscht wurden.«

Ich blinzelte und versuchte, diese neuen Informationen zu verarbeiten. Jedes Mal, wenn ich dachte, ich hätte aufgeholt, verpasste mir das Schicksal eine weitere Ohrfeige.

Stella legte eine Hand auf eine von Miles' Händen. »Dann entferne den Zauber.«

»Das ist leichter gesagt als getan.« Dina stieß einen Atemzug aus. »Die einzige Hexe, die das kann, ist die, die den Zauber gesprochen hat, oder einer ihrer direkten Nachkommen.«

Tränen brannten in meinen Augen. Warum konnte ich auch nicht einmal Glück haben?

»Dann sag uns, wer den Zauber gesprochen hat, damit wir die Hexe finden und Callie davon befreien können.« Jack lehnte sich vor und stützte seine Arme auf dem Sofa ab.

Bodey lachte bitter auf. »Lass mich raten, du kannst uns nicht sagen, wer dafür verantwortlich ist?«

Seine Wut strömte durch unsere Verbindung in mich hinein, sodass meine Lungen Mühe hatten, sich mit Luft zu füllen.

»Nein. Diese Energie habe ich zuvor noch nie gespürt.« Dina schürzte ihre Lippen. »Das heißt aber nicht, dass ich sie nicht finden kann.«

Wenigstens war noch nicht alles verloren. »Das ergibt doch alles keinen Sinn.« Ich rieb meine freie Hand an meinem Oberschenkel. »Wie kann jemand wie *ich* Königin sein? Eine Wolfswandlerin, die wie Dreck behandelt wurde und sich fast ihr ganzes Leben lang nicht verwandeln konnte?«

Alle zuckten zusammen, und Bodey knurrte.

Plötzlich schien auch ich zu verstehen.

Zeke hatte es gewusst.

»Nein«, sagte Janet und legte eine Hand auf ihr Herz. »So etwas würde selbst Zeke nicht tun. Ganz sicher nicht.«

»Er muss es gewusst haben.« Michael kniff sich in den Nasenrücken. »Es ist unmöglich, dass er Callie nicht erkannt hat. Er hat das Königspaarmehrmals im Monat besucht, auch wenn nichts Dringendes anstand. Er war bei jeder Feier dabei, auch bei Geburtstagen.«

Ein Schauer lief mir über den Rücken. Wenn das der Fall war, hatte Zeke mich schon als Baby gekannt. Er hatte genau gewusst, wer ich war, und mich trotzdem wie Abschaum behandelt. »Was ist mit Theo?« Mein Herz schmerzte schrecklich. Hatte mich jeder, dem ich vertraut hatte, verraten? Die Sache mit Stevie war schon ein Schlag ins Gesicht gewesen, aber wenn Theo auch ...

Michael schüttelte den Kopf. »Theo hat Zeke nie begleitet. Er ist mit Tina zu Hause geblieben, er kann also nicht wissen, wer du bist, es sei denn, Zeke hat es ihm gesagt.«

Das war wenigstens etwas ... aber hatte er irgendwann herausgefunden, wer ich war? So viele Fragen schossen mir durch den Kopf.

»Das alles ergibt jetzt einen Sinn.« Bodey legte seinen Arm um mich und drückte mich an sich. »So viele Dinge, die nicht zusammengepasst haben, tun es schließlich doch. Er wollte nicht, dass du mit anderen Wolfswandlern und Menschen zur Schule gehst.« Er rümpfte die Nase. »Er wollte nicht, dass du in die Stadt gehst. Er wollte, dass du immer in seiner Siedlung bleibst. Er hat versucht, dich zu verstecken.«

Stella tippte mit dem Finger gegen ihr Kinn. »Aber es

könnte auch andere Gründe für all das geben ... oder etwa nicht?«

»Vielleicht.« Samuel lehnte sich gegen die Wand neben dem Kamin. »Soweit wir wissen, könnte er die Person sein, die ihre Magie und ihre Erinnerungen blockiert hat.«

Ich hatte immer noch einige Fragen. »Zeke hat mich also irgendwie entführt, meine Magie blockiert, mich versteckt und mich dann wie Dreck behandelt. Aber *warum*?«

Lucas räusperte sich. »Theo hat versucht, dich zu überreden, ihn als Gefährten anzunehmen.«

Mein Magen drehte sich um, als Bodeys Zorn in glühende Wut umschlug.

Es war Zekes Plan gewesen, dass Theo und ich uns paaren sollten. Aber trotzdem ergab nichts einen Sinn. Warum hatte Zeke sich dann nicht gefreut, als er mich gefunden hatte und jeden darüber informiert, dass er ein Held war?

Der Raum blieb still, als das Ausmaß der Situation über uns hereinbrach.

Bodey ließ mich los und stand auf. »Dafür werde ich ihm in den Arsch treten.« Sein Kiefer verkrampfte sich, während seine Iris fast schwarz wurde.

Das klang nach einer ausgezeichneten Idee, und so sprang ich ebenfalls auf.

»Scheiße, ja.« Jack schlug eine Faust in die Luft. »Lass uns dem alten Mann ein paar Lektionen erteilen.«

»Ganz ruhig.« Michael hob eine Hand, stand auf und ging zum Ende des Sofas, damit er zu uns allen sprechen konnte. »Wir kennen immer noch nicht die ganze Geschichte, also sollten wir nicht voreilig handeln. Wir müssen die Sache klug angehen, sonst könnten wir Zeke einen Vorteil verschaffen. Einen, von dem wir nicht wissen, wie er ihn nutzen würde.«

Bodeys Hals schnürte sich zu. »Wir sollen die Sache *klug* angehen? Wir sollten sofort zu ihm fahren und ihn zur Rede stellen!«

»Sohn, ich verstehe dich. Das werden wir auch tun.« Michael verschränkte seine Finger. »Aber nicht heute Abend.«

Bodey starrte seinen Vater an; seine Wut war so spürbar, dass ich Mühe hatte, zu atmen. Er ballte die Hände zu Fäusten, seine Nasenlöcher blähten sich auf. »Wenn er ihr das angetan hat ...«

»Wir wissen nicht, ob er dafür verantwortlich ist«, warf Miles ein. »Dein Vater hat recht. Wir können Vermutungen anstellen, und wahrscheinlich haben wir sogar recht, aber wir dürfen nicht vorschnell handeln. Eine solche Reaktion könnte ihn in eine Ecke drängen, auf die er bereits vorbereitet ist. Und wer weiß, was er sich dann einfallen lässt.«

Ich hasste es, dass er recht hatte. Meine Wölfin heulte in meinem Kopf, gierig nach Blut, und in jeder Zelle in meinem Körper brodelte es. Ich wollte das Arschloch so quälen, wie er mich mein ganzes Leben lang gequält hatte.

»Mit anderen Worten: Wenn wir mit unseren Mistgabeln und brennenden Fackeln dorthin rennen, läuft er vielleicht weg oder macht die Sache für uns noch schlimmer.« Lucas rümpfte die Nase.

»Genau.« Michael ließ die Hände sinken. »Es könnte immer noch einen rationalen Grund für sein Handeln geben. Wenn wir ihn mit unbewiesenen Anschuldigungen konfrontieren, könnte er der Südwest-Königin helfen, gegen uns vorzugehen.«

Bodey lachte bitter auf. »Glaubst du wirklich, dass es für all das hier einen rationalen Grund gibt?«

»Es könnte immer noch etwas geben, von dem wir nichts wissen.« Michael zuckte mit den Schultern. »Wir können nicht einfach davon ausgehen, dass Zeke all das getan hat. Du bist jetzt der König unseres Territoriums, Bodey, und das ist eine große Verantwortung, auf die ich dich nicht vorbereiten konnte.«

Ich spürte den Schock meines Gefährten über unsere Verbindung.

Ja, ich verstand dieses Gefühl. Er hatte bisher nicht bedacht, was meine neue Rolle für ihn bedeuten würde. Wenn die Situation nicht so ernst wäre, wäre seine Reaktion fast lustig gewesen.

Ich schnaufte und legte meine Hand auf Bodeys Rücken. Seine Muskeln entspannten sich immerhin ein wenig unter meiner Berührung.

»Ob wir es zugeben wollen oder nicht, Zeke ist schlau.« Es tat fast weh, diese Worte auszusprechen. »Wir sind alle erschöpft von den beiden Kämpfen letzte Nacht und heute, und Bodey wurde schwer verletzt. Wir sollten uns diese Nacht gönnen um uns ausruhen. Wir können gleich morgen früh aufbrechen.«

»Ich stimme dagegen.« Jack zeigte mir grinsend den Daumen nach unten. »Das klingt ziemlich langweilig«, beendete er sein Veto.

Lucas verpasste ihm einen Schlag auf den Hinterkopf. »Halt die Klappe, Mann.«

Verärgerung flammte in Bodey auf. »Meine Gefährtin hat recht. Wir werden genau das tun, aber ich werde fünf Wölfe zu Zekes Rudel schicken, damit sie ihn im Auge behalten. Wenn etwas passiert, werden wir es sofort erfahren.«

Das war ein hervorragender Vorschlag. Die meisten von Bodeys Leuten waren heute nicht bei der Krönung gewesen und vermutlich deutlich ausgeruhter als wir. Ich straffte meine Schultern. »Sie können die Gegend absuchen und sehen, ob ihnen etwas Verdächtiges auffällt. Bodey kann sich etwas ausruhen, während ich mit meiner Schwester rede und versuche, weitere Antworten aus ihr heraus zu bekommen. Dann können wir gleich morgen früh losfahren, um mit Zeke zu reden.«

»Okay, Spaß beiseite, Leute ... wenn Zeke wirklich ein Verräter ist, wird er dann morgen früh noch da sein?« Jack wölbte eine Augenbraue.

Wenn die Königin die Krönung nicht vereitelt hätte, hätten wir das alles *heute Abend* mit Zeke besprechen können. »Das wird vermutlich keinen Unterschied mehr machen. Wenn er fliehen wollte, wäre er schon weg. Wenn er da ist, wenn unsere fünf Leute dort auftauchen, können sie uns warnen und ihm folgen, falls er es doch tut.«

Obwohl Bodey seine Wut kaum unter Kontrolle halten konnte, sprach er ruhig. »Mir gefällt das auch nicht, Jack, aber wir brauchen Ruhe. Er hatte siebzehn Jahre Zeit, um zu planen, was auch immer er vorhat, also wird er alle Eventualitäten bedacht haben. Dad hat recht. Wir müssen uns ausruhen, damit wir auf einen möglichen Kampf vorbereitet sind.«

In meinem Kopf kursierten immer noch Fragen. War Zeke die Person, die mich verzaubert hatte? Steckte er hinter all dem? Oder war er nur ein kleiner Akteur im großen Ganzen?

»Gut.« Jack verschränkte die Arme vor der Brust. »Aber Bodey und Callie brauchen die meiste Ruhe, da sie in den letzten vierundzwanzig Stunden am schlimmsten verletzt wurden, was bedeutet, dass ich derjenige sein sollte, der Stevie befragt. Vielleicht ist sie eher bereit, mit mir zu reden als mit der Schwester, die sie eingesperrt hat.«

Ich wich zurück. Ich konnte es nicht verhindern. Schuldgefühle brachen über mich herein wie eine Flutwelle.

»Sei kein Idiot«, knurrte Bodey, der meine Gefühle spürte.

»Was denn?« Jacks Stirn legte sich in Falten.

Lucas schüttelte den Kopf. »Ich begleite dich.« Er packte Jacks Arm und zog ihn aus dem Raum.

»Ich kann sie auch allein befragen«, murmelte Jack, als die beiden sich entfernten. »Ich weiß, wie man mit Frauen spricht.«

»Du hast gerade das Gegenteil bewiesen«, erwiderte Lucas, öffnete die Tür und führte Jack nach draußen.

Als sich die Tür schloss, seufzte Janet. »Er hat es nicht so gemeint, Callie.«

Ich wusste, dass er mich nicht verletzen wollte. Er hatte nur die Wahrheit ausgesprochen, und deswegen konnte ich ihm nicht böse sein. »Ich weiß, kein Problem.« Ich wollte sagen, dass es mir gut ging, aber das wäre eine Lüge gewesen. Dieser ganze Tag war beschissen gewesen.

Miles drückte Stellas Schultern und zwang sich zu einem Lächeln. »Meine Gefährtin und ich werden uns nun auch ausruhen. Wir sind beide ziemlich erschöpft.« Er nahm seine Hände von ihr und ging ein paar Schritte zurück.

Gähnend stand Stella auf. »Das kannst du laut sagen.«

»Und wir sollten ihrem Beispiel folgen.« Michael richtete sich auf und reichte Janet seine Hand, um ihr auf die Beine zu helfen.

»Na dann, gute Nacht allerseits.« Janet kam noch kurz zu uns und umarmte uns beide, während Dina danebenstand und zusah.

Bald darauf gingen alle zur Vordertür hinaus und ließen Samuel, Dina, Bodey und mich im Arbeitszimmer zurück.

Dina tippte mit den Fingern auf ihr Bein. Ihre Nervosität war spürbar.

Ich lächelte. »Danke für alles.«

Sie legte die Stirn in Falten und verbeugte sich leicht.

»Natürlich, meine Königin. Ich würde alles für die königliche Familie tun.«

Mir wurde warm ums Herz. »Sag uns Bescheid, wenn du und dein Zirkel etwas brauchen.«

Bodey legte einen Arm um meine Schulter und nickte. »Nehmt euch Zeit, zu trauern. Ihr solltet wissen, dass ihr alle in unseren Gedanken seid.«

Dinas Augen leuchteten und sie presste die Lippen aufeinander. »Ich danke euch. Ich melde mich bald wieder.« Dann drehte sie sich um und folgte den anderen.

Als ich Samuel anschaute, starrte er mich an.

In meiner Brust pulsierte ein unangenehmes Gefühl.

Bodey räusperte sich unbeholfen. »Ich werde duschen gehen.« *Du kannst mir gerne Gesellschaft leisten, wenn ihr beide rechtzeitig fertig seid.*

Mein Körper erwärmte sich für einen Moment, aber dann konzentrierte ich mich auf meine Atmung. Samuel wollte offensichtlich mit mir sprechen. »Wir sehen uns in unserem Zimmer.«

Er küsste mich auf die Wange und ging die Treppe hinauf.

Samuel wandte seinen Blick nicht von mir ab, und ich schluckte. Er musterte mein Gesicht ganz genau.

Als sich oben die Schlafzimmertür öffnete und dann schloss, grinste Samuel. »Wir sind also verwandt? Eine Familie.« Hoffnung funkelte in seinen Augen.

Mein Körper erschlaffte fast unter der Last, die von mir abfiel. »Ja, das sind wir.« Ich strahlte und erwiderte seine Freude. Meine Eltern und Stevie waren zwar auch meine Familie, aber das hier war anders. Als ich hier angekommen war, hatte ich sowohl zu Samuel als auch zu Bodey eine Bindung gespürt. Die Verbindung, die ich zu Bodey gehabt hatte, ergab Sinn. Er war mein Schicksalsgefährte und wir waren geboren worden, um einander zu ergänzen. Auch wenn wir anfangs unsere Magie nicht spüren konnten, hatten sich unsere Seelen gegenseitig erkannt. Das musste der Grund sein, warum wir uns so mühelos und schnell ineinander verliebt hatten. Jetzt verstand ich auch, warum ich mich mit Samuel so gut verstand – wir hatten eine echte familiäre Bindung. Das Blut und die Magie, die durch unsere Adern flossen, waren von denselben Eltern geschaffen worden.

Seltsamerweise waren wir sogar ähnlich aufgewachsen, obwohl ich wie eine schwache Wölfin und er wie ein zukünftiger König behandelt worden war. Keiner von uns beiden war in der Lage gewesen, unser Rudel zu verlassen und zur Schule zu gehen wie unsere Altersgenossen, und wir hatten viele Dinge verpasst, die anderen Gestaltwandlern möglich waren, wie zum Beispiel außerhalb des Rudels arbeiten zu gehen.

»Wenn du jemals deine Erinnerungen zurückbekommst ...« Er nahm meine Hand. »Wirst du mir alles erzählen, was du über unsere Eltern weißt?«

Mein Herz verkrampfte sich schmerzhaft. Keiner von uns konnte sich an sie erinnern, nur an die Geschichten, die andere erzählt hatten. »Das werde ich. Versprochen.«

Er umarmte mich, drückte mich an seine Brust, und ich spürte die Wärme seiner Zuneigung. Dann verband er sich gedanklich mit mir. *Ich hätte mir keine bessere Schwester wünschen können.*

Meine Augen brannten. »Und ich mir keinen besseren Bruder.«

Er atmete aus und trat einen Schritt zurück. »Ich möchte wirklich gern noch mehr Zeit mit dir verbringen und dich besser kennenlernen, aber du und Bodey braucht euch gegenseitig heute Abend.« Er warf einen Blick auf den Holzboden und zuckte mit den Schultern. »Vielleicht finden wir ja trotzdem irgendwann etwas Zeit, um zusammen abzuhängen?«

»Ganz bestimmt.« Ich legte ihm eine Hand auf die Brust. »Außerdem wohnst du ja hier bei uns. Wir können morgen gemeinsam frühstücken, bevor wir zu Zeke gehen.«

Samuel hob den Kopf und sah mich an. »Du willst, dass ich mitkomme?«

»Natürlich. Ich brauche nicht nur Bodey, um herauszufinden, wie ich Zeke lesen kann, sondern auch dich, weil ich es offensichtlich nicht besonders gut kann. Sonst hätte ich mir das alles schon viel früher zusammengereimt.«

»Du wurdest als kleines Kind in sein Rudel gebracht. Du kanntest es eben nicht anders, und hast es deshalb nicht in Frage gestellt.« Er klopfte sich auf die Brust. »Ich fühle mich geehrt, dass du mich dort haben willst, aber ich möchte nicht, dass du dich schlecht fühlst, weil jeder dachte, dass ich der zukünftige König sein werden.«

»Und ich möchte nicht, dass du dich deswegen schlecht fühlst, oder dass du wütend auf mich bist, weil es anders gekommen ist.« Ich rieb meine Hände aneinander. »Ich weiß, das ist schwer für Alphas.«

Er lachte. »Erinnerst du dich etwa nicht daran, dass ich dir gesagt habe, dass ich nicht König werden will? Offen gestanden, bin ich erleichtert.«

Die Tatsache, dass ich keine Lüge roch, ließ ebenfalls Erleichterung in mir aufsteigen und meine Knie weich werden. »Du willst also kein Alpha sein?«

»Oh, doch.« Er nickte. »Das will ich, aber ich bin mit dem zweiten Platz zufrieden.« Er blinzelte.

Ich atmete aus. Egal, was passiert, Bodey, Samuel und mir würde es gut gehen.

Als ich hörte, wie die Dusche eingeschaltet wurde, begann meine Wölfin zu wimmern. Sie wollte Bodey sehen und ihn auf Verletzungen untersuchen ... und andere köstliche, harte Dinge vorfinden.

»Wir sehen uns beim Frühstück.« Samuel verdrehte die Augen, aber seine Mundwinkel verzogen sich nach oben. »Gute Nacht.«

Das war mein Stichwort. »Gute Nacht. Bis morgen.« Ich huschte davon und eilte die Treppe hinauf. Als ich unser Zimmer erreichte, schloss ich die Tür ab und zog mich aus. Mit Bodey zu duschen, klang nach einem ziemlich guten Ende für einen beschissenen Tag.

Als ich das Badezimmer betrat, fiel mein Blick auf die grau gekachelte Dusche auf der rechten Seite. Bodey stand dort, nass und völlig nackt, obwohl der Dunst verhinderte, dass ich seinen herrlichen Körper im Detail sehen konnte.

Ich hatte gehofft, du würdest rechtzeitig hier sein. Ich habe schon ein Handtuch für dich bereitgelegt.

Ich tapste über die kühlen, grauen Kacheln, vorbei am Granitwaschbecken. Die Wände waren in einem hellen Grau gehalten, wodurch der Raum groß und gemütlich wirkte.

Ich griff nach dem bronzenen Griff und öffnete die Duschkabinentür.

Bodey stand mit dem Rücken zu mir. *Wie geht es dir? Ich weiß, dass es keine leichte Entscheidung war, Stevie einzusperren.*

Ich zuckte zusammen. Obwohl er nackt war, veränderte diese Frage meine Stimmung. *Ich komme schon klar. Ich wünschte nur, wir hätten eine andere Wahl gehabt, aber Samuel hat recht. Man kann ihr nicht trauen.*

Er wandte sich mir zu, und mein Verlangen kehrte in doppelter Weise zurück.

Geht es Samuel gut?

Ja, aber ich will jetzt wirklich nicht an ihn denken. Ich wollte Bodey und konnte kaum an etwas anderes denken.

Ach nein?, stichelte er und zwinkerte. *Worüber willst du stattdessen nachdenken?*

Ich trat auf ihn zu und nahm jeden Zentimeter seines Gesichts in mich auf, dann ließ ich meinen Blick nach unten wandern.

Als ich die Wunden auf seiner Brust entdeckte, erstarrte ich. Sah ich jetzt schon Dinge, die nicht da waren?

I ch blinzelte, und trotz des Schorfs auf Bodeys Brust konnte ich die kleine Markierung erkennen. Wasser rann über seine Haut, sein üblicher Duft vermischte sich mit Seife.

Was ist los?, fragte er über unsere Verbindung. Seine Sorge war deutlich spürbar.

Meine Hand zitterte, als ich die Umrisse der Markierung nachzeichnete, wobei ich sehr vorsichtig war, um ihm nicht wehzutun. Seine Tätowierung war nicht so kompliziert, wie meine, sie bestand nur aus dem Pfotenabdruck. Sie war auch nur etwa ein Drittel so groß, etwa sieben Zentimeter, und befand sich unterhalb der Mitte seines Schlüsselbeins. *Du hast auch eine Tätowierung.*

Seine Augen weiteten sich und er blickte nach unten. Sein Atem stockte. »Deswegen hat es so wehgetan, als die Tinte dich markiert hat.«

Ich erinnerte mich an den Schmerz, den ich durch unsere Verbindung gespürt hatte. »Ich dachte, du wärst verletzt.« Mein Finger fuhr immer noch vorsichtig über die Tätowierung, und ich spürte die schwache Berührung an meiner eigenen Brust, als würde ich auch über sie streichen.

Seltsam.

»Nein, zu diesem Zeitpunkt war ich es noch nicht«, seufzte er, und eine Gänsehaut breitete sich trotz der Wärme des Wassers auf seiner Haut aus. »Ich dachte, ich würde deinen Schmerz spüren.«

Wenn ich mich an meine eigenen Qualen zurückerinnerte, konnte ich verstehen, warum er das gedacht hatte, zumal unsere Tattoos sich an ähnlichen Stellen auf unseren Körpern befanden. »Wahrscheinlich hast du das, aber ein Teil davon muss dein eigener Schmerz gewesen sein.«

Er lächelte. »Ich liebe es, dass wir fast identische Tattoos haben.« Er wackelte mit den Augenbrauen. »Jetzt sind wir beide gebrandmarkt.«

Seine Freude löste ein wenig die Spannung in meinem Körper. Ich fühlte mich ein wenig mehr wie ich selbst und scherzte. »Ja, wir sind als König und Königin gebrandmarkt.«

»Weil wir *Gefährten* sind«, erwiderte er. Seine Augen verfinsterten sich, und er schlang seine Arme um meine Taille und zog mich an sich. Nun floss das Wasser auch über mich, und ich genoss jeden Moment.

Lust flammte in mir auf, und ich küsste seine Lippen, wollte ihn schmecken.

Er antwortete mit Nachdruck, seine Zunge glitt in meinen Mund. Sein Pfefferminzgeschmack erfüllte meine Sinne, und sein Duft machte mich ganz schwindelig.

Schnell lehnte er sich von mir weg, und ich runzelte die Stirn.

Lachend drehte er mich, sodass ich direkt unter dem Wasserstrahl stand, und neigte meinen Kopf zurück.

»Lass mich dich waschen«, murmelte er und drückte etwas von dem nach Kokosnuss duftenden Shampoo in seine Hand.

Eigentlich wollte ich, dass er sich auf eine andere Weise

um mich kümmerte. Mein Körper war bereit für ihn, und ich wollte ihn spüren, nachdem ich ihn so verletzt gesehen hatte.

Als ich schmollte, schmunzelte er und drehte mich so, dass ich mich von ihm abwandte. Dann griffen seine kräftigen Finger in mein Haar und schäumten die Strähnen ein. Nachdem das Shampoo eingearbeitet war, massierte er sanft meine Kopfhaut, bis ich stöhnte.

Irgendwie war das erotischer als ein gewöhnliches Vorspiel.

Meine Beine drohten unter mir nachzugeben, während er meinen Kopf massierte und meinen Nacken kraulte.

Als mein Körper gegen seine Brust sank, trat er ein paar Schritte zurück, um mich aus dem Wasserstrahl zu ziehen, und griff dann nach einem Stück Kokos-Seife. Langsam wusch er meinen Körper, wobei er meinen Brüsten besonders viel Aufmerksamkeit schenkte. Danach hockte er sich hin und widmete er sich meinen Beinen. Schließlich stand er auf. *Jetzt spülen wir dich ab.*

Er drehte mich um und schob mich wieder unter das Wasser, und während ich mir die Seife vom Körper wusch, küsste er mich. Seine Zunge glitt wieder in meinen Mund, und ich schlang meine Arme um seinen Hals, weil ich ihn berühren und mein Gewicht von ihm tragen lassen wollte.

Er trat vor und drückte mich mit dem Rücken gegen die Fliesen, während er sich unter den Strahl stellte.

Meine Augenlider waren schwer vor Verlangen. »Was hast du vor? Jetzt sollte ich dich waschen.«

»Das habe ich bereits erledigt, bevor du hier oben warst, und außerdem habe ich einen Teil deines Körpers vergessen«, raunte er, während eine seiner Hände nacheinander über meine Brustwarzen strich, und die andere Hand einseifte, um sie dann zwischen meine Beine zu schieben.

Sein Mund wanderte zu meiner Brust, und seine Zunge

leckte über eine meiner Brustwarzen, während seine Finger sich zwischen meine Falten rieben.

Ich konnte mich nicht mehr zurückhalten und stöhnte. Dann verkrampfte ich mich vor Verlangen, da es sich fast so anfühlte, als würde ich jeden Moment explodieren. Das führte jedoch nur dazu, dass seine Finger schneller kreisten, während er meine Brustwarze in seinen Mund nahm. Meine Hüften stemmten sich gegen seine Hand, und er schob zwei Finger in mich hinein.

Du bist noch nicht ganz geheilt. Wir sollten uns ins Bett verlagern, murmelte ich durch unsere Verbindung, bevor ich vollkommen den Verstand verlor. Da mein Körper bereits in Flammen stand, fiel es mir wirklich schwer, die Worte auch nur zu denken.

Es geht mir gut. Und wenn ich dich heute Nacht nicht schmecken, berühren und in dir sein kann, werde ich kein Auge zutun können. Seine Zähne streiften sanft meine empfindliche Haut und ließen mich aufstöhnen.

Gott sei Dank brauchte er mich ebenso sehr wie ich ihn.

Meine Muskeln spannten sich an, als er sowohl seine Finger als auch seine Zunge schneller bewegte.

Ich griff verzweifelt nach unten, um ihn zu streicheln, unsere Körper waren feucht vom Wasser und unserer Lust. Sein Atem ging rasend schnell, während sich seine Hüften im gleichen Rhythmus wie meine Hand bewegten. Wir brachten einander zum Äußersten.

Und dann überkam mich ein Orgasmus. Meine Muskeln spannten sich an, Lust durchströmte mich und ich verkrampfte mich um seine Finger, um ihn anzutreiben, sie schneller zu bewegen.

Sobald die Ekstase nachließ, versuchte ich, mich zurückzuziehen, da ich jetzt überempfindlich auf seine Berührung reagierte, aber er hielt mich fest.

»Nochmal«, knurrte er, und seine Worte entfachten etwas Wildes in mir.

Und einfach so war mein Körper wieder bereit für seine lieblichen Qualen. »Ich will nicht nur deine Finger. Ich will *dich*.« Nachdem ich ihn heute so gebrochen gesehen hatte, konnte ich nicht länger warten.

»Scheiße, ja.« Er nickte, trat zwischen meine Beine und hob mich gegen die Wand. Dann positionierte er sich vor mir, drang in mich ein und füllte mich kurz darauf vollständig aus. Mein Kopf schlug gegen die kalten Kacheln, was mich allerdings nicht sonderlich störte.

Er hielt inne und legte eine Hand hinter meinen Kopf, um ihn zu schützen, dann presste er seinen Mund auf meinen.

Währenddessen schlang ich meine Beine um seine Taille und zog ihn näher an mich heran, sodass sein Körper sich an meinen drückte und er noch tiefer in mich eindringen konnte.

Dann stieß er erneut zu und drückte sich noch mehr gegen mich. Jedes Mal, wenn er in mich stieß, wurde unsere Verbindung stärker. Unsere Gefühle und Empfindungen vermischten sich, während sich unsere Seelen vereinten.

Bald spürte ich, dass meine nächste Erlösung unmittelbar bevorstand. Unsere Küsse wurden immer leidenschaftlicher und dringlicher, während wir das Tempo beschleunigten. Er stieß ein letztes Mal hart zu und hielt dann inne. Ich krümmte mich gegen ihn, als unsere gemeinsame Ekstase unsere Verbindung erfüllte.

Er knurrte, als sein Körper durch seine eigene Erlösung bebte, und ich grub meine Nägel in seinen Rücken an Stellen, wo er nicht verletzt war. Unsere Lust verschmolz, und die Welt um uns herum verschwamm.

Ich war nicht sicher, wie lange unser Orgasmus dauerte. So mit ihm zusammen zu sein, unsere Seelen vollkommen miteinander verbunden ... ich brauchte das Vergnügen mehr als Sauerstoff.

Verdammt. Er verteilte Küsse auf meinem Gesicht, als er sich aus mir zurückzog und wieder unter den Wasserstrahl trat. Ich folgte ihm, nicht bereit, auf die Berührungen zu verzichten. Ich presste meine Lippen auf seine, und unsere Zungen kämpften miteinander.

Ich liebe dich, Callie, sagte er. *Ich weiß nicht, was ich jemals ohne dich getan hätte.*

Seine Liebe floss durch meine Adern, erreichte die leeren, dunklen Stellen und erfüllte sie mit Wärme und Licht.

»Ich liebe dich auch«, flüsterte ich und legte eine Hand auf seine Wange. »Aber wir müssen uns ausruhen, damit wir beide für morgen körperlich und geistig fit sind.« Ich hasste es, das Thema anzusprechen, besonders nach der Zeit, die wir gerade miteinander verbracht hatten, aber wir mussten uns der Realität stellen. *Auch wenn ich lieber wieder mit dir schlafen würde.*

Sein sanfter Blick erfüllte mich mit Wärme. *Solange ich dich halten und riechen kann, reicht mir das.*

Bei allen Göttern ... was hatte ich nur für ein verdammtes Glück, ihn zu haben.

Wir wuschen uns beide ab, zogen uns an – ich trug eines seiner Shirts und eine seiner Boxershorts – und krochen dann ins Bett.

Heute Abend musste ich einfach nur in den Armen meines Gefährten liegen.

EIN LAUTES SUMMEN WECKTE MICH, und ich hob meine Hand, um dem Wecker den Mittelfinger zu zeigen. Trotz meiner Reaktion summte mein Handy, das auf dem Nachttisch lag, so laut weiter, dass mir die Ohren pochten.

Neben mir stöhnte Bodey und zog mich an sich, sodass mein Rücken noch mehr an seine Brust gedrückt wurde. Seine Wärme beruhigte mich, und ich hätte leicht wieder einschlafen können, wenn der verdammte Wecker nur still wäre.

»Lass uns einfach so tun, als hätten wir den Wecker nicht gehört«, murmelte er, kraulte meinen Nacken und atmete tief ein.

Ich lachte. »Das klingt mehr als perfekt, aber wir wissen, dass wir es nicht können.« Schließlich waren wir König und Königin, auch wenn diese Vorstellung immer noch wie ein Traum erschien – völlig unwirklich.

Ich löste mich aus Bodeys Umarmung, beugte mich vor, schnappte mir mein Handy vom Beistelltisch und schaltete den Wecker aus. Ich küsste ihn schnell, und er griff wieder nach mir. Ich kicherte, als ich mich vom Bett rollte, bevor er mich packen konnte, woraufhin er seine Augen öffnete und mir einen finsteren Blick zuwarf.

»Das ist aber nicht besonders nett.« Er schmollte.

Ich verdrehte die Augen, als mich der Duft von Eiern, Würstchen und Pancakes erreichte. Mein Magen knurrte und ich war mehr als bereit, ein riesiges Frühstück zu verschlingen. »Anscheinend ist deine Mutter hier.«

Er lachte. »Ich würde lieber dich zum Frühstück essen.«

Mir wurde ganz warm bei diesem verdammt verlockenden Angebot, aber wenn Janet hier war, bedeutete das, dass auch Michael hier war und Miles, Lucas, Jack und Stella in Kürze ebenfalls hier sein würden. »Du weißt, dass wir das nicht können.« Ich zerrte an seinem schwarzen Shirt und wünschte, ich hätte richtige Kleidung zum Anziehen. »Hoffentlich wird es eines Tages anders sein.«

Seine Augen funkelten. »Oh, das wird es auf jeden Fall.«

Ich huschte in unser Badezimmer und suchte nach etwas, mit dem ich mein wildes blondes Haar bändigen konnte. Alles, was ich jedoch finden konnte, war ein Kamm am Rand des Waschbeckens, also benutzte ich ihn.

Während ich mit dem Kamm durch meine Knoten fuhr, betrachtete ich mich im Spiegel. Meine karibikblauen Augen waren heller als sonst und mein heller, olivfarbener Teint strahlte. Trotz der Kämpfe und der mangelnden Erholung schien ich immer noch eine gesündere Version meines früheren Ichs zu sein, was wahrscheinlich an der Magie lag, die jetzt frei durch meinen Körper fließen konnte.

Es dauerte ewig, meine Haare mit dem Kamm zu bändigen, aber ich gab nicht auf, ein Knäuel nach dem anderen zu bearbeiten. Ich musste dringend meine Sachen hierherbringen. Wenn ich später mit Zeke reden würde, könnte ich danach bei mir zu Hause vorbeigehen und ein paar Sachen holen, auch wenn sicher Fragen bezüglich Stevie aufkommen würden.

Bodey schlenderte herein, blieb stehen und beobachtete mich mit einem breiten Grinsen.

Ich hielt inne, drehte mich zu ihm um und hob eine Augenbraue. »Was?«

»Du hast keine Ahnung, wie es ist, dich in unserem Badezimmer zu sehen.« Er strahlte. »Es ist ein wahrgewordener Traum. Ich habe fast mein ganzes Leben auf dich gewartet.«

Ich errötete, während in meinem Bauch Schmetterlinge aufstiegen. Seit er ein Kind war, hatte er auf mich gewartet, obwohl er weder meinen Namen noch mein Gesicht gekannt hatte. Er hatte nur gewusst, dass ich da draußen war – seine Schicksalsgefährtin. Die Tatsache, dass er mich einer unbekannten Schicksalsgefährtin vorgezogen hatte, bevor er wusste, dass wir füreinander bestimmt waren, machte unsere Beziehung noch viel stärker. Zu erfahren, dass wir tatsächlich füreinander bestimmt waren, machte die ganze Sache perfekt.

Er und ich waren wirklich füreinander bestimmt. Nicht nur das Schicksal hatte uns auserwählt, sondern auch wir hatten uns füreinander entschieden.

Vielleicht war das Schicksal ja doch nicht so ein Miststück.

»Es gibt keinen Ort auf der Welt, an dem ich in diesem Augenblick lieber wäre.« Ich küsste ihn, und in diesem Moment begann mein Magen zu grummeln. Schon wieder.

Ich zuckte zusammen. »Tut mir leid. Wir haben gestern Abend gar nichts mehr gegessen.«

Er lachte. »Glaub mir. Ich bin ebenfalls hungrig.«

Ich gab auf und ließ den Kamm ins Waschbecken fallen. Immerhin sah ich nicht mehr ganz so aus wie eine Vogelscheuche. »Lass uns frühstücken.«

»Geh schon.« Er küsste mich. *Ich komme runter, wenn ich mich umgezogen habe.*

»Lass dir nicht zu viel Zeit.« Ich zwinkerte ihm zu, bevor ich aus dem Badezimmer in die Küche schlenderte.

Als ich eintrat, stand Janet am Herd, und Samuel saß ihr gegenüber auf einem Barhocker an der Kücheninsel. Michael saß auf einem anderen Hocker am Rand, ganz in meiner Nähe. Die anderen Berater waren noch nicht da, sodass ich Zeit hatte, einen Kaffee zu trinken, und um mich mental auf Jack und seine unverschämte Art vorzubereiten.

»Guten Morgen, Liebes.« Janet, die ihr Haar zu einem Dutt gebunden hatte, rührte gerade die Eier um. »Ich hoffe, es macht dir nichts aus, dass ich gekommen bin und Frühstück gemacht habe.« Sie sah mich an und biss sich auf die Unterlippe, als wäre sie nervös.

»Das tust du doch immer.« Ich schob mich an ihr vorbei und ging zur Kaffeemaschine.

Sie nickte. »Ja, das stimmt, aber jetzt sind du und Bodey gepaart.«

Ich legte eine Kapsel in die Kaffeemaschine und nahm mir eine Tasse. »Ja.«

Michael schüttelte den Kopf. »Janet war besorgt, dass sie dich verärgern könnte, wenn sie in dein Haus kommt und für deinen Gefährten kocht, obwohl Bodey ihr *Sohn* ist.«

»Oh, Michael.« Sie schnappte sich ein Küchenhandtuch und warf es in seine Richtung. »Ich kann für mich selbst sprechen.« Das Handtuch traf ihn an der Brust und fiel dann auf die Insel.

Er presste die Lippen aufeinander und versuchte, sein Lächeln zu verbergen, als sie sich wieder dem Rührei widmete.

Samuel schüttelte den Kopf und nahm einen Schluck aus seiner Tasse.

Richtig, Kaffee. Ich drückte auf den Knopf und gab zwei Löffel Zucker und einen Schuss Kaffeesahne in meine Tasse, die sich langsam mit Kaffee füllte. »Ich bin mir sehr sicher, dass Bodey sich viel lieber von dir bekochen lässt als von mir.« Ich schaffte es wirklich jedes Mal, die Eier anbrennen zu lassen, auch wenn ich nicht verstand, wieso.

Janet ließ die Schultern hängen und nickte hinter sich in Richtung Couch. »Ich habe eine Überraschung für dich.«

Mein Blick schweifte zur Couch, und ich sah eine Jeans, einen orangefarbenen Pullover und einen BH auf der Couchlehne liegen.

Sie nahm die Bratpfanne von der Herdplatte. »Die Sachen passen dir vielleicht nicht perfekt, aber ich dachte, du möchtest lieber etwas von Jasmine tragen als von Bodey, wenn ihr losfahrt, um Zeke zu befragen.«

Tränen brannten in meinen Augen. Nicht viele Personen waren so nett zu mir, aber diese Familie war es immer gewesen, auch wenn sie es nicht sein musste. »Danke.«

»Kein Problem, Liebes.« Sie streichelte mir über die Wange. »Warum ziehst du dich nicht um, bevor die anderen kommen?«

Ich nickte und stellte meinen frisch gebrühten Kaffee beiseite. »Das werde ich sofort tun.« Ich setzte auch eine Tasse Kaffee für Bodey auf, dann schnappte ich mir die Klamotten von der Couch und ging die Treppe hinauf.

Zurück in Bodeys Zimmer zog ich den BH und den Pullover an und schlüpfte dann in die Jeans. Als ich den Reißverschluss zumachte, kam Bodey aus dem Bad geschlendert.

Die Jeans war etwas zu kurz, sie reichte mir nur bis zu den Knöcheln, aber vorerst würde es ausreichen. Ich fühlte mich trotzdem deutlich wohler als in Bodeys Shirt und Boxershorts.

Bodey neigte den Kopf zur Seite und betrachtete das Outfit. Der würzige Duft von Erregung umwehte ihn. »Daran habe ich gar nicht gedacht, aber die Kleidung meiner Schwester passt zu dir.«

Ich streckte meine Zunge heraus. »Du wolltest ja nur, dass ich deine Sachen trage, wenn wir Theo sehen.«

Seine Augen verdunkelten sich, als er grinste. »Es hätte mich auf jeden Fall nicht gestört.«

Ich versuchte, meinen Gesichtsausdruck zu beherrschen, aber ich wusste, dass er meine Freude durch unsere Verbindung spüren konnte, und er grinste. Ich liebte es, dass er wollte, dass jeder wusste, dass ich ihm gehörte. »Nun, deine Mutter hat daran gedacht. Sie ist übrigens unten und bereitet das Frühstück vor.«

Die Haustür öffnete sich, und die Schritte von Jack und Lucas waren im Flur zu hören.

Ich rannte zur Treppe. Wenn ich nicht rechtzeitig unten ankam, würde Jack meinen Kaffee stehlen. Das wäre nicht das erste Mal.

Bodey folgte mir. *Ich nehme an, du hast dir eine Tasse Kaffee gemacht.* Gleich wäre er nicht mehr so selbstgefällig.

Ich habe dir auch einen gemacht, antwortete ich, als ich die Treppe herunterkam und den Flur entlanglief, gerade als Jack die Küche betrat.

Jacks Augen leuchteten auf, als sein Blick auf den beiden vollen Kaffeetassen landete. Als er nach meiner Tasse griff, knurrte ich. »*Denk* nicht einmal daran, meinen Kaffee zu stehlen!«

»Dein Ernst?« Jack stöhnte. »Aber es ist schon fertig und genauso, wie ich ihn mag.«

Ich schob mich zwischen ihn und meine Tasse und stieß ihn sanft ein paar Schritte zurück. »Tut mir leid, du musst dir wohl selbst einen machen.«

Lucas lachte. »Bist du deshalb die Treppe heruntergerannt?«

»Na klar.« Ich nahm einen Schluck, die warme Flüssigkeit erhitzte mein Inneres wie die Sonne meine Haut an einem Sommertag. »Das ist meiner.« Dann nahm ich die Tasse, die noch unter der Maschine stand. »Und das ist der von Bodey.«

»Dann eben nicht«, murmelte Jack und schnappte sich eine Wurst aus der Pfanne.

»Hey«, schimpfte Janet und gab ihm einen Klaps auf die Hand. »Du musst genauso warten wie die anderen auch.«

Jack hob kapitulierend die Hände. »Warum sind denn heute Morgen alle so gemein?«

»Wir sind nicht gemein.« Bodey betrat die Küche, quetschte sich an Jack und Janet vorbei und blieb an meiner

Seite stehen. Er nahm mir seine Tasse ab, während er fortfuhr: »Wir kennen dich einfach nur sehr gut.«

Jack lehnte sich an die Kücheninsel und schmollte.

Jetzt, wo er und Lucas hier waren, gab es keinen Grund
mehr, das Unvermeidliche hinauszuzögern. »Hat Stevie euch
etwas erzählt? Wie geht es ihr?«

»Sie hat nicht mehr gesagt als das, was sie dir schon
erzählt hat.« Lucas zuckte mit den Schultern.

Jack verschränkte die Arme vor der Brust. »Und ich
glaube ihr.« Er griff nach einem Teller, der auf der Theke
stand. »Ich werde ihr gleich etwas zu essen bringen.«

»Das ist eine wunderbare Idee.« Janet belud den Teller
mit Eiern, Würstchen und Pancakes. »Sie ist Callies Schwester, und solange wir nicht wissen, ob sie vorhat, gegen uns zu
arbeiten, sollten wir ihr nicht das Gefühl geben, eine Gefangene zu sein.«

»Dann sollte ich vielleicht auch mit ihr essen.« Jack nahm
einen weiteren Teller und hielt ihn Janet hin.

Sie füllte auch seinen Teller. »Ich bin gleich wieder da«,
sagte er und verschwand.

*Jack scheint heute Morgen irgendwie seltsam drauf zu
sein.* Bodey trank einen Schluck von seinem Kaffee.

Ich wandte mich ihm zu und legte meine Hand auf seine
Brust. *Wann ist er das nicht?*

Das stimmt auch wieder. Er neigte den Kopf und küsste
mich dann auf die Nase. *Und obwohl du wunderschön bist,
siehst du in meinen Sachen noch besser aus.*

Mein Herz machte einen kleinen Sprung, als ich seinen
Hals kraulte. *Ich trage deine Sachen auch gern. Mach dir keine
Sorgen. Heute Nacht schlafe ich wieder in ihnen.*

Auf keinen Fall. Er knabberte an meinem Ohr. *Heute
Nacht wirst du nackt schlafen.*

Ich lachte, hielt aber schnell inne, als ich bemerkte, dass Lucas uns aus ein paar Metern Entfernung verwirrt anstarrte und die Stirn runzelte. »Ich hätte nie gedacht, dass ich Bodey je so sehen würde.«

»Ich auch nicht.« Janet strahlte. »Aber ich bin so glücklich. Jetzt muss nur noch Jasmine ihren Gefährten finden.« Sie deutete auf das Essen. »Esst, bevor es kalt wird.«

Wir fünf füllten gerade unsere Teller, als Miles und Stella zu uns stießen. Gemeinsam setzten wir uns an den Tisch, ich zwischen Samuel und Bodey, und jeder konzentrierte sich aufs Essen.

Nach einer Weile sah Miles Bodey an. »Hat dich einer deiner Wölfe über irgendetwas Seltsames informiert, das bei Zeke vor sich geht?«

Bodey schluckte seinen Bissen Eier hinunter. »Nichts Besorgniserregendes, und Zeke ist da.«

Wieder kehrte Stille ein, und gerade, als wir fertig wurden, kam Jack mit zwei leeren Tellern zurück. Janet und Stella standen auf und räumten den Tisch ab.

»Ich denke, wir sollten uns besser auf den Weg machen«, seufzte Bodey. »Wir brauchen Antworten und das lieber früher als später.«

»Lass mich nur schnell Janet und Stella helfen«, begann ich.

Janet hob eine Hand. »Wir beide bleiben hier. Wir werden uns um das Rudel kümmern, während ihr weg seid, also räumen wir auf.«

Mein Körper erstarrte. Vermutlich hätte ich nicht überrascht sein sollen; Janet und Stella waren während der Planung der Krönung nie zu den Beratertreffen gegangen, aber ich war es gewohnt, hierzubleiben. Doch nun hatte sich *meine* Rolle geändert, nicht ihre.

Ich nickte. »Danke.«

»Passt auf euch auf«, sagte Janet und küsste Michael.

»Das werden wir, Liebes«, murmelte er.

Dann küssten sich auch Stella und Miles.

Nachdem wir uns verabschiedet hatten, machten wir uns zu siebt auf den Weg zur Garage. Samuel und Michael kletterten auf den Rücksitz von Bodeys Mercedes, um mit uns zu fahren, da der Jeep immer noch nicht repariert wurde, nachdem die Windschutzscheibe beim Krönungsessen zerstört worden war. Miles und Lucas gingen zu Jacks Wagen, der in der Einfahrt geparkt war.

Kurz darauf verließen wir die Siedlung. Mit jeder Minute, die wir uns meinem alten Rudel näherten, zupfte ich mehr an meiner Nagelhaut.

Es war schwer, auf diese Weise zum Rudel zurückzukehren. Meine Nerven waren angespannt und meine Brust verkrampfte sich. Immerhin waren wir auf dem Weg zu dem Rudel, das mich jahrelang missbraucht hatte.

Sie können dir nicht mehr wehtun, sagte Bodey über unsere Gedankenverbindung, griff über die Mittelkonsole und nahm meine Hand. *Das wirst du nicht mehr zulassen.*

Er war ein kluger Mann. Die meisten hätten gesagt, dass *sie* es nicht zulassen würden, dass ihre Partnerin verletzt wurde, aber er wusste, dass ich auf mich selbst aufpassen konnte.

Ich liebe dich, sagte ich und schaltete das Radio ein. Ich wechselte die Sender, bis ich ›Fight Song‹ von Rachel Platten fand. Dieser Text sprach mir aus der Seele. Ich würde kämpfen.

Obwohl wir mehrere Stunden gefahren waren, fühlte es sich an, als wären nur wenige Minuten vergangen, als wir in der Siedlung meines alten Rudels ankamen. Die Straßen waren leer, sogar noch leerer als sonst, besonders für einen Sonntag. Es war, als hätte man allen gesagt, sie sollten zuhause bleiben. Ich konnte Leute hinter den Fenstern sehen, die uns beim Vorbeifahren beobachteten.

Ich ignorierte jedoch alle Blicke, als ich Bodey den Weg zu Zekes Haus wies. Eigentlich hätte ich zuerst gern meine Eltern gesehen, aber ich wollte nicht, dass Zeke behauptete, wir würden in *seinem* Rudel herumschnüffeln, obwohl ich die Königin war und mir im Grunde alle Rudel unterstellt waren. Ich musste vorsichtig mit Zeke umgehen, zumindest fürs Erste.

Sobald wir vor seinem Backsteinhaus anhielten, marschierte Zeke durch die Vordertür.

Wir stiegen alle aus den Fahrzeugen, als sich Zekes smaragdgrüne Augen auf mich richteten. Er hob sein Kinn und verschränkte die Hände vor der Brust. Sein kurzes, mittlerweile leicht ergrautes Haar war unordentlich, und sein olivfarbener Teint war eine Nuance blasser als sonst, als ob er gestresst wäre und dies zu verbergen versuchte. Die Haut um seine Augen war angespannt. »Ich habe mich schon gefragt, wie lange es dauern würde, bis du hier auftauchst.«

Hocherhobenen Hauptes ging ich auf ihn zu. Wenn ich wirklich Königin sein wollte, musste ich mich auch so verhalten, selbst vor dem Mann, der versucht hatte, mich zu brechen. »Wir dachten, du hättest Antworten.«

»Ach ja?« Er grinste.

Bodey stellte sich neben mich, und wir beide starrten ihn an. Ein Kloß bildete sich in meiner Kehle, und ich musste mich anstrengen, meine nächsten Worte auszusprechen.

»Warum hast du mich versteckt, obwohl du wusstest, wer ich wirklich bin?«

Seine Iris verdunkelte sich und füllte sich mit dem Hass, den er immer zeigte, wenn er mich ansah. Er schwieg, und ich war nicht sicher, ob er überhaupt antworten würde.

Ich richtete meine Schultern auf, bereit zum Kampf. Dann hob er eine Hand und lächelte höhnisch.

Mein Körper zuckte zurück, aber ich schaffte es, stehenzubleiben. Ich wusste nicht, warum dieser Mann mich so sehr hasste, aber er hatte nie versucht, es zu verbergen, außer in den wenigen Tagen, nachdem ich das erste Mal aus Bodeys Haus zurückgekehrt war.

Bodeys Kiefer krampfte sich zusammen, als er meine Hand nahm. Trotz der Feindseligkeit, die von ihm ausging, rieb sein Daumen sanft über die Innenseite meines Handgelenks und erinnerte mich daran, dass er da war, und ich nicht allein. »Antworte ihr, oder ich zwinge dich dazu«, knurrte er.

Zeke starrte uns einfach weiter an, und ich konnte nicht umhin, mich zu fragen, ob er uns absichtlich auf die Palme bringen wollte. Wir konnten gegenwärtig keinen Streit mit ihm riskieren. Es gab schon genug Chaos, ohne dass der Alpha, der für alle Rudel in Oregon verantwortlich war, versuchte, sich und sein Territorium abzuspalten und einen Bürgerkrieg auszulösen.

Es gab eine Strategie, von der ich wusste, dass sie funktionieren würde. *Wir müssen ihn provozieren*, teilte ich den anderen über unsere Verbindung mit. Ich war mir nicht sicher, ob Zeke so zurückhaltend war, weil er etwas zu verbergen hatte oder weil er *mir* nicht antworten wollte. Auf jeden Fall würde er schneller anfangen zu reden, wenn man ihm zu verstehen gab, dass er nicht so wichtig war, wie er sich fühlte. Und keiner von uns hatte Zeit für dieses Spiel, das Zeke so offensichtlich versuchte zu spielen.

»Ah, wie ich vermutet habe, Zeke hat keine Ahnung.« Jack gluckste, während er neben mich schlenderte. »Ich wette, er und Königin Mila waren nicht einmal richtig befreundet, da er offensichtlich nicht einmal wusste, wie du aussiehst. Vielleicht war ihre *Freundschaft* nur eine List, um seinem Rudel zu helfen, den eigenen Status zu erhöhen.«

Ich biss mir auf die Innenseite der Wange und versuchte, ein Lächeln zu unterdrücken. Ich hätte wissen müssen, dass er der Erste sein würde, der Zeke provozierte.

Zekes Augen wurden hart. »Natürlich wusste ich, wer Callie war.« Seine Nasenflügel blähten sich auf. »Michael, sag es ihnen. Die Königin und ich waren *beste* Freunde.«

Als etwas in Zekes Augen aufblitzte, stockte mir der Atem. Doch so schnell, wie es gekommen war, verschwand es auch wieder, und ich fragte mich, ob meine Fantasie mir einen Streich gespielt hatte. Und nicht nur das, es gab auch keine Anzeichen einer Lüge.

Es fiel mir schwer, die Frau, von der so viele in den höchsten Tönen sprachen, mit ihrer angeblichen Freundschaft zu Zeke in Einklang zu bringen. Er war eine furchtbare Person. Wie konnte also jemand, der als freundlich und gütig galt, mit ihm befreundet sein, geschweige denn ihm die Kontrolle über dieses Territorium überlassen?

»Das waren sie. Die Königin sprach oft von Zeke, wenn er nicht zugegen war. Sie liebte ihn.« Michael seufzte und stellte sich neben Jack. »Warum hast du Callie versteckt gehalten?

Warum wolltest du es nicht einmal *uns* sagen? Die Berater hätten es wissen müssen.«

»Ich habe getan, was das Beste für sie war. Ich war die einzige Person, die wusste, dass sie noch am Leben war, und ich habe sie in mein Rudel aufgenommen. Niemand – auch nicht Königin Kel – wusste davon. Indem ich sie versteckt hielt, habe ich ihr das Leben gerettet«, zischte er und hob sein Kinn. »Mila hätte gewollt, dass ich auf beide Kinder aufpasse, aber du hast Samuel sofort bei dir aufgenommen.«

Eine klare Linie trennte Zeke von uns. Obwohl sie nicht sichtbar war, war sie spürbar. Von ihm ging ein unglaublicher Hass aus.

»Du hast meine Schwester und mich wissentlich voneinander getrennt«, keuchte Samuel mit belegter Stimme, als er sich direkt hinter mich stellte. Sein Schmerz strömte durch unsere Rudelverbindung und legte sich um mein eigenes Herz.

»Ich habe getan, was getan werden musste.« Zeke streckte seine Brust heraus, wie ein sich aufplusternder Vogel. »Nicht mehr und nicht weniger.«

Bodeys Wut stieg in mir auf und brachte mein eigenes Blut zum Kochen. »König Richard wollte, dass *sein* Rudel seine Kinder beschützt – so stand es in seinem Testament, und die Königin war einverstanden. Das hättest du wissen müssen«, knurrte Bodey.

»Wie bitte?« Zeke starrte meinen Gefährten mit offenem Mund an. »Nein. Dem hätte sie niemals zugestimmt. Sie hat *mir* vertraut, *ich* sollte sie beschützen. Sonst niemand.«

»Uns *beschützen*?« Ein bitteres Lachen entwich mir, und mein ganzer Körper begann zu zittern. »Ist es das, was du denkst, dass du getan hast? Du hast mich gezwungen, wie eine verdammte Dienerin am unteren Ende des Rudels zu leben. Du hast zugelassen, dass Rudelmitglieder – dich eingeschlossen – mich misshandeln. Wenn überhaupt, dann hätte mich jemand vor *dir* beschützen müssen.« Ich wollte ihn schlagen, und meine Wölfin spornte mich knurrend dazu an, aber ich hielt mich zurück.

Bodey war nicht annähernd so beherrscht. Er machte einen Schritt auf Zeke zu, wodurch der ältere Berater ebenfalls zurücktrat und mit dem Rücken gegen das Garagentor stieß.

Zekes Augen verließen meine nicht. Sie glühten beinahe, während er mich anstarrte. »Ich habe dich beschützt, indem ich dafür gesorgt habe, dass niemand wusste, wer du bist. Niemand hätte erahnen können, dass du das verschollene Königskind bist.«

»Willst du damit etwa alles, was du ihr angetan hast, rechtfertigen?« Bodey knurrte und er ging noch einen Schritt vor, sodass er nun direkt vor Zeke stand.

Sohn, bis wir mehr wissen, musst du dich zurückhalten, sagte Michael durch die Gedankenverbindung.

Ich werde diesen Bastard bezahlen lassen, murmelte Bodey.

Oh, er wird bezahlen, antwortete ich. Ich musste ihn wissen lassen, dass ich definitiv auf seinerSeite stand, aber Michael hatte recht. Momentan mussten wir Ruhe bewahren. *Aber wir brauchen Antworten. Glaube bitte nicht eine Sekunde lang, dass ich damit einverstanden bin, wie er mich behandelt und von meinem Bruder ferngehalten hat.*

Ich berührte Bodeys Arm, und unsere Schicksalsverbindung summte zwischen uns, was ihm half, sich ein wenig zu entspannen.

»Hast du deshalb meine Magie unterdrückt?« Ich beobachtete Zeke genau und hob meine Nase, um den Schwefelgestank, den ich erwartete, nicht zu verpassen.

»*Ich* habe deine Magie nicht unterdrückt.« Er schüttelte

den Kopf. »Dadurch habe ich dich erst gefunden.«

Ich verengte meinen Blick und wartete darauf, dass etwas in seinem Gesicht sichtbar wurde, aber es gab nicht die kleinste Andeutung einer Lüge. Und doch *wusste* ich, dass er etwas verbarg.

»Wo hast du sie gefunden?«, fragte Michael und kratzte sich am Hinterkopf.

»Als das Feuer ausbrach, war ich dort. Ich wollte gerade nach Hause gehen, aber dann gab es eine Art Explosion im Arbeitszimmer.« Er runzelte die Stirn. »Callie wurde mit dem Rücken gegen die Wand geschleudert, also habe ich sie gepackt und bin mit ihr geflohen.«

Miles und Lucas schlossen nun ebenfalls mit uns auf, sodass wir alle eine Reihe bildeten ... zumindest alle, bis auf Bodey, der Zeke losließ, aber trotzdem keinen Schritt zurücktrat. Ich behielt meine Hand auf seinem Arm.

»Du warst dort?« Miles legte den Kopf schief. »Warum wussten wir nichts davon?«

»Weil es euch nichts angeht«, sagte Zeke, während er sein Hemd herunterzog und sich ein Stück zur Seite bewegte, sodass Bodey nicht mehr direkt vor ihm stand. »Wenn ich Callie nicht gepackt hätte und weggelaufen wäre, wäre wer weiß was passiert.«

Mein Herz klopfte wie wild. »Du warst dort und hast es vor allen geheim gehalten?«

»Ich bin zum Auto geeilt, weil ich dir unbedingt helfen wollte«, schimpfte Zeke. »Als ich dich auf den Sitz gesetzt hatte, war Michael auf der anderen Seite des Palastes vorgefahren. Und als ich ihn sah, wusste ich, dass er Samuel retten würde. Ich musste dich da rausholen.«

Ich rieb mir die Schläfen und versuchte, mir einen Reim auf all das zu machen. »Meine Erinnerungen waren also schon weg?«

Er schüttelte den Kopf. »Nein. Ich habe dich zu einer Hexe in der Nähe des Palastes gebracht, damit sie dich heilen kann. Dann musste ich ihr ein paar Kräuter besorgen, die sie angeblich für die Heilung benötigte. Ich habe versucht, die Kräuter vom Hexenzirkel unseres Rudels zu bekommen, aber sie haben sich geweigert, sie mir zur Verfügung zu stellen, also hat mir mein Beta, Julian, geholfen. Er war neben deiner Mutter mein bester Freund. Er besorgte die Sachen für mich und wollte mich dann am Haus der Hexe treffen. Als ich dort ankam, hatte sie bereits einen Zauber ausgesprochen, um deine Erinnerungen auszulöschen, und meinen Beta getötet, als Opfer für einen Zauber, um deine Magie zu unterdrücken. Sie sagte mir, ich solle dich wegbringen, bevor sie etwas noch Drastischeres tun würde ... also habe ich dich genommen und bin hierhergekommen.«

Vertraue niemals einer Hexe. Das hatte Zeke uns all die Jahre eingetrichtert. Jetzt verstand ich zumindest seine Abneigung. Eine Hexe hatte seinen besten Freund – seinen Beta – umgebracht. Und zwar meinetwegen. Auch wenn das seine Behandlung mir gegenüber nicht rechtfertigte, so kannte ich nun wenigstens den Grund, warum er mich so sehr verabscheute.

»Warte.« Lucas kratzte sich im Nacken. »Du willst uns also sagen, dass eine Hexe deinen Beta getötet hat, um Callies Magie zu unterdrücken? Aber warum?«

Er schüttelte den Kopf. »Ich habe noch nie verstanden, was in den Köpfen von Hexen vor sich geht. Also ich habe sie hierhergebracht und ihr eine Familie und ein Zuhause gegeben.«

»Wo sie misshandelt und angegriffen wurde«, zischte Bodey. »Ich bin mir nicht sicher, ob du ihr damit einen Gefallen getan hast.«

Zeke verdrehte nur die Augen. »Hör auf, ein solches

Weichei zu sein.« Dann zeigte er zu mir. »Sie ist stark. Sie hat überlebt.«

In diesem Moment schien mein Herz in zwei Teile zu zerspringen. Ich konnte nicht glauben, wie gleichgültig er über die siebzehn Jahre sprach, in denen ich hier gefangen gehalten wurde. »Du hast mich mit gebrochenen Rippen arbeiten lassen! Du hast zugelassen, dass Charles und seine idiotischen Freunde mich mehrmals angegriffen haben, jedes Mal schlimmer als das Mal davor, und jedes Mal hast du dich auf ihre Seite gestellt!« Meine Wut übermannte mich. Ich marschierte auf Zeke zu.

»*Ich* habe dich stark gemacht.« Er schnaubte und klopfte sich auf die Brust. »Etwas, das keiner von diesen anderen Idioten geschafft hätte. Es hätte dich *brechen* müssen, und doch stehst du hier!« War das Bedauern in seinem Gesicht? Falls ja, war ich mir nicht sicher, warum – weil er mich nicht besser behandelt oder weil er mich *nicht* gebrochen hatte?

Ich drückte einen Finger in Zekes Brust, und sein Atem beschleunigte sich. »Du hast mich isoliert, hast mich völlig allein gelassen. Ich konnte nicht mit dem Rest des Rudels zur Schule gehen, keinen Job in Halfway bekommen und mich nicht einmal weit von meinem Haus entfernen. Du hast sogar Theo daran gehindert, mir zu helfen, und damit alles noch so viel schlimmer gemacht. Du hast mir das Gefühl gegeben, schwach und erbärmlich zu sein ... als wäre ich nichts wert.«

»Du nimmst das alles viel zu persönlich.« Zeke grinste. »Du warst schon immer eine ziemliche Drama-Queen.«

»Du kranker Mistkerl.« Jacks Gesicht verzog sich vor Abscheu. »Du hältst das, was du getan hast, also immer noch für richtig?«

»Ich habe getan, was nötig war«, erwiderte Zeke und ich nahm meinen Finger von seiner Brust.

Ihn zu berühren, brachte mich zum Würgen. Es fühlte sich an, als würde eine Schnecke über meine Haut kriechen.

»Fass sie *nicht* an«, brüllte Bodey, als er Zeke gegen die Garagentür stieß. »Du hast *nicht* getan, was nötig war; du hast sie eingesperrt und gefoltert.«

Zeke rümpfte die Nase. »Und ihr habt Samuel eingesperrt. Er war genauso in eurem Rudel gefangen – er konnte weder gehen noch irgendetwas anderes tun. Also tut nicht so, als wäre das, was ihr getan habt, besser gewesen. Wir haben sie beide in Sicherheit gebracht. Bis jetzt.«

Sohn, beruhige dich. Er will, dass wir ihm drohen, damit er das gegen uns verwenden und unsere Rudel spalten kann. Michael stand so still wie eine Statue. Sein Gesicht blieb entspannt, als ob wir nicht gerade einen Narzissten verhörten. Es schien fast so, als würde er einfach nur mit Freunden plaudern. Das musste ich dringend von ihm lernen, denn meine Eltern hatten mir nie beigebracht, wie man mit potenziellen Bedrohungen umging.

Ich versuchte, sein Verhalten nachzuahmen, und rollte die Schultern zurück, um meine Anspannung zu lösen. »Du hast recht. Die Vergangenheit ist im Moment irrelevant.« Wir hatten ihn für heute schon genug unter Druck gesetzt. Wenn wir weitermachten, würde er sich noch bedrohter fühlen. Außerdem bezweifelte ich, dass er noch mehr preisgeben würde, als er bereits getan hatte.

Zeke entspannte sich sichtlich, während Bodeys Schultern schwer wurden.

Babe, bitte, sagte ich und berührte seinen Arm. *Dein Vater hat recht. Er wird den Leuten erzählen, dass wir in sein Territorium gekommen sind und ihn bedroht haben.*

Okay, murmelte Bodey, und ich konnte sehen, wie er seinen Griff um Zeke lockerte.

Ich versuchte, ihm etwas Ruhe über unsere Verbindung

zu schicken, obwohl es sich als verdammt schwer erwies, da ich selbst so wütend auf Zeke war. Ich wollte ihn unbedingt so behandeln, wie er mich mein ganzes Leben lang behandelt hatte. *Es ist schwer, und es ist scheiße, aber wir sind jetzt König und Königin. Wir sind nicht mehr die, die wir noch vor zwei Tagen waren.*

Ich tue das nur für dich, nicht für ihn. Bodey ließ den Mann los und trat wieder an meine Seite.

Zeke schnaubte und glättete sein Hemd. »Wenn ihr beide so regieren wollt, indem ihr euch wie Tyrannen aufführt ...«

»Du hast recht. Wir werden nicht auf *deine* Taktiken zurückgreifen«, warf ich ein, da ich keine Lust hatte, von ihm einen Vortrag darüber zu hören.

Lachend zwinkerte Jack mir zu. »Da hat sie dich erwischt«.

Zeke warf ihm einen finsteren Blick zu und fand unsere beiden Kommentare offensichtlich nicht besonders lustig.

Selbst Miles hatte Mühe, einen ernsten Gesichtsausdruck beizubehalten.

»Kommen wir zur eigentlichen Frage: Wie haben die Späher der Königin den Ort der Krönung erfahren?« Michael verschränkte die Hände. »Hast du eine Ahnung, wie das passiert ist?«

»Ist das euer Ernst?« Zeke hob die Augenbrauen und nahm sich einen Moment Zeit, um jeden von uns zu mustern, als wir uns in einer Reihe aufstellten. »Ihr habt Stevie doch bereits in Gewahrsam. Sie hat zugegeben, der Königin geholfen zu haben.«

Samuel nickte. »Stimmt. Jemand, mit dem du Callie in einem Haus untergebracht hast und der zu deinem Rudel gehört. Wir wissen jedoch nicht, woher Stevie den Ort kannte, um ihn überhaupt der Königin zu nennen zu können.«

Es führte alles zurück zu Zeke, und er war ein Idiot, wenn er nicht verstand, dass wir das alle wussten.

Zeke straffte die Schultern und sein Gesicht verhärtete sich. »Mir gefällt nicht, was ihr mir damit unterstellt.«

Ich lächelte sanft. »Wir unterstellen dir nichts, wir zählen nur Fakten auf.« Ich hielt die Frage zurück, ob er sich deswegen schuldig fühlte. »Kurz vor der Krönung hast du die Gruppe verlassen.«

»Entschuldige bitte, dass ich mich darüber aufgeregt habe, dass eines meiner Rudelmitglieder sich gepaart hatte, ohne mich zu informieren.« Zeke schnaubte. »Und die Wölfe von Königin Kel waren wegen des Krönungsessens bereits in der Gegend.« Es war mehr als offensichtlich, dass sich Zeke über unsere Andeutungen ärgerte. »Es ist nicht abwegig anzunehmen, dass sie wussten, dass der Ort in der Nähe sein würde.«

Er hatte zwar recht, aber das bedeutete nicht, dass sie genau wussten, wo wir die Zeremonie abhalten würden. Das waren immer noch zu viele Zufälle auf einmal, also versuchte ich, meine nächste Bemerkung vorsichtig zu formulieren. »Stimmt, aber sie kamen gerade an, als der Zauber begann ... als er nicht mehr aufgehalten werden konnte. Ihr Timing war perfekt.«

»Hat nicht jemand gesagt, dass die Hexe, die den Schutzzauber gesprochen hat, getötet wurde?« Zeke wippte auf seinen Fersen zurück. »Wir wissen also nicht, wie lang sie schon dort waren.«

»Unsere Wölfe waren auf Patrouille.« Bodey schüttelte den Kopf. »Sie hätten sie gesehen.«

»Waren unsere Wölfe nicht weiter draußen?« Zeke zuckte mit den Schultern. »Vielleicht haben sie sich angeschlichen. Unsere Wölfe haben das Gebiet um den Nationalpark wegen des Schutzzaubers nicht bewacht. Vielleicht hatten sie sogar ihre eigene Hexe dabei.«

Ich ballte meine Hände zu Fäusten und grub meine Fingernägel in meine Handflächen. Ich genoss das Brennen und es half mir dabei, nicht den Verstand zu verlieren. Meine Sicht begann sich an den Rändern meiner Wahrnehmung zu verdunkeln. Zeke gab uns keine neuen Informationen, obwohl ich gehofft hatte, dass wir in der Lage sein würden, alle Antworten aus ihm herauszubekommen. Ich hätte es besser wissen müssen. Immerhin ging es hier um Zeke.

Ich rieb mir die Schläfen. »Stevie kam gerade an, als die Krönung begann.«

Miles biss sich auf die Unterlippe. »So gern ich auch jemandem, der der Königin hilft, die Schuld geben würde, bin ich mir nicht sicher, ob Stevie die wahre Täterin ist. Sie hätte keine Zeit gehabt, Königin Kel zu informieren, so schnell wie der Angriff erfolgt ist.«

»Es sei denn, Stevie war vorher da ...« Zeke hob beide Hände.

»Das müssen wir herausfinden.« Samuel schob die Hände in die Hosentaschen. »Wir sollten ihr explizitere Fragen stellen, um herauszufinden, ob und wie sie ihnen geholfen hat.«

»Vielleicht solltet ihr sie nach Hause zu ihrem Rudel bringen.« Zeke deutete auf sein Haus. »Wir haben einen Keller, in dem wir sie unterbringen können. Ich kann sie zwingen, mit mir zu reden.«

Ich lachte. Er hatte Mumm, das musste ich ihm lassen. Das Problem war jedoch, dass ich Stevie selbst zwingen könnte, mit mir zu reden, weil ich ihr Alpha war, aber das würde unsere Beziehung nur noch mehr beschädigen.

Bodey schüttelte den Kopf. »Nachdem du gerade einen Informanten verloren hast? Auf keinen Fall.«

Zeke knurrte laut. »Ich war nicht hier, als das passiert ist.«

Jack lachte. »Das macht es noch schlimmer. Du hast dein Rudel unvorbereitet zurückgelassen.«

»Ja, das hast du«, bestätigte Lucas.

»Sie haben meine Gefährtin angegriffen«, knurrte Zeke. »Glaubst du wirklich, ich *wollte*, dass das passiert?«

Bodey zuckte mit den Schultern und runzelte die Stirn. »Du hast nicht dafür gesorgt, dass der Gefangene angemessen bewacht wurde. Ich bin mir nicht sicher, ob das Absicht war oder ob du einfach nur nachlässig warst. So oder so, du bekommst Stevie nicht. Sie ist bei uns sicherer.«

Zekes Gesicht errötete vor Ärger. »Ich habe *einen* Fehler gemacht ...«

»Einen kaum tragbaren Fehler«, unterbrach ich ihn. Ich wollte nicht, dass die Berater die Einzigen waren, die so mit ihm sprachen. Als sein ehemaliges Rudelmitglied hätte ich mich ihm instinktiv unterordnen müssen, aber das musste ich nicht mehr, und meine Wölfin würde mich ihn nicht einmal beschwichtigen lassen, jetzt, wo sie frei war. »Einen, den wir nicht wiederholen dürfen, besonders wenn meine Schwester involviert ist.«

Auch wenn ich wütend auf Stevie war, würde ich nie wollen, dass ihr etwas Schlimmes zustieß. Ich glaubte ihr und wusste, warum sie der Königin geholfen hatte, auch wenn ich mit ihrer Logik nicht einverstanden war. Sie hatte es getan, um mich zu beschützen, und wenn sie diejenige gewesen wäre, die ihr Leben lang wie Scheiße behandelt worden wäre, hätte ich vielleicht dasselbe für sie getan. Ich würde gerne glauben, dass ich es nicht getan hätte, aber Angst und Trauma ließen uns Dinge tun, die wir normalerweise nicht tun würden.

»Hör zu ...«, begann Zeke, und sein Tonfall ließ mich zusammenzucken.

Bevor ich überhaupt merkte, was ich tat, stürmte meine Wölfin vor. Sie übernahm die Kontrolle. Offenbar war die Zeit gekommen, dass Zeke eine essenzielle Lektion lernte.

KAPITEL ACHT

Energie durchflutete meinen Körper, aber es gab kein Kribbeln, das anzeigte, dass Fell zu sprießen begann, wie es bei meiner ersten Verwandlung der Fall gewesen war. Mein Blut pochte durch meine Adern, als sich Zekes Augen weiteten und seine Unterlippe zitterte.

Ich spürte, wie meine Wölfin sich in mir aufbäumte, und wusste, dass das Blau meiner Augen fast weiß sein musste von der Macht, die sie in mir entfachte.

Bodeys Überraschung traf mich, aber ich schob die Ablenkung beiseite. Ich konzentrierte mich nur darauf, Zeke in seine Schranken zu weisen.

Mein Gefährte verströmte einen schwachen Hauch von Würze, was darauf hindeutete, dass er erregt war. Dann tauchte seine Stimme in meinem Kopf auf. *Verdammt, Babe. Du bist wirklich verdammt sexy.*

Du kannst mir gerne später noch Komplimente machen, sagte ich, obwohl meine Wölfin mehr als begeistert davon war, ihm zu gefallen. *Beruhig dich, Mädchen.* Diese Art von Gedanken brauchte ich nicht, wenn ich dieses Arschloch einschüchtern wollte.

Ich machte einen bedrohlichen Schritt auf Zeke zu, dessen übermäßiger Moschusgeruch mir fast die Luft zum Atmen nahm. »Meine Schwester wird bei Bodey und mir bleiben, an einem Ort, von dem wir wissen, dass sie dort beschützt wird.« Meine Stimme klang tiefer, rau und ich war mir sicher, dass alle meine Alpha-Macht spüren konnten. »Ich verstehe, dass dir das nicht gefällt, aber du wurdest überstimmt.«

»Das Gesetz besagt, dass die Berater nicht abstimmen müssen, wenn der König oder die Königin etwas befiehlt, es sei denn, es gefährdet die Sicherheit der anderen«, erklärte Samuel. Er hatte einiges über die Gesetze unserer Gesellschaft lernen müssen, weil alle geglaubt hatten, er würde König werden. »Callie ist also nicht verpflichtet, die Berater zu fragen. Wenn du wirklich der beste Freund unserer *Mutter* und ein sachkundiger Berater warst, solltest du das wissen.«

Noch während Samuel sprach, starrte ich Zeke an, denn ich wollte den Blickkontakt zwischen uns beiden nicht unterbrechen. Wenn ich ihn zuerst unterbrechen würde, würde er mich als schwächer ansehen.

»Aber dieses Gesetz wurde ihn Kraft gesetzt, als ein *König* unser aller Anführer war.« Zeke rümpfte die Nase und Schweißperlen standen ihm auf der Stirn. »Jetzt soll uns also eine *Frau* anführen? Das ist einfach nur lächerlich.«

Ich atmete scharf ein, ein leises Knurren vibrierte in meiner Kehle. Vielleicht war das der wahre Grund, warum er mich versteckt hatte. Er hatte nicht gewollt, dass *ich* Königin wurde. Mistkerl.

»Nun, der *König* ist mit seiner Gefährtin einer Meinung«, fauchte Bodey.

Zeke verzog das Gesicht, und *endlich* richtete er seinen Blick zu Boden. Den Göttern sei Dank, ich wollte sein

Gesicht nicht eine Sekunde länger anstarren müssen. Aber es war noch nicht vorbei.

»Du, ein König?« Zeke grinste. »Natürlich hast ausgerechnet *du* einen Weg gefunden, dich mit ihr zu paaren.« Er trat einen Schritt zurück und stieß erneut gegen die Garagentür.

Feuer schoss durch meine Adern. »Wollte Theo sich deshalb so verzweifelt mit mir paaren? Wollte *er* König werden?« Hatte Theo es auch gewusst und mich absichtlich im Unwissen gelassen?

»Theo hatte keine Ahnung, dass du Thronfolgerin bist.« Zeke verdrehte die Augen. »Darüber brauchst du dir also keine Sorgen zu machen.«

Kein Wunder, dass er nicht versucht hatte, Theo von der Idee einer Paarung mit mir abzubringen. Ich hatte es von Anfang an seltsam gefunden, dass ihn das überhaupt nicht zu stören schien.

»Eine Sache verstehe ich weiterhin nicht.« Lucas schürzte die Lippen. »Warum hast du niemandem gesagt, dass Samuel nicht der rechtmäßige Erbe ist, als wir die Krönung feierten? Was, wenn Callie nicht da gewesen wäre, um die Tätowierung zu empfangen?«

Mir stockte der Atem. Daran hatte ich noch gar nicht gedacht, aber wenn der Zauber nur ein einziges Mal ausgeführt werden konnte, was *wäre* passiert, wenn ich nicht dabei gewesen wäre? Wäre Samuel markiert worden, oder hätte der Zauber mich irgendwie gespürt und somit nichts bewirkt? Das hätte der Südwest-Königin auf jeden Fall in die Karten gespielt.

»Ihre Wölfin war schwach und ihre Magie unterdrückt.« Zeke gestikulierte in meine Richtung und fuhr fort. »Ich wusste nicht, dass sie sich gepaart und irgendwie ihre Magie freigesetzt hatte. Ich war mir nicht sicher, ob sie überhaupt markiert werden konnte.«

Ich verstand seine Argumentation, aber er hätte sich trotzdem nicht so sicher sein dürfen. Wir hatten alle Glück, dass alles gut gegangen war. Es war zwecklos, jetzt darüber nachzudenken, was hätte passierenkönnen. Es war vorbei, und ich war Königin, obwohl ich immer noch dachte, dass Samuel besser für den Job geeignet wäre.

Ich trat zurück, um mehr Abstand zu Zeke zu gewinnen, und fuhr mir mit der Hand über das Gesicht. »Das spielt keine Rolle. Momentan müssen wir herausfinden, wie Stevie mit der Königin gesprochen und ob sie mit jemand anderem zusammengearbeitet hat.« Ich wollte nicht, dass Zeke das Gespräch kontrollierte und uns daran hinderte, in unseren Ermittlungen weiterzukommen.

»Gutes Argument.« Zeke schmunzelte. »Hoffentlich bekommst du die Antworten, die du suchst, bevor noch etwas passiert. Wenigstens wird es das nächste Mal dich treffen und nicht mich.«

Bodeys Kiefer knackte, als er die Zähne zusammenbiss. »Willst du uns etwa drohen?«

Jemand knurrte bedrohlich ... als meine Brust vibrierte, merkte ich, dass ich es selbst war.

Zeke lachte ein wenig zu laut und hob beide Hände. »Ihr zwei müsst euch beruhigen, vor allem, wenn ihr vorhabt, zu herrschen. Wir können keine Hitzköpfe gebrauchen, die sich jedes Mal aufspielen, wenn jemand nicht ihrer Meinung ist.«

Michael schnappte nach Luft. »Ist das die Geschichte, die du erzählen willst? Das würde ich an deiner Stelle noch einmal überdenken. Die beiden sind keine Hitzköpfe – sie müssen sich nur an die neue Situation gewöhnen und machen sich Sorgen um ihre Leute und einen Berater, der eindeutig aus der Reihe tanzt.«

»Weil ich nicht so denke wie ihr?« Zeke spottete. »Bitte, ich wurde von König Richard und Königin Mila respektiert, sonst würde ich nicht hier stehen und mein Amt innehalten.«

»Wenn ich mich recht erinnere, hatten du und sie an diesem Tag einen Streit.« Michaels Kiefer verkrampfte sich. »Ich wollte eigentlich warten, bis du es selbst ansprichst.«

Zekes Augen blitzten vor Wut. »Das ist irrelevant und geht niemanden etwas an.«

»Vielleicht ja doch.« Ich warf ihm einen Blick zu. »Vor allem, weil sie kurz danach gestorben sind und ich praktischerweise keine Erinnerungen mehr habe.« Ich *musste* meine Erinnerungen unbedingt zurückbekommen. Erst dann würde ich all die Antworten bekommen, die Zeke mir nicht geben wollte.

»Und schon wieder beschuldigst du mich, weil du einen Sündenbock brauchst.« Zekes Gesicht verzog sich. »Vermutlich hätte ich von dir auch nicht mehr erwarten sollen.«

Wir müssen vorsichtig sein, sagte Michael über unsere Verbindung. *Mit solchen Dingen könnte er leicht andere Rudel beeinflussen, besonders die in seinem Bundesstaat.*

Bodey erstarrte, und ich konnte seine Abscheu und Wut zwischen uns spüren. Überraschenderweise hegte er stärkere negative Gefühle gegenüber Zeke als ich es tat, und ich war in Zekes Rudel aufgewachsen. Wir waren hierhergekommen, um Zeke zu Antworten zu drängen, doch er benutzte dieselbe Strategie, um sich Munition gegen uns zu verschaffen. Wir mussten aufhören, ihm in die Hände zu spielen.

»Wir versuchen nicht, jemanden zu beschuldigen.« Ich sprach langsam und versuchte, meine Stimme ruhig zu halten. »Und falls das so rübergekommen ist, entschuldige ich mich aufrichtig dafür.«

Entschuldige dich nicht bei diesem Idioten, murmelte

Bodey, dessen Abscheu unsere Verbindung erstickte. *Er verdient es nicht, die gleiche Luft wie du zu atmen.*

Ich liebe dich, erwiderte ich einfach, um seinen Hass auszugleichen. Wir durften uns keinen Feind schaffen, der aktiv Krieg gegen uns führen würde. Wir waren schon gespalten genug, und Königin Kel würde ihre Angriffe nicht aufgeben. Sie hatte uns unter Druck gesetzt, während unser Volk damit zu kämpfen hatte, mich als Königin zu akzeptieren, obwohl alle darauf vorbereitet waren, dass Samuel regieren würde. *Ich stimme zu, dass es schwer ist, mit ihm zusammenzuarbeiten, aber im Moment können wir eine weitere Spaltung unseres Volkes nicht verkraften.*

Bodey stieß einen angespannten Atemzug aus.

»Nun, das ist doch schonmal etwas.« Zeke polierte seine Nägel an seinem Hemd.

Mein Magen krampfte sich zusammen. Ja, jetzt wünschte ich mir, ich hätte diese Worte nicht ausgesprochen, aber da ich es bereits getan hatte, musste ich mich darauf stützen. »Es ist nur so, dass es wie eine Drohung klang, als du sagtest, es wäre unsere Schuld, wenn Stevie etwas zustoßen würde.« Ich versuchte, freundlich zu lächeln. »Kannst du uns sagen, was du damit gemeint hast?«

»Was ich meinte, war, dass die Südwest-Königin unberechenbar ist, und sie hat sicher etwas vor.« Zeke rieb sich die Hände, als hätte er alle Antworten parat. »Wenn Stevie etwas weiß, wird Kel wollen, dass sie gefangen wird oder stirbt. Vielleicht solltet ihr also eure Zeit dazu nutzen, sie zu verhören und nicht mich.«

Ja, er spielte ein Spiel, und ich hasste es, wie schlau Zeke war. Alle anwesenden Männer waren angespannt; das konnte ich durch unsere Verbindungen spüren. Ich biss die Zähne zusammen und musste mich zusammenreißen, um meiner Wölfin nicht wieder die Kontrolle zu überlassen.

Er fuhr fort. »Schließlich möchte ich nicht, dass du hier Zeit vergeudest, während Stevie durch deine Nachlässigkeit verletzt wird oder sogar noch Schlimmeres passiert. Das wäre sehr bedauerlich.«

»Natürlich.« Jack legte den Kopf schief. »Weil du dich ja *so sehr* um deine Rudelmitglieder kümmerst. So wie damals, als wir vier Callie gefunden haben, die von fünf deiner eigenen Wölfe angegriffen wurde, und du *sie* dann dafür bestraft hast und nicht die anderen Wölfe. Du bist wirklich ein sehr *fürsorglicher* Alpha.«

Ja, wir konnten diese Anschuldigungen auf keinen Fall akzeptieren, nachdem Zeke auf meinem Friedensangebot herumgetrampelt war. Er hatte schon immer Groll gegen die anderen Berater gehegt, und jetzt, da ich eine von ihnen war, war ich sehr wahrscheinlich diejenige, die Zekes Kontrolle völlig zunichtemachte.

Obwohl Zeke mich wie Dreck behandelt hatte, konnte ich mich nicht wirklich beschweren, oder? Hätten Bodey, Lucas, Jack und Miles mich damals nicht am Hells Canyon beschützt, würde ich jetzt vielleicht nicht hier mit ihnen stehen.

»Es geht ihr gut, nicht wahr?«, fragte Zeke und deutete auf mich, als wüssten wir nicht, wen er meinte.

»Ja, weil *wir* uns eingemischt haben«, knurrte Bodey und seine Brust hob sich. *Bevor das hier vorbei ist, werde ich ihn umbringen und mich an jedem Tropfen Blut erfreuen, der aus seinem Körper fließt.*

Ich war mir nicht sicher, wie lange Bodey es noch schaffen würde, ihn nicht zu schlagen. Michaels Warnung, dass Zeke versuchen würde, uns vor den anderen Rudeln schlecht aussehen zu lassen, war das Einzige, was ihn zurückhielt.

Vielleicht hatte ich eine Idee. »Wo ist Theo? Sollte er

nicht bei diesem Gespräch anwesend sein? Jetzt, wo die Krönung vorbei ist, sollte er doch das Rudel übernehmen.«

Alle Selbstgefälligkeit verschwand aus Zekes Gesicht. »Unter diesen Umständen wird das nicht passieren.« Er zupfte am Kragen seines Hemdes. »Theo ist schwer verletzt, und Königin Kel hat gerade einen Krieg begonnen. Es wäre nicht klug, ihm jetzt Oregon zu überlassen.«

»Das ist nicht das, was wir vereinbart haben.« Miles verschränkte die Arme vor der Brust, wodurch sich seine Muskeln sichtlich anspannten.

»Dessen bin ich mir bewusst, aber die Dinge haben sich geändert. In Anbetracht des Angriffs auf unser Rudel und des Aufruhrs, den die Südwest-Königin verursacht hat, ist es besser, wenn ich vorerst das Kommando behalte, wenn man bedenkt, dass ich dieses Territorium jahrelang erfolgreich angeführt habe.«

Michael schnaubte. »Du tust beinahe so, als ob die anderen Berater und ich, die an deiner Seite gedient haben, keinen Einfluss auf die Entscheidungen der derzeitigen königlichen Berater hätten. Das haben wir; sie hören auf uns, was Theo auch tun würde. Der einzige Unterschied besteht darin, dass unsere Söhne das letzte Wort haben, aber sie respektieren und würdigen unsere Meinung.«

»Machst du dir Sorgen, dass Theo dir nicht zuhören würde?« Samuel wölbte eine Augenbraue.

»Mein Sohn kennt seinen Platz«, zischte Zeke.

Meine Kehle schnürte sich zu, als ich es endlich verstand. Zeke hatte Theo immer dominiert und kontrolliert, genau wie mich, aber statt der harten Arbeit, die Zeke mir immer zugewiesen hatte, hatte er seinen Sohn durch Worte und Drohungen gefügig gemacht. Einen übermächtigen Vater wie Zeke zu haben, konnte nicht einfach sein, also lag Theos Stärke vielleicht darin, dass er versuchte, Zeke glücklich zu machen und den Frieden zu wahren, damit andere nicht verletzt wurden.

Ich schluckte, weil ich wusste, dass Bodey meine nächsten Worte nicht gefallen würden, aber Theo war dazu bestimmt, ein Berater zu sein und mit uns zusammen zu arbeiten. »Wo ist Theo? Ich würde ihn gerne sehen, besonders wenn es ihm so schlecht geht.« Theo hatte mir geholfen, als ich verletzt war; das Mindeste, was ich tun konnte, war, nach ihm zu sehen. Außerdem hatte ich ein paar Fragen, die ich ihm stellen wollte.

»Er wollte sich unbedingt bei sich zu Hause erholen.« Zeke deutete auf das blassblaue Haus neben seinem. »Tina geht fünfmal am Tag zu ihm und achtet darauf, dass er seine Medizin nimmt, isst und trinkt, damit er heilen kann, aber seine Verletzungen waren schwer. Es wird ein paar Tage dauern, bis er sich erholt hat.«

»Warum lässt du ihn nicht von einer Hexe heilen?« Miles verschränkte die Hände hinter seinem Rücken.

Zeke runzelte die Stirn. »Muss ich dich daran erinnern, dass eine Hexe Callies Erinnerungen gelöscht und meinen Beta getötet hat?« Sein Kiefer zuckte. »Wir haben doch gerade darüber gesprochen, wozu Hexen fähig sind.«

Ich glaube, meine Anwesenheit macht ihn noch widerspenstiger. Ich werde Theo besuchen und euch ein paar Minuten Zeit geben, um zu sehen, ob ihr weitere Informationen aus ihm herausquetschen könnt, da er offensichtlich nicht begeistert davon ist, dass ich jetzt Königin bin. Zudem wollte ich die Gelegenheit haben, mit Theo allein zu sprechen, aber das behielt ich lieber für mich.

Bodey schien zwar nicht zufrieden, aber er nickte. *Ich würde dich gerne begleiten.*

Wenn du dabei bist, könnte er etwas verschweigen. Ich runzelte die Stirn, weil ich meinen Gefährten nicht verärgern wollte, aber ich wollte auch nicht einfach Ja sagen, um ihn glücklich zu machen.

Vielleicht, Babe, aber andererseits hat dieser Mistkerl verzweifelt versucht, dich dazu zu bringen, einer Paarung mit ihm zuzustimmen. Obwohl ich dir vertraue, und weiß, dass nichts passieren wird, ist der Gedanke, dass du mit ihm allein in seinem Haus bist, weder für mich als Mensch noch als Wolf angenehm.

Wenn er es so formulierte, verstand ich seinen Standpunkt. Wäre ich an seiner Stelle, würde ich genauso denken.

Das habe ich nicht bedacht. Dann begleite mich. Ich hatte kein Recht, ihn zu verunsichern, und der Frieden, der nach meiner Zustimmung zwischen uns herrschte, zeigte mir, dass ich die richtige Entscheidung getroffen hatte.

»Es ist also in Ordnung, wenn Bodey und ich nach ihm sehen?«, fragte ich laut, während ich Bodeys Hand nahm. Ich hätte mich mit Zeke verbinden können, aber der Gedanke ließ mich erschaudern. Ich wollte keine intime Verbindung mit ihm haben, auch wenn es sich genauso anfühlen würde wie mit allen anderen. Außerdem würde es wahrscheinlich helfen, wenn ich es nicht täte. Es würde mich nur wieder daran erinnern, dass ich seine Königin war.

Zeke runzelte die Stirn. »Er schläft wahrscheinlich und sollte nicht gestört werden.«

»Wir werden sehr leise sein.« Bodey lächelte ein wenig zu breit und entblößte seine Zähne.

»Nun gut.« Zekes Nasenlöcher blähten sich auf. »Aber stört ihn nicht zu lange, er muss sich ausruhen.«

Bodey und ich machten uns gerade auf den Weg, als Lucas sich zu Wort meldete. »Was dagegen, wenn wir uns ansehen, wo der Gefangene festgehalten wurde?«

»Ich habe den Keller mehrmals untersucht«, schimpfte Zeke.

»Da bin ich mir sicher«, stimmte Michael ruhig zu. »Ich bin sicher, dass wir nichts finden werden, aber wir würden trotzdem gerne einen Blick darauf werfen. Fünf Augenpaare sind besser als eines.«

Mein ganzes Leben lang war Zeke bei allem schwierig gewesen. Ich hatte gehofft, dass die bevorstehende Bedrohung ihn umstimmen würde. Offensichtlich nicht.

»Gut, aber ihr werdet nichts finden.« Als ich mich umdrehte, sah ich Zeke und die anderen in sein Haus gehen.

Bodey und ich gingen weiter zur Tür von Theos Haus. Kaum hatte ich die hellbraune Tür aufgestoßen, hörte ich Theos krächzende Stimme. »Mom?«

Mein Puls pochte. Gott sei Dank schlief er nicht. »Nein, ich bin's, Callie.«

»Callie?« Er hustete und stöhnte dann. »Bist du es wirklich?«, lallte er fast.

Tina muss ihm das Schmerzmittel gegeben haben, das sie auch mir hatte geben wollen.

Wie bei den anderen Häusern in der Siedlung kam man von der Eingangstür direkt ins Wohnzimmer. Bodey folgte mir in Richtung Küche, vorbei an dem kleinen Flur auf der rechten Seite, der zu einem Badezimmer und zwei Gästezimmern führte. Ein paar Schritte vor der Küche bog ich links in den anderen Flur ein, der zu zwei weiteren Schlafzimmern auf der linken Seite und zur Garagentür führte. Hinter der zweiten Tür befand sich das Hauptschlafzimmer, wo Theo in seinem Bett lag.

Sollte ich mir Sorgen machen, dass du genau weißt, wo sein Zimmer ist?, fragte mich Bodey und ließ mich seine Eifersucht spüren.

Ich erstarrte. *Wie bitte? Nein! Alle Häuser hier haben den gleichen Grundriss. Das ist das größte Schlafzimmer. Ich war noch nie zuvor in seinem Haus. Er war ein unverheiratetes*

Rudelmitglied, und ich hatte mich geweigert, ihn hier zu besuchen, um zu verhindern, dass Gerüchte über uns die Runde machten. Außerdem hatte ich geglaubt, dass sein Vater ihn dafür bestrafen würde, wenn er dachte, dass er mit mir ausging, aber jetzt wusste ich, wie es wirklich war.

Ich ließ meinen Blick durch den Raum schweifen und nahm die warmen Braun- und Erdtöne in mich auf. Auf dem Nachttisch aus Kastanienholz stand ein Foto von Theo und mir, das aufgenommen worden war, als wir etwa zwölf Jahre alt waren. An den Wänden hingen persönliche Gegenstände, wie Theos Gewehre.

Als ich das Fußende des Bettes erreichte, richteten sich Theos topasfarbene Augen auf mich. Sein normalerweise karamellbraunes Haar war dunkel und klebte an seinem Gesicht, das tiefe Kratzer aufwies. Er wirkte sehr blass. Ihm schien es offensichtlich nicht gut zu gehen.

Er schenkte mir ein schwaches Lächeln. »Du bist gekommen, um mich zu sehen. Ich wusste, dass du kommen würdest.«

Doch als Bodey neben mir eintrat, wurde Theos Lächeln schwächer.

»Warum ist *er* hier?« Theo rümpfte die Nase.

Herrlich, wieder ein Rudeltreffen, das super lief.

Bodey knurrte. »Weil ich ihr *Gefährte* bin. Deswegen.«

»Wir wollten *beide* nach dir sehen.« Ich warf Bodey einen bittenden Blick zu und verband mich gedanklich mit ihm. *Bitte beruhige dich. Er muss mit uns reden. Deshalb wollte ich anfangs auch nicht, dass du mitkommst.*

Er hat angefangen, sagte Bodey, aber ich spürte, dass er sich ein wenig schuldig fühlte.

Ich machte mir nicht die Mühe, ihm zu antworten, sondern setzte mich auf den Rand des Bettes und lächelte Theo traurig an. Sein Hals wies Kratzspuren auf, und Blut von einer Wunde in seiner Schulter hatte das Laken, das um seine Brust gewickelt war, befleckt. Er muss noch ein paar Schläge abbekommen haben, nachdem Bodey und ich aus der Gegend geflohen waren.

»Es ging mir schon besser«, sagte er steif, als ob es ihm weh täte, zu sprechen. Er musterte erst mein Gesicht, und als sein Blick meinen Hals erreichte, versteifte er sich. »Heilige Scheiße, du wurdest wirklich markiert! Ich dachte, ich hätte die Tätowierung in deiner Wolfsgestalt gesehen, aber ich war mir nicht sicher. Wie ist das überhaupt möglich?«, keuchte er.

Ich hob eine Augenbraue. »Du wusstest bisher nichts davon?«

»Natürlich nicht. Warum fragst du?« Theo versuchte, sich aufzusetzen, konnte sich aber nicht mehr als einen Zentimeter erheben, bevor er stöhnend aufgab. Es gab keine Anzeichen dafür, dass er log.

»Weil dein Vater es die ganze Zeit über wusste.«

Er starrte mich mit offenem Mund an. »Er *wusste* es? Das hat er mir nie erzählt, aber es ergibt Sinn. Er hat so viel Zeit mit der königlichen Familie verbracht.« Sein Gesicht verzog sich. »Warum wurde deine Wölfin unterdrückt, und warum hat er es niemandem erzählt?«

Ein Teil der Sorge, dass er mich verraten könnte, verflog. »Er sagte, er hätte es niemandem erzählt, weil er mich beschützen wollte, vor allem, weil meine Magie von der Hexe, die seinen Beta getötet hatte, blockiert worden war.«

Bodey räusperte sich, als wolle er uns daran erinnern, dass er noch im Raum war. »Wie konntest du sie nicht erkennen? Hast du als Kind keine Zeit mit ihr verbracht, so wie die anderen Berater und ich?«

Mein Kopf drehte sich zu Bodey und ich sah ihn fragend an. *Wir haben als Kinder Zeit zusammen verbracht?*

Er nickte. *Wir standen uns sehr nahe, du und ich. Als ich*

dich als Erwachsene traf, hast du mich tatsächlich an dich selbst als Kind erinnert, aber ich habe nicht erkannt, dass dieselbe Person vor mir stand.

»Dad hat Mom und mich nie zur königlichen Familie mitgenommen.« Theo biss sich auf die Unterlippe. »Manchmal haben wir ihn wochenlang nicht gesehen. Angeblich war es ein zu großes Risiko, in ihrer Nähe zu sein, und deswegen mussten wir immer zu Hause bleiben.«

Hinter dieser Geschichte musste noch mehr stecken. Sie fühlte sich nicht vollständig an, aber Theos Augen schlossen sich langsam.

Wir hatten nicht mehr viel Zeit, um weitere Fragen zu stellen. »Hast du eine Ahnung, woher die Wölfe der Königin wussten, wo und wann sie uns angreifen müssten?«

Seine Augen waren nun vollständig geschlossen. Vorsichtig griff ich nach seinen Händen und strich sanft darüber. »Theo, hast du mich gehört?«

Er schüttelte den Kopf. »Ich wünschte, ich wüsste es, dann würde ich die Bastarde töten«, murmelte er.

Ich atmete tief ein und aus. Er brauchte Ruhe, um zu heilen. In diesem Zustand würden wir keine weiteren Antworten von ihm bekommen. Ich würde mich später mit ihm verbinden und versuchen, ihm noch ein paar weitere Fragen zu stellen.

»Okay, wir werden jetzt gehen, damit du dich ausruhen kannst.« Als ich schwer verletzt gewesen war, hatte ich es ebenfalls nicht gemocht, andere Personen um mich herum zu haben. »Brauchst du noch etwas, bevor wir gehen?«

Er schüttelte den Kopf und begann wenige Sekunden später leise zu schnarchen.

Langsam stand ich auf und schlich auf Zehenspitzen durch den Raum zurück in den Flur, Bodey direkt hinter mir.

Als wir zur Vordertür hinausgingen, waren die anderen

nirgendwo zu sehen. Bodey verband sich mit ihnen. *Hattet ihr Glück?*

Wir sehen uns gerade alles genau an, antwortete Samuel. *Es wird noch ein paar Minuten dauern.*

Ein Teil von mir wollte ihnen helfen, aber ich wusste, dass das mit Zeke in der Nähe nicht klug wäre. Außerdem würde ich das Unvermeidliche nur weiter hinauszögern. *Wir werden in der Zwischenzeit zu meinen Eltern gehen und mit ihnen über Stevie reden.*

Klingt gut, antwortete Lucas. *Wir treffen euch dort.*

Bodey setzte sich auf den Fahrersitz, während ich auf den Beifahrersitz kletterte, und gemeinsam fuhren wir zum Haus meiner Eltern.

Mir wurde ganz flau im Magen, als ich Charles, Trevor, Pearl und meine Eltern in unserem Garten stehen sah. Sie unterhielten sich.

Als das Auto anhielt und ich ausstieg, lachte Pearl bitter auf, ihre blauen Augen wirkten leer. »Sieh mal, wer sich endlich dazu entschlossen hat, sich hier blicken zu lassen.« Ihr hellblondes Haar wehte in der kühlen Brise.

Ich seufzte. Natürlich hatte ich nichts anderes von ihr erwartet. Bodey ging um den Wagen herum und stellte sich neben mich.

Als Charles' finsterer Blick auf meinem Hals landete, verzog er das Gesicht. Das lief ja hervorragend.

Aber als Mom sich umdrehte, zwang mich ihr Gesichtsausdruck fast in die Knie.

Moms normalerweise strahlend blaue Augen verdunkelten sich, als sie mich ansah.

Ich hatte nicht gewusst, was ich hätte erwarten sollen, aber *das* war es definitiv nicht. Die Möglichkeiten, die mir durch den Kopf gegangen waren, waren Wut, Schmerz oder eine Variation von beidem gewesen, aber nicht der Ausdruck reiner Abscheu, der sich auf ihrem Gesicht abzeichnete.

Mit verkrampftem Kiefer schob sie ihr schulterlanges, aschblondes Haar zurück. Kurzzeitig hätte ich sie fast nicht erkannt. Mom hatte sich immer gut um mich gekümmert, wenn auch nicht so intensiv wie um ihre leiblichen Töchter.

In ihrem Gesicht war keine Sorge um mein Wohlergehen zu erkennen.

Mein Herz verkrampfte sich schmerzhaft, aber ich hielt den Kopf hocherhoben. Ich hatte nichts falsch gemacht.

Bodey nahm meine Hand. *Ich bin bei dir. Du bist nicht allein.*

Die Wärme seiner Liebe half, den Schmerz zu dämpfen. Diese Worte waren genau das, was ich hören musste. Ich hatte mich so lange allein gefühlt, aber das war jetzt vorbei. Ich hatte meinen Schicksalsgefährten gefunden.

Ich zwang meinen Blick von Mom weg und sah Dad an. Er wirkte eher wie er selbst – beinahe gleichgültig, so wie immer, wenn es um mich ging. Er war nie grausam, aber er war auch nicht besonders liebevoll gewesen. Wir hatten in einer friedlichen Koexistenz zusammengelebt. Seine rostbraunen Augen richteten sich darauf, wie Bodey und ich uns an der Hand hielten, während die kühle Märzbrise sein kurzes, blondes Haar zerzauste.

Mom zeigte auf mich, wobei ihr lavendelfarbener Pullover ein Stück an ihrem Arm hochrutschte. »Die ganze Zeit über hast du uns gegenüber nie erwähnt, dass du unsere Königin bist.«

Mir stockte der Atem. »Ist das dein Ernst? Ich wusste nicht, dass ich die Thronfolgerin bin, bis zu dem Moment, in dem ich markiert wurde.« Ich zog meinen Pullover ein wenig weiter herunter, sodass der größte Teil der Tätowierung zum Vorschein kam.

»Und anstatt zu versuchen, der Familie, die dich all die Jahre beschützt hat, zu helfen, sperrst du Stevie ein und lässt Zeke die Nachricht überbringen«, zischte sie, während sie zu zittern begann. »Jetzt wünschte ich, wir hätten dich nie bei uns aufgenommen.«

Ein Schlag in die Eingeweide würde sicher weniger wehtun als die Qualen, die mich jetzt durchzogen. Meine Lunge krampfte sich zusammen, und Bodeys Wut pulsierte zwischen uns. Er ließ meine Hand los und legte seinen Arm um mich, unsere Verbindung erwachte zum Leben und milderte etwas von dem Herzschmerz.

»Stevie hat mit der Südwest-Königin zusammengearbeitet, was dazu geführt hat, dass Callie von den Spähern angegriffen wurde. So solltest du also nicht mit meiner *Gefährtin* sprechen«, sagte Bodey, wobei seine Stimme zwischen einem Knurren und einem Zischen schwankte. »Sie ist die Person, die am unschuldigsten von uns *allen* ist.«

Charles' dunkle Augen verengten sich und er grinste. »Wenigstens kennen wir jetzt die Antwort darauf, warum er sie so beschützt hat und sich unbedingt mit ihr paaren wollte. Er muss es gewusst haben und wollte König werden.« Er winkte abweisend mit einer Hand. »Wenn ich das gewusst hätte, hätte ich sie auch anders behandelt.«

Bodey knurrte, und Pearl drehte ihren Kopf in Charles' Richtung. Ihre blauen Augen funkelten wütend.

Ohne zu zögern, ließ mein Gefährte mich los und marschierte zu Charles hinüber. Mom ging ein paar Schritte näher zu Dad, während Pearl auf der anderen Seite von Charles blieb und sich nicht einmischte, was Bände sprach – ihr gefiel auch nicht, was Charles gesagt hatte. Andererseits hätte sie es nicht überraschen dürfen. Charles war ein arrogantes Arschloch, das dachte, die ganze Welt müsse sich vor ihm verneigen.

Alles, was ich sehen konnte, war Bodeys Rücken, aber seine Muskeln waren so angespannt, dass sich auch sein Hemd spannte. Vielleicht sollte ich mich einmischen, aber Charles hatte eine Tracht Prügel verdient, besonders wenn man darüber nachdachte, wie er mich all die Jahre behandelt hatte.

»Sag so etwas noch einmal, und ich werde mich nicht zurückhalten. Dies ist deine einzige Warnung. Du wirst keine weitere bekommen ... *niemals*«, schwor Bodey. »Callie ist meine *Schicksalsgefährtin*, und ich will verdammt sein, wenn ich zulasse, dass ein aufgeblasener, kleinwüchsiger Möchtegern-Alpha unsere Beziehung beleidigt oder sich an sie heranmacht. Sie ist *meine* und *deine* Königin, also behandle sie dementsprechend mit Respekt.«

Mein Körper erhitzte sich, und meine Wölfin meldete sich in meinem Kopf. Es war eindeutig, dass es ihr gefiel, wie unser Gefährte mich vor den anderen beanspruchte.

Mit hochgezogenen Augenbrauen schaute Dad erst mich und dann Bodey an. So hatte ich meinen Eltern nicht mitteilen wollen, dass ich mich gepaart hatte, aber nichts in meinem Leben lief je nach Plan.

Ich konzentrierte mich wieder auf meine Eltern, weil ich Charles nicht noch mehr Aufmerksamkeit schenken wollte. »Stevie einzusperren war das Letzte, was ich tun wollte. Aber was hätte ich sonst tun sollen?« Ich ließ meinen Pullover los und fuhr mit einer Hand über meine Brust, wo die Tätowierung nun wieder teilweise verdeckt war. Diesmal spürte ich die Schatten des Mondes unter meiner Handfläche flüstern. »Sie hat einem anderen Territorium geholfen, und unsere Wölfe wurden verletzt. Ich bin die Königin, auch wenn *niemand* damit gerechnet hätte, aber ich weigere mich dennoch, mich schwach zu geben.«

Pearl schnaubte und verschränkte ihre Arme. »Es kann nicht sein, dass du nicht wusstest, dass du Königin bist. Ich rieche deine Lüge zwar nicht, aber ich kaufe es dir trotzdem nicht ab.«

Bodey drehte sich zu Pearl.

Ich wollte nicht, dass er sie bedrohte ... zumindest nicht vor Mom und Dad. *Das ist eine berechtigte Sorge.*

Nicht so, wie sie es formuliert hat.

Unter Bodeys Blick zuckte Pearl zusammen und bewies einmal mehr, dass sie keine Idiotin war.

»Sag mir, woher ich das hätte wissen sollen.« Ich hob beide Hände. »Ich konnte mich nicht verwandeln, was dazu geführt hat, dass *er*«, sagte ich und deutete auf Charles, »mich bei jeder Gelegenheit fertig gemacht hat. Wenn ich mich in jener Nacht, in der ihr mich angegriffen habt, hätte verwandeln können, meinst du nicht, ich hätte es getan, anstatt zu versuchen, in meiner menschlichen Gestalt gegen euch zu kämpfen?«

Pearl schien ausnahmsweise einmal sprachlos zu sein. Ihr Mund öffnete und schloss sich und sie erinnerte mich an einen Fisch auf dem Trockenen. An diesem Punkt würde es mich nicht wundern, wenn sie auf dem Boden herumzappeln würde.

»Glaub mir. Ich wünschte, ich hätte es gewusst. Stattdessen war Zeke die einzige Person, die wusste, wer ich wirklich bin und dass ich noch lebe.« Ein bitterer Geschmack breitete sich in meinem Mund aus. »Selbst jetzt, wo meine Wölfin frei ist, kann ich mich nicht an mein Leben erinnern, bevor ich hierherkam. Offenbar hat mich eine Hexe verzaubert.« Ich biss die Zähne zusammen und versuchte, meinen Schmerz und meine Wut nicht noch mehr herauszulassen, als es ohnehin schon der Fall war. Ich wollte nicht, dass sie wussten, wie sehr mich das alles belastete, denn ich war sicher, dass Zeke es erfahren würde. Er sollte denken, dass ich das alles mit Fassung ertrug, damit er nicht dachte, er hätte Macht über mich.

»Nun gut, das kann ja alles sein. Aber denkst du wirklich, dass deine Schwester schuldig ist? Sie würde nichts tun, was unserem Rudel schaden könnte.« Moms Stimme brach, als sie eine zittrige Hand auf ihren Bauch legte. »Zeke sagte, du hättest ihre Verbindung zu unserem Rudel blockiert, also kann sie nicht mit uns kommunizieren.«

Ich atmete scharf ein. Der gute alte Zeke war schon dabei, alle gegen mich aufzubringen. Ich hätte es wissen müssen.

Bodey fuhr sich mit der Hand durch die Haare und schaute mich an. Sein braunes Haar fiel ihm in die Augen, genau wie ich es mochte.

Zeke ist ein verdammtes Arschloch, sagte Bodey über die Verbindung.

Oh, dessen bin ich mir bewusst. Ich versuchte, meine Miene neutral zu halten. »Sie hat Königin Kel mit Informationen gefüttert, Mom. Ich wollte es auch nicht glauben, aber sie hat es uns gegenüber zugegeben, und es roch nicht nach einer Lüge. Ich wurde vor dem Immobilienbüro angegriffen, weil sie die Königin darüber informiert hatte, dass ich bei den Beratern war. Ich habe sie für den Fall, dass sie nicht allein arbeitet und Informationen an die Königin weitergeben könnte, von der Verbindung zu den Rudeln ausgeschlossen. Es ging mir nicht darum, dass sie nicht mehr mit euch reden kann.«

Sowohl Mom als auch Dad schnupperten, offensichtlich in der Hoffnung, mich bei einer Lüge zu erwischen. Sie wollten lieber, dass ich die schreckliche Adoptivtochter war, als dass sich ihr jüngstes leibliches Kind als Verräterin entpuppte.

Das größte Problem bei Zekes Strategie war, dass sie, wenn wir nicht aufpassten, äußerst effektiv sein würde. Dem größten Teil des Rudels war ich vollkommen egal, und eine Handvoll von ihnen mochte mich überhaupt nicht. Trotz der königlichen Tätowierung auf meiner Brust hatte mich das gesamte Rudel dennoch fast mein ganzes Leben lang nicht beachtet, und es würde dauern, das zu ändern. Es würde jedoch noch schwieriger werden, wenn Zeke aktiv gegen mich arbeitete.

»Wenn ihr wirklich glaubt, dass ich euch irgendetwas verheimlichen will, stellt bitte mehr Fragen.« Ich ließ meine Hände sinken. »Ich habe keinen Grund, euch anzulügen. Kommt ruhig näher heran, sodass ihr mich besser riechen könnt.«

Bodey schüttelte den Kopf. »So wie die sich aufführen, werde ich sie nicht in deine Nähe lassen.«

»Oha, du bist also der Alpha in dieser Beziehung, obwohl sie die Thronfolgerin ist, wie interessant.« Charles schnaubte. »Den Göttern sei Dank. Für eine Sekunde dachte ich ...«

Bodey wirbelte herum und verpasste Charles einen Schlag gegen den Kiefer. Charles' Kopf schnappte zurück, während Mom und Pearl nach Luft schnappten.

Stöhnend hob Charles den Kopf und starrte mit zusammengekniffenen Augen auf meinen Gefährten. Pearl eilte an seine Seite und versuchte, seinen Kiefer zu berühren, aber er stieß sie knurrend weg. »Es geht mir gut.«

»Ja, weil ich mich zurückgehalten habe.« Bodey ballte und löste seine Faust. »Wenn du noch einmal den Mund öffnest, wird es noch schlimmer werden. Ich werde dafür sorgen, dass es dir noch schlechter geht als Callie damals.«

Mein Gefährte war gefährlich nahe dran, den Verstand zu verlieren. Ich bewegte mich, sodass ich hinter ihm stand und meine Hände auf seinen Rücken legte. Seine Muskeln entspannten sich nur geringfügig, die Wut brodelte noch immer in ihm.

Er knackte mit dem Hals, ohne Charles aus den Augen zu lassen. »Lass mich eine Sache von vornherein klarstellen. Ich mag zwar König sein, aber Callie ist die Thronfolgerin. Sie ist stärker als jeder Wolf, dem ich je begegnet bin, und im Gegensatz zu dir fühle ich mich davon nicht bedroht. Selbst als ihre Wölfin gefangen war, war sie stark, weshalb es dein Wolf die ganze Zeit über auf sie abgesehen hatte ... er wollte sie immer brechen. Das wird nicht mehr passieren.«

»Warum ist er überhaupt hier?« Ich nickte in Charles Richtung und sah meine Eltern an. »Er gehört nicht zur Familie.«

»Aber er ist mein *fester Freund*.« Pearl rümpfte die Nase. »Den dein Gefährte gerade angegriffen hat!«

Am liebsten hätte ich auf der Stelle losgeheult. Egal, was ich tat, auch wenn ich um ihre Vergebung bettelte und die schwache Wölfin wurde, die sie sich immer gewünscht hatten, würden Pearl und Charles mich immer noch verachten. Sie würden jede Geschichte unterstützen, die Zeke sich ausdachte, solange ich am Ende zu Schaden käme. »Bodey hat ihn geschlagen, weil er schlecht über deine Königin gesprochen hat. Solltest du darüber nicht froh sein?« Ich hob den Kopf, um ihr zu zeigen, dass ich nicht den Drang verspürte, mich zu beugen.

»Du bist *nicht* meine Königin.« Pearl schnaubte, während ihr ganzer Körper bebte. »Und ich glaube dir nicht. Stevie würde so etwas *nie* tun.«

»Pearl«, warnte Dad, während seine Augen leuchteten und anzeigten, dass er über die Rudelverbindung mit ihr sprach.

Pearls Hass auf mich hatte sich so lange angestaut, dass es an der Zeit war, ihn zu entladen. Ich würde ihr diese eine Chance geben, ihn herauszulassen. Ich verstand, wie sich der Groll zusammengebraut hatte, weil ich ihr gegenüber ähnliche Dinge empfand.

»Nein.« Ich schüttelte den Kopf. »Stevie würde das *normalerweise* nicht tun, aber alle Berater, Samuel, die Eltern der Berater, sogar *Theo und Zeke* und ich haben ihre Worte gehört. Fandest du es nicht auch seltsam, als sie am Morgen der Krönung mit dem Auto abgehauen ist? Du kannst jeden von uns, der dabei war, fragen, was vorgefallen ist.«

»Ich würde lieber ihre Seite der Geschichte hören, aber das kann ja ich nicht, da du unsere Verbindung zu ihr unterbrochen hast.« Pearls Hände zitterten vor Ärger.

Ich schlenderte zu meiner *geliebten* Schwester hinüber

und schaute ihr in die Augen. »Willst du wissen, warum sie das getan hat?« Ich wollte ihr so nah wie möglich sein, damit sie wusste, dass jedes Wort, das ich sagte, die Wahrheit war.

»Ich möchte es wissen«, sagte Mom, die nun auf der anderen Seite von Charles hockte.

»Sie hat gesagt, sie wollte unsere Familie beschützen, weil dieses Rudel Mom, Dad, sie und mich so *schrecklich* behandelt hat.« Ich beobachtete Pearls Gesicht, als ich fortfuhr, und achtete auf jedes Zucken. »Vor allem *mich,* wegen dem, was Charles, *du* und deine Freunde mir angetan haben. Die Königin versprach ihr einen sicheren Platz für uns *vier* im Südwestterritorium, wenn Stevie ihr helfen würde.«

Pearls Gesichtsausdruck verfinsterte sich, und ich konnte ihr Bedauern riechen.

»Bei allen Göttern«, murmelte Mom. »Mein kleines Mädchen.«

»Und obwohl sie versucht hat, dich zu beschützen, hast du sie eingesperrt?« Vaters Brustkorb hob sich.

Ich hob meine Hände. »Ich musste es tun. Ich bin jetzt Königin, und sie hat alle in Gefahr gebracht. Selbst gute Absichten machen eine falsche Tat nicht richtig.« Ich hasste es, sie zu verletzen, aber mir waren die Hände gebunden.

Bodey trat wieder neben mich, sodass wir beide Schulter an Schulter standen. »Die Berater haben zugestimmt, ebenso wie Samuel. Diese Entscheidung war schwer für Callie. Das konnte ich spüren.«

Meine Eltern lehnten sich aneinander und schienen darüber nachzudenken.

Ich könnte ihnen so etwas wie einen Kompromiss anbieten. Immerhin waren sie das Einzige, was ich jetzt noch an Familie hatte. »Wenn ich wieder zu Hause bin, lasse ich sie euch anrufen. So könnt ihr euch alles anhören, was sie zu sagen hat, und ein wenig mit ihr reden.«

»Wir sollen also einfach glauben, was sie sagt?« Pearl verschränkte die Arme. »Du könntest sie zwingen, das zu bestätigen, was du uns gerade erzählt hast. Woher sollten wir wissen, dass sie die Wahrheit sagt?«

Pearl versuchte immer noch, Zweifel zwischen meinen Eltern und mir zu säen. Ich hasste es, dass es für sie so einfach war, mich als den Bösewicht darzustellen.

Als Bodey lässig einen Arm um meine Schultern legte, erstarrte ich. Ich hatte erwartet, dass er wütend auf Pearl sein würde, aber stattdessen war es so, als würde er das Feuer in sich in Schach halten.

Er räusperte sich. »Gutes Argument. Ich denke, Mr. und Mrs. Beck sollten entweder mit uns im Auto zurückfahren oder selbst hinfahren, damit sie von Angesicht zu Angesicht mit ihrer Tochter reden können.«

»Und warum werde *ich* nicht zu meiner *Schwester* eingeladen?« Pearl streckte ihre Brust heraus. »Man sollte meinen, dass man mir diese Höflichkeit auch zugestehen würde.«

»Hättest du dich nicht daran beteiligt, dass deine Schwester – die Königin und meine Gefährtin – ständig so grausam behandelt wurde, wärst du jederzeit bei uns willkommen.« Bodey gab sich keine Mühe, seine Verachtung zu verbergen. »Aber nicht nur das, du hast sie heute auch noch beleidigt, obwohl du weißt, dass sie jetzt deine Anführerin ist. Jemand, der so respektlos ist wie du, wird unser Haus sicher nicht betreten.«

Charles knurrte. »Wir waren schon einmal in *eurem* Haus. Warum ist das jetzt wichtig? Sie hat ein Recht darauf ...«

»Sie war nur da, weil Theo euch mitgeschleift hat.« Bodey starrte Charles an, als sein Wolf versuchte, die Kontrolle zu übernehmen. Seine Augen fingen an zu leuchten. »Und wenn ihr beide weiterhin versucht, mit uns zu streiten oder Gerüchte über uns zu verbreiten, dann beweist das nur, dass ihr genauso dumm seid, wie ich dachte.«

»Willst du uns etwa drohen?« Charles wandte den Blick ab, obwohl seine Augen zuckten, als ob er versuchte, nicht wegzusehen.

Bodey strahlte. »Oh, natürlich nicht. Ich weise dich nur auf die Konsequenzen hin, wenn du dich nicht an die Regeln hältst.«

Ich lehnte mich an meinen Gefährten an und genoss es, ihn an meiner Seite zu haben. Ich verband mich in Gedanken mit ihm. *Vergiss nur nicht, dass wir nicht wissen, was Zeke ihnen erzählt hat. Dad und Mom wussten nicht, was wirklich vorgefallen war, also ist es logisch, dass sie wütend auf mich sind.*

Ja, ich denke, die Wut deiner Eltern hat sich gelegt, aber ich glaube, Charles und Pearl sind nur umso wütender geworden, antwortete er, beugte sich vor und gab mir vor allen einen Kuss auf die Stirn.

Ich konnte ihm nicht widersprechen. Dieser Groll hatte jahrelang in ihnen gewohnt. Sie hatten mich brechen wollen, aber stattdessen war ich jetzt stärker als sie. Das zu akzeptieren, musste für Wölfe wie Pearl und Charles bitter sein ... nicht, dass das irgendetwas entschuldigen würde.

»Wenn euer Angebot ernst gemeint ist, würde ich Stevie gerne besuchen.« Mom biss sich auf die Unterlippe.

Dad nickte. »Und es wäre am besten, wenn wir heute noch fahren, weil wir morgen arbeiten müssen. Wir können allerdings selbst fahren.«

Ich hatte mir schon gedacht, dass sie das sagen würden. Zeke würde es nicht gefallen, wenn sie bei uns blieben; er mochte es, alle Mitglieder seines Rudels an einem Ort zu haben. »Hört sich gut an.« Ich gestikulierte in Richtung des Hauses. »Macht es euch etwas aus, wenn ich ein paar meiner

Sachen hole?« Obwohl Jasmines Kleidung einigermaßen passte, war sie doch ein wenig zu eng und zu kurz, um wirklich bequem zu sein.

»Natürlich.« Mom winkte mich zur Haustür. »Ich hole ein paar Taschen, dann kannst du packen.«

Dad, Bodey und ich betraten das Haus, während Charles und Pearl sich auf den Weg zu seinem Haus machten, höchstwahrscheinlich, um dem Rest ihrer kleinen Gruppe zu erzählen, was gerade passiert war, und mich schlecht aussehen zu lassen. Momente wie diese hätten mir früher Angst gemacht, aber das war nun vorbei. Jetzt hatte ich Bodey und saß hier nicht mehr fest. Auch wenn sie eine Bedrohung darstellen könnten, würden wir sie genauso aushorchen wie Zeke.

Als Bodey und ich in meinem und Stevies Zimmer waren, sah er sich genau um. Er gluckste. »Ich finde es toll, dass Fuchsia deine Lieblingsfarbe ist. Sie passt zu dir.«

Das Zimmer war klein, mit Stevies Bett auf der linken Seite, das von ihrer marineblauen Decke bedeckt war, und meinem Bett auf der rechten Seite, auf dem meine fuchsiafarbene Decke lag. Zwischen den Betten stand ein weißer Nachttisch, den wir uns geteilt hatten.

Ich zuckte mit den Schultern. »Ich weiß nicht warum, aber die Farbe hat mich einfach immer angesprochen.«

Ich ging zu dem Schrank gegenüber von Stevies Bett und begann, meine Kleidung herauszuholen. Sobald Dad ein paar Reisetaschen vorbeigebracht hatte, packte Bodey alles ein, während ich den Schrank nach mehr durchsuchte. Am Ende packte ich mir noch ein paar Sachen für Stevie ein, damit sie ihre eigene Kleidung tragen konnte, da ich nicht wusste, wie lange sie bei uns bleiben würde.

Bald darauf gingen Bodey und ich zurück in die Küche, wo Mom und Dad geduldig warteten. Dad hatte schon die Schlüssel in der Hand.

Alle waren bereit.

Bodey hob die Taschen hoch. »Vielen Dank dafür. Jetzt müssen wir nur noch meinen Dad und Samuel bei Zeke abholen, bevor wir losfahren.«

Dad nickte. »Hört sich gut an; wir folgen euch.«

Wir gingen zur Haustür hinaus, und ich hörte, wie meine Eltern hinter uns abschlossen. Als Bodey und ich die Taschen in den Kofferraum seines Mercedes geworfen hatten, öffnete sich die Garage hinter uns, und dann fuhren Dad und Mom heraus.

Als wir in den Mercedes stiegen, verband sich Bodey mit den anderen. *Seid ihr bereit zu fahren?*

Ja, wir sind gerade fertig, antwortete Michael.

Da sonst niemand etwas sagte, fragte ich nach. Habt *ihr etwas gefunden?*

Nichts Wichtiges, antwortete Samuel, wobei ich hören konnte, wie frustriert er war. *Aber irgendetwas stimmt hier nicht. Da nur Zekes Gefährtin zu Hause war, als der Gefangene entkam, ist es logisch, dass es keinen Kampf gab. Sie hat eine Beule am Kopf, wo man sie niedergeschlagen hat, aber irgendetwas kommt mir seltsam vor. Die Ketten des Gefangenen haben nicht so stark gerochen, wie ich es erwartet hätte.*

Mein Herz sank. Könnte Stevie sie ihm abgenommen haben? Das war nicht unmöglich. *Wir werden Stevie danach fragen müssen.*

Bodey runzelte die Stirn, als er in die Straße zu Zeke einbog. *Ich stimme zu, aber sagt Zeke nichts davon. Wir können ihm diese Information nicht anvertrauen ... noch nicht.*

Oh, keine Sorge, lachte Michael. *Wir haben definitiv nichts zu ihm gesagt und haben es auch nicht vor.*

Als Zekes Haus in Sicht kam, stiegen Jack, Lucas und Miles in den Navigator, während Samuel und Michael am

Ende der Einfahrt standen und auf uns warteten. Zeke und Tina standen in der Eingangstür.

Ein Schauer lief mir über den Rücken, als ich die Dunkelheit in Zekes Augen sah. Als er meine Eltern sah, kam er in unsere Richtung, während Michael und Samuel in den SUV stiegen.

»Was ist hier los?« Er deutete auf das Auto meiner Eltern.

Ich kurbelte mein Fenster herunter. »Sie begleiten uns, um Stevie zu besuchen. Das ist alles. Sie werden heute Abend zurück sein.«

Zeke runzelte die Stirn. »Und warum wurde ich nicht gefragt?«

»Bodey und ich haben sie eingeladen.« Ich deutete auf meine Tätowierung, um ihn zu zwingen, meine Autorität anzuerkennen.

Er errötete und verschränkte die Arme. »Es wäre trotzdem schön gewesen, wenn du vorher mit mir geredet hättest. So funktioniert eine echte Partnerschaft.«

Mein Gesicht brannte. Ich hasste es, dass er recht hatte. Auch wenn ich ihm nicht vertraute, war er immer noch für dieses Territorium verantwortlich – es sei denn, wir wollten jetzt noch mehr Unruhe stiften, indem wir ihn ersetzten, und das konnte ich nicht riskieren. »Du hast recht. Es tut mir leid.«

Bodey knurrte leise. *Entschuldige dich nicht bei ihm. Das hat er nicht verdient.*

Aber er hat recht, und ich will nicht so sein wie er. Ich kann es zugeben, wenn ich mich irre.

Zeke schmunzelte, meine Entschuldigung war zweifellos genau das, was er gewollt hatte. »Ich verstehe, dass das alles noch neu für dich ist. Lass es einfach nicht wieder vorkommen.« Er nickte und ging zurück zu Tina, dann drehte er sich um und beobachtete uns ohne ein weiteres Wort.

Meine Hand krampfte sich um den Türgriff. Seine Schadenfreude ließ mich wünschen, ich hätte mich nicht entschuldigt.

Kurz darauf verließen wir meine alte Siedlung. Und ich konnte mich nicht zurückhalten, dafür zu beten, dass ich nie wieder hierher zurückkommen müsste.

Ungefähr dreißig Minuten von unserer Siedlung entfernt, war meine Anspannung, die sich durch Zekes Anwesenheit eingeschlichen hatte, verschwunden. Es gab immer noch Fragen, die beantwortet werden mussten, aber wenigstens waren wir nicht mehr in *seiner* Nähe.

›Perfect‹ von Ed Sheeran lief im Radio, und Bodey lächelte und drückte meine Hand. Unsere Gefährtenverbindung vibrierte vor Liebe und Zuneigung, zweifellos weil wir beide an das letzte Mal dachten, als wir dieses Lied gehört hatten.

Das Lied, das er mir vorgespielt und -gesungen hatte, kurz bevor wir unseren Paarungsbund geschlossen hatten. Bevor meine Wölfin befreit wurde und wir entdeckten, dass wir füreinander bestimmt waren.

Als wir jung waren ... hast du da bereits geahnt, dass ich deine Schicksalsgefährtin sein könnte?

Weißt du, wenn ich jetzt darüber nachdenke, hätte ich es vermutlich tun sollen. Er lachte leise. Als du geboren wurdest, hatte ich ein seltsames Gefühl, aber ich war zu jung, um es zuzuordnen. Immerhin bin ich nur vier Jahre älter als du. Aber ich weiß noch, dass ich dich süß und nett fand, und egal, was passierte, bist du mir immer gefolgt.

Ich drehte mich zu ihm um und betrachtete seine kräftige

Kieferpartie und seine vollen Lippen. *Offenbar fühle ich mich in jedem Alter zu dir hingezogen.*

Er zwinkerte mir zu. *Oh, das weiß ich. Ich kann spüren, was du denkst, wenn du mich jetzt ansiehst.*

Ich errötete, aber nicht so sehr, dass ich meinen Blick von seinem abwenden konnte.

Aber ich muss sagen, dass ich jeden Tag an dich gedacht habe. Bodeys blaue Augen leuchteten auf. *In den letzten siebzehn Jahren konnte ich dein Gesicht sehen und deine Stimme hören. Ich nahm an, dass es daran lag, dass wir eine unglaubliche zukünftige Königin verloren hatten. Ich hätte nie gedacht, dass es daran lag, dass du noch lebst und meine zukünftige Gefährtin sein würdest.*

Mit schmerzendem Herzen stieß ich einen Atemzug aus. *Ich hasse es, dass ich mich nicht an dich oder die Nacht des Brandes erinnern kann.* Ich war mir sicher, dass diese Erinnerungen Antworten enthielten, zu denen ich keinen Zugang hatte.

Bodey nickte. *Wir werden mit Dina reden, wenn wir zu Hause sind. Wir werden nach der Hexe suchen, die deine Erinnerungen und deine Wölfin verdrängt hat.* Sein Daumen streichelte mein Handgelenk, und unsere Verbindung knisterte zwischen uns.

Doch als wir auf die Straße einbogen, die uns nach Hause führte, meldete sich jemand aus unserem Rudel. *Wir riechen fremde Wölfe.*

Mein Kiefer knackte unter dem Druck meiner zusammengebissenen Zähne. Drei Angriffe in drei Tagen waren übertrieben ... es sei denn, die Königin wollte mir klarmachen, dass sie Krieg wollte.

Was meinst du mit ›riechen‹? Wird unsere Umgebung nicht beobachtet?, fragte Bodey das Rudelmitglied, das sich bei uns gemeldet hatte.

Wir sind mit etwa zwanzig Wölfen hier draußen, aber unser Land ist über fünfhundert Hektar groß, sodass es schwierig ist, überall gleichzeitig zu sein.

Mein Magen verkrampfte sich, und ich spürte Bodeys Schuldgefühle auf mich übergehen.

Du hast recht. Bodey umklammerte das Lenkrad so fest, dass seine Knöchel weiß wurden, während er auf das Gaspedal trat. *Wie viele sind es?*

Die Gerüche sind nicht eindeutig. Ich weiß nicht einmal, wie ich es erklären soll, aber es scheint fünf verschiedene Gerüche ganz in der Nähe zu geben.

Nicht eindeutig? Das war *seltsam.* Normalerweise konnte

man jeden einzelnen Geruch unterscheiden. Selbst in Gruppen vermischen sich Wolfsdüfte nicht, also ergab das keinen Sinn. Hier stimmte doch irgendetwas nicht.

Ich konzentrierte mich auf das, was wir wussten: Ihre Zahl war gering. Ich verband mich mit den Leuten, mit denen wir unterwegs waren. *Warum sind es nur so wenige?*

Wegen Stevie, antwortete Michael, wobei seine Angst durch unsere Verbindung sickerte und mir die Kehle zuschnürte. *Sie sind nicht hier, um anzugreifen … sie sind hier, um sie aus unserer Obhut zu holen.*

Der Mercedes raste in die Siedlung, Bodey bremste und hielt zwischen unserem weißen Haus und dem seiner Eltern. Wir vier sprangen aus dem Auto, ohne uns die Mühe zu machen, die Türen zu schließen, während wir in Richtung des Hauses von Bodeys Eltern stürmten, wo wir meine Schwester zurückgelassen hatten.

Jacks Navigator und das Auto meiner Eltern kamen hinter uns zum Stehen, als Jacks Stimme in Bodeys und meinem Kopf auftauchte. *Was zum Teufel ist hier los?*

Die Königin ist hinter Stevie her, antwortete ich, ohne mir die Mühe zu machen, mich umzudrehen.

Ich lief etwas schneller, ließ die anderen hinter mir zurück und bog nach rechts ab, als wir die Rückseite von Janets und Michaels Haus erreichten. Wenige Sekunden später rannte ich die weiße Zementtreppe hinunter, nur um die dunkelbraune Kellertür weit offen vorzufinden.

Fünf Gerüche schlugen mir entgegen, genau wie unser Rudelmitglied gesagt hatte. Verdammt, ich kannte nicht einmal seinen Namen, und er gehörte zu meinem Rudel, aber darum würde ich mich später kümmern. Jetzt musste ich erst einmal nach meiner Schwester sehen.

Als ich mich dem unteren Ende der Treppe näherte, stieg

mir der Geruch von Kupfer in die Nase und bestätigte meine schlimmste Befürchtung.

Blut.

»Stevie!«, schrie Mom und ich spürte die Angst meiner Rudelmitglieder in mir. »Ist meiner Tochter etwas zugestoßen?« Ihre Stimme brach.

Als ich am Fuß der Treppe ankam, zwang ich mich, einen Blick hineinzuwerfen, obwohl sich alles in mir dagegen sträubte. Was auch immer ich hier finden würde, ich zweifelte nicht daran, dass es mich im Schlaf heimsuchen würde.

Stevie lag auf dem Boden und in ihrer Brust steckte ein Messer. Bodeys Shirt, das sie immer noch trug, war purpurrot gefärbt, und unter ihr befand sich bereits eine große Blutlache.

Siehst du sie?, fragte Samuel.

Zum Glück rannte Bodey jetzt die Treppe hinunter, zu mir.

Schluchzend ließ ich mich neben Stevie auf die Knie fallen. Ihre Augen waren geöffnet, und sie sah mich an, während aus einem ihrer Mundwinkel Blut sickerte. Ihr Herzschlag war gleichmäßig, aber schwächer als normal, ihre Atmung flach.

»Scheiße«, knurrte Bodey und ließ sich neben mich fallen. Er musterte meine Schwester und schien ihren Zustand einzuschätzen.

Selbst dieses Wort war nicht genug, um zu beschreiben, was ich fühlte. Ich zerrte an jedem warmen Band und verband mich mit jedem und jeder in der Nähe. *Ich benötige jemanden, der Dina herbringt. Sofort. Meine Schwester ist verletzt und liegt im Sterben.*

Drei Paar hektische Füße rannten in den Keller, und ich war nicht überrascht, als meine Eltern hereinstürmten und sich auf der anderen Seite von Stevie niederließen.

Wie bitte?, fragte nun Janet. *Stevie ist verletzt? Wie zum Teufel ist das möglich? Ich bin im Haus und habe nichts gehört.*

Das spielte im Moment wirklich keine Rolle. Kel hatte es nicht nur geschafft, an unseren Patrouillen vorbeizukommen, sondern auch unbemerkt hierherzugelangen.

Bodey knurrte. *Wir dachten, unsere Patrouille würde jeden Eindringling aufspüren.*

Das war kein gutes Zeichen.

Miles und ich folgen Michael und Samuel, teilte uns Lucas über die Verbindung mit und informierte uns über ihre weiteren Pläne, während Jack in den Keller rannte und sich neben Stevies Kopf kniete.

Stevie versuchte zu sprechen, aber sie schaffte es nicht.

Mein Herz brach und ich schluchzte, Tränen liefen über mein Gesicht. Ihr die Fähigkeit zu nehmen, sich mit ihrem Rudel verbinden zu können, war grausam gewesen, besonders jetzt. Aber ich konnte es nicht rückgängig machen. Es war keine Hexe hier, die das konnte.

Ihr Kopf neigte sich zu ihren Eltern und dann wieder zu Jack.

»Bleib bei uns«, murmelte Jack. »Dina ist auf dem Weg. Sie wird dich heilen. Du musst nur durchhalten.«

Bodey legte mir einen Arm um die Schultern, als er sich mit dem Rudel verband. *Hat jemand die Wölfe gefunden? Sie können nicht einfach verschwunden sein.*

Bisher nicht, antwortete der Mann von vorhin. *Aber wir kommen der Sache näher.*

Ich glaube, Samuel und ich holen auf, meldete sich nun Michael.

Ein Kloß bildete sich in meiner Kehle. Wenn Michael und Samuel sie zuerst einholen würden, wären sie in der

Unterzahl. Ich könnte es nicht ertragen, wenn noch jemand verletzt würde.

Bodeys Arm spannte sich an, und ich konnte seine widersprüchlichen Gefühle spüren. Er wollte mich nicht verlassen, aber ihm gefiel auch der Gedanke nicht, dass sein Vater und Samuel über sie stolpern könnten, bevor weitere Rudelmitglieder zu ihnen stoßen konnten.

Geh, verband ich mich und drehte meinen Kopf zu ihm. *Ich werde so schnell wie möglich da sein.*

Er runzelte die Stirn. *Bist du sicher? Dir geht es nicht …*

Ja, aber wenn noch jemand verletzt wird, wird es mir noch schlechter gehen. Ich wollte ihn begleiten, aber ich wollte meine Eltern auch nicht mit Stevie allein zurücklassen. Was, wenn die Wölfe, die sie angegriffen hatten, zurückkamen? Jemand musste hier sein, um sie zu beschützen.

Es wird nicht lange dauern, versprach Bodey, als er aufstand und zur Tür ging. »Jack, komm schon.« Mein Gefährte rannte zur Tür hinaus und ich konnte das leichte Kribbeln spüren, das durch unsere Verbindung schoss, als er sich verwandelte.

Doch Jack bewegte sich nicht von seinem Platz. Stattdessen funkelten seine kobaltblauen Augen, während er sanft über den Kopf meiner Schwester strich.

Mein Herz schlug mir bis zum Hals. »Jack, du musst Bodey begleiten. Was, wenn etwas passiert und sie ihn in die Enge treiben? Beim letzten Angriff hatten sie ihn im Visier.« Bodey konnte nicht allein da draußen sein.

»Ich … ich kann nicht.« Seine Stimme brach, als er mit den Fingern durch Stevies Haar fuhr. »Ich bin vorhin mitgegangen und sieh nur, was mit ihr passiert ist.«

Ich atmete scharf ein, als ich verstand, was ich da sah. Er weigerte sich, von ihrer Seite zu weichen, so wie es ein

Schicksalsgefährte tun würde. Jetzt verstand ich, warum er ihr freiwillig Essen gebracht und Zeit mit ihr verbracht hatte.

Wenn mein Gefühl richtig war, würde er in diesem Zustand auf keinen Fall von ihrer Seite weichen. Und jetzt war mein eigener Schicksalsgefährte allein da draußen und versuchte verzweifelt, die anderen einzuholen.

»Jack, wenn du hierbleibst, muss ich gehen.« Ich drückte Stevies Hand und stand auf. »Du wirst sie beschützen, falls es nötig ist, richtig? Meine Eltern eingeschlossen?«

»Mit meinem Leben.« Als er mich ansah, konnte ich die Ehrlichkeit in seinen Augen sehen.

Das war alles, was ich brauchte. »Ich bin gleich wieder da.« Ich drehte mich zu meinen Eltern um und ging auf die Tür zu. »Zieht das Messer erst raus, wenn die Hexe ihre Zustimmung gibt.«

Während ich die Treppe hinauf sprintete, ließ ich meine Wölfin die Kontrolle übernehmen. Meine Haut kribbelte, als meine Verwandlung begann. Als ich das obere Ende der Treppe erreichte, rannte ich fast in Dina hinein. Fell sprießte über meinen Körper, als meine Knochen brachen.

»Beeil dich«, knurrte ich, während meine Verwandlung immer weiter fortschritt. Meine Kleidung riss von meinem Körper, und meine Wirbelsäule verschob sich, sodass ich auf allen Vieren gehen musste.

»Ich kümmere mich um sie«, antwortete Dina, während sich meine Pfoten in den Boden gruben.

Ich vertraute ihr. Sobald meine Verwandlung abgeschlossen war, rannte ich in den Wald. *Wo sind die anderen?* Ich konzentrierte mich darauf, meinen Gefährten zu finden.

Wir sehen die Wölfe, sagte Samuel über die Verbindung. Ich spürte, wie schockiert er war. *Es sind zwanzig und eine Hexe. Nicht fünf.*

Kein Wunder, dass die Gerüche nicht eindeutig waren,

antwortete Bodey, zum Glück war er nicht weit weg. Ich konnte hören, wie sich sein Atem beschleunigte. *Dafür muss die Hexe verantwortlich sein.*

Während die Bäume zu meinen Seiten verschwammen und ich auf die anderen zustürmte, versuchte ich, meine Atmung zu beruhigen, um nicht zu kotzen. *Glaubst du, sie hat die Gerüche mit Magie verdeckt? Aber warum haben wir dann überhaupt fremde Wölfe gerochen? Warum hat sie nicht alle Gerüche überdeckt?*

Weil sie die Magie nicht zu nah an der Siedlung anwenden wollte. Das hätte unsere Hexen alarmiert, antwortete Bodey, und durch die Äste konnte ich sein dunkles Fell sehen.

Das spornte mich nur an, schneller zu werden. Ausnahmsweise war ich mal nicht die Langsamste.

Das Heulen eines Wolfes jagte mir einen Schauer über den Rücken.

Wir sind an ihnen dran, meldete sich der Mann von vorhin. *Wir greifen jetzt an.*

Wir kommen von der Seite, antwortete Samuel.

Mist. Ich hatte rechtzeitig ankommen wollen. *Wie viele Wölfe sind bei dir?*

Zehn und zehn weitere sind in der Nähe. Ein paar von ihnen sollten in wenigen Minuten hier sein, antwortete der Mann.

Ein Knurren ertönte, und dann hörte ich die Stimme einer Frau. »Zwinge sie zu Boden und aus dem Weg.«

Wölfe wimmerten, als ob sie Schmerzen hätten.

Wir sind bei Samuel und Michael, sagte Miles. *Lasst uns die beiden angreifen, die uns am nächsten sind. Gemeinsam können wir sie einkreisen.*

Einkreisen. Genauso wie ich es an jenem Tag im Wald nach der Krönung versucht hatte. Da sie eine Hexe dabeihatten, wäre ihre Formation wahrscheinlich effektiver gewesen.

Als ich Bodey erreichte, drehte sich sein Kopf in meine Richtung.

Warum bist du hier und nicht Jack? Seine Augen verengten sich.

Ich lachte, was sich in meiner Wolfsgestalt eher wie ein Würgen anhörte. *Weil er sich geweigert hat, meine Schwester zu verlassen, und ich hier bei dir sein musste.*

Du musst zurück, sagte er streng und sah nun wieder konzentriert nach vorn. *Du bist die Königin. Sie werden dich ins Visier nehmen.*

Keine Chance. Das Blut in meinen Adern begann zu kochen. *Mein Rudel ist hier draußen und kämpft, und ich will verdammt sein, wenn ich mich irgendwo verkrieche. Wenn ich nicht bereit bin zu kämpfen, dann sollte ich sie auch nicht darum bitten.*

Bodey schnaubte. *Du und deine verdammte Logik.*

Schmerz schoss durch meine Verbindung zu Samuel. Er war schwer verletzt worden. *Samuel!*

Ich gab Bodey durch unsere Gefährtenverbindung etwas von meiner Magie, und er nahm neben mir an Geschwindigkeit zu. Gemeinsam rasten wir auf unsere Familie und Freunde zu.

Beschützt Samuel, befahl Lucas.

Bodey und ich rannten zwischen zwei großen Tannen hindurch weg, und befanden uns sofort mitten im Kampf. Ich sah etwa zwanzig graue Wölfe verschiedener Schattierungen in einem Kreis, wie ich erwartet hatte. Allerdings beschützten sie sich nicht gegenseitig. Sie beschützten die Hexe in der Mitte.

Ihr dunkles Haar umrahmte ihr Gesicht, und ihre Haut wirkte unnatürlich blass. Sie hielt die Hände erhoben, während ihre hellblauen Augen auf die zehn Wölfe gerichtet waren, die sie mit ihrer Magie fernhalten wollte.

Die Feinde bewegten sich vollkommen synchron und im Einklang miteinander. Sie zogen sich immer weiter zurück und griffen niemanden an ... außer Samuel.

Ich konzentrierte mich auf meinen Bruder.

Fünf der Wölfe entfernten sich vom Hauptkreis, und sechs andere füllten ihre Plätze. Zwei von ihnen griffen Samuel an, während die anderen drei Lucas, Miles und Michael auf Trab hielten.

Ein Wolf sprang auf Samuels Rücken, und als mein Bruder versuchte, ihn abzuwehren, krallte sich ein hellgrauer Wolf in seine Schnauze.

Er zuckte zurück und jaulte, als der Wolf auf seinem Rücken seine Krallen in Samuels Seiten grub.

Dagegen musste ich etwas tun.

Ich riss den Boden unter mir mit meinen Krallen auf, als ich auf meinen Bruder zurannte.

Mein Bruder versuchte, den Wolf von seinem Rücken zu werfen, als eine hellgraue Wölfin erneut nach seiner Schnauze schlug.

Dann schweifte der Blick der hellgrauen Wölfin zu mir, und sie hob ihr Bein, um noch einmal nach meinem Bruder zu schlagen. Ich sprang und versenkte meine Zähne in ihrer Pfote.

Sie kläffte, zog ihre Pfote zurück, während meine Zähne sie durchschlugen.

Aus dem Augenwinkel bemerkte ich, wie die Hexe ihren Kopf in unsere Richtung bewegte. Ich erwartete, dass sie sich auf mich konzentrierte, aber stattdessen richtete sie ihren Blick auf meinen Gefährten.

Da ich wusste, dass ich den grauen Wolf von meinem

Bruder herunterholen musste, lenkte ich meine Aufmerksamkeit auf die unmittelbare Bedrohung.

Ein Schrei hinter mir, der nicht von Samuel kam, sagte mir, dass Bodey sich bereits um den dunkelgrauen Wolf auf Samuels Rücken gekümmert hatte.

Die hellgraue Wölfin versuchte, Druck auf ihre verletzte Pfote auszuüben, aber ihr Bein gab unter ihrem Gewicht nach, was *mir* die Gelegenheit gab, die ich brauchte. Ich stellte mich auf die Hinterbeine und stieß sie um, sodass sie gegen eine Tanne stolperte und sich den Schädel brach.

In diesem Moment drehte sich die Hexe um. »Stopp sein Herz«, schrie sie und hob ihre Hand in Richtung meines Gefährten.

Meine Wölfin wütete wie nie zuvor, und mein Körper bewegte sich wie von selbst. Mit aller Kraft, die ich aufbringen konnte, stürzte ich mich auf sie.

Callie! Bodey verband sich gedanklich mit mir, seine Angst war deutlich spürbar. *Nein!*

Die Augen der Hexe weiteten sich, als mein Körper vor ihren Händen auftauchte. Sie schnappte nach Luft und ließ sie schnell wieder sinken, woraufhin ein anthrazitfarbener Wolf, der direkt vor ihr stand, jaulte und umfiel.

Die rivalisierenden Wölfe erstarrten angesichts des Todes ihres Artgenossen, sammelten sich jedoch schnell, als zehn unserer Wölfe eintrafen und die andere Seite des Kreises angriffen.

Chaos brach aus, und die Hexe blieb regungslos stehen und starrte auf den toten Wolf, der sie beschützt hatte.

Endlich hatten wir einen kleinen Vorteil, ihr Kreis war durchbrochen. Wir waren nicht mehr in der Unterzahl.

Die Hexe schüttelte den Kopf, riss ihren Blick von dem Wolf los und beobachtete den Kampf.

Das war meine Chance. Ich musste zur ihr kommen.

Als ich mich umdrehte, sah ich, wie Bodey dem dunkleren grauen Wolf die Kehle durchtrennte. Sofort begegneten sich unsere Blicke, aber ich sah weg, entschlossen, die Sache zu beenden, jetzt, da ich wusste, dass es ihm als auch Samuel gut ging.

Als ich auf die Hexe zulief, hob sie ihre Hände. »Halte sie ...«

Ich sprang über den toten Wolf direkt auf sie zu, bevor sie zu Ende sprechen konnte. Meine Zähne bohrten sich in ihre Schulter, und sie keuchte auf. Dann drehte sie sich schwungvoll und schleuderte mich weg, sodass ich ein paar Meter von ihr entfernt auf dem Rücken landete. Immerhin hatte ich es geschafft, sie zu verletzen. Sie warf mir einen eisigen Blick zu.

»Dafür wirst du bezahlen«, schwor sie.

Ich rollte mich auf alle Viere und sprang auf, um sie zu erledigen. Wenn wir sie außer Gefecht setzen konnten, würden die Wölfe leichter zu besiegen sein.

Bodey flitzte an mir vorbei und auf die Hexe zu.

Bodey!, schrie ich ängstlich. Mein Adrenalin schoss so stark in die Höhe, dass der Schmerz in meinem Rücken nachließ und ich mich wieder frei bewegen konnte.

Die Hexe streckte ihre Hände nach meinem Gefährten aus und lächelte bösartig. »Mach ihn ...«

Ich stürzte mich auf sie und versenkte meine Zähne in ihrem Arm, aber Bodey sackte bereits zusammen, während sich der Schmerz durch unsere Verbindung zog.

Mein Herz pochte wie wild, weil ich dachte, dass er sterben würde, also verbiss ich mich in ihrem Arm, bis sie ihre Hand sinken ließ.

»Lass mich los«, kreischte die Hexe, aber ich dachte gar nicht daran. Nach allem, was diese Schlampe getan hatte, würde sie nicht überleben.

»Hör auf. Bitte, Hilfe!«, schrie sie, als ich mit meinen Krallen nach ihr schlug.

Aber niemand konnte ihr helfen. Ihre Wölfe waren in ihre eigenen Kämpfe verwickelt.

Als die Hexe dies bemerkte, weiteten sich ihre Augen. Mit einem raschen Atemzug riss sie sich mit der freien Hand die Kette vom Hals und warf sie zu Boden.

Dann wurde alles grau.

KAPITEL ELF

Grauer Nebel umgab mich, egal, wie oft ich blinzelte. Ich drehte mich um, verzweifelt auf der Suche nach Bodey, aber ich war vollkommen aus dem Gleichgewicht.

Ich konnte nichts sehen, aber ich roch Lavendel. Zwei meiner wichtigsten Sinne waren einfach ... verschwunden.

Zum Glück konnte ich immer noch hören und fühlen, vor allem die Verbindungen in meiner Brust. Das Fell in meinem Nacken richtete sich auf, und ein Schauer lief mir über den Rücken.

Ich hörte Bodeys Wimmern und spürte seine Qualen. Aber nicht nur das, ich spürte auch die Verzweiflung meiner anderen Rudelmitglieder und Samuels Schmerz, obwohl er nicht mit dem von Bodey vergleichbar war.

Dieser Zustand erinnerte mich an den Moment, als die Tinte der Tätowierung mich gefunden hatte, aber selbst da hatte ich Dinge in der Nähe riechen können.

Das hier war anders.

Und obwohl ich nicht diejenige war, die Qualen erlitt, war dies so viel schlimmer, weil ich nicht wusste, wie ich irgendjemanden von ihnen beschützen sollte ... einschließlich meines Gefährten.

Ich kann nichts sehen. Lucas' Stimme tauchte plötzlich in meinem Kopf auf. *Und alles, was ich rieche, ist Lavendel.*

Ein Knurren ertönte, und dann ein Schrei. Offenbar kämpfte irgendwo noch irgendjemand.

Verdammt. Hatten alle dieses Problem und nicht nur ich? *Kann irgendjemand etwas sehen?* Meine Kehle schnürte sich zu.

Nein, war die Antwort, die ich von allen erhielt, bis Samuel antwortete. *Ja. Ich kann sehen, dass ihr alle von Nebelschwaden umgeben seid.*

Ein weiteres Knurren ertönte von links, und ich erstarrte. Da offenbar die meisten von uns weder sehen noch riechen konnten, war es gut möglich, dass wir gegen unsere eigenen Wölfe kämpften. *Bellt alle, damit wir wissen, wo unsere Freunde sind.* Ich wusste nicht, was ich sonst tun sollte, denn Sehen und Riechen waren keine Option.

Ein ersticktes Wimmern entschlüpfte mir, gefolgt von einem Bellen. Bald schlossen die anderen sich mir an, und ich bemerkte, dass mindestens drei Wölfe sehr nahe bei mir waren.

Versucht den Nebel rückwärts zu verlassen und geht langsam auf Samuel zu. Wenn jemand angreift und nicht bellt, dann wird es einer der feindlichen Wölfe sein. Ein Teil von mir wollte, dass wir vorwärts gingen, aber das könnte genau das sein, was die Hexe wollte. Das Letzte, was *ich* wollte, war, meine Wölfe in eine Falle zu führen.

Wir hatten genug gelitten.

Die Qualen, die ich durch meine und Bodeys Verbindung spürte, raubten mir fast den Verstand, aber ich konnte mir nicht den Luxus leisten, den Fokus zu verlieren. Ich musste ihn finden. Er war irgendwo im Nebel.

Ich drehte mich im Kreis und versuchte, mich zu orientieren. Er musste ganz in der Nähe sein. Dann verband ich mich gedanklich mit ihm. *Bodey? Ich brauche Hilfe, um dich zu finden.*

Ein schwaches Geräusch ertönte etwa zwei Meter rechts von mir, und ich ging langsam darauf zu, um nicht über ihn zu stolpern.

Hör nicht auf, das Geräusch zu machen, sagte ich und wandte mich dann an den Rest des Rudels. *Passt auf, dass ihr nicht über Bodey stolpert. Er ist verletzt und liegt irgendwo auf dem Boden.*

Die Geräusche, die mein Gefährte von sich gab, wurden lauter, je näher ich kam, aber selbst nach zehn Schritten war ich immer noch vom Nebel umgeben. Ich wollte die Hexe finden, aber ich konnte nicht riskieren, uns alle weiter zu gefährden, oder noch schlimmer, Bodey in diesem Nebel allein zu lassen.

Als meine Pfote gegen etwas Festes stieß, verband ich mich erneut mit ihm. *Bist du das?* Ich musste sicher sein, dass er es war und nicht jemand anderes.

Ja, stöhnte er zu meinen Füßen.

Ich musste ihn von hier wegbringen, war mir aber nicht sicher, wie ich das in meiner Wolfsgestalt anstellen sollte, was bedeutete, dass es nur eine Möglichkeit gab.

Ich musste mich verwandeln.

Meine Wölfin heulte laut in meinem Kopf. Ihre Wut verstärkte die meine. Wir waren von fast allen Sinnen abgeschnitten, die uns in unserer Tiergestalt stärker machten, und sie wollte ihren Gefährten beschützen, konnte es aber nicht.

Sie zog sich zurück, weil sie ihm helfen wollte, also begann ich, mich zu verwandeln. Mein Bellen, das die anderen auf mich aufmerksam machte, wurde heiser, und bald war ich wieder auf zwei Beinen.

Ich bellte weiter, auch wenn es in meiner Menschengestalt albern klang, während ich mich bückte und meine Arme um Bodeys Körper schlang, und ihn sanft hochhob. Obwohl ich ein Mensch und er ein Wolf war, war unsere Verbindung genauso stark, was mich wirklich überraschte.

Sein Fell war weich auf meiner Haut und verdeckte zumindest einen Teil meines nackten Körpers – nicht, dass mir das im Moment besonders wichtig war. Seine Sicherheit war viel wichtiger als meine Scham.

Ein leises Bellen ertönte an meiner Seite, und ich machte meine eigene lächerliche menschliche Version des Geräusches.

Ich spannte meine Muskeln an und ich hielt meine Arme fest um Bodey geschlungen. Er zappelte, was es schwer machte, ihn festzuhalten, aber ich konnte ihn auf keinen Fall fallen lassen.

Durch das Bellen der anderen konnten wir durch den Nebel gehen, ohne mit irgendwem zusammenzustoßen. Sogar die Angriffe des fremden Rudels blieben aus.

Mit jeder Sekunde wurde Bodeys Qualen größer. Ich verband mich gedanklich mit Jack. *Wie sieht es bei euch aus?* Schweiß perlte von meiner Stirn und tropfte mir in die Augen.

Dina ist dabei, Stevie zu heilen, antwortete er, und ich konnte seine Erleichterung spüren. *Sie wird überleben.*

Das war aus mehr als einem Grund Musik in meinen Ohren. *Den Göttern sei Dank. Wir brauchen Dinas Hilfe hier draußen. Samuel ist verletzt, und Bodey hat große Schmerzen.*

Alles klar, antwortete Jack. *Wir sind auf dem Weg dorthin.*

Ich atmete schnell und tat mein Bestes, um die negativen Empfindungen zu ignorieren und mich auf die Gegenwart zu konzentrieren. Wir waren noch immer von diesem verdammten Nebel umgeben.

Ich bin raus, meldete sich in diesem Moment Miles. *Sieht aus wie eine riesige, drei Meter hohe Wolke.*

Wenigstens war jemand bei Samuel. Aber warum war er nicht angegriffen worden? *Siehst du die feindlichen Wölfe?*

Nach ein paar Sekunden antwortete Miles. *Nein. Sie sind nirgendwo zu sehen.*

Meine Beine wurden immer schwächer. Es war anstrengend, Bodey zu tragen, aber ich biss die Zähne zusammen und war entschlossen, ihn aus dem Nebel zu befreien. Auch wenn die anderen Wölfe verschwunden zu sein schienen, bedeutete das nicht, dass Bodey nicht von unserem Rudel verletzt werden konnte, wenn er versuchte, sich zu befreien.

Fünf weitere Wölfe machten uns darauf aufmerksam, dass sie es aus dem Nebel geschafft hatten. Hoffentlich würden wir es auch.

Etwa zwei Kilometer entfernt, in der entgegengesetzten Richtung der Siedlung, heulte ein Wolf.

Das Heulen kommt aus der Nähe der Grenze unseres Territoriums, sagte der Mann, der uns überhaupt erst auf die Wölfe aufmerksam gemacht hatte. *Der Nebel scheint eine Ablenkung gewesen zu sein, um zu entkommen.*

Wie zur Bestätigung seiner Worte heulten kurz darauf mehrere Motoren auf.

Wir werden ihre Spur noch eine Weile verfolgen und sehen, ob wir etwas finden, fügte der Mann hinzu.

Ich war mir nicht ganz sicher, ob das klug war. *Gut, aber wenn euch irgendetwas komisch vorkommt, kommt ihr sofort zurück. Es gab bereits mehr als genug Verletzte.*

Meine Arme schmerzten, und mein rechtes Bein knickte für eine Sekunde ein, als es dem Gewicht meines Gefährten nachgab. Ich stolperte und zwang mich vorwärts, und nach einem weiteren großen Schritt wich das Grau dem Licht.

Eine Sekunde lang war ich von der abrupten Veränderung geblendet, aber dann gewöhnten sich meine Augen daran. Ich taumelte noch ein paar Schritte, um mich zu vergewissern, dass Bodey weit genug aus dem grauen Nebel heraus war, damit ihm niemand, der sich möglicherweise noch im Nebel befand, etwas antun konnte, und dann gaben meine Beine nach. Ich hielt ihn fest an meinen Körper gedrückt, als mein Hintern auf dem Boden aufschlug.

Ein schrecklicher Schmerz schoss durch mein Steißbein, aber ich ließ meinen Gefährten nicht los. Er wimmerte und dann hörte ich seine Stimme in meinem Kopf. *Geht es dir gut?*

Trotz seiner Schmerzen war er noch immer um mich besorgt. *Ja, es geht mir gut. Konzentriere dich einfach auf dich.*

Dann sah ich Samuels braunes Fell und zuckte zusammen. Er hatte mehr abbekommen, als mir bewusst gewesen war. Blut tropfte aus den Wunden an seinen Seiten und sickerte aus seiner Schnauze.

Kel musste aufgehalten werden. Sie verursachte viel zu viel Schmerz und Chaos.

Da wir dringend Hilfe brauchten, verband ich mich erneut mit Jack. *Wann seid ihr endlich da?*

Ich kann euch bellen hören. Wir sollten jeden Moment ankommen.

Ich hoffte sehr, dass das stimmte, denn Bodeys Schmerzen schienen immer schlimmer zu werden. Er jaulte laut.

Meine Augen brannten, als ich ihn festhielt. Ich hatte Angst, ihn falsch zu bewegen und noch mehr Leid zu verursachen.

Er war mit einem Bann belegt worden und musste diese Qualen nur ertragen, weil er mit mir gepaart war. Vielleicht hatte ich von Anfang an recht gehabt – ich war nicht dazu bestimmt, Teil eines Rudels zu sein, und ich hätte weglaufen und für immer allein bleiben sollen. Wäre Samuel von der Tinte markiert worden, wäre das alles vielleicht nicht passiert. Jetzt hatten sie mich am Hals.

Jemanden, der nicht wusste, wie man herrschte.

Trotzdem war ich diejenige, die markiert worden war und das konnte nicht rückgängig gemacht werden, egal, wie sehr ich es mir auch wünschte. Alles, was ich jetzt tun konnte, war, die zu schützen, die ich liebte.

Bisher funktionierte das leider nicht besonders gut.

Ich fühlte mich schrecklich hilflos. Die Leere, die mich mein ganzes Leben lang verfolgt hatte, war nicht mehr da, aber das, was nun auf mir lastete, war nicht einfacher zu ertragen. Die anderen brauchten mich, aber verdammt ... ich hatte mir zweiundzwanzig Jahre lang noch nicht einmal selbst helfen können.

Von diesem Gedanken musste ich mich lösen. Ich hatte ganze Rudel anzuführen, und selbst wenn ich versagte, hätte ich es wenigstens versucht.

Als ich meinen Kopf hob, starrten mich zwei Wölfe an, während die anderen siebzehn nach einer neuen Bedrohung Ausschau hielten.

Ich hätte mich schon früher zusammenreißen sollen. Obwohl ich nackt auf dem Boden lag, lag mein Gefährte über mir; ich hob mein Kinn und nickte in Richtung der Wölfin, gegen die ich zuvor gekämpft hatte. »Passt auf, dass diese Wölfin nicht entkommt.« Sie lag außerhalb des Nebels. »Sie könnte jederzeit aufwachen, und darf unter keinen Umständen entkommen. Wir brauchen Antworten.«

Die beiden Wölfe nickten und trabten zu der immer noch bewusstlosen Wölfin hinüber. Ich war froh, dass sie mich nicht mehr anstarrten.

Kurz darauf tauchten Michael und Lucas aus dem grauen

Nebel auf. Michael sah erst mich an und dann Bodey. Sofort rannte er auf uns zu.

Was ist mit ihm? Michaels Augen weiteten sich.

Die Hexe hat ihn verzaubert. Und ich war nicht schnell genug gewesen, um sie aufzuhalten. Damit würde ich leben müssen, vor allem, wenn wir keinen Weg fänden, wie wir den Schmerz stoppen konnten.

Miles' dunkler Wolf stand schützend vor Samuel und blickte in die Richtung, in die die feindlichen Wölfe geflohen waren, während Lucas' brauner Wolf sich hinter Samuel positionierte.

Plötzlich nahm Bodeys Schmerz drastisch ab und seine schwerfällige Atmung beruhigte sich.

Ich keuchte.

Was ist los? Michael trat einen Schritt näher und starrte seinen Sohn an.

Seine Schmerzen ... sie lassen nach. Hoffnung machte sich in meiner Brust breit, und ich spannte mich an, weil ich wusste, dass es wieder schlimmer werden könnte. Die Hexe könnte immer noch mit uns spielen.

Bist du wirklich nackt? Hier? Bodeys Augen öffneten sich einen Spalt.

Ich kicherte. Ich konnte einfach nicht anders. Von allem, was er hätte sagen können, war das die erste Sache, die er ansprechen wollte? *Na ja, ich musste dich irgendwie aus dem Nebel herausholen, und das konnte ich nicht in meiner Wolfsgestalt. Zumindest nicht, ohne dich noch mehr zu verletzen.* Warme Tränen liefen mir über das Gesicht, und erst da wurde mir bewusst, dass ich weinte.

Nun, es ist verdammt gut, dass ich in deinem Schoß liege, aber Dad sollte besser ein paar Schritte zurücktreten. Bodey knurrte leise, aber er schien nicht wirklich wütend zu sein. Das Geräusch war nur schwach.

Warum knurrt er? Michaels Panik steigerte sich, und er trat so nah an mich heran, dass er mich fast berührte, während er seinem Sohn in die Augen sah.

Bodeys Schmerz ließ immer noch nach, während sein Beschützerinstinkt aufflammte. »Er will, dass du von mir weggehst, weil ich nackt bin«, erklärte ich lachend. »Mit anderen Worten, es geht ihm besser.«

In diesem Moment sah ich Dina, Jack und Chelsea, eine der Hexen, die bei der Krönung geholfen hatten, durch die Bäume auf uns zukommen.

Dina sah mich an, bevor sie einen Blick auf Samuel warf. »Chelsea, geh ihn heilen«, sagte sie.

Chelsea nickte, ihre aquamarinblauen Augen verengten sich entschlossen, während sie zu Samuel hinüberlief.

Michael wich einige Schritte zurück, damit Dina seinen Platz einnehmen konnte. Als die Hexe neben mir in die Hocke ging und Bodeys Kopf berührte, knurrte ich.

Ich mochte es *nicht*, dass sie ihn berührte.

»Soll ich ihm nun helfen oder nicht?« Dina wölbte eine Augenbraue.

»Ja.« Ich seufzte und merkte, dass ich meine Eifersucht zügeln musste ... zumindest für den Moment. »Ich dachte, du würdest Samuel heilen.«

Sie strich sanft durch Bodeys Fell und ich schluckte schwer.

Bodey bewegte sich und versuchte, ihre Hände von ihm zu lösen.

»Meine Priorität sind der König und die Königin«, murmelte Dina, während sie versuchte, Bodeys Kopf ruhig zu halten. »Aber Chelsea ist meine Stellvertreterin und fast so mächtig wie ich. Samuel ist also in guten Händen. Bodey, willst du, dass ich dir helfe oder nicht?«

Jack kicherte und klang dabei endlich wieder ein wenig

mehr wie er selbst. »Gefährten mögen es nicht, wenn der Partner oder die Partnerin von jemand anderem berührt wird. Du hast es im Moment mit einer wütenden Königin und einem verärgerten Bodey zu tun. Ich kann es kaum erwarten, zu sehen, wer von beiden dich zuerst beißen wird.«

Offenbar war Jack wirklich wieder ganz der Alte. Offen gestanden, war ich erleichtert, ihn zu sehen. Irgendwie schien die Situation weniger schlimm, wenn er sich so verhielt.

Babe, es ist alles in Ordnung, sagte ich und versuchte, meinen Gefährten zu beruhigen.

Bodey knurrte, seine Augen weit aufgerissen. Der Schmerz glich nun eher einem Muskelkater. *Sag ihr, dass es mir gut geht.* Er stand auf, ließ sich dann aber wieder in meinen Schoß fallen.

»Er hat kaum noch Schmerzen.« Ich runzelte die Stirn. »Wie ist das möglich?«

Dina ließ ihre Hände sinken. »Es muss ein Zauber gewesen sein. Da die Hexe vermutlich nicht mehr in der Nähe ist, lässt er jetzt nach.«

Ich zog eine Augenbraue hoch. »Vermutlich?«

Sie verdrehte die Augen. »Ich bin ziemlich erschöpft, nachdem ich deine Schwester geheilt habe. Es hat mir alles abverlangt, sie zu retten. Wäre ich nur ein paar Sekunden später gekommen ...« Sie erschauderte. »Und dann wollte Bodey nicht stillhalten, und das und meine geschwächte Magie sorgen dafür, dass ich es nicht genau sagen kann. Ich gehe jedoch stark davon aus, denn das ergibt am meisten Sinn.«

Endlich entspannte ich mich ein wenig. »Also ... kommt der Zauber nicht zurück?«

Dina schüttelte den Kopf. »Es sei denn, sie verzaubert ihn erneut, aber dann würde es nur funktionieren, solange sie in der Nähe ist. Die einzige Möglichkeit, einen Zauber dauerhaft zu machen, ist, etwas sehr Wichtiges zu opfern.«

Ich hob eine Hand, was Bodey zu einem Knurren veranlasste. *Du musst dich zurückverwandeln, bevor alle sehen, dass du nackt bist.*

»Was ist denn los, Bodey? Willst du nicht, dass sie auf etwas zeigt?«, scherzte Jack und schob seine Hände in die Taschen seiner Jeans.

Ich werde dich töten und jeden Moment auskosten, knurrte Bodey.

Ich ignorierte ihn und nickte in Richtung des grauen Nebels. »Was ist das?«

»Das ist ein Zauber, den nur sehr starke Hexen sprechen können. Durch ihn wird die Luft um den Zaubernden herum gereinigt, und diese Hexe war schlau genug, zusätzlich Lavendel zu verwenden, um euren Geruchssinn zu verwirren. Sie hat also die Gerüche der Wölfe mit dem Lavendelduft überdeckt und der Nebel hat eure Sicht behindert. So konntet ihr weder riechen noch sehen, dass sie fliehen.« Dina schürzte ihre Lippen. »Eine Sache ist dennoch seltsam ... es scheint so, als hätte sie sich Mühe gegeben, euch nicht zu verletzen.«

»Ich bin mir nicht sicher, ob ich zustimme.« Ich warf einen Blick auf meinen Gefährten, der damit beschäftigt war, die Wölfe in unserer Nähe anzustarren, als wolle er sie dazu herausfordern, in meine Richtung zu schauen. »Sie hat Bodey gefoltert.«

Dina biss sich auf die Unterlippe, sagte aber nichts.

Wir hatten immer noch keine Ahnung, was die Strategie der Königin war. Am liebsten hätte ich frustriert geschrien.

»Hey, Callie.« Jack wackelte mit den Augenbrauen. »Hast du das gesehen?«

Ich drehte mich um und sah in seine Richtung, als Bodey

knurrte. *Beweg dich nicht so viel, verdammt. Er will mich nur ärgern.*

Ich versteifte mich und versuchte, nicht zu lachen. Wenn Bodey mich nicht gewarnt hätte, hätte ich mich umgedreht und eine meiner Brüste zur Schau gestellt. »Samuel ist verletzt und wir haben gerade einen Kampf hinter uns.«

»Ich bitte dich. Es geht uns allen gut, und Samuel wird doch gerade geheilt.« Jack schnaubte. »Und nachdem deine Schwester verletzt wurde, muss ich mich einfach ein wenig abreagieren.«

Sofort hatte ich Mitleid mit ihm. Manchmal brauchte man nach einer schrecklichen Situation eine Ablenkung, nur leider waren Bodey und ich die Opfer von Jacks seltsamen Humor.

Eure Majestät, einer der Wölfe, die ich gebeten hatte, ein Auge auf unsere Gefangene zu haben, verband sich gedanklich mit mir. *Die Wölfin regt sich.*

Wir mussten sie in den Keller bringen, bevor sie ganz aufwachte. Ich atmete aus. »Wie geht es Samuel?« Ich warf einen Blick auf meinen Bruder, der nun aufstand. Das Blut auf seiner Schnauze und an seinen Seiten war getrocknet.

»Er ist geheilt, Eure Majestät.« Chelsea drehte sich zu mir um, der Wind wirbelte ihren langen, marineblauen Rock auf.

Ich räusperte mich und krallte mich in Bodeys Fell. »Dann lasst uns zurück zum Haus gehen. Wir haben eine Gefangene, die wir fesseln müssen, bevor sie aufwacht. Stevie kann sich in unserem Haus erholen, dann ist im Keller Platz für die Wölfin.«

Stevies Angriff könnte nur Show gewesen sein, Samuel war nur mit Bodey und mir verbunden.

Etwas in meiner Brust verkrampfte sich, denn er hatte recht. Auch wenn ich es nicht glauben wollte, könnte dies ein

Trick sein. *Wir müssen mitspielen, bis wir die Wahrheit erfahren.*

Bodey nickte. *Ich stimme zu. Wenn sie in unserem Haus ist, können wir sie beobachten. Und sie wird denken, dass wir ihr ein wenig mehr vertrauen.*

Da ich wusste, dass ich nicht nackt zum Haus zurücklaufen konnte, verband ich mich mit Bodey. *Ich werde mich jetzt verwandeln.*

Erleichterung durchflutete ihn, bevor er sich mit allen Anwesenden verband. *Dreht euch um, damit meine Gefährtin sich verwandeln kann, ohne dass man sie nackt sieht - dich eingeschlossen, Perversling.* Seine indigoblauen Augen richteten sich auf Jack.

»Keine Sorge.« Jack verdrehte Augen. »Ich will sie gar nicht unbedingt nackt sehen.«

Als sich alle umdrehten, runzelte Dina die Stirn. Sie teilte unsere Gedankenverbindung nicht, aber als ich aufstand, schien sie zu verstehen.

Ich rief meine Wölfin, und sie übernahm die Kontrolle. Innerhalb von Sekunden war ich wieder auf allen Vieren und mein Körper mit Fell bedeckt. Sobald ich die Verwandlung abgeschlossen hatte, verband ich mich mit den drei Wölfen, die unsere Feinde gejagt hatten. *Geht es euch gut?*

Ja, wir sind auf dem Rückweg, antwortete der Mann. *Wir haben nichts gefunden, sie sind definitiv weg.*

Das war sowohl eine gute als auch eine schlechte Nachricht.

Jack ging auf die fremde Wölfin zu und hob sie hoch, wobei er ihren Kopf noch einmal absichtlich gegen den Baum stieß. Dann warf er sie über seine Schulter.

Ich runzelte nur die Stirn.

»Was?«, fragte er. »Ich möchte nicht, dass sie auf dem Weg nach Hauseaufwacht und mich angreift.«

Guter Punkt. Bodey und ich trabten voran und führten alle zu unserem Haus. Während des Rückwegs schwappte Bodeys Gefühlschaos durch unsere Verbindung. Er war müde, wütend und erleichtert.

Geht es dir gut?, fragte ich.

In der Ferne flatterten Vögel, was darauf hindeutete, dass die Tiere zurückkehrten. Das war ein gutes Zeichen.

Bodey antwortete knapp: *Es ging mir offen gesagt schon mal besser.*

Seine knappe Antwort tat weh, aber ich versuchte, den Schmerz zu verdrängen. Immerhin hatte er gerade eine schreckliche Tortur hinter sich.

Wenige Minuten später betraten wir unseren Garten. Stevie, meine Eltern, Stella und Janet standen zusammengekauert auf der Terrasse und beobachteten unsere Rückkehr. Janet öffnete die Glasschiebetür für uns.

Schnell liefen Bodey und ich die Treppe zu unserem Schlafzimmer hinauf und verwandelten uns. Dann warf mir Bodey ein Shirt und eine seiner Boxershorts zu, da meine Kleidung noch im Kofferraum seines Autos lag. Darum musste ich mich später kümmern.

Von unten kamen bereits laute Geräusche, und ich streifte mir das Shirt über den Kopf. Bevor es meine Taille vollständig bedeckte, legten sich Bodeys Arme um mich.

Die Wärme, die unsere Verbindung durchströmte, milderte den Schmerz, den ich kurz zuvor durch seine Schroffheit empfunden hatte. Mein Herz klopfte und ich drehte mich so um, dass ich ihm in die Augen schauen konnte, in der Erwartung, noch mehr Wärme darin zu sehen.

Stattdessen waren sie verengt, und die Züge seines Gesichts hatten sich sichtbar verdunkelt. *Wir müssen reden, bevor wir nach unten gehen,* knurrte er.

Ich schluckte und zuckte zusammen. Ich hatte seine Wut gespürt, aber ich hatte nicht erwartet, dass sie sich gegen mich richtete. So hatte er mich noch nie angesehen.

Ich spürte, wie mein Herz in tausend Stücke brach. Immer, wenn mich in meinem alten Rudel jemand so angesehen hatte, folgte kurz darauf die Bestrafung. Wie damals hob sich mein Kinn, doch diesmal stieß meine Wölfin mit erhobenen Zähnen gegen meinen Verstand. »Habe ich denn eine Wahl?«

Sein Kiefer zuckte. »Nein, weil du zu weit gegangen bist.«

Ich schnappte nach Luft. »Wie bitte?« Ich starrte. Der Mann, der jetzt vor mir stand, war nicht der, in den ich mich verliebt hatte.

»Was zum Teufel sollte das?«, knurrte er und schlang seine Arme so fest um mich, dass ich mich nicht bewegen konnte, wenn ich mich nicht gegen ihn wehren wollte.

Nein. Ich hatte noch nie zugelassen, dass mich jemand so anfasste, und ich hatte nicht vor, jetzt damit anzufangen. Das durfte nicht einmal er.

Ich stieß gegen seine Brust und trat einen Schritt zurück. Das reichte ihm, um mich loszulassen.

Wenigstens versuchte er nicht, mich körperlich zu dominieren, aber es war trotzdem nicht okay. In diesem Moment benahm er sich wie ein Idiot.

Ich verschränkte die Arme vor der Brust und das Blut in meinen Adern begann zu kochen. Zu schade, dass es nicht aufgrund von Erregung brodelte. »Was meinst du? Du musst schon etwas genauer werden, denn heute ist eine Menge Scheiße passiert.«

»Ach, wirklich?« Er rümpfte die Nase. »Du hast *keinen* Schimmer? Erinnerst du dich vielleicht daran, dass die Hexe versucht hat, mein Herz anzuhalten?« Seine Wut floss in mich hinein und verstärkte meine eigene.

Natürlich erinnerte ich mich. »Ja, aber ich bin mir nicht sicher, was du von mir hören willst, außer dass diese Schlampe irgendwann sterben wird.« Ich würde sie umbringen. Niemand durfte meinem Gefährten auf diese Weise wehtun ... außer mir, wenn er nicht bald seinen Kopf aus seinem Arsch zog.

»Du hast dich vor den Zauber geworfen.« Bodeys Augen leuchteten. »Du wolltest anstelle von mir getroffen werden.«

»Na ja.« Ich runzelte die Stirn. »Sie hat versucht, dich zu *töten*. Hätte ich deiner Meinung nach einfach zusehen sollen?«

»Wenn du dadurch in Sicherheit gewesen wärst, dann auf jeden Fall.« Sein Kiefer verkrampfte sich, so wie es immer der Fall war, wenn er mit Zeke oder Theo sprach, aber dieses Mal sprach er mit *mir*.

Ich schüttelte den Kopf und ließ die Arme sinken. Er hatte wirklich Nerven, sich jetzt so aufzuführen. Meine Geduld war erschöpft, ich machte mir Sorgen um meinen Bruder und meine Schwester, und er wollte sich darüber streiten, dass ich versucht hatte, seinen Arsch zu retten? »Was hättest du denn getan, wenn sie *mich* hätte verzaubern wollen?«

»Das Gleiche, aber das ist etwas anderes.« Sein Atem beschleunigte sich.

»Ach, wirklich?« Ich lachte bitter auf, der Ton vibrierte tief in meiner Brust. »Inwiefern?«

Seine Hände ballten sich zu Fäusten. »Dein Leben wichtiger ist als *meines*. Es ist wichtiger als das *von allen von uns*.«

»Nein, ist es nicht.« Alle unsere Leben waren gleich viel wert.

Bodey trat vor, seine Hände zitterten vor Wut, die ich deutlich durch unsere Verbindung spüren konnte. Er räusperte sich. »Weißt du, was passiert, wenn du stirbst?«

»Ich werde aufhören, zu atmen.« Wenigstens verstand ich diesmal, warum ich meine Klappe nicht halten konnte. Meine Wölfin war aufgewühlt. Bodey mochte zwar unser Gefährte sein, aber im Moment waren wir beide wütend auf ihn.

Er zuckte zusammen, als der Schmerz zwischen uns aufstieg. *Das ist nicht lustig, Callie.*

Einerseits verstand ich natürlich, warum er so verärgert war. Ich würde genauso empfinden, wenn die Situation andersherum gewesen wäre. Das Problem war jedoch die Art und Weise, wie er damit umging. Er hatte kein Recht dazu, wütend und fordernd zu sein, nur weil ihm eine meiner Entscheidungen nicht gefiel.

»Für *mich* ist dein Leben das Wichtigste.« Ich breitete meine Arme aus. »Du bist der Alpha von Idaho. Dein Rudel braucht dich.«

Er schlug sich auf die Brust und funkelte mich wütend an. »Du denkst also, dass mein Rudel mich braucht, ja? Du bist die *Königin*. Dich zu verlieren, wäre für alle ein schwerer Schlag gewesen«, schrie er nun.

Ich verdrehte die Augen. Ich konnte einfach nicht anders. Wir wussten beide, dass das nicht die Wahrheit war. Ich war nicht dazu erzogen worden, eine Anführerin zu sein. Zumindest konnte ich mich nicht daran erinnern. »Samuel wäre ein großartiger König gewesen. Verdammt, er *sollte* König sein, aber leider habe ich diese seltsame Tätowierung abbekommen. Wenn ich sterben würde, würde jemand, der besser vorbereitet ist, diese Machtposition einnehmen.«

Knurrend fletschte Bodey seine Zähne. »Das ist Blödsinn, und das weißt du auch. Du bist die Thronfolgerin, und der Zauber hat dich als solche erkannt. Ich erinnere mich an das kleine Mädchen ...«

»Dieses kleine Mädchen gibt es *nicht* mehr.« Ich deutete auf meinen Kopf. »Sie ist gefangen, versteckt, und ich erinnere mich an nichts mehr aus der Zeit mit meinen Eltern. Alles aus dieser Zeit ist ausgelöscht. Samuel wurde dazu ausgebildet, zu herrschen. Also ja, vielleicht hat das Schicksal einen Fehler gemacht, denn ich bin nur ein Mädchen, das in einem schlecht geführten Rudel aufgewachsen ist, das sie gehasst hat.«

Niemand hatte mich jemals als Person geschätzt ... abgesehen von Stevie. Die eine Person, die alles riskiert hatte, um mich und unsere Familie zu schützen.

Die Erkenntnis traf mich wie ein Schlag und raubte mir den Atem. Und ich hatte sie allein im Keller eingesperrt und die Verbindung zu ihrem Rudel blockiert, nur weil meine Gefühle mich überwältigt hatten.

Ich hätte dort unten eine Wache aufstellen sollen. Ich hätte *irgendetwas* tun sollen.

»Du bist *dieses Mädchen*.« Bodeys Zorn verebbte, während er die Stirn runzelte. »Ich sehe so viel von diesem Mädchen in dir, und ja, es gibt einige Dinge, auf die du keinen Zugriff hast, aber deine Eltern hatten trotzdem Einfluss auf dich.«

Ich warf ihm einen finsteren Blick zu. Er konnte nicht einfach wütend und gemein sein und dann seine Meinung ändern. So funktionierte das nicht, auch wenn er gute Absichten hatte. Natürlich konnte ich nicht anders, als in diesem Moment meine Finger zu küssen und sie zum Mond zu heben.

»Siehst du, genau das meine ich.« Bodey zeigte auf meine Hand und fuhr fort. »Das war etwas, was dein Vater getan hat. Damit wollte er die Götter darum bitten, eine Person für ihre guten Absichten zu segnen, auch wenn sie fehlgeleitet sind. Deine Eltern sind immer noch ein Teil von dir ... auch wenn du das nicht glaubst.«

Meine Beine zitterten und drohten, unter meinem Gewicht nachzugeben. Ich hatte nie gewusst, wie ich auf diese Geste gekommen war, und das eine Mal, als Zeke sie gesehen hatte, war er ohne Grund auf mich losgegangen. Vielleicht hatte es ihn daran erinnert, wer ich wirklich war.

»Du kannst nicht erst so gemein und dann nett zu mir sein.« Meine Stimme brach und Tränen trübten meine Sicht.

Seufzend zog Bodey mich wieder in seine Arme. Mein verräterischer Körper verschmolz mit seinem, als das Kribbeln unserer Bindung dabei half, meinen Schmerz lindern.

»Es tut mir leid«, flüsterte er in meine Haare. »Es ist nur ... als ich gesehen habe, wie du dich vor den Zauber geworfen hast, um mich zu beschützen, hatte ich eine Scheißangst. Und dann habe ich gesehen, wie du auf die Hexe losgegangen bist, während ich geschwächt war ...« Er zog sich zurück und zuckte zusammen. »Ich *kann* dich nicht verlieren, Callie. Das würde ich nicht überleben.«

»Und ich kann *dich* nicht verlieren.« Meine Stimme brach, als ich mein Gesicht in seiner muskulösen Brust vergrub. »Du bist der einzige Mensch außer Stevie, der sich um mich gekümmert hat, bevor meine Wölfin zum Vorschein kam.« Ich hob meinen Kopf, eine Träne lief mir über das Gesicht. »Ich kann auch nicht ohne dich leben.«

Sanft streichelte er über meine Wange. »Doch, das könntest du. Du bist der stärkste Mensch, den ich kenne. Ich kann mir niemanden vorstellen, der so gelitten hat wie du und trotzdem so stark, einfühlsam, loyal und witzig ist.«

»Ich würde vielleicht überleben, aber, Bodey, die Wahrheit ist, ich würde es nicht wollen.« Der Gedanke, ihn zu verlieren, ließ mir einen eiskalten Schauer über den Rücken laufen. »Und ich bereue es nicht, mich vor dich geworfen zu haben. Wenn ich es nicht getan hätte, wären wir beide jetzt nicht mehr hier, um darüber zu streiten.«

Er runzelte die Stirn, aber er drückte sie dann an meine. »Das ist wahr, aber das war verdammt riskant, Babe«, murmelte er. Seine Angst strömte durch unsere Verbindung und in meine Adern. »Ich dachte, ich würde dich verlieren.«

»Aber das hast du nicht.« Ich lehnte mich zurück und umfasste sein Gesicht mit meinen Händen. *Und jetzt werden wir gemeinsam über die nächsten Schritte nachdenken.* Ich küsste ihn, seine Lippen schmiegten sich perfekt an meine.

Wir haben nichts geklärt, sagte Bodey über die Verbindung, unterbrach aber unseren Kuss nicht.

Er hatte recht. Es gefiel ihm nicht, dass ich ihn beschützt hatte, aber ich würde niemals zustimmen, es nicht wieder zu tun. *Ich denke, wir müssen uns darauf einigen, dass wir uns nicht einig sind. Denn wenn du dich jemals so vor mich werfen würdest, wäre ich auch wütend auf dich.*

Er lächelte schwach und knabberte an meiner Unterlippe. *Ja, aber in diesem Fall wäre es das einzig Richtige. Heute jedoch ...*

Ich stieß meinen Finger in seinen Bauch und knurrte.

»Pass besser auf, mein Lieber. Ich bin immer noch nicht darüber hinweg, wie du mit mir gesprochen hast.«

»Hey, ganz ruhig.« Er wich ein Stück zurück, um mein Gesicht sehen zu können. Seine Augenbrauen schossen in die Höhe. »Dieser Ton gefällt mir ganz und gar nicht.«

»Hör einfach auch, dich wie ein Idiot zu benehmen.« Ich tippte ihm auf die Nase und legte seine Hand auf meine Hüfte. »Dann werden wir auch in Zukunft keine Probleme haben.«

Er beugte sich hinunter, hob mich hoch und nahm mich in die Arme. »Es tut mir leid, aber ich werde mich nicht dafür entschuldigen, dass mir nicht gefällt, was du getan hast.«

Ich nickte. »Das kann ich akzeptieren. Ich habe es zur Kenntnis genommen, werde es aber leider ignorieren müssen.«

Er warf mich aufs Bett und setzte sich mit gespreizten Beinen auf mich. Seine Iris leuchtete in einem strahlenden Kobaltblau. »Dann werde ich mich wohl auf die bestmögliche Weise rächen müssen.« Er kitzelte mich so sehr, dass ich mein Lachen nicht unterdrücken konnte.

Erst als ich keine Luft mehr bekam, ließ er von mir ab.

»So. Wenn du das, was du heute getan hast, noch einmal versuchst, werde ich nächstes Mal nicht so schnell lockerlassen.« Er wackelte mit den Augenbrauen und im selben Moment spürte ich seine Erektion an meinem Bein.

Mein Atem stockte, und meine Wölfin drängte sich vor, begierig darauf, sich mit Bodey zu vereinen, besonders nach diesem Kampf.

Doch die Stimmen unten wurden immer lauter und es klang fast so, als würden sie sich streiten.

Wir waren schon viel zu lange hier oben. Ich schmollte, denn mein Körper erhitzte sich gerade auf eine Weise, die nur

Bodey befriedigen konnte. »Wir sollten wohl besser nach unten gehen.«

Er seufzte, nickte aber. »Meine blauen Eier sind nicht gerade glücklich darüber.«

»Sie müssen ja nur bis heute Abend leiden.« Ich beugte mich vor und küsste seine Nase. Er drückte sich noch einmal an mich. Ich seufzte. »Oder wir könnten ...«

»Wir treffen keine Entscheidungen, bis Callie hier unten ist«, sagte Michael laut und holte mich in die Realität zurück.

Es war das Äquivalent einer kalten Dusche, und sogar Bodey sprang auf die Beine. Er nahm meine Hand und führte uns beide die Treppe hinunter, wo die anderen bereits auf uns warteten.

Stevie, Mom und Dad saßen auf dem Sofa im Arbeitszimmer, während Samuel sich gegen die Kücheninsel lehnte. Sein Gesicht war immer noch etwas blasser als sonst, aber er rang nicht mehr nach Atem.

Jack stand Stevie gegenüber, mit Lucas, Miles und Stella zu seiner Linken, alle vier mit Blick auf die Küche. Michael, Janet, Carl, Dan, Phil und Dina standen auf der anderen Seite des Raumes, nahe der Glasschiebetür.

»Wie wundervoll, dass ihr zwei auch endlich zu uns stoßt. Ich hatte schon befürchtet, ein knarrendes Bett und lautes Stöhnen zu hören, bevor ihr hier unten ankommt.« Jack verschränkte die Arme vor der Brust und musterte uns mit zusammengekniffenen Augen. »Vermutlich habt ihr es auf dem Boden getrieben, nicht wahr?«

»Sohn«, warnte Carl. Irgendwie schien das Grau in seinem Haar noch deutlicher hervorzutreten, wodurch sein blondes Haar heller erschien als das seines Sohnes.

Ich spürte sofort, dass ich knallrot anlief. Ich hatte nicht erwartet, deswegen von *Jack* blöd angequatscht zu werden, aber wenn das, was ich zwischen Stevie und ihm vermutete, der Wahrheit entsprach, dann hätte mich das nicht schockieren dürfen. Er wusste jetzt, wie es sich anfühlte.

»Wir beide hatten etwas unter vier Augen zu besprechen.« Bodey legte einen Arm um meine Taille und fuhr fort. »Wage es ja nicht, ihr deswegen ein schlechtes Gewissen zu machen.«

»Stevie wurde schwer verletzt, und du glaubst, ihr zwei könntet schnell ...«

»Ich habe mir schrecklich Sorgen sowohl um Stevie *als auch* Samuel gemacht, aber ich wusste, dass die Hexen sie geheilt haben«, unterbrach ich ihn. »Bodey hat ebenfalls gelitten, aber konnte nicht auf dieselbe Weise geheilt werden. Ihm ging es mental nicht gut. Wenn du nicht damit einverstanden bist, dass wir ein paar Minuten nach oben gehen, um etwas Ernstes zwischen uns zu besprechen, bevor wir hierherkommen, damit wir nicht abgelenkt sind, dann kannst du das gerne mit mir bereden ... *allein.*« Ich wusste nicht, warum, aber die Worte sprudelten nur so aus mir heraus.

Ich erwartete, dass Jack einen bissigen Kommentar von sich geben würde, aber stattdessen wandte er den Blick ab.

Ich entfernte mich von Bodey und ging auf Samuel zu. »Kann ich etwas für dich tun?«

Er schüttelte den Kopf. »Ich brauche nur eine Mütze Schlaf, das ist alles.«

»Möchtest du dich vielleicht jetzt kurz hinlegen?« Ich hasste es, dass er so lange warten musste. Ich konnte die Wunden unter seinem Hemd immer noch sehen.

»Lass uns abwarten, wie dieses Gespräch verläuft.«

Dagegen konnte ich nichts einwenden. Ich ging zur Couch und stellte mich neben Stella. Dann konzentrierte ich mich auf Stevie, die meinem Blick auswich.

Mein Herz verkrampfte sich schmerzhaft, aber ich hatte es verdient. »Stevie, es tut mir leid ...«

Sie hob eine Hand. »Nein, bitte nicht. Ich werde leben, und das ist deutlich mehr, als ich erwartet hatte.«

Ein Kloß bildete sich in meinem Hals, und ich blinzelte die Tränen zurück. Ich wollte nicht weinen ... zumindest nicht hier.

Babe, ich kümmere mich darum, sagte Bodey und trat neben mich. Seine beschützende Art half mir dabei, mich weniger allein zu fühlen.

Lass es. Ich verdiene ihren Zorn. Obwohl ich mir nicht sicher war, was die richtige Entscheidung gewesen wäre, war ich mir sicher, dass die Entscheidung, die ich getroffen hatte, nicht perfekt gewesen war. *Sie wäre fast gestorben, dank einer Entscheidung, die ich getroffen habe. Sie hat ein Recht darauf, wütend auf mich zu sein.*

»Und was machen wir jetzt?«, fragte Lucas und schaute erst mich und dann die anderen Berater an.

»Ich würde gerne hören, was unsere Königin denkt.« Dan lehnte sich gegen die Kücheninsel. Wie bei unserer ersten Begegnung war sein braunes Haar zerzaust, was darauf hindeutete, dass er sich mit den Händen durch die Haare gefahren hatte. Die dunklen Ringe unter seinen Augen ließen sie eingefallen und müde aussehen.

Ich zuckte zusammen. Ich wusste nicht, was ich sagen sollte, aber sie wollten Antworten. Etwas, das ich vor zwei Wochen nie für möglich gehalten hätte, und zum ersten Mal vermisste ich die geringe Verantwortung, die ich zuvor gehabt hatte.

Phil schüttelte den Kopf. Sein dunkelbrauner Teint schien unter dem Küchenlicht zu glühen. Seine Augen waren auf mich gerichtet und warteten auf meine Antwort.

Ich spürte den Druck.

»Das Wichtigste zuerst.« Ich rieb meine Hände aneinander und wusste, dass es eine Sache gab, die ich in Ordnung bringen wollte. »Dina, kannst du die Blockierung von Stevies Gedankenverbindung entfernen?«

Dina starrte mich mit offenem Mund an. »Äh, bist du sicher, dass das klug ist? Sie könnte immer noch mit jemandem zusammenarbeiten. Der Angriff auf sie könnte eine Falle gewesen sein.«

»Vielleicht, aber ich bezweifle es, besonders nachdem ich gesehen habe, wie Kels Leute sie hätten sterben lassen.« Wären wir nur ein paar Minuten später gekommen, hätte das Ergebnis ganz anders ausgesehen. Die Königin konnte auf keinen Fall wissen, dass wir rechtzeitig zurückkehren oder die Mittel haben würden, um sie zu retten. »Wie auch immer, meine Entscheidung hat sie verwundbar gemacht, und sie wäre deswegen fast gestorben. Ich will, dass diese Blockade entfernt wird, und ich werde darauf vertrauen, dass meine Schwester mir keine weiteren Lügen erzählt.«

Meine Eltern sahen sehr erleichtert aus.

Mom legte eine Hand auf ihre Brust. »Den Göttern sei Dank. Jetzt können wir uns wenigstens mit ihr verbinden.«

»Willst du sie immer noch in den Keller sperren?«, fragte Dad mit großen Augen.

Ich schüttelte den Kopf. »Der Keller wird jetzt zum Heim einer anderen Gefangenen. Stevie wird in dem Zimmer bleiben, in dem ich geschlafen habe, bevor Bodey und ich uns paarten.«

Ich halte das für eine großartige Idee, sagte Bodey und drückte meine Hand.

»Das ist nicht sicher genug.« Samuel runzelte die Stirn, sein Blick traf meinen. Er verband sich mit Bodey und mir. *Ich verstehe, dass sie deine Schwester ist, aber sie hat mit dem Feind kooperiert und gegen uns gearbeitet. Was, wenn sie sich rausschleicht, wenn ihr beide beschäftigt seid und ich unter der Dusche stehe oder so?*

Meine Wangen brannten, weil ich genau wusste, was er damit meinte, wenn er sagte, dass Bodey und ich *beschäftigt* sein könnten.

Bodey räusperte sich. »Zum zusätzlichen Schutz wäre Dina vielleicht bereit, die Umgebung des Hauses zu verzaubern, damit wir sofort alarmiert werden, wenn sie versucht, das Haus ohne Erlaubnis zu verlassen. Nur damit die anderen wissen, dass wir ein Auge auf sie haben.«

Ich liebe dich so sehr. Das war ein guter Plan und würde Stevies Aufenthalt auf unser Haus und den Garten beschränken. Ein Teil der schweren Last fiel bereits von meinem Körper ab.

»Ja, das kann ich tun, wenn die Königin damit einverstanden ist.« Dina faltete ihre Hände und beobachtete mich.

»Das wäre großartig. So kann sie sich mit mir verbinden, wenn sie Hilfe braucht, und sie kann mit unseren Eltern sprechen, wann immer sie möchte.«

»Die Idee gefällt mir sehr gut.« Jack grinste unverschämt. »Dann sollten eure Quickies kein Problem mehr darstellen.«

Diesmal war es Miles, der ihm einen Schlag auf den Hinterkopf verpasste.

Dina ging ums Sofa herum und stellte sich vor Stevie. Sie tippte meiner Schwester auf die Stirn und sagte: »Löse die Blockade.«

Stevies braune Augen leuchteten und ihre Wölfin drängte sich vor. Ich spürte die Verbindung zu meiner Schwester und ihre Erleichterung sofort. Ein Hauch des Schreckens über das, was mit ihr geschehen war, blieb dennoch.

Sofort holten mich wieder Schuldgefühle ein. Schnell verband ich mich deshalb mit Zeke. *Niemand außerhalb unseres Rudels darf wissen, dass Stevie lebt.* Obwohl ich es nicht unbedingt beabsichtigt hatte, konnte ich den Alpha-

Willen nicht ganz zurückhalten, als ich mich mit ihm verband. Wenn jedoch jemand anderes ebenfalls mit der Königin zusammenarbeitete, mussten wir sicherstellen, dass niemand davon erfuhr, dass sie überlebt hatte. *Außerdem wirst du fortan jeden im Rudel auf die gleiche Weise behandeln.*

Gut, knurrte er, bevor er die Verbindung kappte.

»Die Gefangene ist jetzt im Keller, und drei meiner besten Männer sind bei ihr. Sie haben sie zum Verhör geweckt, das jetzt beginnt«, informierte uns Bodey, der sich so zu mir hin bewegte, dass sich unsere Arme berührten.

Die Erinnerung daran, wie Jack den Kopf der Wölfin gegen den Baum geknallt hatte, überkam mich und brachte mich fast zum Lachen. Das wäre allerdings ein sehr unpassender Zeitpunkt gewesen.

Dad atmete aus. »Ihr habt jemanden gefangen?« Er nickte Bodey zustimmend zu. »Ich bin froh, dass jemanden wie dich gibt, um meine Tochter zu beschützen.« Er streckte seine Hand aus und tätschelte Stevies Bein.

Sofort rutschte mir das Herz in die Hose. Natürlich. Seine Tochter ... nicht Töchter. Er hatte mich nie wirklich als Teil seiner Familie betrachtet.

»Nun, *Roger*«, begann Bodey und betonte absichtlich den Vornamen meines Vaters, »es war deine *ältere Tochter*, die die Wölfin bewusstlos geschlagen hat. Ich werde deine *beiden* Töchter und vor allem meine Gefährtin mit meinem Leben verteidigen.«

»*Du* hast einen anderen Wolf bewusstlos geschlagen?« Dad starrte mich ungläubig an. »Du hast das geschafft? Das sollte die Aufgabe eines Mannes sein.«

Das war nur ein Beweis dafür, dass er in Zekes Rudel aufgewachsen war.

»Sie ist die stärkste Wölfin in unserer Region.« Bodey

lächelte mich bewundernd an. »Ich für meinen Teil würde nie gegen sie antreten wollen.«

Mein Herz machte einen kleinen Hüpfer. Das war der Gefährte, den ich kannte und liebte.

»Wir sollten abwarten, ob wir etwas von unserer Gefangenen erfahren. Vorher können wir nichts tun.« Ich wandte mich an Dina. »Aber was die Erinnerung angeht, besteht eine Möglichkeit, die Hexe ausfindig zu machen, die mich verzaubert hat?«

Dina verschränkte ihre Finger. »Wir können damit beginnen, dass wir einige Hexen zu dir schicken, damit sie die Magie spüren können. Diese Art von Magie kann man nicht erklären, man kann sie nur spüren. Vielleicht erkennt sie jemand wieder.«

Das ergab Sinn. »Wäre es vielleicht einfacher, wenn wir zu ihnen gehen?« Ich wollte nicht mehreren Hexenzirkeln Unannehmlichkeiten bereiten.

»Es ist keine gute Idee, so weit zu reisen«, warf Phil ein. »Es ist sicherer, wenn sie hierherkommen.«

»Nach unserer Tradition kommen die Hexen ohnehin, um den neuen König oder die Königin kennenzulernen, also wird es nicht zu viel verlangt sein.« Michael lächelte beschwichtigend.

Dina nickte. »Ganz genau. Ich werde sie nicht alle gleichzeitig informieren, sodass sie nacheinander kommen. Sie werden begeistert davon sein, dir helfen zu können.«

Das beruhigte mich ein wenig.

Plötzlich tauchte die gleiche männliche Stimme von vorhin in Bodeys und meinem Kopf auf. *Wir benötigen die Hilfe der Hexe. Und zwar sofort.*

Die Panik, die von den drei der Rudelmitglieder ausging, die uns am nächsten waren, ließ meinen Puls in die Höhe schnellen.

»Dina, sie brauchen dich im Keller«, sagte Bodey knapp und sein Körper spannte sich an.

Ihr Blick fiel auf meinen Gefährten und dann auf mich. »Was ist los?«

»Ich weiß es nicht.« Bodey biss die Zähne zusammen. »Aber sie brauchen dich *jetzt*, also bitte. Komm.«

Mit bleichem Gesicht nickte sie, und gemeinsam rannten sie zur Tür. Und natürlich waren alle bereit, ihr zu folgen.

»Ich glaube nicht, dass es klug ist, wenn alle gehen.« Samuel richtete sich auf und sah zu Stevie und meinen Eltern.

Bodey erstarrte an der Tür. *Samuel, du hast hier nicht das Sagen, und wir haben jetzt keine Zeit, zu diskutieren.*

Aber Samuel hatte recht, und schließlich war er dafür ausgebildet worden, Befehle zu geben und Entscheidungen zu treffen, ganz im Gegensatz zu mir. Ich wollte hören, was er zu sagen hatte. *Geh mit Dina,* sagte ich zu Bodey. Ich trennte mich zwar nur ungern von meinem Gefährten, aber es klang nicht so, als hätte es einen weiteren Angriff gegeben. *Sag einfach Bescheid, wenn ihr uns braucht. Wir werden sofort da sein.* Er nickte und folgte Dina.

»Was zum Teufel soll das?« Jacks Augen verengten sich, sein Blick fixierte sich auf Samuel.

»Lasst uns doch mal überlegen.« Samuel rollte die Schultern zurück und zuckte zusammen. »Wir haben hier jemanden, der mit Königin Kel gearbeitet hat, und sie ist jetzt bei ihren Eltern. Vielleicht sollte jemand bei ihnen bleiben.«

Ich sah meine Eltern und meine Schwester an, die alle einen finsteren Blick aufsetzten. Die drei hatten sich nicht von ihrem Platz auf dem Sofa bewegt, was bedeutete, dass sie gar nicht vorgehabt hatten, sich uns anzuschließen.

»Ihr könnt ruhig gehen«, sagte Stella und legte eine Hand auf Miles' Arm. »Ich werde bei ihnen bleiben.«

»Alles klar.« Ich drehte mich zur Hintertür hin, um Bodey und Dina einzuholen. Doch als ich auch meinen Kopf drehte, bemerkte ich, dass Stevie mich stirnrunzelnd ansah.

Sofort breitete sich ein seltsames Gefühl in meinem Magen aus, aber ich hatte keine Zeit, mit ihr zu sprechen. Ich musste so schnell wie möglich zu meinem Gefährten und sicherstellen, dass niemand in Gefahr war.

Als ich auf die hintere Veranda rannte, sah ich, wie Bodey und Dina die Treppe erreichten, die in den Keller des Hauses seiner Eltern führte. Ich eilte durch den Garten, während Miles, Lucas, Dan, Phil, Carl und Michael mir folgten.

Schnell verband ich mich mit Carl, *Wo ist Jack?*

Er wollte bei Janet und Stella bleiben, um ein Auge auf deine Familie zu haben. Ich konnte Carls Überraschung durch unsere Verbindung spüren. *Er wollte nicht riskieren, dass sie ungeschützt bleiben, während wir abgelenkt sind.*

Normalerweise wollte Jack bei jeder Art von Action dabei

sein. Das bestätigte mir nur noch mehr, was ich bereits vermutete. Waren meine Schwester und er womöglich wirklich Schicksalsgefährten? Das war das Einzige, was einen Sinn ergab.

Als ich die Treppe erreichte, traf mich Bodeys Entsetzen wie ein Schlag. Abgekühlt von der kühlen März-Brise, erreichte ich den Fuß der Treppe und riss die Tür auf.

Ich erstarrte, woraufhin Lucas mir in den Rücken lief und mich nach vorn schubste.

Lucas sagte etwas, als ich mein Gleichgewicht wiederfand und kurz vor der Frau, die auf dem Boden lag, stehen blieb, aber ich konnte ihn nicht verstehen.

Alles um mich herum wurde unscharf, als die anderen den Raum betraten.

Die Wolfswandlerin war wieder in menschlicher Gestalt, völlig nackt, und lag auf dem Zementboden. Sie starrte an die Decke, ihre braunen Augen waren weit aufgerissen und ihr Atem ging rasend schnell.

Alles, worauf sich meine Wölfin konzentrieren konnte, war die Tatsache, dass Bodey sie berührte. Sie heulte in meinem Kopf auf und versuchte, die Kontrolle zu übernehmen. Sie wollte dieser Frau die Kehle herausreißen.

»Sie muss Gift geschluckt haben.« Dina legte ihre Hände auf den Arm der Frau und verzog das Gesicht.

Der Gestaltwandler, der uns alarmiert hatte, bewegte sich hinter die Frau und beugte ihren Oberkörper vor. »Sie hat den Anhänger ihrer Halskette geöffnet und eine Art Pille darin geschluckt.«

»Verdammt«, knurrte Bodey, während er seine Finger in den Hals des Mädchens schob.

Das spornte mich an, und ich nahm den Platz neben ihm ein. »Was, wenn wir sie nicht zum Erbrechen bringen können?« Unsere Pläne hingen davon ab, Informationen aus unserer Gefangenen herauszuholen. Sie zu verlieren, kam nicht infrage. Ich sah Dina an. »Kannst du sie heilen?«

Dina schüttelte den Kopf, während unserer Gefangenen Schaum in den Mund stieg und ihr Körper wie verrückt zuckte. Die Nasenlöcher blähten sich auf und Bodey schob seine Finger noch tiefer in ihren Hals, sodass sie würgen musste. Meine Wölfin knurrte in meinem Kopf.

»Das wird nicht funktionieren.« Entmutigt ließ Dina die Schultern sinken. »Es ist zu spät. Von dieser Art Gift kann ich sie nicht heilen. Ich bin vollkommen erschöpft, und es wirkt sehr schnell.«

Mein Blick wanderte zu der dünnen schwarzen Schnur um den Hals der sterbenden Wölfin, an der ein kleiner, leerer silberner Behälter hing.

Bodey nahm seine Finger aus dem Mund der Frau und rümpfte die Nase, als er sie an seiner Hose abwischte. Sobald er zurückwich, entspannte sich meine Wölfin etwas, wobei sie immer noch unruhig war.

Ich versuchte, meine animalische Seite zu ignorieren, um dem Ernst der Lage gerecht zu werden.

Die Augen der Frau waren nun blutunterlaufen, ihr Körper zitterte immer stärker und ihr Herzschlag verlangsamte sich.

Sie würde in wenigen Augenblicken sterben.

Das Ausmaß des Verlustes traf mich wie ein Schlag, und ich fiel hin, mein Hintern schlug auf dem Boden auf. Das war unser Vorsprung gewesen ... unsere Chance, mit der Königin und ihren Plänen aufzuholen.

Aber wieder einmal war uns Königin Kel zwei Schritte voraus, und sie hatte es geschafft, dass ich mich noch unwohler fühlte. Entweder war sie in der Lage, die Leute so sehr von ihrer Sache zu überzeugen, dass sie sich für ihre Mission opferten, oder sie hatte ein Druckmittel, das sie zum

Gehorsam zwang, vielleicht sogar einen Alphawillen. Alle Möglichkeiten waren gleichermaßen schlecht.

Mit wem zum Teufel haben wir es zu tun?, fragte ich Bodey über unsere Gedankenverbindung. Tränen brannten in meinen Augen, und ich ballte meine Hände zu Fäusten. Ich verstand nicht, was für ein Mensch seinem Volk so etwas antun konnte. Wie viel war die Königin noch bereit, zu opfern?

Offensichtlich mit jemandem, der krank und sadistisch veranlagt ist, antwortete Bodey und nahm meine Hand.

Stille kehrte ein, während wir der Frau bei ihrem Todeskampf zusahen. Wenn sie starb, würde die Königin es erfahren. Ihre Rudelverbindung würde ausgelöscht werden.

Dann blieb ihr Herz stehen.

Nach ein paar Sekunden seufzte der Gestaltwandler, der uns alarmiert hatte. »Es tut mir so leid.«

Jetzt, da unsere Gefangene tot war, wandte ich mich ihm zu.

Sein Gesicht war voller Bedauern, was ihn älter erscheinen ließ, als er wahrscheinlich war, wobei ich ihn eigentlich auf Anfang dreißig schätzte. Er neigte sein Kinn, die Lichter des Kellers spiegelten sich auf seinem rasierten Kopf. Ich wusste, dass sein Haar hellbraun war, so wie sein Fell in seiner Wolfsgestalt. In seinen grauen Augen tobte ein Sturm. »Ich hatte nicht einmal in Betracht gezogen, dass sie Gift haben könnte. Sie hat sich verwandelt und die Pille sofort geschluckt. Ich habe die Halskette erst gesehen, als es zu spät war.«

Da die Schnur so dünn war, hatte das Wolfsfell sie leicht verdeckt.

»Das ist nicht deine Schuld, Gary.« Bodey lehnte sich an mich und seufzte. »Keiner von uns hat diese Möglichkeit in Betracht gezogen.«

Michael fuhr sich mit der Hand über das Gesicht und stellte sich zu den Füßen der Frau. »Wir müssen alle übernatürlichen und menschlichen Taktiken und Waffen in Betracht ziehen, die sie einsetzen könnten.«

»Ich habe sie nach Magie untersucht, während Jack sie hierher getragen hat.« Dina erhob sich und strich ihren langen grauen Rock glatt. »Die Hexe kannte uns und unsere Fähigkeiten, also wusste sie, dass wir jeden, den wir gefangen nehmen, auf Magie untersuchen würden. Deswegen haben sie sich etwas ausgedacht, was ich nicht hätte entdecken können.«

Ich warf einen Blick auf die tote Frau, und mein Herz zog sich schmerzhaft zusammen. Was konnte ihr so wichtig sein, dass sie einen *so* schrecklichen Tod wählte?

»Also ... was machen wir jetzt?« Lucas stand etwas unbeholfen in einer Ecke des Kellers herum. Er sah mir direkt in die Augen, als ob ich eine Antwort auf seine Frage hätte.

Als ich mich umsah, stellte ich fest, dass alle anderen auf die Leiche starrten. Ich bekam eine Gänsehaut.

Ich hatte keine Ahnung, was ich tun sollte.

Bodeys Daumen strich über meine Hand, und er räusperte sich. »Das Wichtigste ist, dass wir aufhören, eine tote Frau zu begaffen und Gary sie beerdigen lassen.« Er half mir auf die Beine.

Danke. Ich drückte seine Hand. Das war ein sehr guter erster Schritt. Ich wollte wirklich nicht länger als nötig mit einer nackten toten Frau im Keller bleiben. Sie verdiente Respekt und das Wahren ihrer Würde. »Wir sollten zurück ins Haus gehen, um unsere nächste Strategie zu besprechen.« Es war zwar nicht weltbewegend, aber wenigstens hatte ich *etwas* beizutragen.

»Da bin ich ganz deiner Meinung.« Miles starrte an die Decke und vermied es, die Gefangene anzuschauen.

Ein Lächeln schlich sich auf meine Lippen. Ich vermutete, dass es mehr um Stella ging, als darum, dass er ein Problem damit hatte, eine tote Person zu sehen.

Die Jungs verließen eilig den Keller, aber als ich zur Tür ging, beugte sich Dina über die Frau. Ich hielt inne, um zu sehen, was ihre Aufmerksamkeit erregt hatte.

Sie strich mit den Fingern durch das Haar der Gefangenen. »Große Göttin, bitte beschütze sie im Tod«, murmelte sie leise.

Mir wurde ganz warm ums Herz, als ich Dina so sah.

Sie ist eine gute Frau, sagte Bodey, während er mich zur Tür hinaus schob. Er hielt jedoch seinen Kopf nach vorn gerichtet, ohne noch einen Blick zurückzuwerfen.

Zum Glück hatte sich meine Wölfin endlich beruhigt, auch wenn sie immer noch etwas durcheinander war. *Sollte ich eifersüchtig sein?,* stichelte ich und versuchte, die Stimmung aufzulockern.

Niemals. Mein Herz, mein Körper und meine Seele gehören dir.

Als wir beide zu unserem Haus zurückkehrten, erwartete ich ein Gefühl der Erleichterung. Aber jeder Schritt fühlte sich schwerer an. *Die anderen erwarten, dass ich Antworten habe, aber ich kann keine bieten.*

Das ist in Ordnung, beruhigte er mich. *Wir werden uns die nächsten Schritte gemeinsam überlegen. Alle gemeinsam. Das ist für alle Neuland, nicht nur für dich.*

Ich wusste Bodeys Worte zu schätzen, wusste aber genau, dass alle anderen viel mehr Erfahrung hatten als ich. Ich war nicht in dieser Welt aufgewachsen und wusste nicht, was von mir in einer *normalen* Situation verlangt wurde, geschweige denn in *dieser.* Samuel hätte von der Tinte markiert werden sollen. Nicht ich. Es war mir egal, ob ich die rechtmäßige Thronfolgerin war.

»Ich gehe nur ungern, aber meine Magie ist erschöpft, und ich muss die anderen Hexen kontaktieren, damit sie ihre Reise hierher planen können.« Dina zeigte auf mich. »Dann können wir herausfinden, was mit dir passiert ist.«

»Ja, bitte tu das.« Das war genau das, was ich wollte.

Sie winkte und ging in Richtung Straße, während Bodey und ich ins Haus gingen.

Als wir das Arbeitszimmer betraten, stellte ich fest, dass meine Eltern nicht mehr da waren und Jack, Stevie und Stella auf der Couch saßen. Janet kam gerade durch den Flur, um sich zu uns zu gesellen.

Ich hielt inne. »Wo sind Mom und Dad?«

Janet zuckte zusammen. »Sie sind gerade gefahren.«

Mir stockte der Atem. Sie hatten sich nicht einmal von mir verabschiedet. Nicht einmal Mom. Es war nicht das erste Mal, dass sie einfach verschwunden waren, ohne sich zu verabschieden, aber heute tat es mir besonders weh.

Es tut mir leid, Babe, sagte Bodey, der hinter mir stand und seine Arme um meine Taille schlang. Er ließ mich seine Liebe spüren, aber ich konnte sehen, dass er es hasste, dass mich die Situation so beschäftigte.

Wie auch immer. Ich atmete aus und zwang meinen Körper, sich zu entspannen. *Wir haben ohnehin einiges zu besprechen.* Ich rieb meine Hände aneinander, als die Väter wieder ihre Plätze an der Kücheninsel einnahmen und Miles sich an das Ende der Couch neben Stella stellte.

Samuel, Bodey und ich entschieden uns dafür, uns in die Nähe des Kamins zu begeben.

»Die Schlampe hat also Gift genommen.« Jack schnaubte, sein Gesicht verzog sich vor Abscheu. »War ja klar.«

Lucas schlenderte hinüber und gab Jack einen Klaps auf den Hinterkopf. »Die Frau ist gerade gestorben. Benimm dich.«

»Hey, ich habe sie hergetragen!« Jack rieb sich über den Hinterkopf und blickte über seine Schulter. »Wenn das kein gutes Benehmen ist, weiß ich nicht, was es ist.«

Stevie knurrte. »Wie bitte?«

Jemand musste das Gespräch wieder auf die wichtigen Themen lenken. »Unsere Gefangene ist tot, und wir haben keine andere Spur. Hat jemand einen Vorschlag, wie wir weiter vorgehen sollten?« Ich betete, dass sich jemand zu Wort melden würde, denn ich war ratlos.

»Wie wäre es, wenn wir uns an Königin Kel wenden und um einen Parley bitten?«, schlug Samuel vor und tippte mit einem Finger gegen sein Kinn. »Das könnte uns Zeit verschaffen.«

»Parley?« Ich biss mir auf die Unterlippe und hasste es, dass ich diese Frage stellen musste. Das war wieder einmal ein Beweis dafür, dass Samuel ein besserer Herrscher gewesen wäre.

Michael nickt. »So nennt man es, wenn sich zwei Kriegsparteien treffen, um zu sehen, ob sie sich einigen können, damit die Kämpfe beendet und Frieden wieder hergestellt werden können.«

Ich runzelte die Stirn. »Du willst die Königin *hierher* einladen?« Das klang nicht sehr ratsam.

»Nein.« Phil lehnte sich gegen die Insel. »Das Treffen müsste auf neutralem Boden stattfinden. Vielleicht irgendwo in Nevada, in der Nähe der Grenze zwischen Kalifornien und Oregon. Dort gibt es eine Gegend, die zu keinem Territorium gehört.«

Ich schürzte meine Lippen. Ich hatte keine bessere Idee.

Bodey atmete aus. »Ich bin mir nicht sicher. Das klingt nach Zeitverschwendung. Sie wird sich niemals mit uns einigen. Wir müssen uns auf etwas konzentrieren, das uns Antworten geben kann, zum Beispiel, wer die Wölfin meiner

Gefährtin – unserer *Königin* – unterdrückt und ihre Erinnerungen verändert hat. Das könnte auch Kels Werk gewesen sein.«

Bodey hatte recht, ich brauchte ganz dringend Antworten auf meine Vergangenheit. Ich wollte sie, ebenso wie alle Erinnerungen an meine Eltern, die ich retten konnte. Der Gedanke, dass die Königin des Südwestens ihre Hand bei meiner Verzauberung im Spiel gehabt hatte, ließ mir einen Schauer über den Rücken laufen. Ich hatte es bis jetzt nicht in Betracht gezogen, aber sie *war* die Verdächtige mit dem besten Motiv. »Wie alt ist sie?«

»Sie ist in ihren Vierzigern«, antwortete Samuel sofort. »Das heißt, sie hatte viel Zeit, sich einen Plan auszudenken, um sich einen Namen zu machen.«

Doch das ergab für mich keinen Sinn. Wenn sie wirklich diejenige gewesen war, die meine Eltern umgebracht und sich an mir vergangen hatte, warum lebte ich dann immer noch? »Hätte sie in diesem Fall nicht schon längst etwas unternommen?«

»Nicht, wenn sie eine Armee für den Krieg vorbereiten musste.« Samuel verschränkte die Arme.

»Vielleicht.« Ich hatte nicht vor, ihm zu widersprechen. Er kannte die Spieler und die geschichtlichen Fakten eindeutig besser als ich. Aber aus irgendeinem Grund ergab es für mich dennoch keinen Sinn. »Ich denke trotzdem, dass Bodey recht hat. Vielleicht sollten wir uns darauf konzentrieren, meine Erinnerungen zurückzubekommen und die Hexe zu finden, die mich verzaubert hat.«

Dan zeigte auf Samuel. »Aber ihr die Hand zu reichen und um ein Treffen zu bitten – das könnte uns etwas Spielraum verschaffen. Als Zeichen des guten Willens sollte sie dann, zumindest theoretisch, von weiteren Angriffen absehen.

Das könnte uns Zeit verschaffen, die Hexe zu finden und ein paar Antworten zu bekommen.«

»Und wenn wir bis dahin keine Antworten haben, könnten wir eine Strategie entwickeln, bei dem Treffen einige Antworten aus der Königin rauszubekommen.« Miles legte eine Hand auf die Rückenlehne der Couch.

Wenn sie alle der Meinung waren, dass dies die beste Vorgehensweise sei, konnte ich ihnen nicht widersprechen. »Okay. Wie können wir die Königin am besten erreichen?« Noch während ich die Worte sagte, machte sich Unbehagen in mir breit. Vielleicht waren es die schrecklichen Ereignisse des Tages, die mich einholten.

Jack deutete auf meine Schwester. »Sie muss einen Weg gefunden haben, mit der Königin zu kommunizieren.«

Stevie zuckte zusammen und schluckte schwer. »Ihr wollt meine Hilfe? Nachdem ich deinetwegen fast umgebracht worden wäre?«

Ihre Worte fühlten sich an wie ein Schlag ins Gesicht. Darüber, was meiner Schwester meinetwegen passiert war, würde ich nie hinwegkommen.

Wütend trat Bodey einen Schritt vor mich und starrte meine Schwester an. »Wenn du nicht mit der Königin zusammengearbeitet hättest, hätte die Königin nicht versucht, dich umbringen zu lassen. Das war nicht unsere Schuld. *Du* bist diejenige, die sich in diese Situation gebracht hat, also warum hütest du nicht deine Zunge und hilfst deiner Schwester?«, knurrte er.

»Hey, Mann.« Jack sprang auf und versperrte Stevie die Sicht auf Bodey. »Du musst dich zurückhalten. Deine *Gefährtin* ...«

»Das reicht.« Meine Worte waren lauter, als ich es beabsichtigt hatte. Meine Wölfin hatte sich durchgesetzt und mich überrumpelt. Die Art und Weise, wie Jack mit meinem

Gefährten sprach und wie er offenbar auch über mich sprechen wollte, konnte ich nicht tolerieren.

Augenblicklich schloss Jack den Mund und starrte mich mit großen Augen an. Bodey drehte sich zu mir um, seine Augen glühten. Ich konnte seine Erregung spüren.

Ich würde nicht dulden, dass wir uns gegeneinander wanden. Das war es, was die Südwest-Königin wollte, und wir hatten schon genügend Probleme mit Zeke, mit denen wir uns herumschlagen mussten. »Jack, so darfst du nicht mit uns reden. Du bist vielleicht nicht mit meinen Entscheidungen einverstanden, aber solltest respektvoll mit mir darüber sprechen. Ich liebe Stevie, und ja, ich gebe zu, dass ich Mist gebaut habe. Aber Bodey hat recht – sie war diejenige, die uns überhaupt erst in diese Situation gebracht hat, auch wenn sie gute Absichten hatte. Alles, was wir jetzt tun können, ist, einander zu verzeihen und zu versuchen, unsere Fehler wiedergutzumachen. Wenn wir einander beschimpfen, wird das uns nicht weiterhelfen.«

Erst jetzt bemerkte ich, wie still es geworden war und dass alle mich anstarrten.

»Wow«, murmelte Jack. »Ich weiß, ich sollte jetzt wütend sein, aber verdammt. Diese Macht, die mich gerade überwältigt hat, war sowohl erstaunlich als auch erschreckend. Mein Wolf verneigt sich gerade respektvoll. Nein, er macht sogar einen Knicks.«

»Überlasst es einfach meinem Sohn, eine ernste Situation ins Lächerliche zu ziehen. Carl lächelte und schüttelte den Kopf.

Ich verdrehte die Augen und versuchte, die Hitze von Bodeys Erregung zu ignorieren, die mich durchströmte. Mein eigener Körper erwärmte sich als Reaktion darauf, und das war das Letzte, was wir im Moment brauchten.

Auch wenn der Gedanke, nach oben zu rennen und einen

Quickie einzulegen, wie Jack es immer so gerne nannte, ziemlich verlockend war. Verdammt!

Ich versuchte, nicht weiter darüber nachzudenken, und drehte mich so, dass ich meine Schwester sehen konnte.

Diesmal begegnete sie meinem Blick.

»Sieh mal, es tut mir leid. Ich dachte nicht, dass es jemand wagen würde, dich hier anzugreifen, und deshalb habe ich zugestimmt, dir die Verbindung zu deinem Rudel zu nehmen. Aber ich hätte Wachen bei dir lassen sollen, um dich zu schützen.« Ich legte eine Hand auf mein Herz. »Ich liebe dich und ich möchte nicht, dass dir etwas Schlimmes zustößt. Ich verstehe, dass du Entscheidungen getroffen hast, von denen du dachtest, sie würden unsere Familie schützen, aber das macht sie nicht automatisch richtig. Deshalb bitte ich dich, mir jetzt zu helfen. Wenn wir *zusammenarbeiten*, können wir den Schaden, den wir uns gegenseitig zugefügt haben, wiedergutmachen.«

Ich war vollkommen ehrlich zu ihr, und ich konnte nur hoffen, dass es ausreichte, um zu ihr durchzudringen. Das war mein Friedensangebot, und wenn sie es ablehnte, könnte das unsere Beziehung vollends zerstören.

KAPITEL VIERZEHN

Stevie rieb sich mit den Händen über die Beine, woran ich erkannte, dass sie sich innerlich zerrissen fühlte. Die Wärme in ihren Augen war verschwunden, sie waren jetzt schokoladenbraun.

Ein Teil von mir wünschte sich, sie würde meinem Blick ausweichen, anstatt diese innere Debatte zu führen, an deren Ende sie sich entscheiden musste, ob sie sich mit mir versöhnen wollte.

Ich konnte nur hoffen, dass meine Worte sie überzeugt hatten.

Babe, es wird alles gut, sagte Bodey und legte eine Hand auf meinen Arm. *Ich verspreche es. Ihr beide liebt euch. Wenn ihr euch nicht lieben würdet, dann würdet ihr euch jetzt nicht so abmühen.*

Ein Teil von mir wollte ihm glauben, aber ich hatte gelernt, dass Hoffnung ein sehr gefährliches Gefühl war. Der Text des Refrains von Lana Del Reys ›Hope is a Dangerous Thing for a Woman Like Me‹ kam mir in den Kopf. Worte, die in den vergangenen Jahren mietfrei dort gewohnt hatten.

In dem Moment, in dem Stevies Hände zum Stillstand kamen, wusste ich, dass sie sich für eine Antwort entschieden hatte, noch bevor sie ihren Mund öffnete. Der Schweiß sammelte sich in meinen Achselhöhlen, während ich auf den Hammerschlag wartete.

Dann schlug sie einmal mit den Händen auf ihre Beine, was ich ebenfalls erwartet hatte.

»Du hast recht. Es ist meine Schuld.« Sie ließ die Schultern hängen und verzog ihr Gesicht. »Ich hatte nicht daran gedacht, welche Folgen es hat, der Königin zu helfen, weil ich mich nur darauf konzentriert habe, meiner Familie zu helfen.«

Das waren die Worte, die ich hören musste – nicht, dass ich etwas anderes erwartet hätte. Stevie war eine der besten Menschen, die ich kannte. Sie hatte das große Ganze nicht gesehen, aber das war gleichzeitig auch das Problem. Solange sie sich nicht um alle Wölfe in dieser Region kümmerte, sondern nur um die, die ihr am nächsten standen, konnte ich ihr nicht vertrauen.

Meine Schwester schlang ihre Arme um ihren Körper. »Es tut mir so leid. Ich wollte keine Probleme verursachen oder dazu beitragen, dass jemandem etwas zustößt, *besonders* nicht dir, Callie.«

Jack legte ihr eine Hand auf die Schulter, woraufhin sie keuchte und ihren Blick zu ihm schweifen ließ.

»Wir *alle* machen Fehler«, murmelte Jack.

»Du hast versucht, meine Schicksalsgefährtin zu beschützen.« Bodey gluckste. »Was mich sehr versöhnlich stimmt.«

Samuel räusperte sich. »Wir sollten trotzdem nicht vergessen, dass sie uns verraten hat, und ja, wir können nachsichtig sein, aber was geschehen ist, ist geschehen.«

Jack grummelte eine Warnung und sprang auf, als er sich Samuel zuwandte. »Natürlich vergessen wir das nicht. Aber genau deswegen führen wir doch dieses Gespräch, weil sie *nichts* Böses wollte.«

»Okay, wir sollten uns alle beruhigen.« Stella warf einen Blick auf die Leute in der Küche und fuhr fort: »Wir sind alle Verbündete, und ich will verdammt sein, wenn ich zulasse, dass der Stress dieser Situation unsere Gruppe zerstört.«

Miles lächelte sie bewundernd an. »Meine Gefährtin hat recht. Das könnte genau das sein, was sich Königin Kel erhofft.«

Zu diesem Zeitpunkt würde ich nicht einmal versuchen, ihre Motive zu ergründen, außer dass sie uns erbarmungslos angreift und den Nordwesten übernehmen will. Alles andere, was vorgefallen war, waren wahrscheinlich nur Bonuspunkte auf der Agenda.

»Worauf ich hinaus will, ist ... ich habe ihre Nummer«, sagte Stevie leise und rieb ihre Hände aneinander. »Ihr könnt sie anrufen.«

Jack kratzte sich am Haaransatz, setzte sich wieder hin und stützte den Kopf in die Hände. »Ich weiß nicht, ob mir das gefällt.«

Carls Kopf neigte sich nach hinten. »Hast du den Verstand verloren? Wie kann dir das *nicht* gefallen? Darum ging es doch in dem ganzen Gespräch!«

»Das bringt Stevie in größere Gefahr.« Jack streckte seine Hände aus. »Dann wird es die Königin noch mehr auf sie absehen.«

Ich runzelte die Stirn. Ich musste etwas übersehen haben. »Aber warum? Die Leute der Königin kamen her und gingen, weil sie dachten, sie hätten sie getötet.«

»Sie könnten merken, dass sie keinen Erfolg hatten und zurückkommen.« Jack rutschte nervös hin und her, als würde er keine bequeme Position finden.

Er benimmt sich seltsam, sagte Bodey zu mir, bevor er sich räusperte und sich an die anderen wandte. »Nun, wenn wir nur mit der Königin telefonieren, könnten wir lügen und sagen, dass Stevie uns die Nummer gegeben hat, bevor sie getötet wurde, da Callie ihre Schwester ist. Sowas in der Art.«

»Oh, ja.« Jack verschränkte die Hände hinter dem Kopf. »Gute Idee.«

Stevie starrte ihn an, ihre Wangen erröteten.

Ich bin mir ziemlich sicher, dass die beiden Schicksalsgefährten sind, sagte ich, immer noch ein wenig schockiert von der Enthüllung. Obwohl es Schicksalsgefährten gab, waren sie nicht sehr häufig. Die meisten Personen wählten einfach einen Gefährten, weil es keine Garantie dafür gab, dass sie ihren Seelenverwandten jemals finden würden. Ich hatte angenommen, dass Miles und Stella und Bodey und ich Ausnahmen waren, aber vielleicht war diese Verbindung doch nicht so selten, wie ich gedacht hatte.

»Ich hasse es, das jetzt zu erwähnen zu müssen.« Janet wippte auf ihren Füßen. »Aber wenn wir wollen, dass die Königin weiterhin glaubt, dass Stevie tot ist, bedeutet das, dass sie hierbleiben muss.«

Mir stockte der Atem und Stevie sah Janet mit offenem Mund an.

»Ich kann also nicht nach Hause, damit die Königin nicht erfährt, dass ich noch lebe?« Stevie lachte bitter auf. »Das wird ja immer besser und besser.«

»Das Beste, was wir machen können, ist, Kontakt mit ihr aufzunehmen und etwas in die Wege zu leiten. Wenn wir sie erst einmal dazu gebracht haben, sich zurückzuziehen, dann sollte es kein Problem für dich sein, zu deiner Familie und deinem Rudel zurückzukehren.« Phil lächelte traurig.

Samuel schnappte sich sein Handy vom Tisch. »Wie lautet ihre Nummer?«

»Ihre Nummer ...«, begann Stevie.

Doch Michael hob einen Finger. »Warte. Callie muss diejenige sein, die sie anruft.«

Samuel senkte sein Handy und spannte sich an. »Warum? Kel denkt, dass ich der König bin.«

»Ihre Wölfe haben Callies Markierung gesehen.« Bodey kniff sich in den Nasenrücken. »Sie war auf Callies Fell zu sehen, und diese Information haben sie sicher an die Königin weitergegeben.«

Ich atmete aus und fragte mich erneut, ob ich an diesem Tag auf Stevie hätte hören und nicht zur Krönung gehen sollen. Aber wenn niemand markiert worden wäre, hätten wir jetzt vielleicht noch größere Probleme.

»Gutes Argument.« Samuel legte das Handy zurück auf die Insel. Dann nickte er in Richtung meines Handys, das ebenfalls auf der Kücheninsel lag. »Janet hat alle Handys aus dem Auto geholt, als sie Bodeys Wagen in die Garage gefahren hat.«

»Hier.« Phil warf mir das Handy über die Couch zu.

Ich fing es auf und entsperrte es. Ich wollte diesen Anruf auf keinen Fall allein tätigen. »Ich stelle auf Lautsprecher, damit alle hören können, was sie zu sagen hat.«

Samuel stieß sich von der Insel ab und kam ins Arbeitszimmer. »Ich denke, das ist eine gute Idee.«

Plötzlich legte Bodey seine Hand auf meine, in der ich mein Handy hielt. »Sollen wir sie wirklich von deinem Handy aus anrufen?«

»Sie wird mit der Person sprechen wollen, die die Verantwortung hat.« Michael schürzte die Lippen. »Und sie will sicher in der Lage sein, sie bei Bedarf direkt zu kontaktieren.«

Es wird schon gut gehen. Ich bin doch ohnehin immer in deiner Nähe. Wenn sie anruft, wirst du es sofort erfahren.

Obwohl ich eigentlich nicht wollte, dass Königin Kel mich einfach so kontaktieren konnte, war das der Sinn des ganzen Plans. Wir mussten miteinander reden.

Seine Finger streichelten meinen Rücken. *Gut, wir sollten keine Geheimnisse voreinander haben.*

Bringen wir es einfach hinter uns. Ich wusste nicht, was ich der Königin sagen sollte, aber eines war sicher – hier zu stehen und sich zu fürchten, würde den Anruf nur noch schlimmer machen. »Wie lautet ihre Nummer?«

Stevie rieb sich die Stirn und ratterte sie dann herunter.

Nachdem ich die Nummer eingegeben hatte, drückte ich auf Anrufen und stellte das Handy auf Lautsprecher. Mein Puls raste, und meine Haut wurde heiß.

Ich bin genau hier, versicherte Bodey mir über unsere Verbindung, als er meine Hand ergriff. Er stand vor mir und sah mir direkt in die Augen. *Du hast nichts zu befürchten.*

Unsere Verbindung erwachte zum Leben, und ein Teil meiner Panik ließ nach, was die Enge in meiner Brust löste.

Als das Freizeichen ertönte, sahen wir uns alle gegenseitig an. Aus irgendeinem Grund hatte ich erwartet, dass die Königin sofort abheben würde.

Nach dem vierten Klingeln erwartete ich, zur Mailbox weitergeleitet zu werden. Ich war gleichermaßen erleichtert und erschrocken, da dies unser einziger Plan war, aber gerade als ich den Anruf beenden wollte, nahm jemand ab.

»Hallo.« Eine starke, klare Frauenstimme meldete sich am anderen Ende der Leitung.

Ein Kloß bildete sich in meinem Hals, und ich konnte die richtigen Worte nicht finden.

Bodey schenkte mir durch unsere Verbindung etwas Ruhe und erlaubte mir endlich, *irgendetwas* zu sagen. »Hi.«

Ich zuckte zusammen. Okay, vielleicht wäre es besser gewesen, nichts zu sagen.

»Ich glaube, Sie haben ...«

Sie war kurz davor, aufzulegen. Ich atmete ein und versuchte, meinen Kopf erhoben zu halten. »Spricht dort Königin Kel aus dem Südwest-Territorium?«, unterbrach ich sie. Das Einzige, was ich mit Sicherheit wusste, war, dass ich sie nicht Eure Hoheit oder Eure Majestät nennen wollte.

Eine kurze Pause informierte mich darüber, dass ich sie überrumpelt hatte. »Ja. Ich nehme an, ich habe das Vergnügen, mit der Thronfolgerin des Nordwest-Territoriums zu sprechen.«

Mein Magen kribbelte. Vielleicht hätte ich sie nicht Königin nennen sollen. Verdammt, Samuel hätte mit ihr sprechen sollen. Da ich nicht wollte, dass sie von meinem inneren Aufruhr erfuhr, umklammerte ich das Handy fester. »Ja, hier ist *Königin* Callie.«

»Ah. Die Unwissenheit der Jugend.« Sie kicherte leise. »Das sind Tage, die ich definitiv nicht vermisse.«

Lass dich nicht von ihr ärgern, sagte Samuel, während er auf mich zukam.

Das war natürlich überhaupt kein Problem, denn natürlich war es noch nicht genug Druck, in meinen ersten vierundzwanzig Stunden in dieser Rolle mit einem sadistischen Miststück über den Frieden zu verhandeln. Jetzt musste ich auch noch damit fertig werden, dass die Königin versuchte, mich zu provozieren. Verdammt, ich war schon wütend gewesen, bevor sie überhaupt den verdammten Hörer abgenommen hatte. »Ich bin mir nicht sicher, was du damit meinst.«

»Nun, jeder neue Herrscher hat es in der Übergangsphase schwer. Diese Position kommt mit einer großen Verantwortung. Selbst diejenigen, die ihr ganzes Leben lang darauf vorbereitet wurden, haben damit zu kämpfen, wie überwältigend das sein kann. Glaub mir. Ich weiß, wovon ich spreche.«

Meine Knie begannen zu zittern. Ich ahnte, in welche Richtung das Gespräch führen würde.

»Aber für eine so überraschende Thronfolgerin wir dich … wenn alle so schockiert waren, wie meine Wölfe es beschrieben haben, sind das sehr wichtige Informationen für mich.« Sie hielt inne.

Sag nichts, riet mir Michael, der sich nun mit Bodey und mir verbunden hatte. *Sie will, dass du nachfragst.*

Die Königin machte ein schnalzendes Geräusch. Auch wenn ich ihr nicht antwortete, würde sie reden. Das war eine Show, die ich nicht kontrollieren konnte, und sie hatte *recht.* Ich war auf das Regieren nicht vorbereitet.

»Dein Anspruch ist schwach, und deine Rudel werden deine Führung infrage stellen.« Sie seufzte, als ob sie die Last mit mir teilte. »Ich kann mir nur vorstellen, was du für einen Druck verspürst. Die Erbin, die niemand will, mit dem Bruder, der sein halbes Leben erwartet hat, die Krone zu tragen, die du ihm gestohlen hast. Eine ziemlich verzwickte Situation.«

Meine Wölfin knurrte in meinem Kopf und weigerte sich, ruhig zu bleiben. »Ich weiß deine Anteilnahme wirklich zu schätzen, aber vergib mir, wenn es mich einen Scheiß interessiert, da deine Wölfe meine *Schwester* angegriffen und zum Sterben zurückgelassen haben. Hätte sie mir nicht bereits deine Nummer gegeben, würden wir jetzt nicht einmal dieses *nette* Gespräch führen.«

Jack atmete aus und rollte die Schultern zurück, als wäre er erleichtert, dass ich diese Lüge endlich über die Lippen bekommen hätte.

»Ah, vielleicht hast du ja doch ein bisschen Biss. Ich war mir offen gestanden nicht sicher, als deine Schwester zu mir kam und mich anflehte, ihre Familie zu retten, zu der du ja irgendwie gehörst. Eine Königin, die nicht in der Lage war, sich zu verwandeln und eine Rudelverbindung herzustellen ... das klingt seltsam. Vielleicht hatte dein *Gefährte* etwas damit zu tun? Wie geht es ihm denn eigentlich?«

Bodeys Hände ballten sich zu Fäusten, und er biss die Zähne zusammen.

Die Schlampe hatte gerade meinen Gefährten bedroht. »Hör zu, ich habe dich nicht angerufen, damit du mich über Dinge informierst, die ich bereits weiß.« Ich lachte bitter und wusste, dass ich mich ganz sicher nicht königlich benahm. »Ich will nur wissen, ob du bereit bist, dich zu treffen, um über einen Waffenstillstand zwischen unseren Territorien zu verhandeln.«

Königin Kel lachte, und Lucas und Miles zuckten zusammen. »Warum in aller Welt sollte ich dem zustimmen?«

»Weil auf beiden Seiten Leute sterben.« Ich konnte die Bitterkeit in meinen Worten nicht zurückhalten. »Wenn wir weiterkämpfen, werden wir beide noch mehr Wölfe verlieren. Ich nehme an, dass du das genauso wenig willst wie ich.«

»Lass mich dir einen Rat geben, *Callie*.« Der Ton der Königin wurde herablassend. »Ich spreche nur mit dir, weil ich gehofft hatte, dass wir zu einer gemeinsamen Einsicht kommen könnten. Das ist der *einzige* Grund. Du bist nicht in der Lage, gegen mich zu kämpfen, also gebe ich dir hiermit die letzte Chance, dich mir zu unterwerfen.«

Diese Frau hatte Mut. Das musste ich ihr zugestehen. »Ich bin gespannt, was passiert, wenn deine und meine Leute erfahren, dass ich um ein Treffen mit dir gebeten habe, um diesen Konflikt friedlich zu beenden.« Diesmal war ich diejenige, die mit der Zunge schnalzte. »Auch auf deiner Seite hat es Tote gegeben, aber vielleicht kümmerst du dich einfach nicht um dein Volk. Vielleicht sind dir deine Wölfe egal. Es ist schon komisch, was zum Beispiel ein aufgezeichnetes Telefongespräch in der öffentlichen Wahrnehmung bewirken kann.«

Sie keuchte. »Das würdest du nicht wagen.«

»Finde es doch heraus.« Ich betete zu den Göttern, dass sie meinen Bluff nicht durchschaute, denn ich hatte *nichts*. Das war nur eine große Lüge, um sie dazu zu bringen, uns nicht mehr anzugreifen. »Wie du ja weißt, bin ich noch jung und junge Leute kennen sich bestens mit Technik aus.«

Bodeys Stolz schwappte durch unsere Verbindung auf mich über.

»Was willst du?«, zischte sie.

»Das, worum ich vorhin gebeten habe.« Ich versuchte, meine Stimme ruhig und gelassen zu halten, aber ich konnte das Zittern in ihr hören. »Ich würde mich gerne mit dir treffen und einen Weg finden, unsere Probleme ohne weitere Kämpfe zu lösen.«

»Das nennt man Parley«, erwiderte sie herablassend. »Schick mir Zeit und Ort, und ich werde darüber nachdenken. Bis dahin rufst du nur an, wenn du bereit bist, die Konsequenzen zu tragen.« Die Leitung war tot.

Hat sie aufgelegt?, fragte Lucas und seine Augen funkelten.

Ich nickte, unfähig, eine Gedankenverbindung herzustellen oder zu sprechen. Erschöpft ließ ich meine Schultern sinken.

Du warst unglaublich. Bodey zog mich in seine Arme und kraulte meinen Nacken. *Und so verdammt sexy.*

Unglaublich war vielleicht etwas übertrieben, aber ich wollte das Kompliment, das er mir machen wollte, nicht zurückweisen. »Ich habe sie verärgert.« Ich zuckte zusammen. »Was, glaube ich, nicht der Sinn der Sache war.«

»Das hast du gut gemacht«, beruhigte mich Michael. »Du hast sie quasi gezwungen, zuzustimmen, obwohl sie das gar nicht vorhatte. Das schaffen nicht viele Leute.«

Ich war mir da nicht so sicher. Ich lehnte mich an Bodey und es fühlte sich gut an, Geborgenheit bei ihm zu finden. Der Stress von allem holte mich langsam ein.

»Jetzt müssen wir warten.« Bodey zog mich an sich, während er fortfuhr: »Stevie sollte sich nach der Tortur, die sie durchgemacht hat, etwas ausruhen, und meine Gefährtin und ich brauchen ebenfalls ein kurzes Nickerchen.«

»Gute Idee.« Phil gähnte. »Wir können uns zum Abendessen wiedertreffen und unsere weiteren Schritte planen.«

Das hörte sich für mich mehr als gut an.

Alle standen auf, bis auf Jack, der neben Stevie auf der Couch blieb. Samuel starrte die beiden an, als Bodey begann, mich den Flur hinunter zur Treppe und zu unserem Zimmer zu führen.

Als mein Gefährte an Samuel vorbeikam, klopfte er ihm auf die Schulter. *Geh dich ausruhen.*

Jemand sollte ein Auge auf Stevie haben. Samuel runzelte die Stirn.

Ich wollte ihm sagen, dass Stevie nicht mehr bewacht werden musste, aber wenn ich an seiner Stelle wäre, würde ich meiner Schwester vermutlich auch nicht trauen. *Jack wird in ihrer Nähe bleiben.*

»Bleibst du hier?«, fragte Samuel Jack direkt.

»Ja, ich denke, ich werde dafür sorgen, dass keiner der Lakaien der Königin zurückkommt, während ihr alle schlaft.« Jack zuckte mit den Schultern. »Jetzt, wo die Königin, der König und der Thronfolger alle in einem Haus leben.«

Seht ihr? Ich zerrte an Samuels Arm und forderte ihn auf, uns nach oben zu folgen. *Niemandem wird etwas passieren.*

Er zuckte, immer noch wund von seinen Verletzungen, aber gab kurz darauf nach, und wir drei gingen in unsere Zimmer. In unserem Zimmer angekommen, schloss Bodey die Tür und verriegelte sie.

Ohne zu zögern kroch ich ins Bett, und schon bald schlüpfte er neben mir unter die Decke. Seine Hände glitten unter mein Shirt, und er schmiegte sich an mich.

Unsere Verbindung brodelte, als die Hitze von vorhin uns durchflutete. Ich drückte mich an ihn und wollte unbedingt, dass er mich berührte.

Nachdem ich gespürt hatte, wie sehr er gelitten hatte, gefolgt von unserem Streit und all dem, was gerade unten passiert war, musste ich mich wieder mit ihm verbinden.

Er knurrte, als eine seiner Hände in die Boxershorts wanderte, die ich trug, während die andere meine Brust umfasste. Mein Atem stockte, als seine Finger zwischen meine Falten glitten und ich mich erneut gegen ihn streckte.

Ich liebe es, wie du auf mich reagierst, sagte er, während seine Finger in mich eindrangen und er seine Lippen auf meinen Hals drückte. Seine andere Hand streichelte meine Brustwarze, was dazu führte, dass sich das Summen zwischen uns verstärkte und meinen Kopf vernebelte.

Sein Daumen rieb sanfte Kreise über meinen Kitzler, während er seine Finger rein und raus bewegte. Dazu kam das wunderbare Kratzen seiner Zähne und innerhalb weniger Minuten konnte ich keinen klaren Gedanken mehr fassen.

»Bodey, ich muss dich berühren«, flehte ich.

»Nein. Das hier ist deine Belohnung dafür, dass du vorhin einen kühlen Kopf bewahrt hast.« Er kicherte, während er in meinen Nacken biss.

Ein Orgasmus durchzuckte mich, und er hielt mich fest und bearbeitete meinen Körper weiter. Als ich zitterte, ließ er mich los und rollte mich auf den Rücken.

Dann zog er mich langsam aus und strich mit seinen Händen über meine Haut. Wo immer er mich berührte, bekam ich eine Gänsehaut. Als ich nackt vor ihm lag, leuchteten seine Augen und nahmen jeden Zentimeter von mir in sich auf. *Du bist so verdammt schön.*

Hm. Ich tippte mir ans Kinn und lächelte. *Ich frage mich, ob du es auch bist. Das kann ich gar nicht sagen, bei all dem Stoff, der dich verdeckt.*

Er lachte, das Geräusch war besser als jedes Lied, das ich je gehört hatte, und zog sich dann schnell aus. *Ist das so besser?*

Etwas, sagte ich neckend und nahm jeden Zentimeter von ihm in Augenschein – sein Sixpack, seine muskulöse Brust und die schmale Haarspur, die zu meiner liebsten Körperstelle führte.

Hey, meine Augen sind hier oben. Als ich aufsah, zwinkerte er mir zu.

Das sind sie. Es fiel mir so leicht, mich in dem Indigoblau seiner Augen zu verlieren. Sie ließen mich in seine Seele blicken, und seine langen Wimpern und kantigen Wangenknochen waren die Kirsche auf dem Eisbecher. Ich küsste ihn, und er knurrte, als er sich zwischen meine Beine schob und gegen meinen Eingang presste.

Schnell bewegte ich meine Hüften, um ihm dabei zu helfen, mit einem schnellen Stoß in mich einzudringen und mich auszufüllen.

Er zischte. *Ich wünschte, wir müssten nie aufhören.*

Klingt nach einem guten Wunsch. Meine Hände gruben sich in seinen Rücken und trieben ihn an, schneller zu werden.

Ich schlang meine Beine um seine Taille und genoss es, wie sich unsere Körper im selben Rhythmus bewegten. Ich spürte, wie sich meine Lust in mir zusammenbraute, aber ich war noch nicht bereit, zu kommen. »Leg dich auf den Rücken.«

Sofort hob er mich hoch und legte sich unter mich, sodass ich mit gespreizten Beinen auf ihm saß. Ich warf meinen Kopf zurück, als er meine Brüste umfasste, was die Lust, die sich in meinem Körper aufbaute, noch steigerte.

Ich ritt ihn wie verzweifelt, die Empfindungen waren noch intensiver als je zuvor. Seine Hände umklammerten meine Hüften, als er versuchte, noch tiefer zu stoßen. Sein Körper bebte, und ich spürte, wie sein Orgasmus immer näherkam.

Meine Wölfin heulte, und ich beugte mich vor, biss in seinen Nacken und beanspruchte ihn erneut, während meine Lust unsere Verbindung überflutete. Unsere Glückseligkeit verschmolz, als unsere Liebe füreinander zwischen uns brodelte. Er stöhnte auf, und mein Körper folgte seinem in die Ekstase.

Als wir zum Stillstand kamen, zog er mich an sich ... in seine Arme.

Bei allen Göttern, ich bin so glücklich, dass du mir gehörst, sagte er, als mir die Augenlider zufielen und ich in einen tiefen Schlaf verfiel.

AM NÄCHSTEN TAG fand ich Stevie allein auf der Terrasse, auf der Samuel und ich uns das erste Mal begegnet waren. Sie saß auf einem der Adirondack-Stühle mit Blick auf die Straße der Siedlung, und zum ersten Mal in meinem Leben hielt meine Hand an der Tür inne, anstatt sie zu öffnen.

Ich war mir nicht sicher, ob sie mit mir sprechen wollte ... nicht nachdem, wie wir gestern auseinandergegangen waren.

Normalerweise war sie nicht nachtragend, aber sie war wegen meiner Entscheidungen fast gestorben.

Ich atmete einmal tief durch und richtete meine Schultern auf. Wenn ich Königin werden wollte, sollte ich in der Lage sein, mit meiner eigenen Schwester zu reden. Also schob ich meine Nervosität beiseite ... und öffnete die Tür.

Sobald sich die Tür öffnete, drehte Stevie ihren Kopf in meine Richtung. Als sich unsere Blicke trafen, lächelte sie weder, noch runzelte sie die Stirn, was mich verunsicherte.

Kurzzeitig kam es mir so vor, als wären wir Fremde. Es war eindeutig, dass wir uns in der Nähe der anderen momentan nicht wohlfühlten.

Ich *hasste* das. Stevie und Theo waren früher meine einzigen beiden Konstanten gewesen, sie in vielerlei Hinsicht mehr als er, da wir uns sogar ein Zimmer geteilt hatten. Das war ein Grund, warum wir uns so nahe standen – wir hatten viel Zeit allein miteinander verbracht.

Natürlich hatte es auch in unserer Kindheit viele Ausein-andersetzungen gegeben, aber keine, die auch nur annähernd mit *dieser* vergleichbar gewesen wäre.

Ich setzte mich auf den Stuhl, der der Tür am nächsten stand, da sie denjenigen genommen hatte, der dem Zimmer, in dem sie wohnte, am nächsten lag – dem Zimmer, in dem ich geschlafen hatte, als ich das erste Mal hier ankam.

Sie zog ihre Knie hoch und drückte sie an ihre Brust.

Wenigstens hatte sie jetzt ihre eigenen Kleider. Ich hoffte, dass sie sich dadurch ein wenig wohler fühlte.

Während sie an den Ärmeln ihres dünnen schwarzen Baumwollpullovers zupfte, zappelte ich herum und versuchte, eine bequeme Position zu finden. Dabei fiel mir mein fuchsiafarbenes Oberteil ins Auge, und ich lächelte traurig. Normalerweise würde ich eine Bemerkung über unseren völlig entgegengesetzten Farbgeschmack machen. Stevie sagte immer, dass unsere Lieblingsfarben unsere Persönlichkeiten widerspiegelten. Ich, die Wölfin, die ihren Mund nicht halten und sich nicht unterordnen wollte und deren Schwäche und Bissigkeit ein gefundenes Fressen für Charles und die anderen gewesen war und Stevie, die Ruhige, die alles in sich aufnahm und in sich hineinfraß. Darüber hatten wir schon als Kinder Witze gemacht, aber jetzt war ich nicht in der Stimmung für Witze. Ich war mir nicht sicher, was ich sagen konnte und was nicht, jetzt, wo unsere Beziehung so angespannt war.

Vor allem, weil die Witze nicht lustig waren ... nicht mehr. Durch mein überraschendes Erbe und die Konsequenzen, die es mit sich brachte, und ihrem Versuch unsere Familie zu schützen, schien es, als hätten wir uns verändert.

»Stevie ...«, begann ich, weil ich wusste, dass ich *etwas* sagen musste.

Sie hob eine Hand. »Bitte sag nichts.«

Sofort verließ mich jegliche Hoffnung.

Als sie sich mir zuwandte, war die Wärme in ihren Augen zurückgekehrt. »Ich verstehe, warum du getan hast, was du getan hast.« Sie stützte ihr Kinn auf die Knie, der Wind fing die losen Strähnen ihres aschblonden Haares ein, die ihr aus dem Zopf gefallen waren, und spielte damit. »Und ich weiß, dass du nicht wolltest, dass ich verletzt werde.«

Gott sei Dank. »Natürlich nicht.« Ich fasste mir an die

Brust, als meine Kehle sich verengte. »Hätte ich gewusst ...« Ich hielt inne, der Kloß war so groß, dass ich kaum atmen, geschweige denn sprechen konnte. »Bei allen Göttern, ich wünschte, ich wäre an deiner Stelle überfallen worden.«

»Sag das nicht.« Sie runzelte die Stirn, ihre Augen funkelten. »Du hast schon genug Mist durchgemacht, hab jetzt bitte nicht auch noch Schuldgefühle. Du bist gerade erst mit deiner Wölfin vereint, ganz zu schweigen davon, dass du jetzt *Königin* bist und dich *gepaart* hast. Ich habe gestern gesehen, wie sehr es dich mitgenommen hat, als alle Augen auf dich gerichtet waren, und es war falsch von mir, so grausam zu sein.«

Ich hob meine Augenbrauen. »Das mag stimmen, aber das ist trotzdem keine Entschuldigung. Ich habe diese Entscheidung trotzdem getroffen, und es war eine schreckliche Entscheidung.« Sie würde mich für den Rest meines Lebens verfolgen. Ich hatte meine Schwester schutzlos zurückgelassen, und sie wäre fast gestorben.

Sie verdrehte nur die Augen. »Ich sage nicht, dass ich mit dem, was passiert ist, einverstanden bin. Das bin ich nicht, vor allem, weil einer der Gründe, warum ich so gehandelt habe, der Missbrauch war, den du persönlich von unserem Rudel erfahren hast. Ich habe einfach keine überschüssige Energie, um wütend auf dich zu sein, wenn du mir keinen Schaden zufügen wolltest.«

Ihre Reife machte es irgendwie noch schwieriger. Ich *wollte,* dass sie wütend auf mich war, dass sie mich anschrie, aber wie immer war sie einfach nur vernünftig. Vielleicht hatte sie sich ja doch nicht verändert.

Da sie so ehrlich zu mir war, wollte ich dasselbe tun. »Nach einer Nacht der Ruhe und etwas Zeit, über alles nachzudenken, bin ich zu meiner eigenen Erkenntnis gekommen.« Mein Blick wanderte auf die Straße. Ich wollte nicht sehen, wie sie reagierte. »Wenn ich nicht als Königin markiert und mit Bodey gepaart worden wäre, wäre ich nicht wütend gewesen. Ich wäre enttäuscht gewesen, dass du die Last nicht mit mir geteilt hast, damit wir gemeinsam eine Lösung hätten finden können, aber ich hätte mich dennoch geliebt gefühlt. Du warst bereit, so viel zu riskieren, um uns zu retten.«

»Aber du *hast* dich gepaart und *wurdest* als unsere Königin markiert, und das kann niemand mehr rückgängig machen«, sagte sie traurig. »Keiner von uns kann das, und du musst zuerst an alle Gestaltwandler in unserem Territorium als Ganzes denken, nicht an deine Schwester.«

Ein Teil von mir wollte den Kopf hängen lassen, aber meine Wölfin sprang vor und zwang mich, mein Kinn zu heben. Wir durften keine Schwäche zeigen, nicht, wenn es um unsere Position ging. »Ich würde gerne sagen, dass ich beides kann, aber Stevie, ich weiß es einfach nicht.« Ich drehte meinen Körper so, dass ich ihr zugewandt war, und fuhr fort: »Aber es gibt ein paar Sachen, die ich weiß, und eine davon würde ich gerne mit dir teilen.«

Sie zog überrascht eine Augenbraue hoch. »Und was?«

»Dass du meine Schwester bist und ich dich liebe.« Ich zerrte an der Rudelverbindung zwischen uns beiden und hoffte, dass sie die Aufrichtigkeit meiner Worte spüren konnte. »Und ich will *nicht,* dass du jemals wieder so verletzt wirst. Ich hoffe nur, dass wir die Kluft, die zwischen uns entstanden ist, überbrücken können.«

»Callie.« Sie beugte sich vor und nahm meine Hand. »Es gibt keine Kluft zu überbrücken. Ich empfinde dasselbe für dich wie vorher, und es bräuchte viel mehr, um dauerhaft zwischen uns zu kommen. Natürlich hat sich einiges verändert. Du und Bodey seid Gefährten und du bist *Königin* und als ob das nicht schon genug wäre, will *mich* Königin Kel jetzt auch noch tot sehen.« Sie schnaubte und schüttelte den Kopf.

»Wer hätte gedacht, dass du und ich, die beiden rangniedrigsten Mitglieder unseres Rudels, auf der Abschussliste einer Königin landen würden oder dass eine von uns aufgrund ihres Geburtsrechts selbst eine Königin ist?«

»Wir sollten auf jeden Fall einen Song darüber schreiben.« Ich kicherte. »Ich kann mir nicht vorstellen, dass es bereits einen Song über dieses Thema gibt.«

»Du schreibst, ich singe.« Sie zwinkerte.

Ich zwang mich, meine Augen zu weiten. »Niemals. Mit deiner Stimme würden wir niemals auch nur eine Single verkaufen.«

Sie streckte mir die Zunge heraus, aber sie beugte sich lachend vor. »Miststück.«

Obwohl ich sie liebte, konnte Stevie tatsächlich überhaupt nicht singen. Ich lehnte mich zurück, schloss die Augen und genoss die kühle Brise auf meinen Wangen. »Haben wir nicht immer gesagt, dass wir ein anderes Leben wollen?«

»Ich bin mir ziemlich sicher, dass keine von uns das *so* gemeint hat.« Sie hielt inne. »Aber hey, du bist *Königin*. Das ist ziemlich cool. Du kannst Leuten helfen, die in unserer Situation stecken.«

Das war ein hochgestecktes Ziel. »Allerdings bin ich eine Königin, die nicht weiß, was sie tut, *und* ich kann mich an nichts erinnern. Ich bin mir nicht sicher, ob das Schicksal mir nicht wieder nur einen Streich spielt.«

»Was hat Zeke gesagt, als du gestern dort warst?«

Ich öffnete meine Augen und biss die Zähne zusammen. »Er hat zugegeben, dass er die ganze Zeit über wusste, wer ich bin. Er hat nicht gelogen, aber gleichzeitig hat er auch gesagt, dass er nicht derjenige war, der mich verzaubert hat.«

»Nun, ja. Er ist keine Hexe.« Sie neigte den Kopf zur Seite.

Verdammt, dieser hinterhältige Mistkerl. Er hatte seine

Worte sorgfältig gewählt, und ich hatte es leider nicht bemerkt. »Nein, das ist er nicht.« Ich schlug mir den Kopf an der Stuhllehne an. »Siehst du! Deshalb *brauche* ich dich.«

Mit ihr darüber zu reden, war genau das, was ich gebraucht hatte. Nicht, dass ich nicht mit Bodey oder sogar Samuel hätte reden können, aber Stevie kannte Zeke genauso gut wie ich. Sie wusste, wie bösartig und rachsüchtig er wirklich war, während Bodey und die anderen mit ihm auf Augenhöhe umgegangen waren. Nicht nur das, sie waren auch mit dem Wissen aufgewachsen. Stevie und ich hatten eine ganz andere Sichtweise auf ihn als der Rest von ihnen.

Vor siebzehn Jahren hatte die kindliche Version von mir gewusst, dass ich eines Tages hier sein würde, aber die Person, zu der ich geworden war, als meine Erinnerungen gelöscht wurden, hatte das nicht. Bodey und die anderen Berater hatten keine Ahnung, wie es war, ein schwacher Wolf zu sein, gequält zu werden und dann in die höchstmögliche Position mit einem von Geburt an ausgebildeten und sehr erfahrenen Beraterstab zu kommen.

»Ich bitte dich.« Sie schnaubte. »Ich habe immer gewusst, dass du etwas Einzigartiges an dir hast. Du hast nie wirklich jemanden *gebraucht*. Du hast so viel Scheiße überlebt, zum Beispiel als Pearl und die anderen dich angegriffen haben. Du bist eine Überlebenskünstlerin, und du wirst das schon schaffen.«

Ich rieb mir die Schläfen, küsste dann meine Finger und hielt sie ihr entgegen. Sie hatte so gute Absichten, aber sie konnte die Dinge nicht aus meiner Perspektive sehen. »Genau das ist mein Punkt. Bis vor zwei Tagen musste ich mich nur darum kümmern, dass *ich* überlebe, und heute mache ich mir Sorgen, wie ich *zehntausend* Wolfswandler beschützen kann. Woher soll ich wissen, wie ich das anstellen soll?« Meine Brust zog sich zusammen und ich wurde panisch. »Samuel war derjenige, der darauf vorbereitet war. Nicht ich.«

»Wir wissen beide, dass das Schicksal ein Miststück ist, also sollte das keine Überraschung sein.« Sie zuckte mit den Schultern. »Das ist alles, was ich dazu sagen kann.«

Wir beide hatten das Schicksal verflucht, so lange ich denken konnte. Ich ließ meine Hände in meinen Schoß fallen. »Vielleicht ist das die Art vom Schicksal, sich an mir zu rächen, auch wenn Bodey definitiv *keine* Strafe ist.« Ich warf ihr einen Blick zu und grinste. »Und ich bin mir sicher, dass du genauso über Jack denkst.«

Ihre Füße rutschten vom Stuhl und schlugen gegen den Holzboden. »Ich weiß nicht, was du meinst.« Ihre Stimme klang höher als sonst.

Ich wölbte eine Augenbraue. »Wenn er dich berührt, spürst du dann ein Kribbeln oder eine Art Schock? Und ich meine kein schwaches Kribbeln, sondern eine wirklich körperliche Reaktion, fast wie ein Stromschlag, aber viel besser?«

Stevie starrte mich mit großen Augen und offenem Mund an. »Ich dachte schon, ich sei verrückt. Ja, das kommt vor. Woher weißt du das?«

Ein ähnliches Kribbeln schoss jetzt durch meinen Körper. Ich war so verdammt glücklich, dass Stevie einen Schicksalsgefährten hatte und dass es Jack war. »Weil er dein Schicksalsgefährte ist.«

»Warte. Was?« Sie schüttelte verwirrt den Kopf. »Woher weißt du das?«

»Erstens habe ich deine Reaktion vorhin auf dem Sofa bemerkt, als er dich berührt hat, und zweitens passiert das, wenn Bodey und ich uns berühren. Dasselbe gilt für Stella und Miles.«

Sie war nun vollkommen blass. »Willst du mir damit

sagen, dass mein Schicksalsgefährte ein königlicher Berater und Alpha ist?«

»Das ist genau das, was ich damit sagen will.« Ich zuckte mit den Schultern und versuchte, mein Lachen über ihr Erstaunen zu unterdrücken. »Vielleicht ist das Schicksal ja doch nicht so ein Miststück. Wenigstens hat sie gute Männer für uns ausgesucht.«

»Nein! Das ist grausam.« Sie verschränkte die Arme vor der Brust und verzog das Gesicht. »Er kann nicht mit jemandem wie mir zusammen sein. Zum Teufel, das würde er auch gar nicht wollen. Ich bin schwach ... ein Niemand.«

Jetzt wurde ich wirklich wütend. »Erstens, du bist nicht *niemand*. Stevie, du bist eine süße, lustige, treue und schöne Frau.« Ich hasste es, wenn sie so über sich selbst sprach. »Und zweitens, wenn ihr beide zusammen sein wollt, dann ist das überhaupt kein Problem. Jack ist witzig, loyal und manchmal auch etwas laut, und spielt anderen gern harmlose Streiche. Ihr zwei gleicht euch vollkommen aus.«

»Aber ...«, begann sie, als Bodey sich gedanklich mit mir verband.

Ich hob einen Finger, um sie zu bitten, zu warten. *Ich störe dich ja nur ungern bei deinem Gespräch mit deiner Schwester, aber du hast eine Nachricht von der Königin.*

In diesem Moment schien die Welt stillzustehen. *Was sagt sie? Lass uns die anderen einbinden, damit sie es auch hören können.*

Stevie sah mich an, ihre Hände umklammerten die Armlehnen des Stuhls. »Was ist los?«

»Die Königin hat uns eine Nachricht geschickt.« Ich wollte sie nicht ignorieren, aber gleichzeitig war dies eine dringende Angelegenheit. »Es tut mir leid, aber ich muss reingehen.«

Sie nickte, als ich aufstand und das Haus betrat. Bodey

lud Samuel, Lucas, Miles, Jack, Zeke und die Väter zu unserer Gedankenverbindung ein.

Ich ging in unser Schlafzimmer, wo er auf der Kante des Bettes saß. Er erzählte gerade den anderen von der Nachricht. *Sie will sich in drei Tagen in McDermitt, Nevada treffen. Um vier Uhr nachmittags. Wir werden uns eine Stunde vor unserer Ankunft auf einen genauen Ort einigen.*

Obwohl sich dies wie ein Sieg anfühlen sollte, pochte mein Herz laut in meinen Ohren.

Das sind großartige Neuigkeiten, antwortete Samuel. *Sie hat unserer Bitte nachgegeben.*

Ich schnaubte, woraufhin Bodey vom Handy aufsah und mir in die Augen blickte. »Was ist los?«

»Sind das *wirklich* gute Nachrichten?« Ich zupfte an meinen Haarspitzen. »Ich weiß es nicht mehr.«

Bodeys Gesicht wurde sanfter. »Natürlich. Wir brauchen Zeit, uns neu zu formieren, und jetzt haben wir sie.«

Aus irgendeinem Grund war ich mir dessen nicht so sicher.

***

DIE NÄCHSTEN ZWEI Tage vergingen wie im Flug. Die ersten beiden Hexen, die mich aufsuchten, waren aus Montana und Washington. Ihre Hexenzirkel unterstützten Lucas' und Jacks Rudel, aber leider war keine von ihnen besonders hilfreich. Sie erkannten die Essenz des Zaubers nicht, der immer noch meine Erinnerungen unterdrückte.

Ich packte gerade eine Tasche für die zwei Nächte, die wir in McDermitt verbringen würden. Die Fahrt von unserem Haus in Grangeville dorthin würde etwa sieben Stunden dauern, und wir wollten sichergehen, dass wir genug

Zeit hatten, um die Gegend auszukundschaften, für den Fall, dass die Königin einen Hinterhalt plante.

Was haben dir deine Klamotten denn getan?, stichelte Bodey, aber seine Laune war nicht viel besser als meine.

Ich wandte mich von der Kommode ab und blickte auf die schwarze Reisetasche, die er bereits gepackt hatte. Ich hätte vermutlich mit einem Scherz antworten sollen, aber dazu fehlt mir einfach die Kraft. »Sie haben mir nicht geantwortet.« Ich schloss die Schublade der Kommode und packte meine Sachen zu Ende ein, dann ging ich zum Bett und ließ mich darauf fallen. »Ich wollte mehr Informationen haben, bevor ich die Königin treffe.«

Bodey ließ seine Tasche vom Bett fallen, legte sich neben mich und nahm meine Hand. »Wir werden schon herausfinden, was sie vorhat«, murmelte er.

Ich rollte mich auf die Seite und starrte ihn an. »Woher weißt du das?« Er strahlte Zuversicht aus, und ich wünschte, ich hätte auch nur einen Funken davon.

Als er jedoch seinen Kopf zu mir drehte, war sein Gesichtsausdruck vielleicht noch angespannter als meiner. Sein selbstbewusstes Auftreten geriet ins Wanken. »Weil es keine andere Möglichkeit gibt.«

»Das ist *nicht* besonders beruhigend.« Ich seufzte und starrte wieder an die Decke.

»Na ja, ich will auch nicht lügen.« Er drückte meine Hand. »Außerdem würdest du es ohnehin erfahren, wenn ich lüge.«

Ich lachte.

»Na siehst du.« Er strahlte. »Das ist eines meiner absoluten Lieblingsgeräusche.«

»Apropos Lieblingsgeräusche …« Ich stand auf und holte seine Gitarre aus der Ecke des Zimmers. Er hatte die letzten beiden Abende für mich gespielt, aber ich bezweifelte, dass wir das Instrument mit nach Nevada nehmen würden. »Willst du noch ein Lied spielen, bevor wir fahren?«

»Aber nur ein Lied, dann müssen wir los.« Er nahm mir die Gitarre ab und schlug einen Akkord an. »Die anderen werden bald aufbrechen wollen.«

Mein Herz verkrampfte sich schmerzhaft. Am liebsten hätte ich hier gesessen und ihm den ganzen Tag beim Spielen zugehört, aber wir hatten eine Aufgabe zu erledigen ... eine Aufgabe, die so viele andere schützen würde. Also nickte ich.

Nach ein paar Akkorden erkannte ich das Lied – ›I'll Stand By You‹ von The Pretenders. Der Text sprach mir direkt aus der Seele. Sein Blick traf meinen, während er sang, als würde er mir erneut versprechen, an meiner Seite zu bleiben, egal welche Entscheidungen ich treffen würde.

Ich hatte nicht einmal erkannt, dass es genau das war, was ich gebraucht hatte. Jedes Mal, wenn wir jemand Neues trafen oder mit einer Situation fertig werden mussten, erdrückte mich die Angst, weil ich nicht wusste, was die richtige Entscheidung war. Ich fühlte mich so verloren, als würde ich ertrinken, aber zu hören, dass Bodey mir beistehen würde, war der Sauerstoff, den ich so dringend zum Atmen brauchte.

Als er aufhörte zu spielen, legte er die Gitarre auf das Bett, ging zu mir hinüber und streichelte mir über die Wangen. Er sah mich besorgt an. »Babe, warum weinst du?«

Ich schniefte. Ich hatte gar nicht bemerkt, dass ich von der Botschaft, die er mir mit diesem Song übermittelt hatte, so berührt worden war. »Ich liebe dich einfach so sehr. Manchmal tut es weh.«

Er lächelte zärtlich. »Aber es ist ein guter Schmerz, richtig?«

Ich nickte. »Der Beste.«

Ich liebe dich auch, sagte er und küsste mich.

Wir sind da, Leute. Jack drängte sich in unsere Gedanken

und ruinierte damit den Moment. Dann hörten wir, wie die Haustür geöffnet wurde.

Bodey spannte sich an und zog sich zurück. »Er hat wirklich das schlechteste Timing.«

Bodey hob unsere beiden Taschen auf, nahm meine Hand und führte mich die Treppe hinunter, wo Samuel, Lucas, Miles und Jack schon auf uns warteten. Die vier Väter waren bei Michael und packten die Autos. Stevie, Stella und die Mütter der drei anderen Berater würden bei Janet wohnen, während wir weg waren. Nach dem Angriff wollten wir, dass sie zusammenblieben, falls etwas während unserer Abwesenheit schiefgehen sollte. Außerdem würden weitere Gestaltwandler in der Gegend patrouillieren.

»Lasst uns gehen«, sagte Bodey, als er die Eingangstür abschloss und uns andeutete, ihm zu folgen.

Als wir zu den Autos gingen, verband ich mich gedanklich mit Jack. *Hast du dich von Stevie verabschiedet?*

Ja, das habe ich. Er lächelte, aber es lag auch eine gewisse Traurigkeit in seinen Augen. *Ich hasse es, sie zu verlassen, besonders wenn sie so sehr darauf besteht, dass sie und ich nicht zusammen sein sollten.*

Hab etwas Geduld mit ihr. Ich tätschelte seinen Arm, als wir uns auf den Weg zur Garage machten. *Wir sind in einem Rudel aufgewachsen, in dem starke Wölfe nicht einmal mit uns reden wollten.*

Das ist wirklich unglaublich schrecklich. Jack sah finster drein. *Mach dir keine Sorgen. Ich werde sie niemals wieder gehen lassen.*

Ich lächelte und freute mich, dass meine Schwester jemanden hatte, der bereit war, um sie zu kämpfen.

Die vier stiegen in Jacks Navigator, während Bodey und ich in seinen Mercedes kletterten. Dann machte sich unsere Gruppe auf den Weg in Richtung Stadt, die Väter hinter uns.

Obwohl wir mit vielen starken Wölfen unterwegs waren, konnten wir nicht riskieren, unsere Leute wieder verwundbar zu machen, vor allem, wenn die Königin irgendwie von Stevies Überleben erfahren würde. Der Plan war, dass die Rudel entlang der Grenzen von Oregon und Idaho helfen würden, falls Königin Kel erneut angriff.

»Mach die Musik an und entspann dich.« Bodey nahm meine Hand, als er auf die Straße fuhr. »Wir haben eine lange Fahrt vor uns.«

Ich wurde vom Klingeln meines Handys geweckt. Müde öffnete ich die Augen. Mein Nacken schmerzte, weil ich im Sitzen eingeschlafen war.

Als ich einen Blick auf das Display warf, erstarrte ich. Der Name von Königin Kel blinkte darauf.

»Wo sind wir?«, fragte ich und versuchte, mich zu orientieren.

»Etwa dreißig Minuten entfernt von einem meiner Rudel, das uns heute Nacht aufnehmen wird«, antwortete Bodey.

Ich hatte fast vergessen, dass wir heute bei einem Rudel an der Staatsgrenze zu Oregon übernachten würden. Morgen früh würde Zeke zu uns stoßen.

Ich nahm den Anruf entgegen und stellte mein Handy auf Lautsprecher. Ich bemerkte, dass es kurz vor sechs Uhr abends war. »Hallo?«

»Hey, Callie.« Die Königin klang arrogant. »Ich tue das nur ungern, aber wir müssen den Plan ändern.«

Sofort stellten sich meine Nackenhaare auf. »Wie meinst du das?«

»Wir müssen uns heute Abend treffen. Ich kann morgen

nicht. Kannst du in zwei Stunden in Split Creek, Nevada, sein?«

Weißt du, wie weit wir davon entfernt sind?, fragte ich Bodey nervös und schluckte. Ich hatte wirklich keine Ahnung.

Sag ihr, dass du in zweieinhalb Stunden da sein kannst, sagte Bodey, während er sich fester ans Lenkrad klammerte. Dann setzte er sich mit den Beratern, ehemaligen Beratern und Samuel in Verbindung und informierte sie über den Stand der Dinge.

Mit klopfendem Herzen holte ich tief Luft.

Warum ändert sie den Treffpunkt?, fragte Samuel. *Das klingt, als hätte sie etwas vor.*

Irgendetwas stimmte nicht, und ich räusperte mich. »Warum die Änderung? Wir sollten uns an unsere ursprüngliche Vereinbarung halten.«

»Obwohl ich nicht die Absicht habe, dir oder jemandem, der dich begleitet, etwas anzutun, hat deine kleine Gruppe so keine Zeit, einen Angriff vorzubereiten.« Die Königin schnaubte, als fiele es ihr schwer, sich zu erklären. »So ist es sicherer für *mich*.«

Frag sie, woher wir wissen, dass sie uns nicht angreifen wird, sagte Bodey und nahm meine Hand.

Ich stellte ihr genau diese Frage.

»Mein einziges Ziel ist es, eine starke Anführerin zu sein und von *allen* Wolfsterritorien ernst genommen zu werden. Niemand wäre bereit, mich zu treffen oder mir zu vertrauen, wenn ich so etwas tun würde. Du hast mein Wort, dass niemandem von euch etwas zustoßen wird ... zumindest nicht bei *diesem* Treffen.«

Ich verband mich wieder mit unserer Gruppe und wiederholte ihre Nachricht für alle anderen in den weiteren Autos.

Ich glaube ihr, fügte Michael hinzu. *Das, was sie sagt, ergibt Sinn. Wenn sie als starke, fähige Anführerin angesehen werden will, wäre es dumm, wenn sie uns angreift, obwohl wir um das Treffen gebeten haben. Es ist nicht ideal, aber logisch. Ist jemand anderer Meinung?*

Ich wartete eine Weile, aber niemand widersprach ihm. *Gut, ich werde die neuen Vorkehrungen treffen*, sagte ich.

Zeke war nicht hier, was er uns sicher übelnehmen würde, aber sonst waren alle wichtigen Personen mit dabei. »Wir sind in zweieinhalb Stunden da.«

»Gut. Bring nicht mehr als zehn Wölfe mit und lass mich diese Entscheidung später nicht bereuen«, sagte sie und legte dann auf.

Ich starrte auf mein Handy und hoffte inständig, dass wir nicht einen riesigen Fehler begingen.

»Das gefällt mir nicht. Wir werden gegen acht Uhr ankommen, dann ist es bereits dunkel.« Bodey knurrte. »Und wir werden keine Zeit haben, anzuhalten und uns mit unseren Rudeln hier zu koordinieren. Wir müssen sie dazu bringen, uns dort zu treffen.«

Das war wahrscheinlich der Plan der Königin. »Dann sollten wir uns vermutlich beeilen.«

Bodey nickte, und er verband sich mit seinem Rudel, während ich mich mit den Beratern und Vätern verband. Ich informierte sie über alles. Natürlich war niemand erfreut, aber es hatte auch niemand eine bessere Idee. Es hätte keinen Sinn ergeben, Kels Bitte auszuschlagen. Sie bestimmte aktuell die Spielregeln.

Also fuhren wir in die Berge, und als wir den Gipfel erreichten und immer mehr Bäume auftauchten, klingelte mein Handy. Noch bevor ich es an mein Ohr halten konnte, meldete sich die Königin zu Wort. »Fahr weiter geradeaus. Auf der rechten Seite werdet ihr gleich eine Lichtung sehen.

Dort befindet sich ein Weg, der zum Split Creek und zur Brücke über den Fluss führt. Nehmt diesen Weg. Wir warten etwa zwei Kilometer hinter der Brücke. Wir erwarten dich und deine Gefolgsleute in den anderen Autos.«

Sie beobachtete uns. Genau in diesem Moment.

I ch war mir nicht sicher, was mich mehr beunruhigte, die Tatsache, dass sie uns beobachten ließ oder dass sie sicherstellen wollte, dass wir es wussten.

Mein Kopf ruckte in Richtung der Baumgrenze, wo ich trotz der Dunkelheit Bewegungen erkannte. Den Göttern sei Dank, dass Wölfe so gut sehen konnten, sonst wären wir aufgeschmissen.

Meine Brust zog sich zusammen. »Hast du schon etwas von dem Rudel gehört, das uns helfen soll?«, fragte ich Bodey. Ich wollte nicht, dass wir auftauchten und sofort in der Unterzahl waren.

»Sie sind nicht weit hinter uns.« Bodey rieb sich den Nacken, die Augen auf die kurvige Straße vor uns gerichtet. »Vielleicht zehn Minuten von uns entfernt, wenn überhaupt.«

Ich setzte mich mit den anderen Beratern, Vätern und Samuel in Verbindung und brachte sie auf den neuesten Stand.

Auch wenn ich vermute, dass das, was sie gesagt hat, wahr ist, dürfen wir nicht unvorsichtig sein, antwortete Samuel.

Vielleicht sollten wir die Sache lieber abblasen? Ich spürte Bodeys Anspannung durch die Verbindung, wodurch sich meine ebenfalls verstärkte.

Sohn, wenn wir nicht gehen, werden sich ihre Angriffe sicher häufen. Wir müssen den Plan durchziehen, aber mit einer gewissen Vorsicht, antwortete Michael ruhig. *Keine der beiden Seiten traut der anderen. Nach dem, was du gesagt hast, weiß sie, dass wir Verstärkung haben werden, denn sie hat absichtlich eine bestimmte Nummer an Wölfen genannt, die an dem Treffen teilnehmen darf.*

Als ich hörte, wie mein Handy knackte, lockerte ich meinen Griff. Es wäre wirklich keine gute Idee, ausgerechnet *jetzt* mein Handy zu zerstören.

Babe, es wird alles gut. Bodey nahm meine Hand, als die Lichtung, auf die Kel hingewiesen hatte, in Sicht kam. Sie war gerade groß genug für zwei unserer Autos, also musste jemand weiter die Straße hochfahren und woanders parken.

Ich zuckte zusammen. »Da bin ich mir nicht so sicher.« Mir gefror das Blut in den Adern. »Die Königin hat es auf dich abgesehen. Vielleicht solltest du im Auto bleiben.«

Er schüttelte den Kopf, seine Nasenflügel blähten sich auf, als er anhielt und den Wagen parkte. »Auf keinen Fall. Ich werde *nicht* hier im Auto sitzen, während meine Königin und meine *Gefährtin* sich mit einer sadistischen Königin trifft. Was würdest du sagen, wenn ich dich bitten würde, hierzubleiben?« Seine Wut loderte durch unsere Verbindung, aber ich blieb ruhig.

Ich konnte nicht anders, als das Gesicht zu verziehen. »Ich wäre mehr als wütend.« Ich hasste es, das zugeben zu müssen, weil ich wollte, dass er in Sicherheit war, aber wenn ich ihm nicht die Wahrheit sagte, würde er es trotzdem erfahren. Diese verdammten Wölfe und ihre empfindlichen Nasen.

Er lächelte und ich spürte seine Liebe zu mir durchdringen. »Ich liebe es, wie gut ich dich manchmal lesen kann. Gerade siehst du so aus, als hätte ich dich dabei erwischt, wie du deine Hand in die Keksdose gesteckt hast.«

Ich streckte meine Zunge heraus. »Ich will einfach nicht, dass du verletzt wirst ... *schon wieder.*«

»Oh, ich kenne dieses Gefühl.« Er griff nach mir und strich mir eine Strähne meines hellblonden Haares hinters Ohr. »Du solltest nicht vergessen, dass ich dich genauso oft verletzt gesehen habe, wie du mich. Und eines dieser Male waren Dina und ihre Hexen nicht in der Nähe, um dich zu heilen.«

»Du hast ja recht.« Ich schmollte und zuckte mit den Schultern. »Aber da waren wir noch nicht gepaart.«

Er wölbte eine Augenbraue. »Babe, ich habe mich in dem Moment in dich verliebt, als ich dich zum ersten Mal gesehen habe – und das war während eines Angriffs, wenn ich das hinzufügen darf. Ich musste meine Gefühle nur erstmal verstehen.« Er küsste mich und verband sich gedanklich mit mir. *Außerdem, was für eine Art von König wäre ich, wenn ich in Sicherheit bliebe, während sich die Liebe meines Lebens dem Bösen stellt?*

Er und seine verdammte Logik. »Ein lebendiger König.«

»Mach ruhig weiter so. Daran werde ich dich erinnern, wenn ich dich das nächste Mal verzweifelt darum bitte, zurückzubleiben.«

Ich atmete tief durch. »Okay, du hast gewonnen. Außerdem brauche ich dich an meiner Seite. Ohne dich würde ich es niemals schaffen.«

»Du unterschätzt dich, Babe.« Er biss sich auf die Unterlippe und schaute aus meinem Fenster. »Und Samuel, Jack, Lucas und Miles stehen ebenfalls hinter dir.«

Ich war so sehr auf Bodey konzentriert, dass ich die

anderen nicht einmal wahrgenommen hatte. Als ich ebenfalls aus dem Fenster sah, schrie ich auf.

Jacks Gesicht war direkt vor mir. Damit hatte ich nicht gerechnet.

Und dann strahlte er. *Sie ist leicht zu erschrecken.* Jack nickte. *Warte, bis wir von hier weg sind.*

Jetzt ist nicht der richtige Zeitpunkt dafür, erwiderte Lucas und verpasste ihm einen Schlag auf den Hinterkopf.

Ein paar seiner blonden Strähnen fielen ihm direkt in die Augen, und er strich sie aus seinem Gesicht.

Miles wandte sich den spärlichen Bäumen zu und sah sich um. *Wir haben keine Zeit für diesen Scheiß. Wir müssen konzentriert bleiben.*

Kommt schon. Samuel nickte zum vorderen Teil des Wagens, wo Michael, Phil, Carl und Dan auftauchten. Sie hatten einen Parkplatz gefunden. Sie blieben ein paar Meter entfernt stehen. Offenbar begann dort der Weg zum Treffpunkt.

Miles scheuchte die anderen Jungs von der Tür weg und öffnete sie für mich. Als ich aus dem Auto kletterte, schlug mir die frische, kühle Bergluft entgegen. Dann ließ das Geräusch von Wölfen, die etwa einen Kilometer von uns entfernt waren, mein Herz schneller schlagen.

Unsere anderen Wölfe haben ihre Fahrzeuge etwa acht Kilometer entfernt stehen lassen und laufen nun den Rest, teilte Bodey uns mit. *Sie werden bald in der Nähe sein, falls etwas passiert.*

Obwohl das eine gute Nachricht war, wurde der Knoten in meinem Magen härter, anstatt sich zu lösen. *Dann hat es keinen Sinn, noch länger zu warten.* Meine Schultern straffend ging auf die Väter zu.

Ich blickte an meiner Brust hinunter und sah den unteren Teil des Pfotenabdrucks, den Mond und die Wolken, die darüber hinwegzogen. Mein Pullover hatte einen V-Ausschnitt, wodurch man eindeutig sehen konnte, dass ich markiert worden war. So konnte Königin Kel es selbst überprüfen, wenn sie wollte.

Bodey holte auf und ließ seine Hand in meine gleiten. Durch das Summen unserer Verbindung fiel es mir leichter zu atmen, aber die Angst wuchs mit jedem Schritt.

Als wir Michael und die anderen erreichten, winkte er uns nach vorne und deutete an, dass wir diejenigen sein sollten, die unsere kleine Prozession anführten. Ich hielt inne und streckte meine andere Hand nach Samuel aus. *Ich würde mich freuen, wenn du auch an meiner Seite wärst.*

Ja, natürlich. Er eilte vorwärts und nahm den Platz zu meiner Rechten ein, und dann gingen wir tiefer in den Wald hinein. Der moschusartige Geruch fremder Wölfe lag in der Luft, was darauf hindeutete, dass die Königin und ihre Rudelmitglieder bereits angekommen waren.

Eine Eule heulte, und das Geräusch von Hufen in der Ferne hatte etwas Tröstliches an sich. Vielleicht waren es Elche. Zumindest verhielten sie sich nicht so, als ob sie eine Bedrohung ahnten.

Wir setzten den Weg fort, und ich sah mich um. Die Bäume standen einige Meter auseinander, und zwischen den Stämmen sah ich einen hellen Wolf rechts und einen dunkelgrauen Wolf links neben uns entlang traben.

Sie versuchten nicht, sich zu verstecken, weshalb ich mich auch nicht umdrehte und zurück zum Auto rannte.

Jack, Miles und Lucas folgten uns, während die vier älteren Männer am Ende der Gruppe liefen.

Außer den Tieren konnte ich nur unsere Atemgeräusche hören. Wir waren alle angespannt.

Denk daran, ruhig zu bleiben, wenn wir ankommen, sagte Samuel und suchte meinen Blick. *Du musst dich mit ihr unterhalten und das Eis brechen, bevor du über das Geschäftliche redest. Das wird dazu beitragen, auf beiden Seiten Wohlwollen zu erzeugen.*

Unterhalten? Ich hob meine Augenbrauen und musste mir ein Lachen verkneifen. *Du willst, dass ich mich mit der Frau unterhalte, die alles getan hat, um uns anzugreifen und dich und Bodey zu verletzen, und die versucht hat, meine Schwester zu ermorden?* Das war doch wohl ein Scherz. Ich würde die Schlampe eher sofort umbringen, als sie zu fragen, wie ihr Tag war.

Du bist jetzt eine Königin. Samuel legte den Kopf schief und presste die Lippen aufeinander. *Du darfst dich nicht von deinen Gefühlen überwältigen lassen. Wenn du das tust, wird dieses Treffen nicht erfolgreich sein.*

Dieser Job war wirklich nicht der richtige für mich. Die Tinte hätte Samuel markieren sollen. Die einzige Freiheit, die ich in meinem ganzen Leben hatte, waren meine Gefühle. Ich hatte den Missbrauch durch das Rudel überstanden, indem ich mich an die Hoffnung und meinen Überlebensinstinkt klammerte. Hätte ich sie nicht in mir gespürt, wäre ich schon vor langer Zeit zerbrochen. Und jetzt sollte ich meine Gefühle unterbinden, das Einzige, was ich immer als mein Eigenes betrachtet hatte? Ich war mir nicht sicher, ob ich das konnte, aber verdammt, ich musste es versuchen. Wenn Samuel sagte, dass es wichtig war, dann würde ich ihm vertrauen.

Als wir eine leichte Steigung überwunden hatten, fiel der Weg ab und kurz darauf erblickte ich eine atemberaubende Frau, die in der Mitte des Weges stand. Hinter ihr stand ein großer Mann und neun weitere Personen tiefer zwischen den Bäumen versteckt.

Ihr dunkles Haar war zu einem Dutt zusammengebunden, aber einzelne Strähnen hingen ihr ins Gesicht. Das

Mondlicht glitzerte auf ihrer gebräunten Haut und ihre eindringlichen, grauen Augen funkelten. Ein cremefarbenes Seidenkleid schmiegte sich wie eine zweite Haut an ihren Körper, und der tiefe Ausschnitt zeigte ihre eigene Markierung – einen kleinen, einfachen Mond direkt unter ihrem Schlüsselbein. Das Überraschendste war, dass sie trotz ihres eleganten Kleides nackte Füße hatte. Ihre Zehen gruben sich in den Boden, als sich ihre purpurroten Lippen zu einem Lächeln verzogen. »Genau pünktlich.«

Ich versteifte mich und wollte auf der Stelle stehen bleiben, aber zwang meine Beine, sich weiter zu bewegen. Bodey rückte näher an mich heran, sodass sich unsere Arme berührten. Wir blieben einige Meter entfernt vor Kel stehen.

»Tut mir leid, dass ich mich nicht dem Anlass entsprechend gekleidet habe.« Ich hob mein Kinn und versuchte, mein Unbehagen zu verdrängen. »Du hast uns so kurzfristig Bescheid gegeben. Zum Glück sind wir schon am Vorabend losgefahren, sonst hätten wir es nicht geschafft.«

Sie kicherte. »Das ist doch kein Problem. Nicht jede Königin kann ihre Pflicht erfüllen *und* dabei noch gut aussehen.«

Wir waren erst wenige Sekunden hier und sie beleidigte mich bereits. Das lief ja hervorragend. Meine Wölfin knurrte in meinem Kopf, aber ich zwang mein Gesicht zu einer Maske der Gleichgültigkeit zu werden und erinnerte mich an Samuels Worte, nicht emotional zu reagieren.

Diese Frau ist wirklich ein Miststück, spottete Jack.

Was hast du denn erwartet? Jemanden, der nett, freundlich und umgänglich ist? Sie hat uns pausenlos angegriffen, antwortete Miles.

Wenigstens ist sie heiß, fügte Lucas hinzu.

»Auf dem Weg hierher sind wir auf eine Angelegenheit aufmerksam geworden, um die wir uns kümmern müssen.«

Sie schlug die Hände vor dem Bauch zusammen. »Daher auch die Änderung in letzter Minute.«

Sie ist vorsichtig mit ihren Worten und will offensichtlich, dass du nachfragst, ließ Michael mich wissen. *Geh einfach nicht darauf ein.*

Ich nickte schweigend, bis Kel lachte. »Wie ich sehe, halten dich die Berater und ihre Väter dich nicht für geeignet, die Sache allein zu bewältigen. Ein Berater scheint jedoch zu fehlen.« Sie zog eine Augenbraue hoch. »Das macht mich neugierig. Weiß er von diesem Treffen?«

Wir haben ihn informiert, meldete sich Phil. *Er weiß Bescheid.*

Sie war auf der Suche nach Informationen, aber zum Glück hatten wir eine gute Antwort parat. »Er hatte vor, am Morgen hierherzufahren, da das Treffen, wie du ja sicher weißt, eigentlich für morgen angesetzt war. Diese kurzfristige Änderung machte es ihm jedoch nicht möglich, jetzt schon hier zu sein.«

»Nun gut.« Sie machte eine Geste, und der größte und behaarteste Mann, den ich je gesehen hatte, trat vor und stellte sich neben sie. »Das ist meine rechte Hand, Herald.«

Herald hielt mir seine Hand hin.

Sei vorsichtig, sagte Dan. *Er ist bekannt dafür, bösartig zu sein.*

Bei dem Gedanken, ihn zu berühren, bekam ich eine Gänsehaut, aber ich wollte nicht unhöflich sein, schon gar nicht vor der Königin. Gegen meinen Instinkt streckte ich die Hand aus, und er ergriff sie und drückte fest zu. Er beobachtete mein Gesicht, wahrscheinlich erwartete er eine Reaktion.

Dieses Arschloch war genau wie Zeke, also wusste ich, wie ich ihn am besten verärgern könnte. Ich warf ihm einen gleichgültigen Blick zu. Meine Wölfin knurrte, als mein Blick

seinen traf, und ich lächelte. »Freut mich, dich kennenzulernen.«

Seine Mundwinkel verzogen sich nach unten, während er
meine Hand immer fester drückte. Er wusste anscheinend
nicht, dass ich während meiner Kindheit nicht viel Freund-
lichkeit erfahren hatte. Ich war verletzt und geschlagen
worden und hatte mich geweigert, mich Männern wie ihm zu
unterwerfen, also würde ich jetzt bestimmt nicht damit anfangen. Stattdessen tat ich so, als würde ich den Schmerz gar
nicht bemerken.

Ganz im Gegensatz zu Bodey, der neben mir knurrte.
»Du kannst meine *Gefährtin* jetzt loslassen«, murmelte er mit
gefletschten Zähnen.

»Du musst der Mann der Königin sein.« Herald gluckste
und ließ meine Hand los.

»Oh, ja«, sagte Königin Kel, während sie Bodey anstarrte.
»Es ist so schön, dich hier zu sehen.«

Ich konnte nicht anders, als darauf zu reagieren. Beschützend stellte ich mich vor meinen Gefährten. Ich war mir nicht
sicher, ob sie mit ihm flirtete oder ihn bedrohte, aber so oder
so, diese Scheiße war jetzt vorbei.

Die Königin lächelte.

Callie, du lässt dich von deinen Emotionen leiten, hörte
ich Samuels Stimme in meinem Kopf mich ermahnen. Dann
räusperte er sich. »Schön, Euch nach all der Zeit endlich
kennenzulernen, Königin Kel.«

Ihr Blick landete auf meinem Bruder, und ein schelmi-
sches Glitzern trat in ihre Augen. »Ah, der Bruder und seine
guten Manieren. Das muss ein ziemlicher Schlag gewesen
sein, als du nicht markiert wurdest.«

»Mein ganzes Leben lang habe ich mir gewünscht, meine
Familie kennengelernt zu haben. Nichts ist vergleichbar mit

der Freude über die Nachricht, dass ich eine Schwester habe.« Samuel legte mir eine Hand auf die Schulter.

Kel schnupperte, als ob sie eine Lüge witterte, und ihr Lächeln verschwand. »Wie rührend.«

Dann leuchtete ihre Iris auf und sie wandte sich wieder an mich. »Wie viele Wölfe hast du mitgebracht? Einer von meinen Leuten hat eine weitere Gruppe gesehen.«

»Ist das denn wichtig?« Ich zog eine Augenbraue hoch. Es wäre nicht klug, ihr eine Zahl zu nennen. Wenn sie mehr Gefolgsleute dabeihätte, könnte sie uns angreifen. Hätte sie weniger, könnte sie sich bedroht fühlen. Ich hatte nicht vor, dieses Spiel mitzuspielen. »Solange du uns nicht angreifst, sollte es kein Problem geben. Verrätst du uns, wie viele Wölfe du dabeihast?«

Sie schürzte ihre Lippen. »Ich will niemandem von euch etwas tun, auch nicht den Nachzüglern, solange ihr mich nicht bedroht.«

Jack schnaubte. »Natürlich.«

»Ist das einer der Berater?« Herald rümpfte die Nase und rieb sich mit der Hand über den dunklen Bart. »Er spricht, als ob er mehr Autorität hätte.«

Jetzt ist nicht *der richtige Zeitpunkt.* Carl verband sich mit Jack, Bodey und mir, wobei es eindeutig war, dass er sich eigentlich nur an Jack wandte.

»Callie, warum gehen wir nicht zusammen spazieren, damit wir unter vier Augen sprechen können?« Die Königin deutete hinter sich. »So können sie unser Gespräch zwar immer noch hören, aber lassen uns vielleicht in Ruhe miteinander sprechen.« Ihr Blick wanderte über meine Schulter zu Jack.

Bodey spannte sich an. »Vielleicht sollte ich mich zu euch gesellen«, schlug Samuel vor.

Kichernd schüttelte Kel den Kopf und legte eine Hand

auf ihre Brust. »Oh, Callie. Das tut mir wirklich leid. Weder dein Gefährte noch dein Bruder vertrauen darauf, dass du es schaffst, allein mit mir zu reden.«

Die Anspielung war eindeutig. Königin Kel und ihre Gefolgsleute hielten mich nicht für eine starke Anführerin. Dadurch verhalfen wir ihr nur zu noch mehr Ansehen.

»Das ist nicht wahr«, schnauzte Bodey und sein Körper bebte. »Ich vertraue nur dir nicht. Du könntest ihr wehtun.«

»Wie ich am Telefon bereits erwähnt habe, werde ich heute Abend niemandem etwas tun.« Kel tippte mit einem langen, purpurroten Fingernagel an ihre Lippen. »Das ist also die einzige Erklärung, die mir einfällt.«

»Riechst du eine Lüge?«, konterte Bodey und rückte wieder neben mich. »Callie ist mehr als fähig, über unser Territorium zu herrschen.«

Schnaufend richtete Kel ihre Schultern auf. »Und hast du eine Lüge gerochen, als ich sagte, ich hätte nicht die Absicht, einem von euch etwas anzutun?«

»Okay, lass uns reden.« Wenn wir anfangen würden zu streiten, wäre dieses ganze Treffen sinnlos. Wenn wir eine Vereinbarung ausarbeiten wollten, musste ich entgegenkommend sein ... zumindest bis zu einem gewissen Grad. Immerhin hatte Kel es mir nicht übelgenommen, dass ich ihr nicht gesagt hatte, wie viele Wölfe wir mitgebracht hatten.

»Wunderbar.«

Als sie sich bei mir einhakte, lief mir ein kalter Schauer über den Rücken. Ich wich jedoch nicht zurück. Wir gingen an Herald vorbei, dessen Augen auf mich gerichtet blieben.

Der Mond stand hoch am klaren Himmel und die Sterne leuchteten über uns. Wenn ich nicht mit *ihr* hier wäre, würde es mir hier wirklich gefallen.

Wir liefen etwa einen Kilometer in Richtung eines Flusses. Die Bäume wurden etwas dichter, je näher wir dem Wasser kamen.

Nach einer Weile blieb Kel stehen. »Ich denke, hier ist es gut.« Sie ließ meinen Arm los und wandte sich mir zu. »Lass uns reden.«

Ich wollte direkt zur Sache kommen, aber Samuels Worte kamen mir wieder in den Sinn. Ich musste etwas Neutrales finden, um das Gespräch zu beginnen. »Ja, ich dachte, es wäre schön, sich zu treffen, da wir über Gebiete mit gemeinsamen Grenzen herrschen. Ich würde gerne einen Weg finden, harmonisch miteinander zu leben«, sagte ich also, wobei mir augenblicklich übel wurde. Meine Wölfin wimmerte und sie war genauso angewidert von mir, wie ich es selbst war.

Kel verdrehte die Augen. »*Das* ist es, worüber du reden willst? Das hätten wir auch am Telefon machen können. So hätten wir nicht gegenseitig unsere Zeit vergeudet.«

Es war mehr als offensichtlich, dass ich es nicht geschafft hatte, ihre Wachsamkeit zu mindern. »Es ist nur ...«

Sie hob eine Hand. »Willst du so etwa dein Volk anführen?« Sie rümpfte die Nase. »Du willst passiv sein und nicht auf den Punkt kommen? Meine Leute haben deine angegriffen ... verdammt, ich habe deine Schwester töten lassen, und du versuchst, meine *Freundin* zu sein? Wenn du nichts Wichtiges zu sagen hast, dann sind wir hier fertig.«

Meine Wölfin versuchte die Kontrolle zu übernehmen, und ich konnte mich nicht länger verstellen. »Gut. Du willst Ehrlichkeit? Ich kann dich nicht ausstehen, und ich will, dass du aufhörst, meinen Gefährten, meinen Bruder, meine Familie und mein *Volk* anzugreifen – sofort.«

Kel warf den Kopf zurück und lachte laut, bevor sich ihr Mund zu einem unheimlichen Grinsen verzog. »Es gibt nur eine Möglichkeit, wie das passieren kann, und das ist der *einzige* Grund, warum ich zugestimmt habe, mich mit dir zu treffen.«

Mir rutschte das Herz in die Hose. »Und welche Möglichkeit ist das?«

»Du musst dich mir unterwerfen.«

Ich schnappte nach Luft und sah sie ungläubig an. »Das soll wohl ein Scherz sein.«

»Nein, das ist kein Scherz.« Sie zuckte mit den Schultern. »Unterwirf dich mir, und die Angriffe sind vorbei. Du hast deinen Gefährten, die Rudel im Nordwesten werden sicher sein, und ich lasse dich dein Leben in Frieden leben.«

Sie musste betrunken oder high sein. »Es muss eine andere Lösung geben.«

»Keine, die ich akzeptieren würde.« Sie zeigte auf den Boden. »Verbeuge dich, erkenne mich als deinen Alpha an, und all dies wird vorbei sein.«

Meine Wölfin heulte so laut, dass mir der Kopf dröhnte. »Niemals.« Auch wenn ich es wollte, würde meine Wölfin es nicht zulassen.

»Du musst begreifen, dass du mit deinem Kommen bereits anerkannt hast, dass ich eine Bedrohung für dich bin.« Sie gestikulierte in die Richtung, aus der wir gekommen waren. »Ich weiß, dass sie dir alle sehr am Herzen liegen. Gib jetzt auf, bevor ich dir alles wegnehmen muss, was lieb und teuer ist, nur, um dich zu brechen. Erspare dir den Schmerz und den Kummer. Beschütze die, die du liebst.«

Das war das Problem mit Leuten wie ihr und Zeke. Ich würde nie sicher sein. Sie würde mich immer noch als Bedrohung ansehen, und selbst wenn sie glaubte, mir jetzt nicht wehtun zu können, würde sie es irgendwann dennoch tun. Oder ich würde etwas tun, das sie verärgerte, und sie würde mir eine *Lektion* erteilen müssen. Ich war mit einer Person wie ihr aufgewachsen, und nicht so dumm, an irgendwelche weit hergeholten Versprechen zu glauben. »Wir sind stark. Wir brauchen keinen Schutz vor dir. Ich werde mich dir niemals unterwerfen. Es wäre einfacher für dich, mich sofort zu töten.«

»Denkst du das wirklich?« Sie gluckste. »Oh, nein, meine Liebe. Dein Tod ist das Letzte, was ich will.«

Ich starrte ihr in die Augen. »Wie soll ich das verstehen?«

»Allein diese Frage beweist, dass du nicht in der Lage bist, zu regieren.« Ihre Augen leuchteten, und dann kicherte sie. »Vergiss nicht, ich habe dir eine Chance gegeben, und du hast sie nicht genutzt.« Sie drehte sich um und ging zurück zu den anderen. Dann drehte sie sich noch einmal zu mir um. »Oh, und wenn du deine Meinung änderst, weißt du ja, wie du mich erreichen kannst.« Mit diesen Worten ließ sie mich zurück.

Es hat nicht funktioniert, teilte ich den anderen über unsere Verbindung mit. In meinen Augen brannten wütende Tränen. Ich wollte nicht, dass jemand mich so sah. *Sie wollte, dass ich mich ihr unterwerfe. Sie behauptet, nur so würden die Angriffe aufhören.*

Ich wusste, dass wir der Schlampe nicht hätten trauen sollen, brüllte Jack. *Lasst uns ihr und ihren Leuten jetzt in den Arsch treten.*

Das können wir nicht, antwortete Samuel. *Ein Parley findet auf neutralem Boden statt, und wir haben versprochen, uns nicht gegenseitig anzugreifen. Wenn wir sie angreifen, werden wir vor allen anderen schlecht dastehen, auch vor unseren eigenen Rudeln. Das lässt uns unzuverlässig erscheinen.*

Die Königin lief in die entgegengesetzte Richtung, während ich zurück zu den Autos ging. *Sie geht nach Osten.*

Vermutlich haben sie woanders geparkt, antwortete Bodey. *Ich bin auf dem Weg zu dir.*

Ich hätte ihm sagen sollen, dass das wirklich nicht nötig war, aber verdammt, ich brauchte ihn bei mir. Ich beschleunigte mein Tempo, bereit, von hier zu verschwinden. Das Treffen mit Kel war sinnlos gewesen, aber wenigstens hatte ich jetzt eine Ahnung, mit wem wir es zu tun hatten. Sie war böse, rachsüchtig und auf Blut aus. Mit ihr würde man niemals verhandeln können.

Ein Schauer lief mir über den Rücken, und ich begann, zurück zu den anderen zu rennen. Irgendetwas fühlte sich nicht richtig an.

Als Bodey und ich uns trafen, zog er mich in seine Arme. Ich schmiegte mich an seine Brust und brauchte einen Moment in seiner starken Umarmung, um mich zu beruhigen.

Du hast getan, was du konntest, sagte er, als er sich von mir löste und über meine Wangen streichelte.

Das Problem war nur, dass ich ihm nicht glaubte.

Er runzelte die Stirn und nahm meine Hand, und gemeinsam gingen wir zu den anderen.

Auf dem Rückweg zu den Autos meldete sich Zeke über unsere Verbindung bei Bodey und mir.

Wir brauchen eure Hilfe, jetzt. Ein Rudel in Ontario wird angegriffen. Sie sind sich ziemlich sicher, dass es die Gestaltwandler von Königin Kel sind, die angreifen.

KAPITEL SIEBZEHN

Ich erstarrte, als meine Wölfin sich vordrängte. *Die Königin?* Sie hatte gerade erst unser Treffen verlassen. Das sollte kaum möglich sein.

Ja, genau die Person, mit der du einen Waffenstillstand eingehen wolltest, spottete Zeke über unsere Rudelverbindung. *Du weißt schon ... diejenige, die meinen Sohn verletzt hat.*

Bodeys Blut kochte vor Wut. *Sie weiß, wer die verdammte Königin ist, Arschloch.*

Das hörte sich aber nicht so an, erwiderte Zeke.

Wir haben uns gerade mit ihr getroffen. Ich schüttelte den Kopf und versuchte, mich nicht in meinem Hass auf Zeke zu verfangen. Es wäre so einfach, sich darauf zu konzentrieren, aber im Moment standen Leben auf dem Spiel. *Um welches Rudel handelt es sich?*

Das Rudel in Ontario, das du und Theo vor einer Weile gemeinsam besucht habt. Ein kleines bisschen Selbstgefälligkeit pulsierte durch die Verbindung.

Knurrend spannte sich Bodey an, was zweifellos Zekes

Plan gewesen war. Er hatte Theo nur deswegen erwähnt, um Bodey auf die Palme zu bringen. Bodey fühlte sich immer noch schuldig, dass er mich abgelehnt und gesagt hatte, er wolle auf seine Schicksalsgefährtin warten – die zufällig *ich* war. Hätte er es früher erkannt, hätte ich dieses Rudel niemals mit Theo besucht. Ich war mir ziemlich sicher, dass das ein Grund war, warum es Bodey so verdammt wütend machte.

Was hast du zu ihr gesagt, dass sie so schnell angreift?, fügte Zeke hinzu, wobei ich seine Wut deutlich spüren konnte. *Offensichtlich hast du sie verärgert.*

»Callie, was ist los?«, fragte Samuel, als Bodey und ich auf die anderen zugingen.

»Die Königin greift ein Rudel in Oregon an.« Die Worte brannten in meiner Kehle und ich bekam kaum noch Luft.

Lucas keuchte, während Michael stöhnte.

»Wir haben ihre Bösartigkeit wieder einmal unterschätzt«, knurrte Phil. »Sie hat die Wölfe dort positioniert, weil sie bereits geahnt hat, dass Callie sich ihr nicht unterwerfen würde. Dieser Angriff soll uns zeigen, dass sie uns in jeder Hinsicht einen Schritt voraus ist.«

Ihre Drohung war noch immer in meinem Kopf. Sie hatte deutlich gemacht, dass die Wölfe hier sicher kommen und gehen können. Sie hatte sich seltsam genau ausgedrückt, aber ich hatte gedacht, damit wolle sie mich beruhigen. Jetzt wusste ich es besser. Sie hatte nur davon gesprochen, hier niemanden anzugreifen, über die Wölfe in meinem Territorium hatte sie kein Wort verloren.

Ich hasste Politik.

Ich habe mich ihr nicht unterworfen. Ich konnte Zeke nicht ignorieren; er war derjenige, der die Informationen hatte, die ich im Moment brauchte, um zu handeln. Schnell zog ich mein Handy aus der Gesäßtasche und tippte eine

Adresse ein. Ich wusste nicht, wie weit wir von Ontario entfernt waren, aber ich war mir sicher, dass wir nicht rechtzeitig ankommen würden, um an ihrer Seite zu kämpfen. Zum Glück hatte ich den Alpha schon einmal getroffen und wusste, dass er mächtig und stark war. Ganz in der Nähe seines Rudels lebte ein Hexenzirkel. Eine der Hexen war sogar in seinem Haus gewesen, als Theo und ich dort gewesen waren, um über das Krönungsessen zu sprechen.

Beim Blick auf die Karte verzog ich das Gesicht. Wie ich vermutet hatte, war es unmöglich, rechtzeitig dort zu sein, um zu helfen. »Wir sind sechs Stunden entfernt, also sollten wir uns beeilen.« Auch wenn wir dort nicht kämpfen konnten, konnten wir dennoch helfen, die Verletzten zu versorgen, die Toten zu begraben und unsere Unterstützung anzubieten.

Ich rannte in Richtung der Autos, als mir ein Schauer über den Rücken lief. Ich hatte das Gefühl, dass wir immer noch beobachtet wurden. Die Königin könnte immer noch in der Nähe sein und sich an unserer Panik erfreuen. *Spürst du das auch?*, fragte ich Bodey.

Ja, ich vermute, es ist die Königin selbst, die uns immer noch beobachtet. Vermutlich will sie wissen, wie wir reagieren. Bodey rümpfte die Nase und zog die Schlüssel aus seiner Tasche.

Ich hasste es, dass mir die Haare zu Berge standen.

Die Väter liefen ebenfalls zu ihrem Auto. »Folgt uns. Wir werden vorfahren«, rief er ihnen zu.

Dann eilten wir zu unseren eigenen Wagen. Bodey hatte unser Auto bereits gestartet, als Lucas, Miles, Jack und Samuel hinter uns in den Navigator stiegen.

Sobald ich eingestiegen war, raste er los und Jack war nur wenige Sekunden hinter ihm, als wir um die Kurve fuhren, wo die Väter warteten. Carl saß auf dem Fahrersitz.

Die drei Fahrzeuge rasten mit über hundert Kilometer pro Stunde um die Kurven, das Tempolimit weit überschreitend.

Ich hielt mich am Türgriff und an der Mittelkonsole fest und biss die Zähne aufeinander. »Ist es sicher, so zu fahren?« Wenn wir sterben würden, bevor wir das andere Rudel überhaupt erreicht hatten, würden wir niemandem etwas nützen.

Bodey gluckste, behielt aber beide Hände am Lenkrad und seine Augen auf der Straße. »Ja. Ich bin es gewohnt, auf kurvenreichen Bergstraßen zu fahren.«

Natürlich hatten Wolfswandler viel schnellere Reflexe als Menschen, also war ich vermutlich einfach nur paranoid. Bodey würde mich nicht in Gefahr bringen.

Vielleicht hättest du dich einfach unterwerfen sollen, drang Zekes Stimme sowohl in Bodeys als auch in meine Gedanken ein.

Bodey knurrte. *Warum zum Teufel sagst du das?*

Weil gerade ein zweites Rudel angegriffen wird, knurrte Zeke. *Dieses Rudel lebt in der Nähe von Lakeview, das ist nicht weit von euch.*

Mir kam die Galle hoch, und ein salziger Geschmack erfüllte meinen Mund. *Wie lautet die genaue Adresse?*

Er ratterte sie herunter, und ich fügte dem GPS einen Zwischenstopp hinzu, um zu sehen, ob wir diesem Rudel rechtzeitig helfen konnten. Bis zu dieser Siedlung brauchten wir nur dreißig Minuten. *Ja, sie sind viel näher dran.*

Dann würde ich euch empfehlen, eure Ärsche dorthin zu bewegen, da es eines der schwächsten Rudel in Oregon ist. Ich bin jetzt auf dem Weg nach Ontario und habe bereits ein weiteres Rudel auf den Weg geschickt.

Ich schluckte den Kloß in meinem Hals hinunter und verband mich mit allen in den beiden Fahrzeugen. *Es gibt eine kleine Planänderung. Wir fahren nach Lakeview. Dort wird ein weiteres Rudel angegriffen, und wir sind nur dreißig Minuten entfernt.*

Ich denke, wir können es in weniger als dreißig Minuten schaffen, warf Bodey ein, der noch fester aufs Gaspedal trat.

Das ist echt beschissen, antwortete Jack.

Und das alles nur, weil du dich geweigert hast, dich ihr zu unterwerfen, sagte Michael. *Sie muss gewusst haben, dass du es nicht tun würdest, sonst hätte es diese beiden Angriffe nicht gegeben. Das Rudel in Ontario ist eines der stärksten Rudel in Oregon, und Lakeview ist eines der schwächsten.* Damit bestätigte er Zekes Einschätzung.

Kels Worte wiederholten sich in meinem Kopf. *Die Königin hat gesagt, dass ich meine Meinung immer noch ändern könnte, aber wenn sie wirklich solch ein Monster ist, wäre es dumm, sich ihr zu unterwerfen.* Mit diesen Taten flößte sie allen Wölfen nur Angst ein. *Konntet ihr unserer Unterhaltung lauschen?* Wölfe konnten kilometerweit hören, und wir hatten uns nur etwa einen Kilometer von den anderen entfernt.

Wir haben ein paar Brocken davon gehört, aber die Wachen haben absichtlich geredet, damit wir nicht alles hören konnten, antwortete Samuel, dessen Frustration ich durch die Verbindung spüren konnte. *Sie hat das alles nur arrangiert, um dir eine Lektion zu erteilen.*

Was würde es ihr bringen, wenn ich mich ihr unterwerfen würde? Das war der Teil, den ich wirklich nicht verstand. *Wäre es nicht besser für sie, wenn ich einfach tot wäre?* Solange ich am Leben war, würde ich nur weiterhin eine Bedrohung für ihre Herrschaft darstellen.

Wenn du dich ihr unterwirfst, dann müssten wir es ebenso tun, weil wir dich als unseren Alpha anerkennen, erklärte Michael. *Anstatt also jeden Berater und jedes Rudel zu zwingen, sich nacheinander zu unterwerfen, muss sie nur dich –*

den obersten Alpha – dazu bringen, es zu tun. Das ist schlau, aber sie unterschätzt dich.

Bodeys Abscheu erfüllte unsere Verbindung. *Aber sie würde sicher nicht zögern, dich zu töten, nachdem du dich ihr unterworfen hättest.*

Ich sah aus dem Fenster und starrte auf die Bäume, die vorbeizogen, während Bodey fuhr. Ich rieb mir die Schläfen. *Warum ist sie dann hinter Bodey und Samuel her? Man sollte meinen, sie wüsste, dass ich ihr nie verzeihen würde, wenn sie die beiden tötet.*

Das ist wahrscheinlich genau der Punkt. Es ist ihr egal, ob du ihr verzeihst. Samuel hält inne. *Sie will dich brechen. Wenn du deinen Gefährten und deinen Bruder verlierst – den Einzigen, der dich ersetzen könnte –, dann hast du nichts mehr. Sie will dir alles wegnehmen, damit du nicht mehr funktionieren kannst.*

Sie hatte erwähnt, dass ich das Gesamtbild nicht sehen konnte, und offenbar hatte sie recht gehabt. Zum Glück hatte ich Samuel.

Plötzlich begannen warme Stellen aus meiner Brust zu verschwinden, und ein schrecklicher Schmerz durchfuhr mich. Fünf Stellen waren beinahe zeitgleich ausgelöscht worden.

»Callie, was ist los?« Bodey sah mich aus dem Augenwinkel an und verlangsamte den Wagen.

»In unserem Territorium sterben Leute.« Ich rieb mir die Brust, als weitere warme Stellen verschwanden. Meine Sicht verschwamm, als ich einen zittrigen Atemzug nahm. Kälte breitete sich in meiner Brust aus, als wäre ich kopfüber in einen eiskalten See gesprungen.

Bodeys Gesicht verzog sich, als sein Wolf sich nach vorne kämpfte. »Ich kann es ebenfalls spüren, aber vermutlich nicht so stark wie du. Als Königin ist deine Verbindung zu ihnen stärker.«

Eine Träne lief mir über die Wange, eine weitere folgte gleich darauf. Ich hasste es, hier in einem Auto zu sitzen und nichts tun zu können. Ich fühlte mich schrecklich hilflos. Offenbar hatte ich die falsche Entscheidung getroffen. Ich hätte wissen müssen, dass Königin Kel einen Plan hatte, aber stattdessen war ich nur wieder einmal daran erinnert worden, wie unvorbereitet ich auf meine Pflichten war.

Bodey legte eine Hand auf meinen Arm und fuhr wieder schneller. »Wir werden es schaffen und wir werden ihnen helfen.«

Ich lehnte meinen Kopf zurück, als die Kälte mich in die Tiefe zu ziehen schien. Ich hoffte wirklich, dass wir es rechtzeitig schaffen würden, unsere Leute zu retten.

Als uns das GPS auf eine Nebenstraße führte, bemerkte ich, dass wir nur noch fünf Minuten vom Rudel entfernt waren. Bodey hatte sein Wort gehalten und uns in dreiundzwanzig Minuten hierhergebracht.

Bodey und ich verbanden uns mit Zeke und teilten ihm mit, wo wir waren, während wir die Berater, Samuel und die Väter über die Rudelverbindungen auf dem Laufenden hielten. Zeke war noch zwei Stunden vom Ontario-Rudel entfernt. Lynerd hatte sich bei ihm gemeldet, offenbar hielten sie sich wacker. Das andere Rudel, das Zeke zur Unterstützung geschickt hatte, war nur noch dreißig Minuten entfernt, also würden sie vor ihm ankommen.

Auf der Fahrt hierher waren mindestens zwanzig weitere Wölfe verstorben, und obwohl meine Haut warm war, gefror mir das Blut in den Adern, während ich versuchte, mich an die schwindende Anzahl der warmen Stellen in meiner Brust zu gewöhnen.

Ich ließ das Handy in meinen Schoß fallen und rieb mir die Beine. Ich konnte es kaum erwarten, endlich anzukommen und zu kämpfen, aber andererseits hatte ich Angst um Bodey und der Gefahr, die Königin Kel für ihn und meinen Bruder darstellte.

»Hey, es wird alles gut.« Bodey drückte meinen Oberschenkel. »Wir werden es schaffen und dem Rudel helfen. Dann überlegen wir uns gemeinsam den nächsten Schritt.«

Bei seinen Worten flammte Hoffnung in meiner Brust auf und erwärmte sie vorübergehend. Ich musste dieses Gefühl schnell zügeln. »Ich bin mir offen gesagt nicht so sicher, ob wir das schaffen«, flüsterte ich, wusste jedoch, dass er mich hören würde.

Ich wandte mich ihm zu und betrachtete seine kantigen Wangenknochen und vollen Lippen. Sein Hemd schmiegte sich perfekt an seine Muskeln an, und ich nahm mir einen Moment Zeit, ihn mir einzuprägen. Wer wusste schon, ob dies das letzte Mal war, dass wir so zusammen sein würden? Wenn die Königin die Absicht hatte, ihn zu töten, und sie diese Angriffe bereits geplant hatte, wer wusste schon, dass sie seinen Tod nicht in die Tat umsetzen würde?

Obwohl mein Herz schon vorher geschmerzt hatte, so ließ der bloße Gedanke an Bodeys Tod mein Herz zerbrechen. Der Schmerz war überwältigend. Keuchend schnappte ich nach Luft.

Besorgt sah Bodey mich an. *Babe, was ist los? Ist etwas passiert?*

Ich schluchzte. *Ich kann mir mein Leben ohne dich einfach nicht vorstellen. Sie will dich tot sehen. Ich weiß nicht, ob es so klug ist, dass du und Samuel hier seid.*

Wärme breitete sich in unserer Verbindung aus und ich

wusste, dass mein Gefährte mich beruhigen wollte. »Ich will, dass du genau hinhörst, deswegen sage ich es laut. Ich habe nicht die Absicht, zu sterben oder dich zurückzulassen. Sie will auch dich tot sehen, und ich habe vor, an deiner Seite zu bleiben, um sicherzustellen, dass das *nicht* passiert. Wenn du willst, dass ich mich zurückhalte, dann solltest du das auch tun.«

Meine Wölfin knurrte. Das da draußen waren meine Leute. Auch wenn ich nicht die fähigste Anführerin war, konnte ich nicht einfach zusehen, wie sie alle verletzt oder sogar getötet wurden. Ich musste sie beschützen ... das war meine Pflicht. »Das kann ich nicht ...«, murmelte ich und zuckte zusammen, weil mir bewusst wurde, dass es ihm genauso ging wie mir.

»Genauso wenig wie ich, vor allem, wenn du in Gefahr bist«, sagte er, nahm meine Hand und verschränkte unsere Finger. »Ich bin an deiner Seite. Für immer und ewig.«

Seine Liebe zu mir linderte etwas von der eisigen Kälte in meiner Brust. Der Schmerz über die, die wir verloren hatten, war zwar immer noch da, aber es war ein Versprechen für die Zukunft. Ich nickte. »Für immer und ewig.«

Ich würde mit ihm überall hingehen, sogar in den Tod, wenn es sein musste. Wichtig war nur, dass wir beide zusammenblieben.

»Wir sind da«, sagte er und ich zwang meinen Blick von seinem Gesicht weg und wieder nach vorne.

Wir fuhren an dickeren Tannen vorbei, was bedeutete, dass wir in einem Tal angekommen waren. Kurz darauf kamen mehrere kleine einstöckige Häuser in Sicht. Sie schienen vor vielen Jahren gebaut worden zu sein, und genau wie alle anderen Rudel-Siedlungen, die ich gesehen hatte, hatte jedes Haus einen Garten, der mit dem Wald verbunden war.

Auf den ersten Blick sah es nicht so aus, als ob ein Kampf stattfinden würde. Es war kurz vor zehn, und in den meisten Häusern brannte noch Licht.

Aber als Bodey an den Straßenrand fuhr und den Wagen abstellte, konnte ich das Knurren der Wölfe hören.

Wir sind hier, teilte ich Zeke mit. *Und sie kämpfen immer noch gegen die Wölfe der Königin.*

Ein kurzes Aufflackern von Beklemmung war bei Zeke zu spüren. *Halte mich auf dem Laufenden.*

Der einzige Lichtblick war, dass es in Lynderds Rudel nicht ganz so viele Todesfälle gegeben hatte wie hier.

Die beiden anderen Autos parkten hinter uns, während Bodey und ich uns unserer Kleidung entledigten und unsere Wölfe riefen. Sekunden später war ich auf vier Beinen unterwegs.

Als wir zwischen einem blauen Haus und einem in Pastellgrün durchliefen, knallten die Türen der anderen Autos hinter uns zu. Das Knacken von Knochen verriet mir, dass die anderen sich ebenfalls verwandelten. Kurz darauf hörte ich ihre Schritte hinter uns.

Wir alle wollten die Wolfswandler hier schützen.

Als wir durch einen der Gärten rannten, stieg mir der Gestank von Blut in die Nase. Der Geruch war so penetrant, dass ich nicht sehen wollte, was vor uns lag, aber gleichzeitig wusste ich, dass es von hier an nur noch schlimmer werden würde.

Wir rannten in den Wald, die Geräusche des Kampfes waren nicht einmal mehr vierhundert Meter entfernt. Ich grub meine Pfoten in den Boden und lief immer schneller. Bodey lief im gleichen Tempo neben mir her.

Als wir an einem Baum vorbeirannten, schwankte ich.

Vor uns lagen zehn tote Wölfe, jeder etwa sechs Meter

vom nächsten entfernt. All diesen Wölfen war die Kehle aufgerissen worden.

Ein Aufschrei lenkte meine Aufmerksamkeit von dem Gemetzel ab, ich schüttelte den Kopf und versuchte, einen klaren Gedanken zu fassen. Ich musste mich auf die Lebenden konzentrieren, nicht auf die Toten.

Wir müssen zusammenbleiben, sagte Bodey zu den anderen, der genau wusste, was ich dachte. *Wenn sie das einem ganzen Rudel angetan haben, können wir nicht einfach blind in den Kampf hineinrennen. Sie sind hier ohnehin fast fertig.*

Ich schnaufte und scharrte mit den Füßen auf dem Boden. Meine Wölfin wollte weiterrennen, aber er hatte recht. Die Königin rechnete damit, dass ich nicht strategisch denken würde.

Die Berater, Samuel und die Väter holten auf. Wir waren nur ein paar Sekunden stehengeblieben, aber es hatte sich wie eine Ewigkeit angefühlt, weil ich wusste, dass meine Leute in Schwierigkeiten waren.

Also rannte ich wieder los, Bodey neben mir und unsere Wölfe direkt dahinter. Kurz darauf erreichten wir eine Lichtung.

Bodeys Nackenhaare sträubten sich, und mir blieb für wenige Sekunden das Herz stehen. Vor uns sahen wir etwa fünfzig gegnerische Wölfe, die allein auf dieser Lichtung etwa dreißig Mitglieder meines Rudels angriffen.

Meine Wölfin übernahm die Führung und stürzte sich auf einen dunkelgrauen Wolf, der bereits eine kleinere, hellbraune Wölfin umgeworfen hatte. Nun stürzte sich der graue Wolf auf die Kehle der Wölfin.

Ich sprang über das Gebüsch, das zwischen mir und den beiden kämpfenden Wölfen lag, und warf mich genau in dem Moment auf den dunkelgrauen Wolf, als seine Zähne die Haut der hellbraunen Wölfin durchschlugen. Das Blut der

Wölfin spritzte mir ins Gesicht, während ich den gegnerischen Wolf zu Boden warf. Ich spürte sofort, wie eine weitere warme Stelle in meiner Brust erlosch.

Ich war nicht in der Lage gewesen, sie zu retten.

Eine Wut, wie ich sie noch nie zuvor gespürt hatte, kochte in mir hoch. Dieses Arschloch würde für das bezahlen, was er soeben getan hatte.

KAPITEL ACHTZEHN

Der dunkelgraue Wolf rollte sich auf den Rücken und versuchte, alle vier Pfoten unter mich zu schieben, um mich zu verletzen. Bevor ihm das jedoch gelingen konnte, versenkte ich meine Zähne in seiner Kehle.

Blut strömte in meinen Mund, der kupferne Geschmack überflutete meine Sinne. Ich biss fester zu, bis ich mit den unteren Zähnen seine Arterie durchtrennte. Ich knurrte laut und hoffte, dass ich das das Letzte war, was dieses Arschloch hörte.

Als der Wolf gurgelte, riss ich meinen Kopf zurück und setzte seinem Leben damit ein Ende. Er sackte zu Boden, während ich einen Schritt zurücktrat und mich umsah. Es gab noch so viele feindliche Wölfe, und Rudelmitglieder, die ich beschützen musste.

Jeder von uns war jetzt in einen Kampf verwickelt, und meine Augen suchten wie automatisch nach Bodey, weil ich mich vergewissern wollte, dass es ihm gut ging.

Er war etwa drei Meter von mir entfernt und beschützte eines unserer Rudelmitglieder, das hilflos am Boden lag. Biss-wunden bedeckten seinen Körper, und er wimmerte, während er nach Luft rang. Bodey hockte sich vor den verletzten Wolf, als ein beigefarbener Wolf angriff.

Ich wollte ihm gerade helfen, als mein Blick auf eine haselnussbraune Wölfin fiel, die vor einem Baum kauerte, während sich ihr zwei Feinde näherten. Sie wimmerte, ohne auch nur so zu tun, als ob sie kämpfen wollte, und mein Herz verkrampfte sich schmerzhaft.

Ihre unterwürfige Art schien die kastanienbraunen und schiefergrauen Wölfe nur zu ermutigen, sich auf sie zu stürzen. Diesen Arschlöchern gefiel es, die Wölfin so ängstlich zu sehen. Einen Moment lang musste ich an Charles und Pearl denken. Das Verhalten dieser Wölfe hier war dem meiner Schwester und ihres Freundes so ähnlich.

Wut kochte in mir hoch und meine Beine bewegten sich bereits, bevor ich es richtig durchdacht hatte. Wenn die Königin dieses Verhalten ihrer Anhänger duldete, dann war sie nicht besser als Zeke. Die Wölfin brauchte meine Hilfe, Bodey hingegen nicht.

Ich knurrte und lenkte die Aufmerksamkeit der gegnerischen Wölfe von ihrer Beute auf die neue Bedrohung, die ich darstellte.

Der kastanienbraune Wolf rannte sofort auf meine linke Seite zu, während der schiefergraue Wolf auf meine rechte Seite zielte. Der braune Wolf beschleunigte sein Tempo, wobei er sich einige Schritte hinter dem grauen Wolf befand.

Ich kauerte mich hin und bereitete mich auf ihren Angriff vor. Der graue Wolf stürzte sich mit weit aufgerissenem Maul auf meinen Hals, während der braune Wolf den Blick auf mein linkes Bein richtete.

Ich zwang mich, noch eine Sekunde zu warten, um sie nicht auf meinen nächsten Schritt aufmerksam zu machen, und stellte mich dann auf meine Hinterbeine. Ohne dass mein Körper seine Vorwärtsbewegung stoppen konnte, stürzte der schiefergraue Wolf vor mir auf den Boden. Ich vergrub meine Zähne in seine Schulter und stieß ihn zurück, als der kastanienbraune Wolf ebenfalls vor mir zusammenbrach. Ich grub meine Krallen in seinen Rücken und hob seinen Körper an, um damit den Kopf des grauen Wolfes auf den Boden zu schlagen.

Mit einem lauten *Knall* fiel der graue Wolf auf die Seite, und ich verpasste ihm einen weiteren Schlag, sodass er auf dem Rücken landete. Meine rechte Pfote grub sich in seinen Bauch, während sich meine linke in die Erde grub.

Der Wolf schlug wild um sich und versuchte, mich abzuwerfen, als Geräusche hinter mir darauf hindeuteten, dass der braune Wolf wieder auf den Beinen war.

Bevor ich reagieren konnte, landete er auf meinem Rücken und grub seine Krallen in meine Seite. Ich löste meinen Griff um den grauen Wolf und warf mich nach hinten, sodass mein ganzes Körpergewicht auf den braunen Wolf knallte.

Gemeinsam rollten wir über den Boden und ich schaffte es, meine Zähne in seinem Hals zu vergraben. Er stieß seine Pfoten in meine Brust, um mich ebenfalls zu verletzen, schaffte es aber nicht, bevor ich ihm die Kehle herausriss.

In diesem Moment attackierte mich der schiefergraue Wolf wieder von der Seite, sodass ich über den sterbenden kastanienbraunen Wolf rollte. Gerade, als ich mich erheben wollte, biss der graue Wolf in meine rechte Schulter.

Der Schmerz blendete mich, als ich nach seinem linken Bein schlug, wobei ich darauf achtete, ihn so hart zu treffen, dass sein Bein nachgeben würde. Er zuckte zusammen, sein Biss lockerte sich, war aber immer noch stark genug, dass seine Zähne durch meine Haut drangen.

Callie, rief Bodey plötzlich durch unsere Gedankenverbindung. *Ich komme. Halte durch.*

Ich verlagerte mein ganzes Gewicht auf meine Hinterbeine und krallte mich in die Schulter des grauen Wolfes, wodurch ich ihn ebenso schwer verletzte, wie er mich verletzt hatte.

Knurrend sprang er auf, mein Blut tropfte von seinen Zähnen und auf den Boden. Er kam auf mich zu und erwartete offenbar, dass ich mich wie die Wölfin, die ich gerettet hatte, vor ihm zusammenkauerte.

Ich hob den Kopf und tat genau das Gegenteil. Ich weigerte mich, ihm auch nur die Illusion zu geben, stärker zu sein als ich. Da ich wollte, dass er mich angriff, scharrte ich mit den Füßen auf dem Boden, fletschte die Zähne und begegnete seinem Blick. Ich forderte ihn geradezu heraus, gegen mich zu kämpfen.

Es funktionierte. Der Wolf senkte den Kopf und hatte eindeutig vor, mich umzuwerfen, da er auf meine verletzte Schulter zielte. Ich drehte mich nach links und wich ihm nur knapp aus. Ich hörte ihn stolpern, als mein Blick auf einem hellbraunen Wolf landete, der sich von hinten an eines meiner Rudelmitglieder heranschlich.

Nein.

Ich stürmte vorwärts, während ich mich gedanklich mit dem ahnungslosen Rudelmitglied verband. *Pass auf!*

Bevor die Wölfin reagieren konnte, stieß ich mit dem hellbraunen Wolf zusammen und schleuderte ihn gegen eine Tanne, die vielleicht einen Meter entfernt stand.

Die Wölfin warf einen Blick über die Schulter, als der andere Wolf, mit dem sie kämpfte, sie in die Seite biss. Sie jaulte auf und wandte ihre Aufmerksamkeit wieder der unmittelbaren Bedrohung vor sich zu, gerade als in meinem Blickwinkel graues Fell aufblitzte und etwas Scharfes meine linke Hinterpfote durchbohrte.

Ich wollte schreien, aber ich schluckte das Geräusch

herunter und bewegte mich nach rechts. Dabei trat ich dem schiefergrauen Wolf mit meinem rechten Hinterbein ins Gesicht, wodurch ein schrecklicher Schmerz durch meine verletzte Schulter schoss.

Ich stolperte zurück und stellte mich meinen beiden Angreifern. Der hellbraune Wolf stürzte sich auf mich, und der graue Wolf knurrte, während Blut an seinem gespaltenen Ohr herunterlief.

Mein linkes Hinterbein zitterte, meine rechte Schulter pochte schmerzhaft und ich hatte Mühe, mein eigenes Gewicht zu tragen. Die Magie in mir, die versuchte, meine Verletzungen zu heilen, war nicht annähernd so stark wie Hexenmagie.

Der schiefergraue Wolf grinste, seine Zähne waren von meinem Blut rosa gefärbt. Meine Brust zog sich zusammen, und plötzlich spürte ich die Angst davor, dass ich das hier nicht überleben könnte, ohne ernsthaft verletzt zu werden.

Die Augen der beiden Wölfe vor mir glühten, während sie zweifellos über ihre Strategie diskutierten, und ich zwang mich, tief und gleichmäßig zu atmen, um einen möglichst klaren Kopf zu behalten. Sie bewegten sich beinahe synchron, jeder konzentrierte sich auf eine Seite meines Körpers. Ich konnte sehen, dass sie es auf meine Schultern abgesehen hatten, da ich dort bereits verletzt war.

Zähneknirschend erhob ich mich auf meine Hinterbeine und sprang los, denn ich war mir sicher, dass sie das nicht erwarten würden. Ich verlagerte so viel Gewicht wie möglich auf mein hinteres rechtes Bein, aber der Schmerz war trotzdem entsetzlich. Irgendwie schaffte ich es, mich auf den Beinen zu halten, während beide Wölfe sich aufrichteten, bereit, sich erneut auf mich zu stürzen.

Callie! Bodey verband sich erneut mit mir. Seine Sorge

um mich war so groß, dass sie die Angst, die mein Herz zu ersticken drohte, noch verstärkte.

Ich ließ jeweils eine Vorderpfote auf die Rücken der Wölfe fallen und ignorierte den Schmerz, der durch meine Schulter schoss. Meine Muskeln fühlten sich an, als wären sie aus Wackelpudding, als ich beide Wölfe zu Boden stieß und ihre Gesichter auf den Boden drückte.

Durch den Aufprall wurde Staub aufgewirbelt, der in meinen Augen brannte, aber ich blinzelte und konzentrierte mich auf mein Ziel.

Überleben.

Beide Wölfe versuchten, sich zu befreien, aber ich grub meine Krallen einfach tiefer in sie hinein und kratzte sie von der Mitte des Rückens bis zu ihren Köpfen. Leider konnte ich nicht so tief in den schiefergrauen Wolf eindringen, da er sich auf der Seite meiner verletzten Pfote befand, aber wenigstens konnte ich ihn ein wenig verletzen.

Blut, Fell und Haut klebten an meinen Krallen, und mein Hinterbein gab unter dem Druck nach.

Mein Hinterteil schlug auf dem Boden auf, wodurch ein schrecklicher Schmerz durch meinen Körper schoss, der mir den Atem raubte.

Der graue Wolf würgte ein Lachen hervor. Der Mistkerl wusste, dass ich verletzt war, und er genoss jede Minute meines Leidens. Langsam schlich er sich an mich heran und fokussierte mich wie Beute.

In diesem Moment sprang Bodey vor mich und verbiss sich im Hals des schiefergrauen Wolfes. Dieser wimmerte und versuchte, ihn abzuschütteln.

Wenige Sekunden später griff mich der hellbraune Wolf an.

Adrenalin pumpte durch meinen ganzen Körper. Wenn

ich diesen Wolf nicht ausschalten konnte, würde er sich auf meinen Gefährten stürzen. Das konnte ich nicht zulassen.

Ich ließ mich auf den Bauch fallen, und der Wolf landete auf meinem Rücken. Seine Krallen gruben sich in meine Seiten, und er biss mir in den Nacken. Mit einem tiefen Knurren zwang ich mich, aufzustehen, und rollte mich dann auf ihn.

Mein Rücken und mein Nacken brannten, aber trotzdem schaffte ich es, meinen Kopf zurückzuwerfen. Sein Biss lockerte sich.

Ich drehte mich erneut und rappelte mich auf, dann biss ich dem hellbraunen Wolf in den Hals. Er schnaufte und seine Augen weiteten sich, als das Leben langsam aus ihm wich.

Obwohl ich schrecklich zitterte, zwang ich mich, auf den Beinen zu bleiben. Als ich mich umdrehte, um nach meinem Gefährten zu sehen, sah ich Bodey auf dem Rücken liegen, der schiefergraue Wolf über ihm. Bodey vergrub seine Krallen so tief im Bauch des Wolfes, dass Blut herausspritzte und das Fell meines Partners tränkte.

Sein Widersacher zuckte und versuchte, sich von Bodey zu lösen. Er hatte jedoch keine Chance. Mit allen vier Beinen schleuderte Bodey ihn einige Meter weit weg. Als der Wolf auf dem Boden aufschlug, jaulte er auf. Mein Gefährte sprang auf und rannte zu ihm. Bei ihm angekommen beugte er sich hinunter und riss dem Wolf die Kehle heraus.

Wenigstens waren diese beiden Arschlöcher erledigt. Mein Bein zitterte mittlerweile so stark, dass ich wusste, dass es jeden Moment aufgeben würde. Dennoch versuchte ich, das Unvermeidliche zu ignorieren. Ich würde kämpfen, bis ich nicht mehr stehen konnte, und dann würde ich am Boden liegend weiterkämpfen.

Callie, rief Bodey über unsere Gedankenverbindung und kam zu mir. *Komm, ich helfe dir.*

Wir müssen kämpfen. Ich schaute mich um, um zu sehen, wer als Nächstes Hilfe benötigte, aber die restlichen dreißig Gegner rannten bereits davon.

Ich begann, ihnen hinterherzujagen, aber ich hinkte stark. Ich würde es niemals schaffen, sie einzuholen, aber wir konnten auch nicht riskieren, dass sie mit Verstärkung zurückkamen.

Sie ziehen sich zurück, sagte Samuel, als Bodey mich erreichte und seinen Kopf an meinen schmiegte.

Und was, wenn sie eine Hexe oder andere Verstärkung holen? Ich wollte nicht wieder unvorbereitet sein. Die Königin hatte uns schon einmal überrumpelt, und ich hatte es satt, mich einfach nur ständig zu verteidigen.

Lucas, Jack und ich werden ihnen folgen, um zu sehen, wohin sie gehen, teilte uns Miles in diesem Moment mit.

Ich atmete tief durch. *Nein, lasst uns alle zusammenbleiben. Wir sollten uns nicht trennen, denn es besteht die Gefahr, dass noch mehr von uns verletzt werden. Wir müssen nur sicherstellen, dass wir genug Leute haben, die die Gegend beobachten, falls sie zurückkommen, damit wir nicht unvorbereitet getroffen werden.* Fast hätte ich *schon wieder* hinzugefügt, aber das verkniff ich mir. Das würde mich nur noch weniger kompetent aussehen lassen. Wobei ich mir nicht sicher war, ob das zu diesem Zeitpunkt überhaupt noch möglich war.

Sie hat recht, fügte Bodey hinzu und gab mir sofort Rückendeckung. Er küsste mich erneut, bevor er einen Schritt zurücktrat, um meine Verletzungen zu untersuchen. *Wir müssen zusammenbleiben und den Überlebenden helfen.*

Während Bodey mich begutachtete, tat ich dasselbe mit ihm. Abgesehen von dem Blut des grauen Wolfes, das ihn bedeckte, bemerkte ich nur ein paar Schrammen und Kratzer. Er hatte den Kampf besser überstanden als ich.

Da ich wusste, dass es ihm gut ging, sah ich mich um.

Es gab so viele Tote. Die meisten davon auf unserer Seite. Mein Herz zog sich unter dem Druck zusammen.

Jacks heller Wolf trottete zu uns herüber. Er hatte Blutspritzer auf seinem Fell, aber offenbar keinen einzigen Kratzer. *Jedes verdammte Mal wird einer von euch beiden in den Hintern getreten. Ich glaube, ich muss euch beiden Kampfunterricht geben.*

Bodey knurrte. *Callie war hinter den stärksten Wölfen hier her.*

Ach ja? Das war gar nicht meine Absicht gewesen, ich hatte nur danach Ausschau gehalten, wen ich beschützen konnte.

Das war vermutlich deine Wölfin, ohne dass du es gemerkt hast. Michael eilte auf uns zu. Im Gegensatz zu Jack und Bodey hatte es den älteren Mann etwas mehr erwischt. Er hatte eine Bisswunde an der Seite, aber er schien die Verletzung mit Fassung zu tragen.

Ich konzentrierte mich darauf, die Verbindungen zu diesem Rudel zu zählen, dann verband ich mich mit Zeke. *Unsere Feinde haben sich zurückgezogen. Es sieht so aus, als gäbe es hier noch etwa sechzig Rudelmitglieder.*

Es sind also dreißig Wölfe ums Leben gekommen, hörte ich Zekes Stimme sagen, wobei er vollkommen neutral klang und keinerlei Emotionen zeigte. *Heather hat sich gerade gemeldet – sie ist auf dem Weg zu euch, um die Situation zu besprechen. Sie ist sehr aufgewühlt. Ihr Vater und ihr Bruder sind gestorben, was sie zum neuen Alpha des Rudels macht.*

Ich schluckte und versuchte, die Anspannung aus meinem Körper zu lösen, damit ich heilen konnte und meine Schmerzen nachlassen würden.

Es tut mir so leid, dass ich so lange gebraucht habe, um zu dir zu kommen, sagte Bodey, dessen Augen fast schwarz waren. *Sie haben mich immer wieder angegriffen.*

Du musst dich für nichts entschuldigen, versicherte ich ihm. *Wir haben gekämpft.*

Die Stimme von Miles tauchte in meinem Kopf auf. *Wir müssen diese Leute beruhigen.*

Ach ja?, antwortete Lucas. *Und wie genau sollen wir das anstellen?*

Das war eine ausgezeichnete Frage. Ich konnte nicht versprechen, dass so etwas nicht mehr vorkommen würde. Die Königin könnte jederzeit wieder angreifen.

Als ich mich erneut umsah, stellte ich fest, dass mehrere der anwesenden Wölfe verletzt waren. Wir hatten noch fünf weitere Wölfe verloren, nachdem wir zur Hilfe gekommen waren. Mein Blick wanderte zurück zu dem ersten Wolf, den ich zu retten versucht hatte. Ich war gescheitert. Dieser eine Tod war allein meine Schuld.

Verdammt, das *alles* war meine Schuld. *Vielleicht hätte ich mich der Königin einfach unterwerfen sollen.*

Nein, das hättest du nicht, versicherte mir Bodey und ich konnte seine Entschlossenheit spüren. *Sie ist nicht besser als Zeke.*

Ich hatte vorhin denselben Gedanken gehabt, aber es war schön zu hören, dass Bodey genauso dachte.

Wir müssen meine Erinnerungen zurückholen. Ich war mir nicht sicher, ob uns das Antworten über die Königin geben würde, aber es könnte uns zumindest in die richtige Richtung führen. Der Tod meiner Eltern war Königin Kel zugutegekommen, und ich wollte wissen, warum sie mein Gedächtnis hatte löschen lassen, anstatt mich gleich zu töten. Vielleicht wollte sie, wie die anderen, diskutierten, warten, bis ich mich ihr unterwerfen würde ... aber warum hat sie mich dann noch so lange Zeke überlassen?

Das werden wir, schwor Bodey. *Wir werden sie gemeinsam zurückholen.*

Zehn Wölfe trabten auf uns zu, und ich konzentrierte mich auf ihre Verbindungen. Es waren Mitglieder meines Rudels. Eine rostbraune Wölfin trottete direkt auf mich zu, während die anderen neun sich verteilten, um sich um die Verletzten zu kümmern.

Ich nehme an, Ihr seid die Königin, sagte die Wölfin, die ich für Heather hielt, als sie vor mir stehen blieb. Ihre topasfarbenen Augen waren dunkel und starrten mich misstrauisch an.

Ich schluckte. Es war das erste Mal, dass mich jemand, den ich nicht kannte, mit meinem neuen Titel ansprach. Leider waren die Umstände schrecklich. *Ja, das bin ich. Und das ist mein Gefährte, Bodey.* Ich nickte ihm zu, als Samuel herantrabte und sich auf meine andere Seite setzte. *Und mein Bruder, Samuel.* Dann stellte ich auch die anderen Männer schnell vor, bevor sich die anderen Berater aufteilten, um das Schlachtfeld zu bewachen, und die Väter sich verwandelten, um bei der Bestattung der Toten zu helfen. Nur Bodey und ich konnten eine direkte Verbindung zu diesem Rudel herstellen.

Heather und ich blieben in Wolfsgestalt. Ich bemerkte, dass sie einen tiefen Kratzer am Bauch hatte, der sie wahrscheinlich daran hinderte, sich zu verwandeln.

Wisst Ihr, warum sie uns angegriffen hat?, fragte Heather, und ihre Augen blieben auf mich gerichtet. *Ich habe gerade meinen Vater – unseren Alpha – und meinen Bruder, seinen Nachfolger, in einer Nacht verloren.*

Königin Kel will das Territorium übernehmen, antwortete ich einfach. Ich wollte sie nicht anlügen, aber gleichzeitig wollte ich ihr auch nicht alles erzählen. Mir fiel auf, dass etwa fünfzehn ihrer übrigen Rudelmitglieder nicht bei uns waren. *Wo sind die anderen?*

Sie behalten die Grenzen im Auge. Sie schnaubte und schüttelte den Kopf. *Ihr seid nicht die Einzige, die vermutet, dass sie zurückkommen könnten.* Ihre Worte trieften vor Verachtung.

Ich sah sie verwundert an. *Ich habe nie gesagt ...*

Das musstet Ihr auch nicht.

Bodey versteifte sich neben mir. *Sprich nicht so mit ihr. Sie ist deine Königin, und ich werde diese Respektlosigkeit nicht tolerieren.*

Ich trat näher an ihn heran und ignorierte, dass mein linker Hinterfuß und meine Brust schmerzten. *Sie hat gerade viele Rudelmitglieder und ihre Familie verloren.*

Das spielt keine Rolle, knurrte Bodey. *So darf sie nicht mit dir sprechen.*

Wie konntet Ihr so schnell hier sein, wenn Ihr über acht Stunden entfernt wohnt? Heathers Nasenlöcher blähten sich auf. *Es scheint ein seltsamer Zufall zu sein, dass Ihr ausgerechnet heute in der Gegend wart.*

Meine Lunge krampfte. Das war eine berechtigte Frage. *Ich muss etwas in der Nähe erledigen.* Ich brauchte ihr nicht alles zu sagen.

Sie nickte. *Ich schätze, dann hatten wir Glück.*

Wir werden euch helfen, die Toten zu begraben, fügte ich hinzu, denn ich wollte nicht, dass sie dachte, wir würden sofort wieder verschwinden und sie mit dem Chaos allein lassen. *Wir werden nicht einfach abhauen.*

Ein Teil ihrer Wut verflog, und sie nickte. *Es tut mir leid. Es ist nur ...*

Du hast Personen verloren, die du liebst. Ich konnte mich noch gut daran erinnern, wie ich mich gefühlt hatte, als ich dachte, ich hätte Stevie verloren. Manchmal wurde Empathie nicht genug gewürdigt. *Lasst uns an die Arbeit gehen und die Toten begraben und die Verletzten versorgen.* Hier zu stehen und diese Hölle länger nur zu betrachten, war für niemanden gut. *Wir alle brauchen Zeit zum Trauern und zum Ausruhen.*

Ein paar Hexen hatten uns geholfen, die Verwundeten zu heilen, aber trotzdem hatten wir die ganze Nacht gebraucht, um die Toten zu begraben. Heather hatte uns erlaubt, uns in ihrem Haus auszuruhen und ein paar Stunden auf dem Boden zu schlafen, bis die Mitglieder von Bodeys Rudel eintrafen.

Jetzt, wo sie hier waren, machten wir uns auf den Weg zum Ontario-Rudel, um nach ihnen zu sehen. Zeke zufolge waren fünf von ihnen gestorben, und sie hatten nicht annähernd so sehr gelitten wie Heathers Rudel. Trotzdem waren getötete Rudelmitglieder immer schrecklich, egal, wie viele es waren.

Bodey öffnete gerade meine Autotür, als Heather aus ihrem hellblauen Haus lief. »Königin Callie«, rief sie. »Kann ich Euch kurz sprechen?«

Die Hand meines Gefährten ruhte auf meinem Rücken, und ich bemerkte, dass Samuel ebenfalls innehielt, obwohl er gerade auf den Rücksitz von Jacks Navigator steigen wollte.

»Ja.« Ich blieb vor der Tür stehen und lächelte. »Was ist?«

Sie räusperte sich. »Ich hatte gehofft, mit Euch allein sprechen zu können.«

Ich neigte den Kopf. »Sicher.«

Sag Bescheid, wenn du mich brauchst, sagte Bodey mit leuchtenden Augen.

Obwohl Heather sich nach unserem ersten Gespräch

beruhigt hatte, war sie ein wenig zurückhaltend geblieben, was Bodey nicht gefallen hatte. Allerdings hatte sie letzte Nacht ihren Vater und ihren Bruder verloren, und ich konnte mir nicht vorstellen, wie sich das anfühlen musste.

Ich folgte ihr, während die Jungs alle in die Autos stiegen, wobei sie mich nicht aus den Augen ließen.

Heather blieb in ihrem Garten stehen. Ihr Gesicht war angespannt.

Ist alles in Ordnung?, fragte ich über unsere Gedanken-verbindung. *Brauchst du noch etwas?*

Sie nickte. *Ich muss wissen, wie Ihr das in Ordnung bringen wollt.*

Ich hob die Augenbrauen. *Na ja, Bodeys Rudelmitglieder werden für eine Woche bei euch bleiben.*

Nein, ich meine dauerhaft. Was wollt ihr wegen dieser Situation tun? Sie biss sich auf die Unterlippe. *Ich weiß es zu schätzen, dass Ihr gekommen seid und mit uns gekämpft habt. Nicht viele Anführer wären geblieben und hätten geholfen, unsere Toten zu begraben, wie Ihr es getan habt. Aber die Mitglieder von Bodeys Rudel können nicht für immer bei uns bleiben; auch wenn sie es könnten, sind sie nur zu fünft und es gibt zwanzig andere Rudel, die an der Grenze zu Oregon leben. Jemand muss etwas gegen Königin Kel unternehmen, wir wollen uns endlich wieder sicher fühlen.*

Das war das Äquivalent zu einem Tritt in die Magen-grube. Ich atmete aus und versuchte herauszufinden, wie ich ihr antworten sollte, obwohl ich selbst keine Lösung für dieses Problem hatte. Bodeys Rudel besaß nicht genug Land, sodass sie zu uns hätten ziehen können. Und ich vermutete, dass sie das auch gar nicht wollen würden, nicht nachdem sie so viele Wölfe verloren hatten und Zeit zum Trauern und Heilen brauchten. Und nicht nur das, auch andere Rudel waren in Gefahr, und alle zwanzig, die in der Nähe der Grenze zu Oregon lebten, umzusiedeln, war keine Option.

Ich will nicht respektlos sein, aber Ihr müsst uns helfen. Heather sah mich an und hob die Hände. *Ihr seid die einzige Person, die für unsere Sicherheit sorgen kann, aber Ihr könnt nicht überall gleichzeitig sein.*

Du hast recht. Ich nickte. Es tat mir schrecklich leid, dass ich ihr nicht versprechen konnte, dass sie bald in Sicherheit sein würden. Sie hatten schon so viel verloren. *Wir arbeiten an einer Lösung.* Ich musste dringend meine Erinnerungen zurückbekommen. Es gab keinen anderen Weg.

Das hoffe ich sehr. Heather runzelte die Stirn. *Sonst könnten bald noch viel mehr von uns sterben.* Sie drehte sich um und ging in den Wald zu der Stelle, wo wir die Toten begraben hatten.

Meine Füße bewegten sich zurück zu den Autos, aber meine Gedanken waren ganz woanders.

Was ist passiert?, fragte Bodey und ich konnte seine Sorge spüren.

Ich wiederholte das Gespräch und fühlte mich wie eine verdammte Versagerin. All diese Leute zählten auf mich, und ich ließ sie alle im Stich.

Babe, das bekommen wir schon hin, antwortete Bodey erneut. *Ich verspreche es.*

Als ich auf den Beifahrersitz rutschte, nahm er meine Hand. *Wenn irgendjemand diesen Leuten helfen kann, dann du.*

Ich war mir da nicht so sicher, aber seine Worte spendeten mir Trost.

Kurz darauf bog er auf die Straße ab und fuhr in Richtung Ontario. Ich lehnte meinen Kopf gegen das Fenster und konzentrierte mich auf das Gefühl von Bodeys Hand auf meinem Bein, als mein Handy klingelte.

Dinas Name blinkte auf dem Display auf, und mein Magen zog sich zusammen. Sie hatte mich noch nie angerufen. Eilig ging ich ran. »Hallo?«

»Hey, bist du auf dem Weg nach Hause?«, fragte Dina mit angespannter Stimme.

»Nein, wir sind auf dem Weg zu einem Rudel, das letzte Nacht angegriffen wurde.« Irgendetwas stimmte nicht, das konnte ich spüren. »Was ist los?«

»Du musst zurück nach Hause kommen«, antwortete sie. »Es gibt da jemanden, der dich sehen will.«

Mein Herz klopfte wie wild in meiner Brust. Das klang gar nicht gut. »Ist die Königin da?« Es würde mich nicht überraschen, wenn sie es wäre, auch wenn das einer Kriegserklärung gleichkommen würde.

Das kann nicht sein, unser Rudel hätte uns gewarnt, meinte Bodey und drückte beruhigend mein Bein. *Sie kann nicht die Person sein, die dich sehen will.*

»Nein, sie ist es nicht«, sagte Dina. »Allen hier geht es gut.«

Ich nahm einen zittrigen Atemzug. Die Königin hatte mich verunsichert, und ich konnte nicht mehr klar denken. Das war nur ein weiteres Anzeichen meines Versagens. »Natürlich. Es ist gut zu hören, dass es auch den anderen gut geht.« Ich seufzte und lehnte mich gegen die Kopfstütze.

»Du klingst müde. Janet hat mir erzählt, dass ihr geholfen habt, die Toten zu begraben. Habt ihr letzte Nacht überhaupt geschlafen?«, fragte Dina besorgt.

»Ein paar Stunden.« Ich gähnte, was meine Augen tränen ließ.

Aber nicht besonders erholsam, murmelte Bodey und sah mich an. *Du brauchst Schlaf.*

Er auch, aber ich wollte mich nicht mit ihm streiten. »Also, wenn es nicht die Königin ist, wer ist es dann? Kommt eine andere Hexe zu Besuch?« Wenn ich genug Energie gehabt hätte, hätte ich die Finger gekreuzt.

»Ja. Priesterin River aus dem Hexenzirkel, der in der Nähe von Miles' Rudel lebt, hat mich kontaktiert. Sie wollte jedoch nicht kommen, bevor Miles und Stella zurück sind. Aber unter den gegebenen Umständen ist sie bereit, für einen Tag zu kommen, und hat angeboten, morgen hier zu sein. Sie muss wissen, ob es klappt, dann wird sie sich heute schon auf den Weg machen. Da die Königin vor allem in Oregon und Idaho angegriffen hat, möchte sie sich lieber früher als später mit uns treffen, damit sie zurückkehren kann, bevor Königin Kel beschließt, ihr Rudel anzugreifen.«

Ich biss mir auf die Lippe und holte tief Luft, um meine Lungen zu füllen. Das musste ich mir gut überlegen, zumal wir eigentlich nach dem Ontario-Rudel sehen wollten. Ich war mir nicht sicher, ob wir unseren Besuch im anderen Rudel aufschieben konnten. Andererseits benötigten wir dringend Antworten.

»Kann sie auch in zwei Tagen kommen?« Das wäre kein allzu großer Aufwand und würde uns Zeit geben, nach Lynerd und seinem Rudel zu sehen.

»Das könnte sie«, sagte Dina zögerlich. »Aber in der Zwischenzeit könnte es weitere Angriffe geben.«

Und dann würden noch mehr Leute Fragen stellen ... genau die, die Heather auch gestellt hatte und auf die ich keine Antworten hatte.

Letzte Nacht hatte die Königin mehr als deutlich gemacht, dass sie mir mit diesen schrecklichen Angriffen eine Lektion erteilen wollte. Ich bezweifelte, dass sie sich jetzt zurückhalten würde. Die Hexe so schnell wie möglich zu treffen, hatte oberste Priorität. »Gib mir nur eine Minute.«

Ich setzte mich mit Samuel in Verbindung und informierte ihn über den Stand der Dinge. Dann bezog ich Bodey in die Diskussion ein. *Wenn wir nach Ontario fahren, kommen wir heute Abend gegen acht Uhr dort an, und dann würde es noch sechs Stunden dauern, bis wir zu Hause sind.*

Babe, ich weiß, du willst nach dem Rudel sehen. Das will ich auch, aber wenn wir dort sind, werden wir nicht sofort wieder fahren können. Wir müssten bleiben und uns um sie kümmern, bevor wir uns auf den Heimweg machen. Wir werden auf keinen Fall vor morgen früh zurück sein. Bodey atmete aus. *Und da bereits Heather Fragen gestellt hat ...*

Er brauchte diesen Satz nicht zu beenden. Lynerd würde mir die gleichen Fragen stellen, und er würde nicht so schnell aufgeben wie Heather. Wenn wir ihn und sein Rudel besuchten, mussten wir in der Lage sein, ihm Antworten zu geben.

Dann mischte sich Samuel ein. *Ich stimme zu. Wir müssen uns mit der Hexe treffen.*

Wenn Samuel es genauso sah, gab es für mich keinen Zweifel mehr daran, dass es die richtige Entscheidung war. »Sag Priesterin River, sie soll kommen, wir sind morgen früh bereit, uns mit ihr zu treffen.« Ich kniff mir in den Nasenrücken. »Wir machen uns sofort auf den Heimweg.«

Frag Dina, ob wir ein Haus für den Zirkel vorbereiten müssen. Es gibt zwei leerstehende Wolfshäuser in der Nähe unseres Hexenzirkels, falls sie benötigt werden, sagte Bodey.

Ich wiederholte die Frage. »Nein. Wir haben ein Haus, in dem sie bleiben kann, aber danke, dass du fragst. Wir kommen morgen früh gegen neun Uhr zu euch nach Hause. Ruh dich einfach gut aus, damit es ihr nicht schwerfällt, sich mit deiner Magie zu verbinden, um den Zauber zu spüren.«

Nun gut, ich vertraute Dina. »Okay. Wir sehen uns morgen.«

Ich legte auf und rieb meine verschwitzte Hand an meinem Hosenbein ab. Ich war mir nicht sicher, ob das die richtige Entscheidung war, aber ich begann zu glauben, dass es selten nur eine *richtige* Entscheidung gab, sondern nur einen Haufen beschissener Entscheidungen, von denen keine gut oder einfach war. Es gab keine Garantie, dass das Treffen mit dieser Priesterin uns irgendwelche Antworten liefern würde. Wir könnten ein starkes Rudel verärgern, um einem albernen Traum nachzujagen.

Samuels Stimme tauchte in meinem Kopf auf. *Du musst Zeke informieren. Er muss Lynerd mitteilen, dass wir heute nicht kommen werden.*

Es gab kein Entrinnen – Bodey und ich waren die Einzigen, die sich mit Zeke verbinden konnten. Eine Tatsache, über die ich nicht nachzudenken versuchte.

Ich zerrte an der Verbindung und öffnete die Kommunikation zwischen Bodey, Zeke und mir. *Bist du immer noch bei Lynerds Rudel?*

Ja, das bin ich. Sie haben ihre Toten begraben, aber das Rudel ist in höchster Alarmbereitschaft. Sie wollen wissen, wie die Wölfe von Königin Kel es geschafft haben, die Krönung, die Krönungszeremonie und jetzt ihr Land anzugreifen. Ich hoffe, dass ihr Antworten mitbringt, ansonsten weiß ich nicht, was passieren wird.

Ich ließ meine Schultern sinken und den Kopf hängen. *Wir haben vielleicht eine Spur, aber dafür müssen wir zurück nach Hause.* Obwohl ich die Worte nicht ausgesprochen hatte, schmerzte meine Kehle, als hätte ich es getan. *Aber wenn du denkst, dass wir kommen sollten ...*

Nein, ich regle das schon, unterbrach mich Zeke. *Ich bin

seit über zwanzig Jahren als Berater tätig. Ich weiß, was ich tue.

Sie hat nicht behauptet, dass du das nicht weißt. Bodeys Kiefer krampfte sich zusammen. *Sie wollte nur sagen, dass die Leute, die uns brauchen, unsere Priorität sind.*

Glaubt ihr wirklich, dass es sie beruhigen wird, wenn ihr hier auftaucht und mit leeren Worten um euch werft, ohne wirkliche Antworten zu haben? Zekes Abscheu sickerte durch unsere Verbindung hindurch. *Das wird es nicht. Was ist das für eine Spur, die ihr habt?*

Ich zuckte zusammen. Ich hatte gehofft, er würde nicht fragen. Wenn ich die Information zurückhielt, was in der Tat verlockend war, würde das nur weitere Probleme zwischen uns allen verursachen und Oregon noch mehr in Gefahr bringen. *Eine Hexe kommt, um zu sehen, ob sie herausfinden kann, wer meine Erinnerungen verändert hat.*

Einen Moment lang antwortete er nicht. *Nun, haltet mich auf dem Laufenden, wenn ihr etwas herausfindet.*

Wird gemacht. Ich wünschte mir so sehr, dass Theo mittlerweile das Sagen hätte. Es wäre viel einfacher für mich, mit ihm zu verhandeln und nicht mit dem Mann, der mich all die Jahre gequält und versteckt hatte. *Und lass das Ontario-Rudel wissen, dass sie in unseren Gedanken sind.*

Ich werde dafür sorgen, dass ihnen das klar ist. Ich bin sicher, das wird sie nachts warm halten und ihre Tränen trocknen. Zekes Stimme triefte vor Sarkasmus. *Wir sprechen uns bald.*

Bodey knurrte. »Ich hasse ihn wirklich. Wenn sich die Dinge beruhigt haben, wird er abgelöst, richtig?«

»Ja, ich hoffe, dass es meine erste Amtshandlung sein wird. Lynerd sollte für Oregon verantwortlich sein. Es war technisch gesehen sein Recht, und er ist stärker als Zeke. Ich weiß nicht, was sich meine Eltern dabei gedacht haben, ihn als Berater einzusetzen.« Ich zitterte. Den König und die Königin zum ersten Mal als meine Eltern zu bezeichnen, überforderte mich ein wenig, aber ich musste mein Erbe akzeptieren. Die Tätowierung auf meinem Körper bewies, dass ich dir Königin war, auch wenn sich die Tatsache immer noch seltsam anfühlte.

»So wie Dad es erklärt hat, standen sich Mila und Zeke sehr nahe, und sie fühlte sich schlecht, weil sie Zekes Rudel zurückgelassen hat, um bei König Richard zu sein.« Bodey zuckte mit den Schultern. »Vielleicht war das ihre Art, es bei ihm wiedergutzumachen.«

Es gab weitaus bessere Möglichkeiten, das zu erreichen, als die Macht an einen narzisstischen Mann abzugeben. »Ich glaube nicht, dass es das besser macht.«

Bodey zuckte mit den Schultern, nahm meine Hand und legte sie auf die Mittelkonsole. *Wenigstens hatte sie gute Absichten, auch wenn sie fehlgeleitet waren. Dad hat mir erzählt, dass Zeke am Anfang gar nicht so schlimm war. Er wurde mit den Jahren immer schlimmer, und als Mila starb, starb auch etwas in ihm.*

Das klang traurig, aber ich musste mich daran erinnern, dass Zeke hier nicht das Opfer war. Er war zum Täter geworden, und das ließ jegliches Mitgefühl, das ich für ihn hätte haben können, verschwinden. Nur jemand, der böse war, würde andere so misshandeln, wie er es täglich tat. Ich glaubte kaum, dass man sich erst nach einiger Zeit in diese Richtung veränderte. Vermutlich hatte diese Seite schon immer zu ihm gehört.

Ich versuchte, nicht mehr an Zeke zu denken. Damit hatte ich schon entschieden zu viel Zeit meines Lebens verschwendet. *Meinst du, wir sollten die Berater nach Ontario schicken?*

Ich bin mir ziemlich sicher, dass das Lynerd und Zeke nur

noch mehr verärgern und sie gegeneinander aufbringen würde. Zeke ist der Berater für diese Region, wenn also Miles, Jack, Lucas oder auch Samuel dort auftauchen würden, würde er sich bedroht fühlen und auch vor Lynerd schwach erscheinen. Er zuckte mit den Schultern. *Außerdem wird River mit Miles sprechen wollen, um ihn über sein Rudel zu informieren. Es wäre das Beste, wenn wir alle nach Hause fahren.*

Bei allen Göttern, Königin zu sein war wirklich nicht einfach. Diese Machtdynamiken schienen viel zu kleinlich. Nur ein falsches Wort oder ein falscher Blick reichten aus, um jemanden schrecklich zu beleidigen.

Während ich immer noch in Gedanken versunken war, bog Bodey auf eine Straße ab, die uns zurück nach Idaho und nicht ins Zentrum von Oregon führte.

Hey, was ist los?, fragte Michael sofort.

Erst jetzt fiel mir auf, dass wir die Väter bisher nicht informiert hatten, also gab ich ihnen ein kurzes Update.

Michael sagte nichts, bis ich fertig war. *Das war die beste Entscheidung, die du hättest treffen können.*

Das von einer anderen Person zu hören, war genau das, was ich brauchte. *Ich wünschte, es gäbe eine einfachere Antwort.*

Ich glaube, das wünschen wir uns alle. Ich werde Dan, Phil und Carl darüber informieren. Lasst es uns wissen, wenn noch etwas passiert.

Ich schloss die Augen, lehnte mich über die Mittelkonsole und legte meinen Kopf auf Bodeys Schulter. In diesem Moment wollte ich einfach nur das Kribbeln unserer Verbindung spüren. Seine Berührung und sein Geruch gaben mir das Gefühl, vollkommen zu sein.

Er küsste mich auf den Kopf, legte seinen Arm um meine Schultern und umarmte mich, so fest er konnte, während er weiterfuhr. »Wir werden das schon schaffen«, versprach er.

Ich nickte und wusste, dass wir beide daran glauben mussten ... besonders jetzt.

»Ruh dich etwas aus.« Er stellte das Radio an und schaltete durch die verschiedenen Sender, bis der Song ›Hold On‹ von Wilson Phillips aus den Lautsprechern ertönte. Der Text sprach mir aus der Seele, und ich konzentrierte mich einfach nur darauf, mit meinem Gefährten zusammen zu sein und dachte darüber nach, was die Zukunft für uns bereithalten würde.

Obwohl ich versuchte zu schlafen, gelang es mir nicht. Mein Nacken schmerzte, weil ich so lange auf Bodeys Arm gelegen hatte, und mein Rücken war steifer als je zuvor. Das einzig Gute, was das stundenlange Sitzen bewirkt hatte, war, dass meine Wunden geheilt waren, weil ich mich kaum bewegt hatte. So musste ich immerhin nicht Dina darum bitten, mir zu helfen.

Als wir in unsere Siedlung fuhren, hatte sich der Mond hinter den dicken Wolken versteckt, und Regen prasselte auf die Windschutzscheibe. Ich warf einen Blick auf die Uhr. Es war fast sieben Uhr dreißig, und ich fühlte mich, als hätte ich ewig nicht mehr geschlafen.

Kurz darauf erreichten wir unser weißes Haus. Drinnen brannte Licht, als Bodey in die Garage fuhr.

Ist Janet hier? Bodeys Familie und Freunde versammelten sich gerne in Bodeys Haus, was mir nichts ausmachte. Es gefiel mir, sie alle in der Nähe zu haben.

Mom wollte dich mit einem Abendessen überraschen. Er parkte das Auto, seine Augen leuchteten.

Sofort begann mein Magen zu grummeln. Seit wir bei Heather losgefahren waren, hatten wir nichts anderes als

Snacks gegessen, und wir hatten nur einmal angehalten, um zu tanken und auf die Toilette zu gehen.

Die Berater und die Väter fuhren hinter uns in die Einfahrt.

Bodey und ich betraten das Haus als Erste, und der Geruch von Steak und Kartoffeln stieg mir in die Nase. Janet musste den Grill auf der Terrasse benutzt haben. Die anderen zogen die Schuhe aus und folgten uns ins Haus.

Stella, Stevie und Destiny saßen auf dem Sofa, während Taylor und Alicia mit Rotweingläsern in der Hand an der Kücheninsel standen.

Der Geruch ließ mir bereits das Wasser im Mund zusammenlaufen.

Die drei Frauen auf dem Sofa sprangen auf und eilten zu ihren Gefährten, um sie zu begrüßen.

Stevie tätschelte nur kurz meinen Arm, bevor sie an mir vorbeiging und sich direkt auf Jack stürzte. Er schlang seine Arme um sie, hob sie hoch und wirbelte sie herum, obwohl Lucas und Miles direkt neben ihm standen.

»Was zum Teufel soll das, Mann?«, beschwerte sich Lucas und machte vier große Schritte in Richtung des Flurs. »Wir sind auch noch hier.«

»Nicht in meinen Gedanken«, sagte Jack und zog Stevie an seine Brust. »Alles, was ich sehe, ist mein Mädchen, das hier vor mir steht.«

Ihre Wangen färbten sich rot, und ich schluckte mein Lachen hinunter, um sie nicht in Verlegenheit zu bringen.

Die vier ehemaligen Berater gingen nun auch ins Haus, ebenfalls auf den Weg zu ihren Gefährtinnen. Michael rannte beinahe auf die Terrasse, um so schnell wie möglich bei Janet zu sein.

Ein wohliges Gefühl breitete sich in mir aus. Auch wenn Gefährten schon lange zusammen waren, freuten sie sich immer noch, einander zu sehen. Mein Blick fiel auf Bodey, der mir zuzwinkerte, während er sich die Weinflasche von der Kücheninsel schnappte, die neben einer großen Schüssel mit gebackenen Kartoffeln, die in Alufolie gewickelt waren, stand. Er füllte ein Glas und reichte es mir.

»Danke.« Ich trank einen großen Schluck und ging um die Insel herum, während Jack, Miles und Carl ihren Gefährtinnen zurück in Richtung Sofa folgten. Die Jungs nahmen ihre Plätze hinter ihren Frauen ein, weil sie nach der langen Autofahrt vermutlich nicht mehr sitzen konnten.

»Gern geschehen.« Bodey trat hinter mich und schlang seine Arme um meine Taille.

Ich schmiegte mich an seine Brust und nahm einen weiteren Schluck. Der Wein wärmte mich von innen und Bodeys Arme von außen. Zu Hause zu sein fühlte sich so verdammt gut an, besonders nach der Hölle, die wir gerade durchlebt hatten.

Stella warf einen Blick über ihre Schulter und bewegte sich so, dass sie um Miles' riesige Gestalt herum sehen konnte. »Bist du immer noch verletzt?« Sie musterte mich von Kopf bis Fuß.

»Ich bin so gut wie geheilt.« Ich zog am Ausschnitt meines fuchsiafarbenen Hemdes und zeigte ihr die Kratzer neben meiner Tätowierung.

»Wir sind froh, dass ihr alle zurück seid.« Stevie presste ihre Lippen aufeinander und starrte mich an.

»Ach komm schon.« Jack kraulte ihren Hals. »Du brauchst die anderen nicht anzulügen. Ich wette, du hast dir nur Sorgen um mich gemacht.«

Sie schnaubte. »Natürlich habe ich mir Sorgen um dich gemacht, aber auch um meine Schwester und alle anderen.« Sie schlug ihm auf den Hinterkopf, und er verstummte.

Jack richtete sich auf und zeigte auf Lucas. »Das hat sie sich von dir abgeguckt.«

Lucas zuckte mit den Schultern. »Sei einfach kein Arsch.«

»Willst du einen echten Arsch sehen?« Jack griff nach dem Gürtel seiner Jeans.

»Alter!« Lucas schüttelte den Kopf. »Lass das. Ich habe dich schon oft genug auf der Toilette gesehen. Diese Bilder bekomme ich nie mehr aus meinem Kopf.«

»Jack Landry, wenn du deine Hose runterlässt, versohle ich dir den Hintern.« Destiny zeigte auf ihn. »Genau hier, vor allen Leuten. Es ist mir egal, ob du ein Berater bist oder nicht.«

Bodeys Schultern bebten, weil er sich so anstrengen musste, sein Lachen zu unterdrücken.

»Und wenn *sie* mit dir fertig *ist* ...«, sagte Stella und hob ihr Kinn, »werde ich dafür sorgen, dass deine Eier einen Monat lang jucken. Erinnerst du dich noch daran, was ich dir angetan habe, als ich erfahren hatte, dass du versucht hast, eine Stripperin ins Haus zu holen, während Miles da war?«

»Wie bitte?«, fragte Stevie laut. »Du hast *was* getan?«

»Hey, ganz ruhig.« Jack hob beschwichtigend beide Hände. »Erstens kannte ich dich damals noch gar nicht.« Er zeigte auf Stevie. »So etwas würde ich jetzt *nie* tun.« Dann hob er zwei Finger. »Und zweitens war es ein Scherz.«

Miles verschränkte die Arme vor der Brust. »Das war schon damals nicht lustig, Mann.«

Jack erschauderte. »Meine Eier haben so gejuckt, dass ich nicht aufhören konnte, mich zu kratzen, und sie haben eine ganze Nacht lang geblutet. Du hast deine Rache bekommen.«

Ich habe dir ja gesagt, dass Stella unheimlich ist, sagte Bodey über unsere Verbindung. *Sie ist auf Blut aus.*

»Und diesen Typen haben wir unsere Staaten anvertraut.« Dan schüttelte den Kopf. »Was haben wir uns nur dabei gedacht?«

In diesem Moment öffnete Michael Janet die Tür, die die Steaks hereinbrachte. Plötzlich war das Gespräch zu Ende. Taylor eilte zum Kühlschrank und fing an, darin herumzuwühlen, um Gewürze für die Kartoffeln herauszuholen.

Alle waren still, als wir uns die Teller aufluden. Stevie, Jack, Miles und Stella blieben an der Insel, während der Rest von uns an den rechteckigen Esstisch ging und Platz nahm.

Samuel fing an, den Frauen alles zu erzählen, was während unserer Abwesenheit passiert war, was ich wirklich zu schätzen wusste. Ich konnte mich auf nichts anderes konzentrieren als darauf, was zum Teufel wir als Nächstes tun sollten. Was, wenn die Hexe die Magie in mir nicht erkannte? Ich war mir nicht sicher, wie viele Möglichkeiten es noch gab, herauszufinden, was mit mir geschehen war, und langsam lief uns die Zeit davon.

Als alle fertig waren, stand Bodey auf und nahm meine Hand. »Ihr könnt alle so lange bleiben, wie ihr wollt, aber Dina hat darauf bestanden, dass Callie sich für morgen ausruht.« Er half mir von meinem Platz auf.

Ich schüttelte den Kopf. »Ich muss beim Aufräumen helfen. Immerhin hat Janet schon für uns alle gekocht.«

»Blödsinn.« Destiny wedelte mit dem Finger. »Es gibt genug von uns hier, die das tun können. Stella, Stevie, Taylor, Alicia und ich haben den ganzen Tag nichts anderes getan, als uns Sorgen um euch zu machen. Wir übernehmen das.«

Bei ihren Worten wurde mir ganz warm ums Herz. So musste es sich anfühlen, eine Familie zu haben. »Danke.«

Komm schon, Bodey zerrte an meiner Hand und führte mich in den Flur. »Gute Nacht, allerseits.«

Als wir in unserem Zimmer ankamen, schloss er die Tür und verriegelte sie. Mir wurde sofort heiß, und er kicherte.

»Nicht heute Abend, Süße.« Er führte mich ins Badezimmer. »Du bist verletzt und brauchst Ruhe. Heute Nacht werde ich mich um dich kümmern, und morgen, das verspreche ich, werde ich dich nach allen Regeln der Kunst verführen.«

Er stellte die Dusche an, und wir stiegen gemeinsam unter das warme Wasser. Aber jedes Mal, wenn ich versuchte, ihn zu berühren, knurrte er und schlug meine Hand weg, obwohl sein Körper eindeutig auf mich reagierte.

Als wir beide sauber waren, kroch ich ins Bett, während Bodey sich seine Gitarre schnappte. Er spielte ›Make You Feel My Love‹ von Bob Dylan und danach ›When a Man Loves a Woman‹ von Percy Sledge. Seine Stimme und die Texte beruhigten einen Teil von mir, den nur er ansprechen konnte. Jedes Mal, wenn er für mich spielte, führte er mich an einen sicheren Ort, den ich nie mehr verlassen wollte.

Als er fertig war, ließ er sich neben mir nieder und küsste die Tränen weg, die mir währenddessen über die Wangen gelaufen waren, bevor er seine Arme wie einen sanften Kokon aus Wärme um mich schlang und einschlief.

* * *

MEIN HANDYWECKER RISS mich aus meinem tiefen Schlaf. Ich lag noch immer in Bodeys Armen, die mich fest an sich gedrückt hielten. Am liebsten wäre ich noch ewig so liegengeblieben.

Als ich seine Erektion in meinem Rücken spürte, erwachte erneut ein tiefes Bedürfnis in mir. Seit unserer Dusche hatte ich seinen Körper begehrt, aber ich hatte ihn letzte Nacht nicht drängen wollen, da er sich so verzweifelt um mich kümmern wollte.

Ich konnte nicht umhin, mich zu fragen, ob sich seine Erektion seit unserer Dusche überhaupt beruhigt hatte.

Ich streckte eine Hand aus, schaltete den Wecker aus und rollte mich auf ihn zu. Dann schob ich meine Hand in seine Pyjamahose und begann ihn zu streicheln. Sein Körper zuckte, und seine Augen gingen auf.

Er grinste, seine Iris schimmerte unter den langen, dunklen Wimpern kobaltblau. »Ich habe doch gesagt, dass wir das jetzt nicht tun können.«

»Es ist schon ewig her, dass du das gesagt hast.« Ich beugte mich vor und saugte sanft an seiner Unterlippe. »Es ist bereits Morgen.«

Knurrend drehte er mich auf den Rücken und glitt zwischen meine Beine. *Mich so zu wecken, ist ziemlich gemein.* Sanft drückte er seine Hüften gegen meinen Unterleib.

Na und? Dann bin ich eben gemein. Ich erhob mich ein wenig und eroberte seine Lippen.

Oh, das wirst du noch bereuen, schwor er und drückte mich an seine Brust, während ich meine Hände in sein Haar schob. Plötzlich packte er mich fest am Hintern und stand auf. Sofort schlang ich meine Beine um seine Taille, während er mich zur Wand trug.

Er löste sich von meinem Mund und küsste sich an meinem Hals hinunter, während meine Hände seine nackte Brust streichelten. Das heftige Pochen unserer Verbindung machte mich schwindelig.

Bodey drückte mich gegen die Wand, lehnte sich zurück und zog mir mein Shirt über den Kopf, dann warf er es über seine Schulter. Mein Atem stockte, als er meine Brust küsste und meine Brustwarze in seinen Mund nahm. Gleichzeitig schob er einen Finger in meine Boxershorts und glitt damit zwischen meine Falten, woraufhin ein heißer Blitz durch meinen Körper schoss.

Seine Zunge liebkoste weiterhin meine Brust, während ich mich gegen ihn wölbte, auf der Suche nach der Reibung, die ich brauchte.

Ich wollte dich gestern Abend schon, sagte er, während er weiter über meine Brüste leckte. *Aber die Hexe wird bald hier sein, also müssen wir uns beeilen.*

»Ja, bitte«, stöhnte ich, und es war mir egal, dass ich bettelte. Ich brauchte diese Verbindung mit ihm. Ich bewegte meine Hände zu seiner Pyjamahose und schob sie nach unten. Als sein harter Schwanz hervorsprang, steigerte sich mein Verlangen nur noch.

Er lachte leise, als er meine Füße absetzte und mir die Boxershorts auszog. Innerhalb von Sekunden hatte er mich wieder in seinen Armen, seine Spitze an meinem Eingang. Ich drückte mich gegen ihn, was ihn zum Stöhnen brachte.

Ich muss dich vorbereiten. Er führte seine Spitze zu meinen Falten und umkreiste sie, wie er es zuvor mit seinem Finger getan hatte, wodurch ich vor Verlangen zuckte.

Wir waren beide so verdammt heiß aufeinander, dass mein Körper kurz davor war zu explodieren. *Ich brauche dich, jetzt.*

Dann endlich stieß er in mich hinein. Nach all den Todesfällen, den Drohungen und meinen Verletzungen brauchten wir die Verbindung unserer Seelen mehr als je zuvor. Normalerweise trieben wir es nicht hart und schnell, aber heute waren wir verzweifelt. Diese Erlösung benötigten wir beide.

Jedes Mal, wenn er wieder in mich eindrang, stieß er tiefer, und ich drückte ihm meine Hüften entgegen. Sein Mund fand meinen und wir küssten uns immer leidenschaftlicher.

Bald waren wir beide schweißnass und unsere Körper bewegten sich vollkommen synchron. Seine Lust steigerte sich, verband sich mit meiner. Die Ekstase steigerte sich immer weiter, während sich unsere Körper weiterhin gemeinsam bewegten.

Kurz darauf kamen wir beide zum Orgasmus. Bodey verteilte Küsse auf meinem Gesicht, während wir das Nachglühen genossen, und er blieb noch ein wenig länger in mir.

Ich liebe dich so sehr, sagte er und legte seine Stirn an meine.

Ich berührte seine Wange und ließ ihn meine Liebe durch unsere Verbindung spüren. *Ich liebe dich auch.*

Das Geräusch der sich öffnenden Haustür brachte mich dazu, auf die Uhr zu schauen. *Bodey, es ist neun Uhr.*

»Callie?«, rief Dina.

»Wir sind gleich unten«, antwortete ich mit klopfendem Herzen.

Dann hörte ich Jacks Stimme. »Kommt doch schonmal mit Stevie und mir in die Küche. Die beiden waren heute Morgen sehr beschäftigt.«

Oh je. Wir waren laut gewesen, und ich hatte nicht einmal daran gedacht, dass Samuel und Stevie uns hören könnten. Am liebsten wäre ich sofort in Grund und Boden versunken, aber je länger wir brauchten, um nach unten zu kommen, desto schlimmer würde es werden.

Bodey und ich zogen uns schnell an und eilten die Treppe hinunter. Mir war das alles furchtbar unangenehm, aber Bodey grinste, als hätte er im Lotto gewonnen.

Als wir die Küche betraten, schnappte jemand nach Luft. Als ich die Frau sah, die neben Dina an der Kaffeemaschine stand, ließ sie ihre Tasse fallen.

Als ihre Tasse auf dem Boden landete, zersprang sie in unzählige, kleine Stücke. Dennoch wichen die dunklen Augen der Frau nicht von meinen, während ihr brauner Teint blasser wurde. Soweit ich das beurteilen konnte, war sie älter, etwa so alt wie die vorherigen Berater, mit leichten Krähenfüßen in den Augenwinkeln.

Bodey drängte sich vor mich, um mich ihrem intensiven Blick zu entziehen.

»Gut, dass ich Schuhe anhabe.« Dina seufzte und begann, die Scherben aufzuheben.

Mein Blick wanderte zu ihren Füßen, die in braunen Lederstiefeln steckten. Ihr himmelblaues Kleid reichte bis zum Boden.

»Tut mir leid.« Die andere Frau, von der ich annahm, dass sie River war, schüttelte den Kopf, wobei ihr dunkelbraunes Haar um ihren Kopf flog. »Sie sieht *genauso* aus wie er. Das hat mich einfach überrumpelt.« Ihre Aufmerksamkeit blieb auf mich gerichtet.

Stevie rutschte von einem der Hocker. »Ich hole schnell

Handfeger und Kehrblech, wenn mir jemand sagt, wo ich die Sachen finden kann.«

»Im Vorraum der Garage«, antwortete Bodey, seine Stimme war ein wenig belegt. Ich spürte, wie besorgt er war, während er die Hexe mit Unbehagen beobachtete.

Priesterin River fuhr sich mit der Hand über ihr dunkelgraues Kleid und legte den Kopf schief. »Es ist wirklich unheimlich. Samuel sieht ihm überhaupt nicht ähnlich, aber sie ... sie ist das Ebenbild von Richard in diesem Alter.«

Mir stockte der Atem. »Du kanntest meinen Vater?«

»Seine Mutter stammte aus dem Hexenzirkel unseres Rudels, deshalb war er regelmäßig zu Besuch, als er noch klein war.« Sie lächelte traurig. »Der Tag, an dem sie starb, war schrecklich. Richard musste mit dreißig Jahren den Platz seiner Mutter einnehmen.«

In diesem Moment kam Stevie mit den Putzsachen aus dem Vorraum, und River und Dina machten sich auf den Weg ins Arbeitszimmer.

Ich folgte ihnen, weil ich unbedingt mehr über meine Eltern erfahren wollte. Dass River meinen Vater schon als Kind kannte, machte mich stutzig. Natürlich hatten die früheren Berater sie ebenfalls gekannt, aber da wir uns ständig mit Bedrohungen befasst hatten, hatte ich keine weiteren Fragen über sie gestellt. Ich hatte nicht einmal daran gedacht, zu fragen, wie sie damals gewesen waren. »Wie war er denn so?«

Samuel und Bodey kamen zu mir. Samuel biss sich auf die Unterlippe und wischte sich nervös die Hände an seinen Hosenbeinen ab.

»Stark. Loyal.« Sie ging zum Kamin und sah sich um. »Sein Volk lag ihm sehr am Herzen, auch die Hexen.«

»So hat Michael ihn auch beschrieben.« Samuel hob sein Kinn. »Ich hätte ihn gerne kennengelernt.«

River lachte. »Oh, süßer Junge.« Sie legte eine Hand auf ihre Brust. »Dein Vater ist immer noch bei dir. Die Magie von ihm und Mila ist ein Teil von dir und deiner Schwester. Immerhin haben sie euch erschaffen. Ein Teil von ihnen wird in jeder Generation weiterleben, auch, wenn ihr selbst Kinder habt.«

Diese Worte lösten etwas tief in meinem Inneren aus. Ich rieb mir die Brust, als Bodey hinter mich trat und seine Hände auf meine Hüften legte. Sogar durch meine Jeans hindurch spürte ich das Summen unserer Verbindung.

»Ihr habt eine sehr starke Schicksalsverbindung.« River holte tief Luft und starrte uns an. »Ich kann die Magie spüren, die von euch ausgeht. Es ist schon lange her, dass einer unserer Anführer einen Schicksalsgefährten hatte.«

Dina nickte. »Ich glaube, das ist ein Zeichen dafür, dass sich die Dinge ändern werden.« Sie gestikulierte zu Stevie, die gerade die Scherben zusammenfegte. »Das ist Jacks Schicksalsgefährtin, und Miles und Stella sind ebenfalls Schicksalsgefährten.«

»Interessant.« River schürzte ihre Lippen. »Ich frage mich, ob Lucas auch seine Schicksalsgefährtin finden wird.«

»Ist das denn wichtig?«, fragte Samuel und runzelte die Stirn. »Bisher hatte ich immer den Eindruck, dass auserwählte Gefährten gleichwertig sind.«

Dina setzte sich auf die Couch und schlug die Beine übereinander. »Es ist nicht so, dass auserwählte Gefährten keine starke Bindung haben. Michael und Janet sind auserwählt, und sie lieben sich innig. Du bist in ihrer Nähe aufgewachsen; du hast es also all die Jahre gesehen. Aber ein Wolf, der mit seinem Schicksalsgefährten zusammen ist, stärkt die Magie beider, wenn sie sich erst einmal voll und ganz an die Bindung gewöhnt haben.«

Bodeys Hände packten mich fester. »Was genau soll das bedeuten?«

»Eine in zwei Hälften geteilte Seele ist stärker, wenn sie wieder ganz ist.« River strich mit ihrer Hand über den Kaminsims. »Du und Callie seid auf eure Weise erstaunlich starke Wölfe – deshalb kann ich die Magie zwischen euch sehen, ohne lange danach zu suchen. Ihr beide seid noch dabei, euch einzugewöhnen und euren Platz im Rudel zu finden, aber sobald ihr das geschafft habt, könnt ihr durch euer Band Magie miteinander teilen. Das können auserwählte Gefährten nicht.«

»Mein Platz ist an der Seite von Callie und ich kümmere mich schon lange um Idaho«, sagte Bodey selbstbewusst. »Ich bin mir nicht sicher, was du damit meinst, dass wir uns noch eingewöhnen müssten.«

Ich schluckte, als ich die Vehemenz in seinen Worten hörte. Idaho zu leiten, war die Zukunft, die er auf ihn gewartet hatte. Ich konnte nicht von ihm verlangen, dass er seine Position aufgab, nur weil das Schicksal ihn auserwählt hatte, mit mir zusammen zu sein. Das wäre egoistisch. Er war mit den Menschen hier aufgewachsen und wollte sich um sie kümmern, als Rudelmitglied und Anführer.

Samuel trat an meine andere Seite und legte mir eine Hand auf die Schulter. »Ich werde ihr bei allen königlichen Pflichten helfen, wenn sie mich braucht. Wir werden meine Schwester nicht im Stich lassen.«

»Natürlich.« Ich würde das alles niemals allein schaffen, und Samuels Hilfe bei Entscheidungen zu haben, war etwas, das ich nie als selbstverständlich ansehen würde. »Ich benötige jede Hilfe, die ich bekommen kann.« Er war in der Lage, schnell schwierige Entscheidungen zu treffen, während ich nicht sagen konnte, welche Option die am wenigsten falsche war. Oft kam es mir so vor, als hätte ich nur die Wahl zwischen einem Loch im Kopf oder einem Loch in der Brust.

»Und ich werde für dich da sein, so gut ich kann«, sagte Stevie leise und unsicher – als ob ich ihre Hilfe möglicherweise ablehnen würde.

Das brach mir beinahe das Herz. Ich hasste es, dass sie das Gefühl hatte, ich könnte ihre Hilfe nicht wollen. Aber was sollte sie auch sonst denken? Immerhin waren wir mit dem Gedanken aufgewachsen, dass wir wertlos waren und unserem eigenen Rudel nichts bedeuteten.

River presste die Lippen aufeinander und richtete sich auf. »So gern ich auch bleiben und über eure Magie und eure Zukunft sprechen würde, müssen wir das ein anderes Mal tun, wenn keine unmittelbare Bedrohung besteht. Die Abwesenheit von Miles' Rudel und die der Mitglieder meines Hexenzirkels ist schädlich für unser Volk, besonders wenn Miles und Stella beide abwesend sind.«

Daran hätte ich denken sollen. Ich hatte sie mit Fragen gelöchert, obwohl sie hergekommen war, um mir hoffentlich Antworten auf das geben zu können, was in der Nacht des Todes meiner Eltern geschehen war. »Du hast recht. Ich habe nicht nachgedacht.«

»Es ist nicht deine Schuld.« Sie lächelte und wies auf das Sofa. »Ich war diejenige, die Bodeys und deine Verbindung erwähnt hat.«

Ein Knoten bildete sich in meinem Magen, als ich mich zum Sofa bewegte. Ich hatte von den letzten beiden Hexen gelernt, dass dies nicht angenehm sein würde, aber ich würde es in Kauf nehmen, um eine Chance auf ein paar Antworten zu bekommen.

Ich werde mich neben dich setzen, sagte Bodey und nahm meine Hand. *Wenn wir uns berühren, während sie dich untersucht, ist es vielleicht nicht so schlimm.*

Das musst du nicht. Ich drückte liebevoll zurück. *Es ist nicht schmerzhaft, nur ... nicht besonders angenehm.*

Bodey setzte sich trotzdem neben mich. Er wollte mir dabei helfen, mein Unbehagen etwas zu lindern, dafür war ich ihm sehr dankbar.

Dina setzte sich auf meine andere Seite, während River auf mich zuging.

Als Samuel sich nicht rührte, räusperte ich mich. *Würdest du dich zu Stevie an die Kücheninsel setzen? Ich fühle mich ein wenig so, als würde ich zur Schau gestellt werden.* Wenn mich vor zwei Wochen jemand so angestarrt hätte, wäre vermutlich eine Bestrafung für mich gefolgt. Ich war mir nicht sicher, ob ich mich jemals daran gewöhnen würde, im Mittelpunkt der Aufmerksamkeit zu stehen.

Ja, sicher. Schnell ging er in die Küche.

Als River sich vor mich kniete, holte ich tief Luft. Ich verstand nicht, warum, aber ich hasste es, wie sich Hexenmagie in mir anfühlte. Es fühlte sich an, als ob jemand in meinen persönlichen Bereich eindrang, was natürlich auch der Fall war.

Ich zitterte, und Bodey ließ meine Hand los und legte seinen Arm um meine Schultern.

River runzelte die Stirn. »Es tut mir leid. Ich weiß, dass es nicht angenehm ist.«

»Ich bin also nicht paranoid?« Ein Teil von mir dachte schon, dass mein Verstand mir einen Streich spielte. »Wenn Dina mich heilt, fühlt es sich nicht so an.«

Sie schüttelte den Kopf. »Der Zweck dieser Magie ist ein anderer. Wenn wir heilen, heilen wir die Magie und den Körper einer Person. Das, was ich jetzt tue, ist, Schichten abzuschälen und zu versuchen, den Zauber zu finden, der deine Erinnerungen unterdrückt. Meine Magie versucht nicht, deine Schmerzen zu mildern, sondern das zu finden, was anders ist.«

Genauso fühlte es sich an. Es erinnerte mich daran, als Tina mir Spritzen gegeben oder Blut abgenommen hatte.

»Konzentriere dich einfach auf die Berührung deines Gefährten«, sagte sie, während sie ihre Hände auf meine Stirn legte.

Ihre Magie drang in meine Haut ein und ich bekam eine Gänsehaut am ganzen Körper. Bodey lehnte sich an meine Seite, und ich konzentrierte mich auf den Energieschub, der zwischen uns aufstieg. Jede Stelle, die er berührte, erwärmte mich, als läge ich an einem Sommertag in der Sonne, und half, die Kälte der Hexe, die in mir wütete, zu vertreiben.

Ich schloss die Augen und erinnerte mich an unseren gemeinsamen Morgen, aber dann erhitzte sich mein Körper langsam auf eine sehr unangemessene Weise.

Äh ... sollte ich eifersüchtig auf River sein? Bodey gluckste. *Oder denkst du daran, wie ich dich an die Wand gedrückt habe und immer wieder in dich eingedrungen bin?*

Meine Lust wurde immer stärker, und Stevie stöhnte. »Ich bin mir nicht sicher, was los ist, aber ich glaube, Bodey sollte seine Hände von ihr nehmen. Ich liebe meine Schwester, aber ich will nicht riechen, was auch immer da drüben vor sich geht.«

»Geht mir genauso«, schnaubte Samuel.

Bodey knurrte. »Lasst meine Gefährtin in Ruhe. Wenn sie sich an unsere gemeinsame Zeit heute Morgen erinnern will ...«

Ich öffnete die Augen und sah, dass River lächelte, aber es war ein trauriges Lächeln. Ihr Blick war wie eine Winterbrise, die durch meinen Körper wehte.

Aus dem Augenwinkel bemerkte ich, dass Dina ihre

Hände zu Fäusten geballt hatte. »Erkennst du die Magie?«, fragte sie.

Die Zeit schien stehen zu bleiben, doch dann nickte River und ließ ihre Hände sinken.

Den Göttern sei Dank. Erleichterung durchflutete mich wie Wasser einen Damm.

Die Unbeschwertheit verschwand aus Bodey, als er sich nach vorn lehnte und seine andere Hand auf mein Bein legte. »Wer hat sie verzaubert?«

»Salem.« River trat ein paar Schritte zurück. »Sie gehörte zu meinem Hexenzirkel.«

Das hatte ich nicht erwartet. »Gehörte?« Das klang gar nicht gut. Ein Kloß bildete sich in meiner Kehle. Was, wenn ich nicht in der Lage war, meine Erinnerungen zurückzubekommen?

»Sie verliebte sich in einen Mann, der mit einem Wolfsrudel in Oregon lebte.« Sie schlug ihre Hände zusammen. »Sie zog dorthin, aber sie starb. Vor siebzehn Jahren.«

Ich zuckte zusammen. »Damals wurden meine Erinnerungen blockiert.« Meine Augen brannten, während mich die Verzweiflung ergriff. Ich konnte nicht glauben, dass ich all meine Hoffnungen auf diese eine Sache gesetzt hatte.

Diese verdammte Hoffnung. Normalerweise wusste ich es besser, als mich auf dieses Gefühl zu verlassen. Das hatte ich in Zekes Rudel gelernt. Und jetzt, als ich meiner Hoffnung das erste Mal seit langer Zeit wieder vertraute, passierte so etwas. Das Schicksal war eben doch ein Miststück.

Wir werden es herausfinden. Bodeys Atmung beschleunigte sich. *Das verspreche ich.*

»In welches Oregon-Rudel ist sie gezogen?«, fragte Samuel.

»Eines, das im Süden von Ontario angesiedelt ist.« River rieb sich die Schläfen. »Aber ich kann nicht glauben, dass sie *das* getan haben soll.« Sie schüttelte den Kopf. »Das passt nicht zu ihr.«

Meine Stimme wurde brüchig. »Besteht keine Möglichkeit, meine Erinnerungen zurückzubekommen?«

»Oh, Kind.« Rivers Gesicht wurde sanfter. »Ihre Tochter könnte den Zauber rückgängig machen. Ich habe sie beim Krönungsessen getroffen. Sie war mit dem Rudel des Alphas dort, Lynerd.«

Ontario. Lynerd. Meine Eltern hatten Oregon an Zeke gegeben und nicht an ihn. Übelkeit machte sich in meinem Magen breit. Hatte Lynerd etwas mit dem Tod meiner Eltern zu tun? Ich musste an Sybil denken, die Hexe, die ich an dem Tag getroffen hatte, als ich Theo begleitet hatte.

Am liebsten hätte ich mich einfach eingerollt und all das verdrängt. Lynerd war nett zu mir gewesen, aber lag das nur daran, weil er am Tod meiner Eltern und an der Löschung meiner Erinnerungen beteiligt gewesen war? Und ich hatte ihn bemitleidet und versucht, Theos Aggressionen ihm gegenüber abzuschwächen, anstatt Theo die Möglichkeit zu geben, sich zu wehren.

»Es ist verdammt gut, dass wir nicht zuerst zu diesem Rudel gefahren sind.« Bodeys Wut pulsierte durch unsere Verbindung und vermischte sich mit meiner Verzweiflung.

Das bisschen, das ich zu wissen geglaubt hatte, zerbröselte vor meinen Augen. Wie sollte man seine Feinde bekämpfen, wenn sie unter einem lebten und man nicht einmal ihre Gesichter kannte?

»Ich versichere euch, so etwas hätte sie nie ohne Grund getan.« River legte eine Hand auf ihr Herz. »Ihr Mann starb am selben Tag und sie hinterließen eine zehnjährige Tochter.«

Ich durfte mich nicht in einer Gedankenspirale verlieren, ich musste mich konzentrieren. Wir hatten eine Spur. Die

Tochter der Hexe, die mich verzaubert hatte, war am Leben, was bedeutete, dass es noch eine Chance auf Antworten gab. Dieses Mal würde ich vorsichtiger sein. Wenn Lynerd involviert war, würde er sicher dafür sorgen, dass wir keine Antworten bekamen.

»Bitte gebt diese Informationen an niemanden weiter«, bat ich und blickte von Dina zu River. »Ich möchte nicht, dass jemand Sybil warnt.«

»Natürlich, meine Königin.« Dina neigte den Kopf.

River verschränkte die Finger. »Ich werde dich nicht verraten. Du bist unsere Herrscherin, genauso wie du die Königin der Gestaltwandler bist. Aber vergiss bitte nicht, dass Sybil unschuldig ist.«

Ich hatte keine Bedenken gegenüber Sybil, aber zumindest verstand ich jetzt, warum sie so neugierig auf mich gewesen war, als ich sie in Lynerds Haus getroffen hatte. Sie musste die Magie ihrer Mutter in mir gespürt haben. Wenn überhaupt, war Lynerd die Person, die Salem gegen meine Eltern hatte arbeiten lassen. »Ich verspreche, unvoreingenommen zu sein.«

»Danke.« River seufzte. »Nun, wenn das alles ist, was ich für dich tun kann, sollte ich sofort zurück zu meinem Hexenzirkel gehen.«

»Wenn ich jemals etwas anderes für dich tun kann, lass es mich bitte wissen.« Die Tatsache, dass sie in einer so turbulenten Zeit hierhergekommen war, bedeutete mir viel. »Ich weiß es zu schätzen, dass du hier bist, um mir zu helfen.«

»Es war mir eine Ehre, mein Kind.« Sie lächelte und ging zur Eingangstür. »Und ich hoffe, dass wir uns bald einmal besuchen können, damit ich dir all die Geschichten über deinen Vater erzählen kann, an die ich mich erinnere.«

Jetzt konnte ich mir mein Lächeln auch nicht verkneifen. Es kam mir verrückt vor, dass ich in einem solchen Moment lächelte, aber der Gedanke an ein längeres Gespräch mit der Hexe gefiel mir. »Das klingt toll.«

»Großartig.«

Dina folgte River, während ich mich umdrehte und Bodey, Samuel und Stevie ansah. Wir alle waren plötzlich schrecklich angespannt.

»Wir müssen Jack, Lucas, Miles und die ehemaligen Berater herholen.« Samuel hob eine Augenbraue.

Er hatte recht. Ich verband mich gedanklich mit ihnen, bat um ihre Anwesenheit und ging dann nervös vor dem Sofa auf und ab. Ich hatte unzählige Fragen, aber musste warten, bis die anderen hier waren, bevor wir die Strategie besprachen.

Hoffentlich würden mir die ehemaligen Berater schon ein paar Antworten geben können. »Alle Hexen, mit denen wir zu tun haben, sind weiblich. Bisher hatte ich gar nicht daran gedacht, dass sie verheiratet sein und Kinder haben könnten. Gibt es auch männliche Hexen?« Zeke hatte uns mein ganzes Leben lang von Hexen ferngehalten, weshalb ich wirklich keine Ahnung hatte.

»Genau wie Gestaltwandler haben auch Hexen männliche und weibliche Nachkommen, aber die männlichen nutzen normalerweise keine Magie.« Bodey biss sich auf die Lippe. »Da wir die Menschen von unserer Existenz abschirmen, heiraten Hexen in der Regel Männer aus anderen Hexenzirkeln – oder manchmal aus demselben Zirkel, wenn er groß genug ist. Manchmal kommt es auch vor, dass sich eine Hexe in einen Gestaltwandler oder einen Menschen verliebt, aber aus diesen Verbindungen geht normalerweise kein Kind hervor. Die Magie der Hexe stirbt mit ihr und wird nicht weitergegeben, was für den Hexenzirkel natürlich nachteilig ist. Es gibt jährliche Treffen, bei denen sich die Frauen mit den Männern beschäftigen, und viele von ihnen finden dabei ihre Liebhaber. So ist es wohl auch bei Salem gewesen. Das Paar entscheidet, welchem Hexenzirkel es sich anschließt, sobald es vereint ist.«

Ich war bisher nur einmal in Bodeys Siedlung spazieren gewesen, sodass ich die Häuser der Hexen bisher nicht gesehen hatte. Genauso wenig wie ihre Männer. Plötzlich wurde mir klar, dass ich alle, die hier lebten, besser kennenlernen musste, nicht nur die, die Magie besaßen. Wenn ich die Hexen beschützen sollte, galt das auch für die Männer.

Die Haustür öffnete sich, und Miles, Jack, Lucas, Phil, Dan und Carl eilten herein. Sie wirkten ein wenig nervös.

»Hey, was ist denn los?« Jack eilte zu meiner Schwester hinüber. »Konnte die Hexe euch neue Informationen geben?«

»Wir haben erfahren, wo wir hinmüssen.« Ich wollte es nicht erklären, bevor Michael hier war.

Noch während ich das dachte, eilte Bodey zur hinteren Schiebetür, wo Michael stand und darauf wartete, hereingelassen zu werden.

Gott sei Dank waren endlich alle hier.

Als Michael eintrat, brachte er den Duft von Frühling und Nieselregen mit. »Tut mir leid, ich war gerade eine Runde laufen.«

»Keine Sorge.« Ich lächelte, obwohl es sicher gezwungen wirken musste.

Dann erzählten wir den anderen, was wir erfahren hatten.

Nachdem wir fertig waren, wirkten alle besorgt. Michael fuhr sich mit einer Hand über das Gesicht. »Lynerd. Bei allen Göttern. Er war so jung und wütend. Aber sie sagten, eure Eltern seien bei einer Explosion gestorben. Ein schrecklicher Unfall.«

»Menschen können Dinge wie einen Unfall erscheinen lassen.« Miles runzelte die Stirn. »Besonders eine Hexe, die

die Gedanken und Erinnerungen der Menschen verändern kann.«

»Wir können den ganzen Tag hier sitzen und darüber reden.« Samuel verschränkte die Arme vor der Brust. »Aber es wäre besser, wenn wir endlich zu Lynerds Rudel fahren, um Antworten zu bekommen.«

Er hatte recht.

Plötzlich erwärmte sich eine neue Stelle in meiner Brust, als käme ein neues Rudelmitglied näher. Eines, dem ich noch nicht begegnet war.

Bodey spannte sich an und knurrte. »Ich dachte, du hättest ihr gesagt, sie solle an der Universität bleiben.«

Mir stockte der Atem. *Ist deine Schwester hier?* Ich rieb mir die Brust, als sich die Stelle, die der von Bodey so nahe war, in mir festsetzte. Sie fühlte sich an wie die von Samuel, Janet und Michael – als würde meine Wölfin diese Person als Familie erkennen.

»Sie hat gestern gefragt, ob sie nach Hause kommen soll, und ich habe nein gesagt.« Michael verzog das Gesicht. »Sie hat nicht widersprochen. Ich hätte es besser wissen müssen.«

Mein Gefährte erstarrte neben mir und ich konnte spüren, wie wütend er war. Diese Wut erinnerte mich an den Ärger, den er auf mich gerichtet hatte, nachdem ich im Kampf vor ihn gesprungen war, um ihn zu schützen.

Schritte polterten auf der Terrasse und die Tür flog auf. Herein trat eine etwas ältere Version des Mädchens auf dem Familienfoto im Arbeitszimmer. Ihr erdbeerblondes Haar lockte sich um ihr herzförmiges Gesicht, und ihre jadefarbenen Augen blickten uns alle an.

»Jazzy.« Jack schüttelte den Kopf und grinste. »Was hast du nur getan?«

Mein ganzer Körper spannte sich an, als Bodey die Berater beiseite schubste, um seine Schwester zu erreichen. Sie schloss die Tür und stemmte die Hände in die Hüften. Sie trug einen flauschigen, blaugrünen Pullover und pelzige schwarze Stiefel.

»Du musst sofort zurück nach Chicago«, knurrte Bodey. »Wir haben dir gesagt, du sollst nicht hier herkommen.«

Bodey. Ich verband mich gedanklich mit meinem Gefährten. *Das ist das erste Mal, dass ich deine Schwester treffe, kannst du nicht ein wenig freundlicher sein? Du könntest mich zum Beispiel ihr vorstellen.*

Michael folgte mir und obwohl ich auch seine Sorge spüren konnte, freute er sich auch, seine Tochter zu sehen.

»Ist das dein Ernst? So begrüßt du mich?« Jasmine hob ihr Kinn und sah Bodey in die Augen. »Ich habe dich auch vermisst, Bruder.«

Sobald ich meine Hand auf seinen Arm legte, entspannte er sich ein wenig. Ich räusperte mich. »Er hat dich auch vermisst. Das weiß ich.«

Dann versuchte ich Bodey über unsere Verbindung zu

beruhigen. Auch wenn er manchmal etwas aufbrausend war, war das eine der Eigenschaften, die ich an Bodey am meisten liebte. Er war loyal und beschützend.

»Nun, ich für meinen Teil habe meine Tochter *sehr* vermisst.« Michael zog sie in eine Umarmung und hob sie hoch. »Obwohl ich wünschte, du wärst zu deiner eigenen Sicherheit weggeblieben.«

Sie lachte. »*So* wollte ich begrüßt werden.«

Als Michael sie wieder auf die Füße stellte, fiel Jasmines Blick auf mich und wanderte dann hinunter zu meinem Hals und meiner Brust. Es gab keinen Zweifel daran, was sie betrachtete – mein Tattoo. Sie keuchte. »Das kann doch nicht wahr sein!«

Bodey grummelte und stellte sich vor mich.

»Tze, tze, tze. Komm schon, Jazzy. Du weißt, dass ihre Augen dort oben sind«, sagte Jack.

Jetzt knurrte *meine* Schwester. »Flirte nicht mit ihr!«

»Ach, Süße.« Er stupste Stevies Nase an. »Du bist meine Schicksalsgefährtin. Du musst dir um nichts Sorgen machen, Babe.«

Jasmines Mundwinkel zuckten. Sie sah Stevie an und schnaubte. »Keine Sorge, zwischen mir und Jack läuft nichts. Er ist wie ein weiterer nerviger, großer Bruder. Früher hat er mein Gesicht in seine Achselhöhlen gesteckt, wenn sie gestunken haben. Glaub mir, zwischen uns gibt es nichts, was über die Toleranz gegenüber der Anwesenheit des anderen hinausgeht.«

»Ja, er hat versucht, die gleiche Scheiße mit Miles, Bodey und mir zu machen, aber wir waren älter und stärker.« Lucas gluckste. »Wir haben ihn übrigens trotzdem gerochen.«

»Ich bin froh, dass ich nicht in Jacks Nähe sein musste, als er jünger war.« Stella erschauderte. »Er ist in seinen Zwanzigern schon furchtbar genug.«

Jasmine verdrehte die Augen. »Du hast keine Ahnung.« Dann konzentrierte sie sich wieder auf Bodey. »Und was glaubst du, was ich nicht nur dem neuen Mitglied unserer Familie, sondern auch meiner Königin antun werde?« Sie drehte sich um ihn vorbei und umarmte mich.

Ich erstarrte, ihre Zuneigung überraschte mich, vor allem, nachdem sie meine Tätowierung so genau unter die Lupe genommen hatte. Bevor ich die Umarmung erwidern konnte, zog Bodey seine Schwester sanft weg.

»Du machst sie nervös.« Er runzelte die Stirn.

»Nein, das ist schon in Ordnung.« Ich machte eine abwinkende Handbewegung. »Ich bin einfach kein Freund von Umarmungen, das ist alles.«

»Das ist *keine* angemessene Art, seine Königin zu begrüßen.« Michael wölbte eine Augenbraue.

Jasmine sah ihren Vater entschuldigend an. »Sie ist meine Schwester. Wie zum Teufel sollte ich sie denn sonst begrüßen?«

»Sie hat recht.« Ich lächelte. Sie akzeptierte mich. Was mich nicht hätte überraschen sollen – sie war von denselben Leuten aufgezogen worden wie mein Gefährte. »Wir sind eine Familie, es wäre mir sogar viel lieber, wenn du überhaupt nicht förmlich zu mir wärst.« Ich deutete auf Stevie. »Das ist meine Schwester, Stevie.«

»Ja, die wütende Wölfin.« Jack wackelte mit den Augenbrauen, während er seinen Arm um die Taille meiner Schwester legte. »Du solltest aufpassen, dass du ihr nicht zu nahe kommst, denn sie ist meine Schicksalsgefährtin.«

»Ich werde es versuchen.« Jasmine kicherte.

Samuel zwängte sich durch den Rest der Gruppe und öffnete seine Arme. »Bekomme ich keine Umarmung? Oder hat mich meine Schwester in deinen Augen schon ersetzt?«

»Niemals.« Sie umarmte ihn einen Moment lang, bevor

sie sich wieder von ihm löste. »Also, was ist hier los? Ihr seht alle ziemlich angespannt aus.«

Da Bodeys Wut immer noch spürbar war, legte ich meinen Kopf auf seine Schulter. Unsere Verbindung summte, und er zog mich an seine Brust. »Nichts, worüber du dir Sorgen machen müsstest.«

»Hey, das ist nicht fair.« Sie lehnte sich zu einer Seite. »Ich gehöre auch zu diesem Rudel und zur Familie, und ich will helfen. Es sind Semesterferien, und ich habe meine Familie und mein Zuhause vermisst, deswegen bin ich hier. Finde dich damit ab. Ich gehe nicht zurück. Außerdem will ich unserem neuen Königspaar helfen, immerhin ist der König mein Bruder!«

Plötzlich tat sie mir leid. Ich verstand, dass sie sich ausgeschlossen fühlte. Zugegeben, Bodey und Michael handelten aus Liebe und nicht, weil sie sie für unfähig hielten. Dennoch machte das keinen Unterschied, wenn man selbst etwas unsicher war.

Ich denke, wir sollten sie helfen lassen, sagte ich zu Bodey. *Sie will es offensichtlich, und wir brauchen alle Verbündeten, die wir kriegen können. Außerdem würde ich sie gerne besser kennenlernen. Sie ist jetzt auch meine Schwester. Und wenn du sie nicht lässt, könnte sie etwas Dummes tun, um sich zu beweisen.*

Seine Entschlossenheit wurde schwächer. *Dir wird nichts passieren, du hast also den Rest deines Lebens Zeit, sie kennenzulernen. Aber mit dem letzten Teil hast du recht. Sie hat ein Händchen dafür, sich in Schwierigkeiten zu bringen, wenn sie versucht, mit uns anderen mitzuhalten.*

Wir wissen nicht, was morgen sein wird. Und sie ist fest entschlossen, hier zu sein, also wäre es einfacher, nachzugeben und sie genau im Auge zu behalten, anstatt sie versuchen zu lassen, uns heimlich zu helfen.

Du hast recht. Bodey gab mir einen Kuss auf den Kopf und wandte sich dann wieder an seine Schwester. »Gut. Aber du ziehst nicht allein los. Verstanden?«

Für ein paar Sekunden starrte sie ihren Bruder mit offenem Mund an. »Wirklich?«

Er ließ mich los und ging zu ihr, um sie in eine Umarmung zu ziehen. »Aber nur, wenn Dad damit einverstanden ist.« Bodey drehte sich zu seinem Vater um.

»So ist es wahrscheinlich sicherer.« Michael lachte. »Ich werde nie vergessen, wie sie mit euch allen um die Wette rennen wollte, obwohl wir es ihr verboten hatten. Sie hat sich aus dem Haus geschlichen und sich dann den Knöchel gebrochen. Ich möchte nicht, dass sich das wiederholt, während wir gegen Königin Kel kämpfen.«

»Und das ist noch nicht einmal die schlimmste Geschichte«, warf Lucas ein und verdrehte die Augen.

Dan, Phil und Carl sahen sich an und nickten.

Wir waren uns alle einig, damit war die Sache erledigt.

»Komm«, sagte Samuel und führte Jasmine ins Arbeitszimmer. Er setzte sich mit ihr aufs Sofa. Der Rest von uns folgte den beiden.

Dann begann Samuel zu erzählen. Jasmines Augen wurden mit jedem Wort größer. »Wow. Ich hatte ja keine Ahnung, dass es hier so schlimm zugeht. Aber ich hätte es mir denken können, als du mir gesagt hast, dass ich zur Krönung nicht nach Hause kommen soll.«

»Du hattest Prüfungen.« Michael tätschelte ihr den Arm. »Es war besser so.«

»Also ... wie lautet der Plan?« Sie rieb ihre Hände aneinander und blickte sich im Raum um, als erwarte sie konkrete Antworten.

Alle Augen richteten sich auf mich.

Wieder einmal wusste ich nicht, was ich tun sollte. Ich

vermutete, dass Bodey, Janet und Michael etwas Zeit mit Jasmine verbringen wollten. Auch wenn wir schnell handeln mussten, war Familie wichtig. »Wir sollten morgen früh aufbrechen. Damit alle noch einmal richtig ausschlafen können. Wenn Lynerd in die Sache verwickelt ist, müssen wir hellwach und auf alles vorbereitet sein. Von hier bis zu seinem Rudel fahren wir etwa drei Stunden und es ist fast Mittag.«

»Einverstanden«, sagte Miles, der immer noch in der Küche stand. Seine Gefährtin neben ihm. »Ich würde gerne hierbleiben, bis River bestätigt, dass sie wieder bei unserem Rudel ist.«

Das konnte ich gut verstehen. Wir mussten alle zusammenhalten, um die aktuelle Bedrohung zu bewältigen. Eine Trennung würde die Entscheidungsfindung erheblich erschweren.

»Dann fahren wir gleich morgen früh los.« Bodey rieb sich das Kinn. »Sagen wir um neun, dann sind wir um die Mittagszeit da.«

»Wir sollten Dina bitten, sich uns anzuschließen.« Samuel verschränkte die Hände. »Sie und Sybil sind befreundet, und wir könnten eine Hexe gebrauchen, um etwaigen Spannungen mit Lynerds Hexenzirkel vorzubeugen.«

Dan schritt vor der Couch auf und ab. »Wir sollten auch Zeke bitten, ein paar örtliche Rudel bereitzuhalten, falls Verstärkung benötigt wird. Wenn Lynerd an der Sache mit Callie beteiligt ist, wie wir befürchten, dann wird er Sybil nicht freiwillig erlauben, sie zu befreien. Wir brauchen Verbündete, die auf Abruf bereitstehen, falls wir Hilfe benötigen.«

Stöhnend zupfte Lucas an den Enden seiner dunklen Haare. »Das bedeutet, dass wir mit Zeke reden müssen, da es sein Territorium ist.«

Ein flaues Gefühl breitete sich in meinem Magen aus. Das gefiel mir ganz und gar nicht. Selbst wenn Lynerd hinter meinem Zauber steckte, traute ich Zeke immer noch nicht. Aber Oregon *war* sein Territorium, und die Beziehung zu ihm war bereits schwierig. Wir konnten es nicht gebrauchen, dass er versuchte, Oregon vom Rest des Nordwestens zu trennen. »Ich denke, wir sollten ihm morgen früh Bescheid geben.« Ich wollte ihm nicht zu viel Vorlauf geben.

»Klingt gut.« Jack klatschte in die Hände und führte meine Schwester dann zur Tür. »Also, wenn ich den Rest des Nachmittags frei habe, werden mein Mädchen und ich eine Runde laufen gehen.« Er wackelte wieder mit den Augenbrauen. »Während ich versuche, sie zu überreden, sich endlich der Paarbindung zu unterwerfen.«

Ich zuckte zusammen. »Ich bin ja wirklich froh, dass sie einen Gefährten hat, aber ich will nicht wissen, wie du versuchst, sie in dein Bett zu bekommen. Kannst du das bitte nie wieder ansprechen? Wir alle werden die Veränderung sehen und riechen, wenn es passiert ist.«

Stevie kicherte und ihr Gesicht färbte sich purpurrot. Doch ihr Lächeln war voller Glück.

Mein Herz rutschte mir in die Hose. Ich hatte bisher nicht darüber nachgedacht, aber wenn sie und Jack ihre Paarung vollzogen hatten, würde sie mit ihm nach Washington ziehen. Obwohl er nicht allzu weit weg wohnte, schnürte mir die Vorstellung, sie nicht mehr jeden Tag zu sehen, die Kehle zu. Sie war lange meine einzige Konstante im Leben gewesen, und ich wollte sie nicht verlieren.

Ich sah zu, wie die beiden zur Tür hinausgingen, während Lucas, Miles, Phil, Carl und Dan sich auf den Weg machten, um bei ihren Familien zu sein und sich bei ihren Rudeln zu melden.

Hey, was ist los? Bodey strich mir eine Haarsträhne hinters Ohr. *Hat deine Schwester etwas gesagt?*

Ich zwang meinen Blick weg von der Tür und hin zu meinem Gefährten. *Nein, aber mir ist gerade klar geworden, dass sie nach Washington ziehen wird. Es ist irgendwie dumm, dass ich so lange gebraucht habe, das zu realisieren.*

Nein, überhaupt nicht. Er lehnte seine Stirn gegen meine und nahm mein Gesicht in seine Hände. *Es ist eine Menge Scheiße passiert, und es ist schwer, die alltäglichen Dinge zu verarbeiten, wenn wir einer Bedrohung nach der anderen gegenüberstehen.*

Irgendwie hatte ich den Verdacht, dass es für mich nicht so schwer sein sollte. Ich war ja schließlich die Königin.

»Und ich dachte, du und Mom wärt schlimm«, sagte Jasmine zu ihrem Vater. »Sind die beiden immer so?«

Michael und Samuel lachten, woraufhin ich mich wieder dem Sofa zuwandte.

»Oh, ja.« Samuel verschränkte die Hände hinter dem Kopf. »So haben sie sich schon angestarrt, bevor sie herausfanden, dass sie füreinander bestimmt waren.«

»Verdammt richtig.« Bodey zog mich an sich, sodass ich vor ihm stand. »Ich habe mich in sie verliebt, ohne dass das Schicksal mir zu sagen brauchte, dass sie meine andere Hälfte ist. Dass sie tatsächlich meine Schicksalsgefährtin ist, war nur das Sahnehäubchen auf dem Kuchen.«

Jasmines Gesicht verzog das Gesicht. »Wer ist dieser Kerl und was hat er mit meinem mürrischen Bruder gemacht?«

»Keine Sorge.« Michael tätschelte ihr Bein. »Der wird schon wieder zurückkommen. Gib ihm nur ein bisschen Zeit.«

Plötzlich erschien Janet auf der hinteren Terrasse, riss die Tür auf und lief direkt auf Jasmine zu, die ihrer Mutter auf halbem Weg entgegenkam. Dann schlangen sie ihre Arme umeinander.

Janet legte ihren Kopf auf den ihrer Tochter, eine Träne lief ihr über das Gesicht. »Dummes Mädchen. Du solltest nicht hier sein. Du sollst an der Uni bleiben, wo es sicher ist.« Doch selbst als sie Jasmine zurechtwies, lag Freude in ihrer Stimme.

»Tut mir leid, dass ihr euch nun wieder mit mir herumschlagen müsst«, murmelte sie scherzhaft und drückte ihre Mutter noch enger an sich.

Wenn ich nicht gewusst hätte, dass die beiden Mutter und Tochter waren, hätte ich gedacht, sie wären Schwestern. Sie sahen sich so ähnlich.

»Ich sollte mich nicht darüber freuen, dass du hier bist, aber ich bin begeistert.« Janet ließ Jasmine los und wischte sich ein paar Tränen von den Wangen. »Das schreit nach einer Feier. Meine ganze Familie ist zum ersten Mal seit Monaten wieder zu Hause. Ich werde heute Abend etwas Besonderes kochen – Lasagne mit dreierlei Fleisch.«

»Mein Lieblingsessen.« Jasmine strahlte.

Janet blinzelte. »Ich weiß, Liebes.«

Obwohl ein Teil von mir neidisch auf ihre unkomplizierte und herzliche Beziehung war, breitete sich ein Lächeln auf meinem Gesicht aus. Dies war die Familie, in der mein Gefährte aufgewachsen war. Eine Familie, die sich gegenseitig bedingungslos liebte und unterstützte. Er hatte nie gleichgültige Eltern, eine Schwester, die ihn hasste, oder ein Rudel, das ihn nicht für würdig befand. Er hatte sicher eine wundervolle Kindheit gehabt, und ich war so verdammt glücklich, dass er nun mir gehörte.

Da ich ihnen etwas Zeit miteinander geben wollte, befreite ich mich aus seinem Griff.

Er runzelte die Stirn. *Wohin gehst du?*

Ich werde mit Dina sprechen und sie über die Pläne informieren.

Er stieß sich von der Wand ab. *Okay, lass uns gehen.*

Ich schüttelte den Kopf. *Bleib hier bei deiner Familie.* Ich drehte mich um und ging zur Tür hinaus.

Dann ergriff Bodey meine Hand und drehte mich zu ihm zurück. Er grinste. »Mom.«

»Ja, Schatz?« Sie drehte sich zu uns um und ließ Jasmine kurz aus den Augen. »Was ist los?«

Ich blinzelte ihn an. *Du verpetzt mich?*

Er gluckste. *Du wirst schon sehen.* »Callie hat mich gerade dazu informiert, dass sie mit Dina sprechen wird, damit wir anderen Zeit als Familie verbringen können.«

»*Was?*«, kreischte Janet fast und stemmte die Hände in die Hüften.

Ich verdrehte die Augen und hob beschwichtigend meine Hände. »Ich weiß nicht, was er vorhat, aber du hast gerade gesagt ...«

»Dass meine Familie seit Monaten nicht mehr vollständig war.« Janet marschierte auf mich zu und zeigte mit dem Finger in mein Gesicht. »Das heißt, wenn du zu Dina abhaust, werde ich diesen Moment nicht mehr genießen können.«

Ich lehnte mich mit dem Rücken an die Wand. »Aber du sagtest, es sei Monate her.«

»Weil *du* erst vor einer Woche offiziell Teil meiner Familie geworden bist.« Sie verschränkte ihre Arme vor der Brust. »Spiel keine Spielchen mit mir, Callie. Du bist jetzt genau so sehr meine Tochter wie Jasmine. Du und Bodey könnt Dina von hier aus anrufen. Wenn ihr persönlich mit ihr sprechen wollt, kann sie gerne vorbeikommen. Morgen werdet ihr schon wieder alle weg sein, also ist heute Familientag. Hast du verstanden?«

Ich nickte ergeben. Meine Augen brannten, als meine Sicht verschwamm. Ich hatte nie erwartet, dass sich irgendwann jemand auf diese Weise um mich kümmern würde ... aber es gefiel mir verdammt gut.

Samuel schnaubte. »Dir ist schon klar, dass sie deine Königin ist?«

»Nicht in diesem Moment.« Janet streichelte mir sanft über das Gesicht. »Im Moment ist sie meine Tochter, und sie muss wissen, dass sie dazugehört. Versuch ja nie wieder, dich wegzuschleichen, wenn ich dich hier bei mir haben will. Ich will nur einmal meine gesamte Familie um mich haben.«

Ich nickte, während mir eine Träne über die Wange lief. »Ich verspreche es.«

Bodey schlang seine Arme um mich und verband sich gedanklich mit mir. *Ich bin nicht der Einzige, der so für dich empfindet. Du musstest es einfach selbst sehen.*

Danke. Und zum ersten Mal hatte ich das Gefühl, wirklich eine Familie zu haben.

SPÄTER AN DIESEM ABEND spielte Bodey auf unserer unteren Terrasse Gitarre für mich, während Janet und Jasmine die Küche aufräumten und sich Samuel und Michael irgendein Spiel im Fernsehen ansahen.

Wir saßen am Rande der Terrasse, als mein Gefährte ›I'll Be‹ von Edwin McCain anstimmte. Seine Stimme war sanft, während seine Finger gekonnt an den Saiten zupften. Ich hing an jedem Wort und saugte alles in mich auf, während seine vollen Lippen von Versprechen sangen und seine Armmuskeln sich bei jedem Akkordwechsel anspannten. Seine wunderschönen kobaltblauen Augen sahen mich ununterbrochen an und gaben mir die Gewissheit, dass das Lied, das er sang, von Herzen kam.

Als er fertig war, öffnete sich die Hintertür, und Janet, Michael und Jasmine kamen hinaus.

»Wir gehen jetzt nach Hause.« Janet gähnte. »Es ist alles aufgeräumt, also könnt ihr euch ausruhen. Ich bin ein wenig überrascht, dass Stevie noch nicht zurück ist.«

Ich verzog das Gesicht. »Sie bleibt bei Jack.« Ich war mir ziemlich sicher, dass sie bis zum Morgen gepaart sein würden, und ich erinnerte mich daran, mich für sie zu freuen.

»Interessant.« Michael gluckste. »Also, gute Nacht, ihr zwei. Wir sehen uns morgen früh.«

Janet und Michael machten sich auf den Weg zu ihrem Haus, während Jasmine neben mir in die Hocke ging. Sie stupste mich an der Schulter an und verband dann ihre Gedanken mit meinen. *Ich fand es toll, heute Abend mit dir abzuhängen. Wir werden sicherlich die besten Freundinnen sein, bevor Bodey überhaupt weiß, wie ihm geschieht.*

Ich lachte. *Das würde mir gefallen.*

Bodey rümpfte die Nase. »Warum habe ich das Gefühl, dass ihr über mich redet?«

»Weil wir genau das tun.« Sie streckte ihm die Zunge heraus. *Und ich mag es, wie er ist, wenn er dich um sich hat. Er ist vollkommen anders ... entspannter. Ich werde also morgen früh deine Hilfe benötigen.* Dann sprang sie auf und machte sich auf den Weg. »Gute Nacht.«

Warte. Was soll das heißen?, fragte ich.

Du wirst schon sehen. Sie warf mir noch einen Blick über ihre Schulter zu und zwinkerte, wobei ihr erdbeerblondes Haar ihr halbes Gesicht verdeckte.

Ich schnaubte. Ich ahnte bereits, was sie meinen könnte.

Bodey stand auf und half mir hoch. »Endlich, sie sind weg.«

»Ach ja?« Ich zog eine Augenbraue hoch, als er mich ins Haus hineinführte und seine Gitarre in die Ecke stellte. »Ich bin überrascht, dass du das so siehst.«

»Jetzt kann ich endlich mit meiner Gefährtin schlafen.« Dann beugte er sich herunter und hob mich über seine Schulter.

Ich schrie auf, während Samuel stöhnte. »Alter, *ich* bin immer noch hier, und sie ist meine Schwester.«

»Dann halt dir die Ohren zu«, erwiderte Bodey, während er die Treppe zu unserem Zimmer hinauflief.

Als er unser Zimmer erreichte und mich auf das Bett warf, lachte ich. Aber sobald er die Tür geschlossen und sein Hemd ausgezogen hatte, verstummte das Geräusch, als ich seine nackte Brust und die Kurven seiner Muskeln betrachtete. Es war an der Zeit, mich mit meinem Gefährten zu verbinden.

Und das taten wir ... mehrmals.

MEINE HÄNDE ZITTERTEN, als wir uns der Siedlung des Ontario-Rudels näherten. Dina hatte uns nicht begleitet, da sie das Rudel und ihren Hexenzirkel nicht verlassen wollte, wenn die stärksten Wölfe – Bodey, Michael, Samuel und ich – weg waren. Zeke war nicht begeistert davon gewesen, dass wir gekommen waren, aber wir hatten schon zu viel Zeit damit verbracht, die wenigen Informationen zu bekommen, die wir hatten. Wir hatten ihn heute Morgen informiert, dass wir einen Hinweis bekommen hatten und wir nicht nur kommen würden, um Lynerd zu beruhigen, sondern auch, um mit Sybil zu sprechen.

Trotz Bodeys Widerstand war es Jasmine gelungen, ihn zu überreden, sie uns zu begleiten zu lassen. Sie hatte gedroht, ihr eigenes Auto zu nehmen und uns dorthin zu folgen, wenn wir sie zurücklassen würden, also war er gezwungen, sie mitzunehmen, wenn er auf sie aufpassen wollte.

Samuel und Jasmine fuhren mit Bodey und mir, aber wir waren die meiste Zeit des Weges sehr schweigsam. Ich hatte nicht einmal Musik hören wollen, so sehr war ich in meine Gedanken versunken. Ich verstand weiterhin nicht, inwieweit die Ermordung meiner Eltern Lynerd genützt hätte, da Zeke bereits zum Berater von Oregon ernannt worden war. Und wenn Lynerd mit Königin Kel zusammenarbeitete, warum war dann sein Rudel angegriffen worden ... es sei denn, sie wollten den Anschein erwecken, dass er nicht mit ihr zusammenarbeitete? Es gab so viele Möglichkeiten, die in meinem Kopf herumschwirrten, und ich konnte keine von ihnen ausschließen.

Du hast die ganze Fahrt nachgedacht, sagte Bodey über unsere Verbindung und strich sanft über meinen Arm.

Es gibt eine Menge zu bedenken. Ich lehnte mich zurück. Je näher wir zu Lynerds Haus kamen, desto nervöser wurde ich.

Bodey musterte mich von der Seite. *Ich kann es kaum erwarten, bis das alles vorbei ist. Wenn du willst, kannst du unser Schlafzimmer neu einrichten, und wir können mehrmals am Tag über einander herfallen.*

Das klang so schön. *Ich weiß nicht, das klingt irgendwie schwierig, wenn mein Bruder und meine Schwester im selben Haus wohnen und Jack auf der Couch schläft und versucht, sie davon zu überzeugen, ihre eigene Paarung zu vollziehen.* Meine Schwester glaubte immer noch nicht, dass sie die Richtige für Jack war, aber ich vermutete, dass er sie nach dem langen Kuss, den sie heute Morgen geteilt hatten, ganz langsam davon überzeugen konnte.

Bodey wölbte eine Augenbraue. *Das ist doch Blödsinn. Du hast heute Morgen in unserem Zimmer meinen Namen geschrien. Es war dir scheißegal, dass irgendjemand in der Nähe war.*

Ich presste die Lippen aufeinander. *Hey, du warst auch nicht gerade still.*

Natürlich nicht. Ich will, dass jeder weiß, dass du mir gehörst. Er zog eine Augenbraue neckisch hoch. *Sogar dein Bruder und deine Schwester.*

Mein Gefährte hatte es tatsächlich geschafft, mich zumindest einen Moment lang abzulenken. Vermutlich hätte ich nicht überrascht sein sollen. *Ich liebe dich.*

Ich liebe dich mehr. Er zwinkerte.

Dann kam die Siedlung in Sicht, und meine Brust zog sich zusammen. Lynerd und zwanzig seiner Wölfe versperrten uns den Eingang.

Meine Wölfin knurrte. Sie wollte ihre Dominanz zeigen, und ein Teil von mir stimmte ihr zu, dass dies die richtige Entscheidung war. Andererseits könnte irgendetwas passiert sein, was Lynerd und seine Leute dazu veranlasste, sich so zu verhalten, also wollte ich keine vorschnellen Vermutungen anstellen ... ich wollte auf keinen Fall so sein wie Zeke.

Sie scheinen sich nicht gerade darüber zu freuen, uns zu sehen, bemerkte Jasmine.

So konnte man es auch ausdrücken. Jeder Muskel in Lynerds Körper war angespannt. Bodey hingegen schien unbeeindruckt. Er war größer und genauso muskulös wie der Anführer, der uns gerade anstarrte. Zudem war der Wolf meines Gefährten stärker ... wenn auch nicht um viel.

Lynerds gewelltes dunkelblondes Haar war zerzaust, als hätte er nicht geschlafen, und unter seinen cognacfarbenen Augen waren dunkle Ringe zu sehen. Er trug Jeans und, trotz des kühlen Wetters, ein blaues, kurzärmeliges Hemd, das am Bizeps aufhörte und seine Muskeln betonte.

Nein, ganz sicher nicht, antwortete Samuel. *Wenn das nicht darauf hindeutet, dass sie schuldig sind ...*

Da können wir uns nicht sicher sein, warf Michael ein. *Sie wurden gerade erst angegriffen. Meine dringendere Sorge ist, warum Zeke uns nicht gewarnt hat.*

Er hatte vollkommen recht.

In diesem Moment verband sich Jack mit Lucas, Miles, Bodey und mir. *Bitte sag mir, dass du jetzt Gas gibst und diese Arschlöcher, die uns von ihrem Rudel fernhalten wollen, umfährst, Bodey.*

Warum überraschte es mich nicht, dass ausgerechnet Jack vorschlug, eine Gruppe meiner eigenen Leute zu überfahren? Ich verdrehte die Augen, als Bodey antwortete. *Sie sind nur knapp zwei Meter entfernt. Wie viel Schaden könnte ich schon anrichten?*

Kein Problem, antwortete Jack. *Ich werde zurücksetzen, um dir mehr Platz zu geben, damit du ein Stück nach hinten fahren kannst. Dann kannst du nach rechts ausweichen und ich nach links. So können wir sie alle auf einmal ausschalten.*

Die zwanzig Gestaltwandler hinter Lynerd traten vor und schienen sich nicht daran zu stören, dass wir in unseren Fahrzeugen saßen. Ich musste schnell entscheiden, wie ich weiter vorgehen wollte, bevor sie sich noch mehr aufregten.

Eilig verband ich mich mit allen aus unserer Gruppe. *Bleibt hier.* Dann suchte ich nach der magischen Verbindung zu Lynerd und zerrte daran, damit ich mich mit ihm sprechen konnte. *Warum hinderst du uns daran, die Siedlung zu betreten?* Wenn ich stur sein und meinen Standpunkt beweisen wollte, könnten wir aus den Autos aussteigen und einfach hineingehen, aber das hielt ich nicht für klug.

Ich bin sicher, dass es einen Grund gibt, warum du vom Auto aus fragst, schoss Lynerd finster zurück. *Willst du nicht riskieren, dass ich deine Lügen rieche?*

Verwirrt schüttelte ich den Kopf. *Wie meinst du das? Es gibt nichts, weswegen ich lügen müsste.*

Er wies auf den Bürgersteig. *Dann steige aus dem Auto und komm zu uns, wenn du nichts zu verbergen hast.*

In seinen Worten lag eine Aufforderung, und ich war hin- und hergerissen. Ein Teil von mir wollte nicht aussteigen, weil er es verlangte, aber der andere Teil wollte nicht, dass eine weitere Person in Oregon mich als unzulänglich ansah.

Schnell verband ich mich mit Samuel und Bodey. *Wollt ihr euch mir anschließen?*

Ich folge dir überall hin, antwortete Bodey und drückte meine Hand. Ich konnte seine Liebe und seinen Stolz durch unsere Verbindung spüren.

Ich ebenfalls, wenn auch nicht aus denselben Gründen. Samuel lachte leise.

Ich lächelte über Samuels Scherz. Seit der Krönung war er so ernst, ich hatte die spielerische Seite an ihm vermisst. Hoffentlich konnten wir diese Scheiße überstehen und einander richtig kennenlernen ... die wahren Versionen von uns selbst, nicht die, die unter Druck zum Vorschein kamen.

Ich atmete einmal tief durch, öffnete meine Tür und stieg aus, während Bodey und Samuel das Gleiche taten.

Jasmines Unmut wehte durch unsere Verbindung, aber zum Glück blieb sie einfach im Auto sitzen.

Als ich mein Kinn anhob, grinste Lynerd.

»Was gibt es hier für ein Problem?«, fragte ich, wobei ich mich vergewisserte, dass meine Stimme laut und deutlich war.

Lynerd schüttelte den Kopf. »Willst du die Sache wirklich so angehen?« Er lachte bitter. »Ich hatte mir mehr von dir erhofft. Als ich dich kennengelernt habe, warst du so standhaft und hast Theo in die Schranken gewiesen. Jetzt tust du so, als wärst du unwissend.« Er rümpfte die Nase. »Ich hätte es besser wissen müssen, zumal du mit Theo zusammen warst und jetzt weißt, wer deine Eltern sind.«

»Ich tue nicht nur so, ich *bin* unwissend.« Oh, wie sehr ich mir wünschte, ich hätte irgendetwas anderes als diese harte Wahrheit sagen können. Ich musste unbedingt herausfinden, was das Problem war. »Wenn du dich darüber ärgerst, dass wir nach dem Angriff nicht früher gekommen sind, es gab ...«

Er schnaubte. »Bitte. Wir sind stark genug, um gegen die Wölfe von Königin Kel zu kämpfen, und ich konnte es verstehen, als ich erfuhr, dass du irgendwohin musst, um Antworten zu bekommen. Wenn du hergekommen wärst, ohne eine Lösung zu haben, wäre das für uns beide Zeitverschwendung gewesen. Das hat damit *nichts* zu tun.«

Ich verschränkte die Arme vor der Brust, als Bodey und Samuel mich flankierten. »Was *ist* dann das Problem?« Ich nickte in Richtung der zwanzig starken Gestaltwandler hinter ihm. »Ich bin hier, um Antworten zu finden und um nach euch allen zu sehen.«

Lynerd fletschte die Zähne. »Nach der Nummer, die du heute Morgen abgezogen hast, wollen wir deine Hilfe nicht. Du hast deutlich gemacht, wo deine Prioritäten liegen.«

Ich starrte ihn an und hielt seinen Blick fest. Warum sprach er denn immer noch in Rätseln?

Bodeys Hand krampfte sich zusammen. »So wirst du nicht mit deiner *Königin* und meiner *Gefährtin* reden.«

»Sie mag die Königin sein, aber ich respektiere sie nicht.« Lynerd richtete sich auf, sein Blick verhöhnte mich. »Nicht mehr.«

Ein Kloß bildete sich in meinem Hals, aber ich versuchte, ihn zu ignorieren. »Bitte erkläre mir, was ich falsch gemacht habe. Ich will doch nur mit dir und Sybil reden.«

Er lachte düster. »Das wird sich als schwierig erweisen, nach der Scheiße, die du heute Morgen abgezogen hast.«

Ich erstarrte und hoffte inständig, dass ich ihn missverstanden hatte.

Samuel räusperte sich. »Was meinst du damit? Du solltest dich klarer ausdrücken.«

Lynerd hob die Augenbrauen und schaute zwischen Samuel, Bodey und mir hin und her. »Ihr wisst es wirklich nicht?«, fragte er ungläubig.

»Leider nein.« Bodeys Kiefer krampfte sich zusammen. »Also, bitte, klär uns auf.«

»Zeke ist vor zwei Stunden mit Sybil verschwunden.« Lynerd verschränkte die Arme. »Er sagte, du wolltest, dass er sie beschützt.«

Das Blut in meinen Adern begann zu kochen, ich blinzelte und versuchte, meine Gedanken zu sammeln. »Wo sind sie hin?«

Lynerd schnaubte. »Als ob du das nicht wüsstest. Hör auf, Spielchen zu spielen. Du bist nicht besser als er.«

Knurrend ging Bodey an mir vorbei und stieß Lynerd zurück. »Wenn du noch einmal so mit ihr sprichst, werde ich dir Manieren beibringen müssen. Langsam gehst du zu weit«, schnaubte mein Gefährte.

Lynerd stolperte einen Schritt zurück, aber fing sich schnell wieder. »Und ich dachte, wir wären Freunde. Aber ich schätze, das passiert, wenn man mit jemandem wie *ihr* gepaart ist.«

Blitzschnell verpasste Bodey Lynerd einen Kinnhaken, woraufhin die zwanzig Rudelmitglieder hinter ihm mehrere Schritte nach vorn machten.

Wir hatten keine Zeit für diesen Mist, aber Lynerd hatte quasi darum gebettelt. »*Bleibt zurück*«, *befahl ich, wobei ich meine Alpha-Macht in meine Stimme fließen ließ.*

Die Rudelmitglieder hielten inne, obwohl sie mit verzogenen Gesichtern versuchten, meinen Befehl zu missachten.

Mein Gefährte hob die Faust, als wollte er Lynerd erneut schlagen. »Wir sind Freunde, aber das wird sich ganz schnell ändern, wenn du meine Gefährtin nicht anständig behandelst. Ich werde nicht tatenlos zusehen, wie ein arroganter Trottel so mit ihr spricht.«

Schlag ihn noch mal, jubelte Jack über die Verbindung ihm zu.

Langsam eskalierte die Situation. Das war genau das Gegenteil von dem, was ich mir erhofft hatte.

Ermutige ihn nicht. Das ist nicht das, was wir im Moment brauchen, meldete sich Lucas zu Wort.

»Was hat er gesagt, als er zu ihr kam?« Ich musste mir ein vollständiges Bild von den Geschehnissen machen, bevor ich mich mit Zeke verband. Er hatte die Angewohnheit, die Wahrheit zu verdrehen, um eine Lüge zu umgehen, also wollte ich so gut wie möglich vorbereitet sein, um zu wissen, was ich ihn fragen konnte.

Lynerd legte den Kopf schief und sah mich an. »Du hast ihm nicht gesagt, dass er sie mitnehmen soll?« Er zeigte auf mich. »Antworte mir.«

Er wollte herausfinden, ob ich lügen würde. Egal, was ich nun tat, ich würde schlecht dastehen. Entweder würde er mir vorwerfen, dass ich keine Kontrolle über Zeke hatte, oder, dass ich versuchen würde, meine Beteiligung zu verbergen. »Nein. Ich habe mich vor drei Stunden mit ihm in Verbindung gesetzt, um ihm zu sagen, dass wir auf dem Weg sind, um nach dir und deinem Rudel zu sehen und mit einer der Hexen hier zu sprechen. Außerdem habe ich erwähnt, dass wir vielleicht endlich ein paar Antworten bekommen könnten. Das war's. Ich habe ihm nichts anderes aufgetragen, als dafür zu sorgen, dass alle in Sicherheit sind.«

»So hat er also die Lüge umgangen.« Lynerds Hände ballten sich zu Fäusten. »Er hat das, was du ihm gesagt hast, so ausgelegt, als ob Sybil hier bei uns nicht mehr sicher wäre.« Sein Atem ging schnell. »Vielleicht war das sein Plan, denn ohne Sybil hier ist unser Rudel sehr geschwächt.«

»Ist Sybil eure stärkste Hexe?« Samuel rieb sich mit einer Hand über den Mund.

Er nickte und zuckte zusammen. »Wenn wir jetzt mit der gleichen Stärke wie vor zwei Tagen angegriffen werden, würden wahrscheinlich viel mehr als nur fünf von uns getötet werden.«

Diese Informationen schienen alle zu belasten. »Ist Salem dem Hexenzirkel hier beigetreten, um die Macht des Zirkels zu vergrößern?« Diese Information hatte River uns nicht gegeben.

Etwas von der Wut in Lynerds Augen ließ nach. »Du hast dich über die Geschichte unseres Rudels informiert?«

»Ja, und du beantwortest meine Frage nicht.« Wenn er so mit mir sprach, würde ich ihm die gleiche Höflichkeit entgegenbringen.

Sein Glucksen überraschte mich. »Ja, *deshalb* ist sie dem Hexenzirkel hier beigetreten. Mittlerweile ist Sybil unsere Priesterin, was bedeutet, dass wir sie zurück brauchen. Und zwar sofort.«

»Was weißt du über Salems Tod?« Ich wollte seine Version der Geschichte hören, um zu sehen, ob sie einige der fehlenden Teile ergänzte.

Jeder Spielraum, den ich in den letzten Minuten bei ihm gewonnen hatte, verschwand. Er schluckte. »Sowohl sie als auch ihr Mann starben und ließen Sybil als Waise zurück.«

Seine Antwort machte mich ihm gegenüber noch misstrauischer. »Wie sind sie gestorben?«

»Meinst du nicht, dass wir unsere Zeit auf die *Lebenden* konzentrieren sollten?«, knurrte Lynerd.

»Wenn du dich weigerst zu antworten, widersetzt du dich deiner *Königin*«, sagte Samuel, der immer noch neben mir stand und plötzlich noch größer erschien.

»Na gut, dann konzentrieren wir uns eben darauf, anstatt auf Zeke, der mit Sybil verschwunden ist, wovon die *Königin* offenbar nichts weiß.« Lynerd starrte ihn an.

Wenn ich Zeke das nächste Mal sah, würde ich ihn erwürgen. Ich würde gerade genug Druck ausüben, um ihm langsam den Sauerstoff zu entziehen, sodass sein Tod schleichend und schmerzhaft sein würde. Er verursachte immer nur Probleme, und mittlerweile war ich mir sicher, dass es pure Absicht war. »Mach dir keine Sorgen. Ich werde das mit ihm besprechen.«

»Ich benötige mehr als das«, schnauzte Lynerd. »Ich brauche sie *jetzt* hier. Sobald du sie sicher nach Hause gebracht hast, können wir über andere Dinge sprechen.«

Kurzzeitig schwankte mein Misstrauen. Er wollte, dass ich Sybil fand und sie zurückbrachte, was bedeutete, dass meine Erinnerungen wiederhergestellt werden konnten. Wenn es sein Plan gewesen war, mir meine Erinnerungen zu nehmen, würde er Sybil sicher versteckt halten wollen.

Lass dich nicht darauf ein. Samuel verband sich mit Bodey und mir. *Du musst Dominanz zeigen. Es ist offensichtlich, dass er keinen Respekt vor dir hat.*

Ich verstand, worauf er hinauswollte, aber ich war mir nicht sicher, ob ich meine Energie auf diesen Kampf verschwenden sollte. *Ist es nicht besser, wenn wir Sybil finden, anstatt hier unsere Zeit zu verschwenden? Es spielt keine Rolle, wer von uns beiden dominanter ist, wenn Königin Kel uns erneut angreift.*

Bodey schaute über seine Schulter zu uns. *Sie hat recht.*

Wenn wir uns hineindrängen, verlieren wir noch mehr Zeit und erzeugen noch mehr Spannungen zwischen uns und Lynerd. Wir haben schon genügend Probleme mit Zeke, ohne noch ein weiteres Rudel auf die Liste zu setzen.

»Gut.« Ich nickte. »Wir werden sie suchen.«

»Wie bitte?« Lynerds Gesicht verzog sich. »Sag Zeke einfach, er soll sie zurückbringen. Das reicht vollkommen.«

Vielleicht wollte er doch nicht, dass ich sie fand. Er erwartete von mir, dass ich Zeke dazu brachte, sie zurückzubringen, aber wenn Zeke das nicht wollte, würde er einen Weg finden, den Alpha-Willen zu umgehen. Irgendwie schaffte er das immer wieder. »Ich traue Zeke nicht. Ich werde sie finden und sie selbst zurückbringen.«

Irgendetwas huschte über Lynerds Gesicht, aber ich konnte nicht genau erkennen, was es war.

Ich wandte mich dem Auto zu und bedauerte bereits, wie viel Zeit wir hier verbracht hatten. Ich wollte mich mit Zeke in Verbindung setzen und hören, wie er versuchen würde, sich aus dieser Sache herauszuwinden. »Wir werden dich informieren, wenn wir sie gefunden haben.« Ich öffnete die Tür und stieg in den Wagen.

Samuel war direkt hinter mir, aber Bodey blieb noch ein paar Minuten länger vor Lynerd stehen. Weder sein noch Lynerds Mund bewegte sich, wodurch ich mir sicher war, dass sie die Rudelverbindung nutzten. Ich vermutete, dass sie ihren Streit beendeten, da Bodey die ganze Zeit über vor Wut strotzte ... oder sie erklärten einander ihre unsterbliche Liebe.

Wobei ich das für eher unwahrscheinlich hielt.

Die beiden grinsten, aber als Lynerd Schweißperlen auf der Stirn und Oberlippe standen, lachte Bodey und marschierte zum Auto. Die beiden Fahrzeuge hinter uns fuhren zurück, als Bodey den Rückwärtsgang einlegte.

Ich hob eine Augenbraue. »Was sollte das denn?«

»Er und ich mussten noch eine Einigung finden.« Bodey legte seine rechte Hand auf die Rückenlehne meines Sitzes, während er zur Heckscheibe raus sah. »Wenn er noch einmal so mit dir redet, werde ich beim nächsten Mal nicht so nett sein.«

Ich lachte. »Du fandest dich nett?«

»Du hast meinen Bruder noch nicht gesehen, wenn er sich richtig ins Zeug legt.« Jasmine lachte ebenfalls. »Er beschützt die Personen, die er liebt, auf grausame Weise – ich kann mir kaum vorstellen, was er für dich tun würde.«

Bodey sah seine Schwester an und warf ihr einen finsteren Blick zu, bevor er wieder nach vorn sah. »Sie hat mich bereits im Kampf gesehen. Sie weiß es. Außerdem wird es nicht so weit kommen. Lynerd weiß, wo sein Platz ist. So dumm wird er sich nicht noch einmal anstellen.«

Das konnte ich nur hoffen. Ich hatte keinen Zweifel daran, dass sich das niemand in unserer Gruppe gefallen lassen würde. Dies war eine einmalige Ausnahme, denn Lynerds Rudel war durch die Hölle gegangen. Aber das waren wir auch.

Um nicht noch mehr Zeit zu verlieren, verband ich mich mit Zeke und Bodey. *Wir haben gerade Lynerds Rudel erreicht, nur um festzustellen, dass du und Sybil weg seid. Was hast du vor? Du wusstest, dass wir auf dem Weg waren.*

In meiner Eile habe ich vergessen, mich mit dir zu verbinden. Zekes Rudelverbindung war kühler und schwächer, was bedeutete, dass er nicht in der Nähe war. *Aber ich hatte das Bedürfnis, sie von dort wegzuholen, falls du dachtest, sie könnte Antworten auf einige deiner Fragen haben.*

Ein Teil meiner Sorge verflog, und Bodey sah mich an. Ich konnte spüren, wie sich seine eigenen Zweifel mit meinen mischten. Ich war mir nicht sicher, ob ich Zeke glauben konnte oder nicht, aber es klang, als ob er versuchte, das Richtige für uns zu tun, auch wenn es fehlgeleitet war.

Wo bist du?, fragte Bodey, als sich seine Finger mit meinen verschränkten und das Summen unserer Verbindung zwischen uns erklang.

Ich schluckte, weil ich mir nicht sicher war, ob Zeke es uns wirklich sagen würde.

Ich bin in Trevors Büro in Halfway.

Seufzend lehnte ich meinen Kopf gegen die Kopfstütze. Die Tatsache, dass er geantwortet hatte, erleichterte mich zumindest ein wenig.

»Wo ist Halfway?« Bodey drückte tröstend meine Hand.

Ich schnappte mir mein Handy und gab die Adresse ein. »Dort habe ich einen Tag lang gearbeitet, als die Späher mich überfielen. Es ist etwa dreißig Minuten westlich von Oxbow entfernt.« Die meisten Leute in Zekes Rudel arbeiteten in Halfway, weil Oxbow so klein war. Wir gingen auch alle in Halfway einkaufen, da es bei uns keine Lebensmittelgeschäfte gab.

»Ist das der Ort, an dem Zeke mit Sybil ist?«, fragte Samuel.

»Ja. Sagst du den anderen Bescheid, wohin wir fahren? Hoffentlich wissen wir bald mehr.« Ich nickte und verband mich wieder mit Zeke und Bodey. *Was, wenn die Königin dieses Gebiet beobachtet?* Auch wenn ich Zeke nicht sonderlich mochte, war er immer noch ein Berater und ich wollte nicht, dass er angegriffen wurde.

Keine Sorge. Der Halfway-Alpha und sein Rudel halten die Augen nach fremden Wölfen offen. Außerdem habe ich Theo gebeten, uns hier zu treffen, da er so gut wie geheilt ist. Ich habe mich um alles gekümmert, uns wird nichts passieren.

Wirst du auch bleiben, bis wir ankommen? Nach dem

Mist, den er heute Morgen abgezogen hatte, musste ich einfach fragen.

Ja. Wir bleiben hier, bis ihr kommt.

Gib uns Bescheid, falls etwas passiert. Ich starrte an die bräunliche Decke des Autos und wünschte, wir wären näher dran. Ich war so kurz davor, Antworten zu bekommen, dass ich weinen wollte. Aber wenn Zeke wirklich dachte, dass Sybil in Gefahr war, dann war es richtig gewesen, sie mitzunehmen. Natürlich hätte er uns einfach Bescheid sagen sollen, dann hätten wir gleich hinfahren können.

Es ist mir egal, was es ist — wenn auch nur irgendetwas nicht in Ordnung zu sein scheint, sagst du uns sofort Bescheid. Selbst wenn Sybil nur komisch gefurzt hat, oder es ihr irgendwie schlecht geht.

Ich hob eine Augenbraue. »Das hätte auch ein Kommentar von Jack sein können.«

Bodey atmete aus und ließ den Kopf hängen. »Wir müssen herausfinden, was hier los ist und die Bedrohung beseitigen, damit Jack endlich nach Hause gehen kann.«

Ich lachte und genoss den Moment der Normalität. »Es hat also nichts damit zu tun, dass du Zeit mit mir allein verbringen willst?«

»Natürlich. Jack endlich loszuwerden, ist nur ein Bonus.« Er zwinkerte.

»Vielleicht hätte ich nicht von der Uni zurückkommen sollen«, brummte Jasmine. »Alles, was ich hier tue, ist, meinem Bruder beim Flirten zuzuhören, seine Erregung zu riechen und ihm dabei zuzusehen, wie er alle paar Minuten seine Gefährtin mit den Augen auszieht.«

»Hey, du bist erst seit zwanzig Stunden zu Hause«, entgegnete Samuel. »Du hast wirklich keinen Grund dich zu beschweren, nicht, bevor du nicht so lange mit den beiden zusammen warst wie ich.«

Ich drehte mich um und streckte den beiden die Zunge heraus. »Ich kann nichts dafür, dass wir glücklich sind, dass wir uns gefunden haben. Außerdem hätten *wir* uns ohne Bodey auch nicht gefunden.« Ich deutete mit dem Finger auf Samuel und dann auf mich selbst.

Samuel gluckste. »Das ist wahr.«

Was wäre wohl passiert, wenn sie mich in der Nacht, in der ich im Hells Canyon angegriffen wurde, nicht gefunden hätten? Wäre ich dann noch am Leben? Wäre Samuel jetzt der König?

Lass uns die anderen darüber informieren, was los ist, sagte Bodey und drückte meine Hand fester. Offenbar hatte er gemerkt, dass meine Gedanken eine dunkle Wendung genommen hatten.

Was-wäre-wenn-Fragen würden uns auch nicht weiterbringen. Durch sie würden wir nur wertvolle Energie verschwenden. Also verband ich mich mit den anderen und informierte sie.

Man könnte meinen, Zeke wollte, dass du schlecht dastehst, knurrte Miles.

Dieser Gedanke war nicht unberechtigt. Zeke hatte eine Art, die Dinge zu seinen Gunsten zu verdrehen. *Nun, Theo ist bei ihm, also werden wir hoffentlich ein paar richtige Antworten bekommen.*

Wir sollten Theo zum neuen Berater erklären, fügte Carl hinzu. *Zeke hat bereits zugestimmt. Jetzt, wo er geheilt ist, sollten wir es endlich hinter uns bringen.*

Ich vertraute Theo deutlich mehr als Zeke. Theo hatte nicht gewusst, wer ich war oder dass ich nicht auf meine Erinnerungen zugreifen konnte. Zeke hatte einfach zu viele Geheimnisse, die mich beunruhigten ... selbst, wenn er sie zu meinem Schutz gehütet hatte. *Ich bin damit mehr als einverstanden, aber wir benötigen zuerst Antworten von Sybil, und dann müssen wir sie zurückbringen, um Lynerd zu beruhigen. Das Letzte, was wir brauchen, ist, dass Zeke den Rudeln in Oregon erzählt, dass wir ihn gezwungen haben, zurückzutreten.*

Danach verfielen wir alle in ein angespanntes Schweigen. Auch jetzt verspürte ich nicht den Wunsch, das Radio einzuschalten.

Als Jasmine keuchte, drehte ich mich um, um zu sehen, wohin sie schaute.

»Was ist los?«, fragte Bodey. Sein eigener Blick schweifte zum Straßenrand, auf der Suche nach der potenziellen Bedrohung.

»Vielleicht kann uns das Rudel meiner Freundin helfen.« Sie steckte ihren Kopf zwischen unseren Sitzen hindurch. »Ihr Vater ist ein Berater – wie du, Bodey –, aber im Mittleren Westen. Vielleicht wären sie bereit, uns im Kampf gegen die Königin zu unterstützen.«

Bodey atmete erleichtert aus. »Verpass mir nächstes Mal bitte keinen Herzinfarkt. Ich dachte, jemand würde uns angreifen.«

Sie errötete. »Tut mir leid. Ich war einfach nur aufgeregt.«

»Glaubst du denn, sie würden uns helfen?« Ich hob die Augenbrauen. Der Gedanke hatte etwas an sich. »Glaubst du, sie würden sich mit uns verbünden?«

Samuel schnaubte. »Das kannst du unmöglich in Betracht ziehen, Callie. Wenn sie erfahren, dass wir angegriffen werden und schwach sind, könnten sie uns zusätzlich zu Königin Kel angreifen. Wir könnten noch schlechter dran sein als jetzt. Das ist ein zu großes Risiko. Außerdem sind wir gerade auf dem Weg zu Sybil, um endlich Antworten zu bekommen.«

»So etwas würde ihr Vater niemals tun«, antwortete Jasmine empört.

»Du kennst ihren Vater oder das Rudel nicht. Woher willst du das also wissen?« Dann verband sich Samuel mit mir. *Es ist zu gefährlich.*

Ich nickte. Samuel war als König ausgebildet worden. Er kannte sich mit solchen Dingen besser aus als ich. »Lasst uns erst einmal abwarten, was wir von Sybil herausfinden.«

»Aber ...«

»Du hast meine Gefährtin gehört.« Bodey sah seine Schwester im Rückspiegel an. »Und ich stimme mit allem überein, was sie gesagt hat.«

Trotzig verschränkte Jasmine die Arme vor der Brust und lehnte sich in ihrem Sitz zurück.

Ich wollte sie nicht verärgern, aber wir mussten klug vorgehen.

Wir verfielen alle wieder in ein angespanntes Schweigen, bis wir schließlich vor Trevors Büro anhielten.

Als ich aus dem Auto stieg, lief mir ein Schauer über den Rücken. Es war, als ob wir beobachtet würden. Dann richtete ich meinen Blick auf den Wald und erstarrte.

Bodeys Kopf drehte sich ebenfalls und sein Blick folgte meinem. »Was ist los? Spürst du etwas?«

Ich blinzelte mehrmals, aber mir fiel nichts Ungewöhnliches auf. »Nein.« Dennoch blieb die Gänsehaut, die der eisige Schauer ausgelöst hatte. Ich versuchte, das seltsame Gefühl zu verdrängen. Sybil war ganz in der Nähe, und ich durfte mich nicht ablenken zu lassen. *Ich hasse es einfach, hier zu sein.* Hier hatten Kels Späher mich damals angegriffen, nachdem Zeke mich gezwungen hatte, für Trevor zu arbeiten, den Vater von Charles, einem Rudelmitglied, das mich mein ganzes Leben lang im Rudel gequält hatte.

Ich zog an den Verbindungen, die größer und wärmer waren als die der anderen, und stellte fest, dass mindestens zwanzig Mitglieder des Halfway-Rudels im Wald unterwegs waren.

Meine Brust zog sich zusammen. Nur zwanzig. Wenn Königin Kel angreifen würde, wären sie nicht in der Lage, sie aufzuhalten.

Samuel stieg hinter mir aus dem Auto und legte seine

Hände auf meine Schultern. »Willst du hier draußen bleiben? Wir können auch allein hineingehen und ...«

Knurrend drehte ich mich zu ihm um. Meine Wölfin war wütend darüber, dass er mich behandelte, als wäre ich schwach und könnte es nicht verkraften, in dieses Büro zu gehen. »Ich wurde *draußen* angegriffen, nicht *drinnen*, und nicht nur das, ich habe Angriffe wie diesen überlebt, seit ich fünf Jahre alt war. Ich werde auf jeden Fall reingehen.«

Jack stieg kichernd aus dem anderen Auto aus. »Jawohl, Callie, zeig ihm, wer der Boss ist!«

»Halt die Klappe«, murmelte Lucas leise und drehte sich dann nach vorn, um Samuel und mich zu beobachten.

Samuel hob kapitulierend seine Hände und seufzte. »Bitte entschuldige, ich wollte nicht andeuten, dass du schwach bist. Ich habe einfach nur gehört, dass der Angriff, der hier stattgefunden hat, ziemlich schlimm war.«

Nun wurde auch Bodey von meiner Wut gepackt. Er knurrte Samuel an. »So etwas wird ihr nie wieder passieren. Dafür werde ich sorgen. Ich werde jeden töten, der es versucht.«

»Siehst du?« Jasmine schnaubte. »Leg dich nicht mit den Leuten an, die Bodey liebt.«

Wir sollten uns alle beruhigen, sagte Michael über unsere Verbindung, als er und die anderen drei ehemaligen Berater Jacks Navigator erreichten. *Wir sind müde und gestresst, aber deswegen sollten wir nicht miteinander streiten.*

Ich atmete aus und ließ den Kopf hängen. Es fühlte sich fast so an, als hätte er mich ausgeschimpft. »Du hast recht. Aber irgendetwas stimmt hier nicht, und ich kann nicht genau sagen, was.«

Ich rechne damit, dass es Zeke und seine Freunde sind, sagte nun Miles. Sein Gesichtsausdruck verriet, dass er ebenfalls nicht gerne hier war.

»Lasst uns ein paar Antworten bekommen.« Ich hakte mich bei Samuel unter. Dann verband ich mich nur mit ihm. *Es tut mir leid, dass ich so reagiert habe. Ich habe mich von meinen Nerven überwältigen lassen, und meine Wölfin hat für eine Sekunde die Kontrolle übernommen.*

Bodey nickte mir zu und ging an uns vorbei. Er gab mir Zeit, um mit Samuel zu reden, und ich liebte ihn dafür.

Es ist alles in Ordnung. Samuel tätschelte meinen Arm. *Wenn sich deine Wölfin von irgendjemandem bedroht fühlen sollte, dann von mir.*

Ich zog eine Augenbraue hoch. *Obwohl wir eine Familie sind?*

Er nickte. *Wir sind nicht zusammen aufgewachsen. Auch wenn ich nicht den Eindruck erwecken wollte, dass ich dich für schwach halte, hat deine Wölfin es so aufgefasst. Sie weiß, dass von allen hier mein Wolf der Einzige ist, der mit ihr mithalten kann. Aber mach dir keine Sorgen.* Er lächelte mich an. *Ich weiß, dass du stärker bist als ich.*

Ich war mir nicht sicher, ob das der wahre Grund für meine Reaktion war, oder ob meine Wölfin mit mir darin übereinstimmte, dass weder sie noch ich das Sagen haben sollten, sondern Samuel. Aber all das war im Moment nicht wichtig.

Wir gingen die Betontreppe hinauf zur Eingangstür des Hauses, das zu einem Büro am Rande der Stadt umgebaut worden war. Sie hatten sich für diesen Standort entschieden, weil er nahe am Stadtzentrum lag, aber dennoch über einen Waldzugang hinter dem Haus verfügte, für den Fall, dass sie sich schnell verwandeln mussten.

Ich möchte nicht, dass wir Konkurrenten werden. Du bedeutest mir mehr als das.

Er knuffte mich in die Seite. *Ich weiß. Ich bin dir nicht böse.*

Als wir die Tür erreichten, verband ich mich gedanklich mit Bodey und Zeke. *Wir sind da.* Ich wollte sie nicht überrumpeln, ohne sie zu warnen, obwohl ich vermutete, dass Zeke es schon wusste.

Es verging ein angespannter Moment, bevor er antwortete. *Wir sind im vorderen Zimmer. Kommt rein.*

Bodey zögerte nicht und öffnete die Tür.

Als wir eintraten, sah ich mich im Raum um. Die beiden großen Schreibtische waren noch da. Derjenige, der eigentlich mir gehören sollte, stand dem Tisch gegenüber, an dem normalerweise die Empfangsdame saß. In diesem Moment war er von Theo besetzt.

Zeke saß am anderen Schreibtisch, den Stuhl zurückgeschoben, den Kopf an die hellblaue Wand gelehnt. Als er uns sah, hörte er auf, auf seinem Handy herumzutippen und legte es auf den Schreibtisch.

Eine Person fehlte jedoch.

Sofort spannte ich mich wieder an. »Wo ist Sybil?«

»Im Badezimmer.« Zeke zuckte mit den Schultern, und sein finsterer Blick war mir nicht entgangen.

»Geht es ihr gut?«, fragte Bodey und legte eine Hand auf meinen Rücken, während er Theo anschaute.

Zeke atmete tief ein und aus. »Natürlich geht es ihr gut.«

Hinter mir atmete Jasmine scharf ein, und ich drehte mich um, um zu sehen, wie sie Theo anstarrte. Theo runzelte die Stirn, und dann weiteten sich seine Augen, als er ihren Blick erwiderte. Irgendetwas war hier los zwischen den beiden, aber darauf konnte ich mich jetzt nicht konzentrieren.

»Wer ist sonst noch hier?«, fragte Lucas, als er Bodey flankierte. Miles und Jack nahmen die andere Seite von Samuel ein, sodass Samuel und ich in der Mitte blieben.

Die ehemaligen Berater standen hinter uns und hielten uns den Rücken frei.

»Das habe ich euch doch schon gesagt.« Zeke richtete sich auf und lächelte dann grausam. »Es sei denn, Callie hat diese Information nicht mit euch geteilt. Es ist irgendwie schön zu wissen, dass ich nicht der Einzige bin, dem sie Informationen vorenthält.«

»Sie hat uns über alles informiert.« Jack hob sein Kinn und starrte den älteren Mann wütend an. »Wir fragen uns nur, wen du vor uns versteckst.«

Bodey nickte. »Callie ist nicht diejenige, der gerne Spielchen spielt.«

Zeke erhob sich und plusterte sich auf. »Ich bin derjenige, der Sybil von Lynerds Rudel weggebracht hat. Ihr solltet mir *dankbar* sein.«

Mein lautes Lachen überraschte mich selbst. »Du hast uns lächerlich gemacht. Versuch ja nicht, die Dinge zu verdrehen. Ich bin nicht wie die anderen, die du all die Jahre manipuliert hast. Ich weiß *genau*, wer du bist.«

Als ich eine Toilettenspülung hörte, wurde ich misstrauisch.

Bis ich mich an die Wölfe draußen erinnerte. »Warum sind da draußen nur zwanzig Wölfe?« Ich zeigte in Richtung des Waldes. »Du weißt besser als jeder andere von uns, dass Kel mehr Wölfe geschickt hat, um unsere Rudel anzugreifen.«

Zeke warf mir einen wütenden Blick zu. »Das ist alles, was der Halfway-Alpha mir geschickt hat. Du solltest dankbar sein, dass sie überhaupt hier sind.«

»Warum hast du nicht Trevor und ein paar andere aus dem Oxbow-Rudel mitgebracht?« Als er mir gesagt hatte, dass er hier sei, hatte ich angenommen, dass er Leute aus seinem Rudel und dem Halfway-Rudel zum Schutz von Sybil dabei haben würde.

»Hast du vergessen, dass der Späher, den wir als Geisel

genommen haben, von dort geflohen ist?«, zischte Zeke und seine Nasenlöcher blähten sich auf.

Ich verschränkte die Arme. »Hast *du* vergessen, dass ich in diesen Wäldern angegriffen wurde? Kel weiß über beide Orte Bescheid und auch, wie nah die beiden Rudel beieinander liegen.«

»Sie hat recht.« Theo räusperte sich. »Vielleicht sollten wir ...«

»Niemand hat *dich* nach deiner Meinung gefragt«, donnerte Zeke und starrte seinen Sohn an.

Ein leises, warnendes Knurren von Jasmine hinter mir ließ mich innehalten.

Dann hörte ich leise Schritte auf dem Flur, und kurz darauf betrat Sybil den Raum.

Ihr Gesichtsausdruck war angespannt, als ihre smaragdgrünen Augen mich ansahen. Selbst auf ihrer dunkelbraunen Haut waren die Augenringe deutlich zu sehen. Ihr langes, blaues Haar hing ihr über die Schultern und stand im starken Kontrast zu ihrem blassgrünen Kleid.

Sie sah schrecklich aus. »Geht es dir gut?«

Sie schlang ihre Arme um ihre Taille. »Ich wünschte nur, ich wäre wieder zu Hause.«

»Wir bringen dich nach Hause«, versprach ich und trat auf sie zu. »Ich wollte nicht, dass Zeke dich mitnimmt, aber ich bin froh, dass du in Sicherheit bist.«

Als sie Zeke anschaute, verlor ihr Blick jegliche Wärme.

Irgendetwas stimmte hier definitiv nicht.

Ich hasste es, gleich zur Sache kommen zu müssen, aber die Wölfe von Königin Kel hatten die Angewohnheit, ohne Vorwarnung aufzutauchen und uns zu überraschen. »Darf ich dir ein paar Fragen stellen? Ich habe ein paar Informationen erhalten, und ich hatte gehofft, dass du ein paar Antworten für mich hast.«

Sie begann. »Ähm ... vielleicht. Ich bin mir nicht sicher.«

Bodey legte den Kopf schief und beobachtete jede ihrer Bewegungen.

»Warum hast du mich an dem Tag, als Theo und ich Lynerd besucht haben, so seltsam angesehen?« Obwohl ich eine Lüge witterte, konzentrierte ich mich auf mein Gehör, um zu sehen, ob ich auch nur eine leichte Erhöhung ihres Herzschlags hörte.

»Oh.« Sie rang mit ihren Händen, und ihr Herz schlug tatsächlich etwas schneller.

Ich verband mich gedanklich mit der Gruppe, die mit mir gekommen war, aber ließ Zeke und Theo außen vor. *Liegt es an mir, oder scheint sie unter irgendeinem Zwang zu stehen?*

Bodey kam auf mich zu, bereit, mich zu beschützen.

»Ich habe etwas Seltsames an deiner Magie gespürt.« Sie lachte ein wenig zu laut. »Genau wie Dina.«

»Ja, aber Dinas Mutter war nicht diejenige, die die Erinnerungen meiner Gefährtin blockiert hat.« Bodey schlug die Hände zusammen. »Ich denke, dass du erkannt hast, dass mehr als nur eine starke Wölfin unterdrückt wurde. Diese Magie ähnelt deiner eigenen.«

Sie zuckte zusammen, sagte aber kein weiteres Wort.

»Ist das wahr? Hast du bereits an diesem Tag gewusst, wer mich verzaubert hat?« Ich wollte sichergehen, dass es keine Möglichkeit gab, die Wahrheit zu umgehen.

Zeke stand auf. »Weißt du, wie verrückt das klingt? Ihre Eltern stammen aus Lynerds Rudel, das mehrere Stunden von uns entfernt lebt.« Er winkte mit einer Hand. »Wenn das die Informationen waren, von denen du dachtest, dass sie dir helfen könnten, bist du noch wahnhafter, als ich dachte.«

»Vielleicht.« Samuel sah Zeke mit zusammengekniffenen Augen an. »Oder *du* bist nicht klug genug, um zu erkennen, wie genial es ist, eine Hexe aus der Ferne genau aus diesem

Grund den Zauber sprechen zu lassen – vor allem, wenn Lynerd die königliche Familie dafür bestrafen wollte, dass sie dich zum Alpha-Berater von Oregon ernannt haben.«

»Die Polizei hat bestätigt, dass ein Gasleck die Explosion ausgelöst hat.« Zeke verdrehte die Augen. »Es gab keine Beweise für ein Verbrechen.«

»Und eine Hexe kann den Geist eines Menschen verändern«, sagte Phil, der hinter Samuel stand. »Wenn jemand Mila umgebracht hat, solltest du es doch als Erster wissen wollen.«

Es ärgerte mich, dass wir unsere Zeit mit Zeke verschwendeten und uns nicht auf die Person konzentrierten, die uns hoffentlich alle Antworten geben konnte, und noch mehr.

»Du brauchst keine Angst vor Vergeltung haben, weil deine Mutter mich verzaubert hat.« Ich legte eine Hand auf mein Herz und hoffte bei den Göttern, dass sie meine Aufrichtigkeit spüren konnte. »Du warst ein *Kind*. Du hast nichts falsch gemacht.«

Sybils Unterlippe zitterte.

Ich hoffte, dass ich zu ihr durchdringen würde. »Wenn dich jemand bedroht und dich zum Schweigen gezwungen hat, dann verspreche ich dir, dass ich dich beschützen werde. Diese Antwort ist nicht nur für mich wichtig – sie könnte uns Aufschluss darüber geben, was mit Königin Kel vor sich geht, oder zumindest, an wen wir uns wenden können, um weitere Antworten zu erhalten. Du könntest helfen, viele Leben zu retten.«

»Ich bin mir sicher, dass niemand ...«, begann Zeke.

Aber Sybil nickte und unterbrach ihn. »Ich werde dir helfen. Ich werde den Bann, den meine Mutter über dich verhängt hat, aufheben und dir den Zugang zu deinen Erinnerungen ermöglichen. Aber es wird ein wenig Zeit brauchen.

Wenn ich die Schichten zu schnell löse, wird es sehr schmerzhaft werden.«

Die Erleichterung traf mich so abrupt, dass ich gegen Bodey sackte. Sofort legte er einen Arm um meine Taille und ich konnte unsere Verbindung summen hören. Ich hätte nie gedacht, dass ich mal jemanden haben würde, der mir so zur Seite stand, und wieder einmal war ich dankbar, dass ich einen starken, loyalen Partner an meiner Seite hatte.

»Na, *wunderbar*«, sagte Zeke, wobei er das letzte Wort betonte. »Aber wir sollten wahrscheinlich warten, bis wir an einem sicheren Ort sind, bevor wir das zulassen.«

Bodey runzelte die Stirn. »Ich dachte, du sagtest, dieser Ort sei sicher.«

»Das ist er, aber Callie hat recht. Vielleicht sollten wir zurück in die Nähe meines Rudels gehen, wo uns mehr Wölfe beschützen können.« Seine Stimme erhob sich ein wenig.

»Oder ...« Theo stand von seinem Schreibtisch auf und stellte sich neben Jasmine. »Wir könnten einige Wölfe aus unserem Rudel bitten, herzukommen. Es gibt einige, die in der Stadt arbeiten und sofort kommen könnten.«

»Das«, sagte Michael und schnippte mit den Fingern, »ist eine gute Idee. Je mehr wir sind, desto besser, vor allem, weil wir so nah an der Stadt sind. Es wäre schwieriger, hier einzubrechen, wenn wir ausreichend Wölfe draußen haben.«

Zeke starrte seinen Sohn böse an.

Bei meinem Gefährten kamen widersprüchliche Gefühle auf. *Ich bin mir nicht sicher, ob ich wütend oder glücklich darüber bin, dass Theo mal eine gute Idee hat. Ich hasse diesen Kerl wirklich.*

Irgendwie schaffte ich es, mein Lachen zu unterdrücken. *Theo ist ein guter Kerl.*

Bodeys Augen verdunkelten sich, als sie meine trafen.

Okay, du hast mir bei meinem Zwiespalt geholfen. Ich bin definitiv stinksauer.

Jack rieb seine Hände aneinander und seine blauen Augen funkelten. »Also, wie funktioniert das? Müssen wir singen? Benötigen wir Kerzen? Muss Callie ihre Schuhe ausziehen, damit sie die Erde besser kanalisieren kann?«

Carl seufzte. »Manchmal frage ich mich wirklich, ob du mein Sohn bist.«

»Das tun wir alle, Sir.« Lucas nickte.

Sybil grinste. »Theoretisch hätte es Vorteile, aber da Callies nackte Füße hier drinnen nur totes Holz berühren würden, wird es nicht helfen. Und es werden keine Kerzen benötigt. Es ist eigentlich ein relativ einfacher Zauberspruch. Allerdings wird die Rückkehr der so lange verdrängten Erinnerungen wahrscheinlich sehr schmerzhaft sein.«

Ich lachte bitter auf. »Magie hat ihren Preis.«

Sie nickte. »Das ist wahr.«

»Besteht eine Möglichkeit, den Schmerz zu dämpfen?« Bodey biss sich auf die Unterlippe. »Mit Kräutern oder so? Die Hexen haben so etwas für Samuel benutzt, als wir dachten, dass er derjenige ist, der markiert werden sollte.«

»Ja, aber wir haben keine Kräuter hier.« Sie drehte Zeke den Rücken zu. »Und es würde einige Zeit dauern, sie zu besorgen. Es hängt ganz von deinen Prioritäten ab.«

Ich weiß, du willst nicht, dass ich Schmerzen habe, aber ich will es nicht noch länger hinauszögern. Ich richtete mich auf und löste mich aus der tröstlichen Umarmung meines Gefährten. *Ich muss das jetzt tun.*

Bodey schaute finster drein, versuchte aber nicht, mich aufzuhalten.

»Das ist schon in Ordnung.« Ich machte einen Schritt auf sie zu. »Ich habe es überlebt, markiert zu werden – ich kann damit umgehen.«

»Wir haben alle gesehen, dass du Schmerzen hattest.« Zekes Gesicht war blass geworden. »Vielleicht sollten wir zuerst die notwendigen Kräuter sammeln.« Er schnappte sich sein Handy vom Schreibtisch und begann hektisch darauf herumzutippen.

Samuel runzelte die Stirn. »Wem zum Teufel schreibst du da? Du kannst dich mit jedem verbinden, mit dem du jetzt kommunizieren solltest.«

Er rollte die Schultern zurück. »Ich bestelle etwas zu essen. Wir sind sicher alle hungrig.«

»Ich glaube, das kann warten.« Jasmine schnaubte. »Vor allem, wenn jeden Moment eine Hexe einen Zauber sprechen wird.«

Ich konnte nicht umhin, zu bemerken, dass Sybil mit dem Rücken zu Zeke stand, als sie sich auf den Weg zu mir machte. Sie gestikulierte in Richtung des Holzbodens. »Du solltest dich vielleicht hinsetzen.«

»Ja.« Wenn es wirklich so schmerzhaft werden würde, sollte ich wahrscheinlich nicht stehen.

»Hier.« Theo deutete auf den Schreibtisch, den er gerade verlassen hatte. »Nimm diesen Stuhl.«

Das wäre viel bequemer als der Boden. Ich machte mich auf den Weg zum Stuhl, während Zeke hektisch auf sein Handy schaute. Bodey folgte mir und sorgte dafür, dass er genügend Abstand zwischen mich und Theo brachte.

Sobald ich saß, stellte er sich neben mich und nahm meine Hand.

Jetzt sahen mich alle an.

Sybil stand vor mir, ihr Haar hing wie ein Vorhang zwischen ihr und den anderen. Sanft berührte sie mit beiden Händen meine Stirn. »Ich werde zuerst nach der Wurzel des Zaubers suchen. Das wird sich nicht angenehm anfühlen«, flüsterte sie.

»Das ist in Ordnung«, murmelte ich. »Ich bin bereit.« Diese Worte waren so wahr. Ich wollte mich an alles erinnern, auch an die schlechten Dinge.

Kurz darauf drang ihre Magie in mich ein, aber im Gegensatz zu Dina schien sie schnell zur Quelle vorzudringen.

»Ich habe die Wurzel gefunden«, hauchte sie und ihr Kräuterduft strömte mir ins Gesicht. »Jetzt werde ich den Zauber rückgängig machen. Es wird ein paar Minuten dauern, und du darfst dich nicht bewegen, und musst geduldig sein.« Ihre Stimme wurde härter, und sie wandte sich an Bodey. »Und du darfst dich auch nicht einmischen, selbst nicht, wenn sie vor Schmerzen wimmert. Verstanden?«

Er biss die Zähne zusammen, nickte aber.

»Gut.«

Plötzlich spürte ich eine Art Nadelstich in meinem Gehirn. Der Schmerz raubte mir den Atem. Er war scharf, intensiv und viel schlimmer als das brennende Gefühl der Tinte auf meiner Brust.

Ich stöhnte auf und bedauerte fast, dass ich dem zugestimmt hatte. Schreckliche Qualen zogen sich durch mich, als mein Gehirn wiederholt von einem Hammer getroffen zu werden schien.

Ein lautes Heulen klang in meinen Ohren – auch meine Wölfin litt.

Mein Kopf schmerzte so sehr, dass selbst das Summen von Bodeys Berührung den Schmerz in meinem Inneren nicht lindern konnte.

Dann tauchte eine Stimme in meinem Kopf auf. *Unbekannte Wölfe sind hier, und wir brauchen Hilfe!*

KAPITEL VIERUNDZWANZIG

Eine Sekunde lang war ich mir nicht sicher, ob das eine Erinnerung war, die zurückkehrte, oder etwas, das in der Gegenwart geschah. Anschließend erstarrte Bodey und beantwortete mir damit meine Frage. Er hatte die Stimme auch gehört.

»Wir werden angegriffen«, zischte Zeke, und mit einem Mal verschwanden Sybils Hände von meinem Kopf.

Der Schmerz verschwand so schnell, wie er gekommen war, und ich öffnete die Augen, um zu sehen, wie Zeke Sybils Handgelenke gepackt hatte. Seine Stirn war in Falten gelegt und er keuchte.

Ich versuchte, meine frühesten Erinnerungen abzurufen, in der Hoffnung, dass etwas Neues dabei sein würde. Leider war meine frühste Erinnerung immer noch die Nacht, in der Zeke mich durch die Tür meines Elternhauses geschleppt hatte, um meinen Eltern mitzuteilen, dass ich nun in ihrer Familie leben würde. Ich erinnerte mich an den spöttischen Blick von Pearl, als sie mich beobachtete, und an das zögerliche Lächeln von Stevie.

Natürlich hatte Sybil nicht genug Zeit gehabt, um ihre

Magie wirken zu lassen. Irgendwie wusste Kel immer, wann sie sich einmischen musste, um uns zu stören.

Ich stand auf und biss die Zähne zusammen. Ein Teil von mir wollte Sybil sagen, dass sie weitermachen sollte, aber sie, Bodey und Samuel zu beschützen, war meine Priorität.

Wir brauchen jetzt Hilfe, sagte Blake, der Halfway-Alpha. *Es kommen etwa vierzig fremde Wölfe auf uns zu.*

Da draußen waren nur zwanzig unserer Wölfe. Am liebsten hätte ich Zeke angeschrien, aber das hätte auch nichts gebracht.

Ruft Verstärkung. Wir brauchen alle, die in der Nähe sind, verband sich Bodey mit allen Wölfen, die er erreichen konnte, als er sich vor mich stellte. Dann sah er mir direkt in die Augen. *Bleib du hier bei Sybil.*

Bevor er sich umdrehen konnte, ergriff ich seinen Arm. *Auf keinen Fall. Ja, wir müssen Sybil beschützen, aber Königin Kel hat klargemacht, dass sie hinter jedem her ist, den ich liebe. Es gibt niemanden auf dieser Welt, den ich mehr liebe als dich, also wenn du da hinausgehst, gehe ich auch.*

Dann sah ich die anderen an. »Wir werden helfen, diesen Ort zu verteidigen. Kel ist nur hier, weil wir hier sind. Sie will ihre Macht demonstrieren.« Ich konnte mir keinen anderen Grund vorstellen, warum sie Halfway angreifen sollte.

»Wenn sie hier ist, weil wir hier sind, dann sollten wir gehen.« Samuel hob beide Hände. »Hier zu verschwinden, ist vielleicht der beste Weg, um Todesfälle zu vermeiden.«

Mein Herz blieb stehen. »Wie kannst du dir da so sicher sein? Immerhin hat sie Lynerds und Heathers Rudel ebenfalls einfach so angegriffen. Wenn wir gehen und Kel weiter angreift, wird es noch weniger Leute geben, die das Halfway-Rudel beschützen können.« Trotzdem wusste ich, dass Samuel recht haben könnte, und das hasste ich. Es bestand die Möglichkeit, dass die Kämpfe aufhören würden, wenn wir gingen, aber was, wenn es gar nicht um uns ging und sie nur deutlich machen wollte, dass sie bereit war zu töten, um zu bekommen, was sie wollte?

»Wir sollten es versuchen.« Samuel warf einen Blick auf die Hintertür. »Du, Bodey, Sybil und ich gehen. Natürlich nicht weit weg und wir kommen zurück, wenn die Kämpfe nicht aufhören sollten.«

Das war zwar immer noch unsicher, aber zumindest ein Kompromiss. Wir könnten Sybil an einen sicheren Ort bringen und dann zurückkommen, um zu helfen, falls die Wölfe sich nicht zurückzogen. Ich biss mir auf die Unterlippe und schaute Bodey an.

»Es ist deine Entscheidung.« Bodey drückte meine Hand. »Es gibt immer ein Risiko, egal welche Strategie du wählst.«

Es ist deine Entscheidung. Die Worte meines Gefährten wiederholten sich in meinem Kopf und ließen mein Herz rasen. Der ganze verdammte Druck gab mir das Gefühl, ich würde implodieren. Und wir verschwendeten zu viel Zeit. Ich musste einfach eine Entscheidung treffen, und wenn Samuel der Meinung war, dass das der richtige Weg war, würde ich ihm nicht widersprechen. Auch wenn ein Teil von mir schrie, dass es die falsche Entscheidung war, folgte ich Samuels Rat. »Okay. Sybil, Bodey, Samuel und ich verschwinden hier. Vielleicht ziehen sich Kels Wölfe dann zurück.«

Diese Worte reichten aus, damit alle in Aktion traten. Eine weitere Erinnerung daran, dass ich zu lange brauchte, um Entscheidungen zu treffen, und ich mich bessern musste.

»Der Rest von uns wird mit den anderen kämpfen.« Lucas eilte in Richtung des Flurs, der an die Küche grenzte und eine Hintertür enthielt. »Wir halten euch auf dem Laufenden.«

Ich ergriff Sybils Handgelenk und versuchte, sie zur

Haustür zu ziehen. Sie zögerte jedoch. »Komm schon. Wir bringen dich hier raus und nach Hause.«

Darauf nickte sie eifrig, ohne jedes Zögern.

Die ehemaligen Berater und Lucas, Jack und Miles eilten zur Tür, aber Theo zögerte und sah Jasmine an.

»Wage es ja nicht, dich von mir zu verabschieden.« Jasmine stemmte die Hände in die Hüften und deutete dann auf die Hintertür. »Ich gehe raus und kämpfe mit dem Rest von euch.«

Bodey rannte zu ihr und packte sie am Arm. »Nein, das wirst du nicht.«

»Die Königin hat gesagt, dass nur ihr vier gehen werdet.« Jasmine hob ihr Kinn, ihre Unterlippe zitterte, während sie sich gegen Bodeys starken Griff wehrte. »Also gehe ich mit Theo und unseren Verbündeten da raus und helfe, alle zu beschützen.«

»Du kommst mit uns«, betonte Bodey und machte deutlich, dass er nicht mit ihr diskutieren würde. Ein Hauch seines Alpha-Willens schwang in seinen Worten mit. »Du bist nicht zum Kämpfen ausgebildet.«

Ihre Brust hob sich, aber Theo kam zu ihr und legte ihr eine Hand auf den Arm. »Er hat recht. Du musst mit ihnen gehen. Uns wird es gut gehen, mach dir keine Sorgen«, murmelte er.

Als Jasmine den Mund öffnete, knurrte Bodey. »Nimm die Hände von meiner Schwester, und Jasmine, ich *werde* meinen Alpha-Willen einsetzen, wenn es sein muss.«

Dagegen würde sie nicht viel tun können. »Allerdings bin ich auch eine Wölfin, und wir brauchen jeden, den wir bekommen können. Aber wenn dir das egal ist, dann komme ich mit euch.«

Theo ließ seinen Arm sinken und strich Jasmin über die

Wange, bevor er sich umdrehte und den anderen hinterhereilte.

Jasmines Gesicht verzog sich, und ich konnte nicht anders, als mich zu fragen, ob sie und Theo vielleicht Schicksalsgefährten waren. Wie viele Schicksalspaare hatten denn bloß darauf gewartet, sich zu treffen?

»Lass uns gehen.« Samuel eilte zur Eingangstür. »Wir haben uns schon entschieden zu lange Zeit gelassen.«

Seine Worte waren wie ein Tritt in die Magengrube, aber ich hatte sie verdient. Wäre er an meiner Stelle gewesen, hätte er die Entscheidung schon vor Minuten getroffen.

Als wir gingen, hörte ich Schritte hinter uns. Ich warf einen Blick über meine Schulter und sah, dass Zeke uns folgte.

Ich wurde nicht langsamer, als ich mich wieder umdrehte, aber ich verband mich mit ihm und Bodey. *Du musst Blake und seinem Rudel helfen.*

Ich habe Sybil hergebracht, also muss ich erst sicherstellen, dass sie sicher zum Auto kommt. Er hatte sein Handy in der Hand und tippte wieder einmal darauf herum.

»Steck dein verdammtes Handy weg und mach dich tatsächlich mal nützlich.« Ich verstand nicht, was so wichtig sein konnte, dass er während eines Notfalls an diesem verdammten Ding sein musste.

Er nickte schuldbewusst und schob das Handy in seine Tasche. »Du hast recht. Entschuldige.«

Sein Einverständnis überraschte mich, und das Misstrauen in mir wuchs noch mehr. »Gib mir dein Handy.«

Mit hochgezogenen Augenbrauen schüttelte er den Kopf, was Bodey zum Knurren brachte.

»Hör zu, du aufgeblasener Arsch ...«, begann Bodey, aber ich hob die Hand und verknüpfte meine Worte mit dem Alpha-Willen. »Gib mir dein Handy. Sofort. Ich werde nicht riskieren, dass du dich von etwas ablenken lässt, das dir wichtiger ist als der Schutz der Wölfe in deinem Territorium.«

Jasmine kicherte, als Samuel sich mit mir verband. *Gute Idee. Er führt eindeutig etwas im Schilde.*

Zekes Augen funkelten, als er in seine Tasche griff und mir dann das Handy reichte. Ich würde ihn dazu bringen, dass ich es später durchsehen durfte, um herauszufinden, was los war. Momentan mussten wir erstmal alle von hier wegbringen.

Samuel war als Erster an der Tür, gefolgt von Bodey. Ich klammerte mich mit aller Kraft an Sybil, weil ich Angst hatte, dass sie irgendwie verschwinden könnte, wenn ich sie losließe. Ich konnte einfach nicht riskieren, Sybil zu verlieren. Sie war meine einzige Hoffnung, meine Erinnerungen wiederzuerlangen, aber leider machte mir das Schicksal immer wieder einen fetten Strich durch die Rechnung.

Als wir die Treppe hinuntergingen, suchte ich den Hof ab. Es waren keine Wölfe zu sehen, nur ein paar Menschen, die in ihren Autos an uns vorbeifuhren.

Der Knoten in meinem Magen löste sich. Es wäre zu riskant für Kels Wölfe, uns anzugreifen, wenn Menschen in der Nähe waren, also sollten wir ohne Probleme entkommen können.

Jasmine folgte uns. Obwohl ich sie nicht sehen konnte, spürte ich die Wut durch unsere Verbindung. Sie war sauer auf Bodey, aber ich konnte es ihm nicht verübeln, dass er sie gezwungen hatte, mit uns zu kommen, besonders nach dem, was die Südwest-Königin meiner eigenen Schwester angetan hatte.

Der Geruch von unbekannten Wölfen stieg mir in die Nase.

Sofort war der Knoten in meinem Magen wieder da und ich schaute in Richtung Wald, als zwei Wölfe aus den

Tannen hervor sprangen.

Ich schwankte, als mir das Ausmaß der Situation bewusst wurde. Kel scherte sich einen Dreck darum, unter den Menschen kein Aufsehen zu erregen, solange sie bekam, was sie wollte. Diese Tatsache ließ mir das Blut in den Adern gefrieren.

Wie viel war sie bereit zu opfern, damit ich mich ihr unterwarf?

Als wir auf halbem Weg zu den Fahrzeugen waren, tauchten acht weitere Wölfe hinter ihnen auf. Alle zehn sprinteten los, um uns zu schnappen, bevor wir das Auto erreichen konnten.

Sofort verband ich mich gedanklich mit allen Wölfen in der Nähe. *Wir brauchen dringend Hilfe. Zehn Wölfe sind vor der Tür, und wir haben Mühe, zu unserem Auto zu kommen.*

Bodey drückte auf den Entriegelungsknopf, als die Wölfe mit voller Geschwindigkeit losrannten, ihre Aufmerksamkeit auf Sybil gerichtet. Mein Herz schlug schneller, als mir klar wurde, dass sie nicht so schnell rennen konnte wie der Rest von uns.

Das Auto war jetzt näher als die Tür zum Büro. Wir würden es weder zurück noch ins Auto schaffen, bevor die Wölfe uns erreichten. Wir hätten drinnenbleiben sollen.

Ich bin auf dem Weg, meldete sich Theo zurück. *Ich werde bald da sein.*

Wir auch, antwortete Miles.

Ich hielt sie nur ungern vom Kampf ab, aber wir benötigten Hilfe, um Sybil in Sicherheit zu bringen.

Die gegnerischen Wölfe stürmten auf uns zu, als Bodey und Samuel die Autotüren öffneten und uns hereinscheuchten, als ob wir nicht schon versuchen würden, so schnell wie möglicheinzusteigen.

Als ich an ihrem Arm zerrte, verlor Sybil den Halt und

stolperte. Ich griff nach unten, um sie aufzufangen, als die beiden Wölfe, die die zehn gegnerischen Wölfe anführten, uns erreichten. Die dunkelbraune Wölfin stürzte sich auf Sybil, während der grauweiße Wolf nach meinem Arm schnappte.

Verzweifelt versuchte ich, Sybil in Sicherheit zu bringen, und drehte mich zu ihr, als sie die Hände hob. »Schieb sie weg«, schrie sie. Eine Windböe schob die dunkelbraune Wölfin zurück und warf sie auf ihren Rücken, aber der grauweiße Wolf wich dem Wind aus und griff an.

Er traf seitlich gegen meinen Körper, seine Zähne bohrten sich in meinen linken Arm. Sofort setzte mein Instinkt ein, und ich schlug dem Wolf mit der rechten Hand ins Gesicht. Er ließ mich los und landete auf allen vier Beinen, während Sybil sich auf die Wölfin konzentrierte, die weiterhin versuchte, die Windbarriere zu durchbrechen.

Scheiße, sagte Bodey und ich spürte seine Angst und Wut nun deutlich.

Bodey und Samuel rannten auf die acht anderen entgegenkommenden Wölfe zu, während Jasmine und Zeke sich als Barriere zwischen die Feinde, Sybil und mich stellten.

Bring Sybil ins Auto und pass auf sie auf. Verwandle dich nicht. Dafür haben wir jetzt keine Zeit, sagte Bodey zu mir.

Die Bisswunde an meinem Arm pochte, und der Gestank von Kupfer hing schwer in der Luft. Der Ärmel meines Hemdes war zerfetzt, und Blut tropfte aus der Wunde auf das Gras. Ich versuchte, den Schmerz zu unterdrücken, und erinnerte mich daran, dass ich schon Schlimmeres überlebt hatte.

Der grauweiße Wolf stand nun mit gefletschten Zähnen vor mir. Er knurrte und senkte dann den Kopf, als wolle er mich umwerfen. Als er loslief, sprang ich nach rechts und konnte gerade noch so ausweichen.

Ich wollte mich verwandeln, aber dafür hatte ich keine

Zeit, und ich bemerkte, dass Sybils Hände zitterten, als sie einen Zauber nach dem anderen auf die Wölfin abfeuerte.

Ich warf einen Blick auf die anderen Wölfe, die sich auf uns stürzten, während sich zwei von ihnen absetzten, um gegen Bodey und Samuel zu kämpfen, und die anderen sechs sich auf Sybil stürzten.

Zeke zog zwei Messer und machte sich kampfbereit.

Gib Jasmine eines der Messer, befahl ich, denn ich wollte, dass Jasmine eine Möglichkeit hatte, sich zu schützen. Es war dumm von mir, dass ich nichts mitgebracht hatte. Wenn ich das hier überleben würde, würde ich nie wieder so unvorbereitet sein.

Zeke schien wütend, aber er warf Jasmine ein Messer vor die Füße und schlug dann auf den ersten Wolf ein, der an ihm vorbeirannte. Als Jasmine die Waffe aufhob, verringerte sich meine Sorge ein wenig, und ich konzentrierte mich wieder auf Sybil.

Es war nicht einfach, sie zum Auto zu bringen, denn diese Wölfe waren fest entschlossen, sie zu stoppen. Ich hatte erwartet, dass sie eher auf Bodey und Samuel losgehen würden, aber heute schien Sybil ihr Ziel zu sein. Sie war mir nicht so wichtig wie die anderen, also warum sollten sie sich auf sie konzentrieren? Es sei denn, Königin Kel wusste, dass Sybil Antworten liefern konnte, die die Königin mir nicht geben wollte.

»Lauf«, keuchte ich, als der grauweiße Wolf sich umdrehte, um Sybil anzugreifen, während sie abgelenkt war.

Auf Sybils Stirn bildeten sich Schweißperlen, während sie sich auf die dunkelbraune Wölfin konzentrierte. Sie sah nicht, wie der grauweiße Wolf auf sie zustürmte.

»Pass auf!«, rief ich und bewegte mich, aber ich wusste nicht, ob ich sie rechtzeitig erreichen würde. Der Wolf war schneller als ich in meiner menschlichen Gestalt.

Sybil drehte sich um, und ihr Wind traf mich und schleuderte mich einige Meter zurück, bevor sie ihre Magie auf den grauweißen Wolf richtete, sodass der andere angreifen konnte.

Die sechs Wölfe umkreisten uns, als der Wind, den sie kontrollierte, ins Stocken geriet.

»Ich kann keine Magie mehr anwenden. Ich bin zu erschöpft«, krächzte Sybil.

Ein Teil von mir hoffte, dass es ein Trick war, aber es gab keinen Hinweis auf eine Lüge. Durch den Angriff bei Lynerd und der Magie, die sie bei mir eingesetzt hatte, musste sie vollkommen am Ende sein.

Wir sind da, sagte Jack in diesem Moment durch unsere Verbindung, und dann sah ich seinen blonden Wolf auch schon auf uns zurasen.

Hilfe war nah, aber wir mussten überleben, bis sie uns erreichte.

Mit aller Kraft, die ich aufbringen konnte, sprang ich hoch und griff die dunkelbraune Wölfin mit meinem Körper an. Sie schlug zuerst auf dem Boden auf und schützte mich so vor der Wucht des Aufpralls, doch dann rollte sie sich auf mich und drückte mich zu Boden. Ihre hellgelben Augen blitzten hasserfüllt auf, aber sie wollte mich nicht töten.

Königin Kel wollte mich lebend.

Sie erwartete offenbar immer noch, dass ich mich ihr unterwarf.

Als fünf weitere Wölfe Sybil angriffen, schob ich meine Füße unter die dunkelbraune Wölfin und stieß sie von meinem Körper. Ihre Augen weiteten sich, als sie mehrere Meter weit flog und auf den Boden stürzte.

Ich drehte mich um, stand auf und stürzte auf Sybil zu. Ohne nachzudenken, sprang ich in den Wolfshaufen, und vergaß meinen vor Schmerz pochenden Arm. Ich wusste ohnehin, dass ich mir noch mehr Verletzungen zuziehen würde. Ich packte eine hellbraune Wölfin am Rücken und riss sie von Sybil weg, dann nahm ich ihren Platz ein und packte einen schwarzen Wolf am Hals und brach ihn.

Der schwarze Wolf ging zu Boden, als Zeke neben mir erschien und mir half, Sybil zu befreien, indem er einem weißen Wolf ein Messer in den Nacken stach und mit der anderen Hand einen hellbraunen Wolf von ihr wegzerrte.

Ich trat dem hellbraunen Wolf in die Seite, sodass er zu Boden ging, aber seine Krallen hinterließen tiefe Kratzspuren auf Sybils Arm.

Zeke und ich flankierten Sybil, als die dunkelbraunen, hellbraunen und grauen Wölfe wieder aufstanden und auf uns zukamen. »Geht es dir gut?«, fragte ich sie.

»Ja, alles gut«, röchelte sie. »Sie haben ein paar Bisse abbekommen, aber nichts, was nicht geheilt werden kann, wenn wir von hier verschwinden.«

Ich nickte, und die Wölfe machten sich erneut zum Angriff bereit. Ich schaute mich um und sah, dass Lucas, Jack und Miles Bodey und Samuel erreicht hatten. Jasmine kämpfte mit einem graubraunen Wolf, der nicht wirklich an ihr interessiert war, sondern nur versuchte, zu Sybil zu gelangen. Trotzdem hatte Jasmine eine Bisswunde an ihrem Bein, die ziemlich tief zu sein schien. Blut lief über ihre Socke.

Lucas und Miles halfen dabei, die beiden Wölfe, mit denen Bodey und Samuel kämpften, auszuschalten, während Jack weiter auf uns zustürmte.

Am liebsten hätte ich vor Erleichterung geweint. Ich war mir sicher, dass Sybil sterben würde, aber ausnahmsweise würde das Schicksal auf meiner Seite sein.

Die Wölfe umkreisten uns, und Zeke und ich kämpften erneut gegen sie, auch wenn ich nicht wirklich wusste, was ich tat. Ich hatte keine Waffe und keine Zeit, mich zu verwandeln, aber ich würde verdammt sein, wenn ich zuließe, dass sie diese Hexe töteten.

Die dunkelbraune Wölfin schien zu grinsen, als wüsste sie, dass dies der Angriff war, der uns in die Knie zwingen würde. Als die vier sich auf mich stürzten, stellte ich mich vor Sybil, denn ich wusste, dass Kel ihnen gesagt hatte, dass sie mich nicht töten sollten.

Sie hatten wohl nicht erwartet, dass ich mich für die Hexe in Gefahr bringen würde. Die dunkelbraune Wölfin schien es auf meinen Hals abgesehen zu haben, aber schloss ihr Maul in letzter Sekunde. Alle vier landeten auf mir, wodurch ich auf Sybil zurückfiel. Es stellte sich heraus, dass es gut war, dass Sybil unter mir lag, denn so konnten sie nicht so leicht an sie herankommen.

Plötzlich war Bodey an meiner Seite und stieß die dunkelbraune Wölfin so heftig von mir weg, dass sie gegen das Auto stieß und die Tür zuschlug.

Jack, Lucas und Miles kämpften gegen die anderen drei, während Bodey seiner Schwester helfen wollte.

Ich streckte meine Arme aus, um Sybil zu schützen, und Zeke kämpfte an der Seite von Bodey, um uns alle zu schützen.

Dann meldete sich Theo über unsere Verbindung. *Ich bin von fünf Wölfen umgeben, gleich hinter der Baumgrenze.*

Ich schnappte nach Luft.

Schnell teilte ich allen mit, dass Theo Hilfe benötigte. *Er ist in der Nähe der Baumgrenze beim Haus.*

Nein! Jasmine rannte sofort in Richtung Wald.

In diesem Moment erstarrte Bodey und eine hellbraune Wölfin stürzte sich auf seine Kehle.

KAPITEL FÜNFUNDZWANZIG

Meine Wölfin heulte auf, ich stürzte mich auf die andere Wölfin und erwischte sie am Hals, nur Zentimeter bevor sie Bodey getroffen hätte. Dann drückte ich zu und schnitt der Wölfin die Luft ab, während mein Blut kochte.

Diese Wölfin hatte versucht, meinem Gefährten das Leben zu nehmen, und jetzt würde ich ihr eine Lektion erteilen.

Bodeys Kopf drehte sich zu mir, und sein Gesicht verzog sich. Entsetzen und Sorge schossen durch unsere Verbindung.

Hilf du Jasmine, sagte ich. Die hellbraune Wölfin zappelte in meinen Händen und versuchte, sich zu befreien.

Aber ... Bodey schlug der Wölfin auf den Kopf, und ihre Augen rollten zurück.

Ich lockerte meinen Griff und ließ sie auf den Boden fallen. *Du bist abgelenkt. Jack und Miles sollen dich begleiten. Ich habe alles unter Kontrolle.* Ich warf einen Blick auf die Wölfin und hoffte inständig, dass sie mit schrecklichen Hals- und Kopfschmerzen aufwachte.

Callie ... er zögerte, als ich mich umdrehte und auf die

dunkelbraune Wölfin zuging, bevor sie Sybils Bein schnappen konnte.

Als ich ihr einen Tritt in die Seite versetzte, segelte sie mehrere Meter durch die Luft und prallte gegen Jacks Fahrzeug.

Dein Ernst?, verband sich Jack, aber er klang nicht wütend, sondern eher belustigt.

Du kannst es reparieren lassen. Ich wusste, dass es den königlichen Beratern nicht an Geld mangelte. Ich konzentrierte mich wieder auf Bodey. *Babe, geh zu deiner Schwester. Du weißt, die Königin will mich lebend. Hol Jasmine und komm zurück zu mir.* Ich verstand, wie es war, seine Familie beschützen zu wollen. Der Anblick von Stevie, nachdem die Königin versucht hatte, sie zu töten, würde mich bis in alle Ewigkeit verfolgen, und ich wollte nicht, dass Bodey etwas Ähnliches widerfuhr.

Dann sprang ich vor Sybil und stellte mich den restlichen Wölfen. Es waren nur noch vier übrig. *Samuel, Lucas, Zeke und ich werden hier gut zurechtkommen.* Endlich war der Kampf einigermaßen ausgeglichen.

Ich konnte spüren, dass Bodey sich beruhigte. *Ich bin gleich wieder da.* Er rief seinen Wolf, und die Magie strömte durch unsere Verbindung, als seine Kleider sich zerrissen und Fell seinen Körper bedeckte. Als er wieder auf vier Beinen stand, rannte er in Richtung seiner Schwester, Miles und Jack an seiner Seite.

Zwei Wölfe kämpften mit Lucas und Samuel, während Sybil ebenfalls von zwei Wölfen angegriffen wurde.

Plötzlich erschien Zeke an meiner Seite, und wir beide stellten uns den Wölfen gemeinsam. Er stach mit seinem Messer auf den einen Wolf ein, während ich auf den Rücken des hellbraunen Wolfes sprang. Ich schlang meine Arme um seinen Hals, als er versuchte, sich auf Sybil zu stürzen, wodurch er sein Ziel verfehlte.

Mein linker Arm pochte immer noch schmerzhaft, aber ich ignorierte ihn, so gut ich konnte. Der Wolf begann zu bocken und versuchte, mich von seinem Rücken zu werfen, aber ich hielt mich fest. So musste es sein, betrunken Rodeo zu reiten.

Ich versuchte, dem Wolf die Luft abzudrücken, aber es schien nicht zu funktionieren. Er hechelte zwar, aber er krümmte und wand sich weiterhin mit aller Kraft.

Mist. Vielleicht drückte ich nicht an der richtigen Stelle zu.

Mein Kopf zuckte bei jedem Ruck, und meine Ohren klingelten. Ich musste ihn schwächen, aber stattdessen ließ er sich fallen, rollte auf den Rücken und begrub mich unter sich.

Das Gewicht drückte auf meine Lunge, und ich versuchte, mich unter ihm herauszuwinden, aber sein Körper war viel zu schwer. Ich konnte kaum noch atmen.

Callie, verband sich Bodey mit mir, seine Angst stieg in mir auf. *Ich bin auf dem Weg. Ich hätte dich nie verlassen dürfen.*

Es geht mir gut, log ich, dankbar, dass er nicht hier war, um meine Lüge zu riechen.

Ich drehte meinen Kopf, als Zeke auf Sybil zustürmte. Leider war der hellbraune Wolf schneller und erreichte die Hexe mit einem lauten Knurren.

Sybil braucht Hilfe!, rief ich Samuel und Lucas in Gedanken zu.

Ich konnte sie nicht sehen, aber ich hörte einen Schrei, als offenbar ein Kampf beendet wurde. Das Wimmern des Todes war unverkennbar.

Der hellbraune Wolf hatte nun sein Maul geöffnet ... und riss Sybil die Kehle heraus.

Sybils Hände umklammerten ihren Hals, ihre Augen waren weit aufgerissen, als das Blut zwischen ihren Fingern hervorquoll und an ihrem Körper hinunter zu Boden floss.

»Nein«, schrie Zeke. »Was tust du da?« Und dann stieß er sein Messer in den Hinterkopf des Wolfes.

Samuels Duft stieg mir in die Nase, als der Körper des Wolfes, der auf mir lag, zuckte und er sich von meiner Brust rollte. Ich blinzelte zu Samuel hinauf, der mit ausgestreckter Hand über mir stand, um mir aufzuhelfen.

Stattdessen rollte ich mich auf den Bauch und ignorierte den Schmerz in meiner Brust und meinen Armen, während ich zu Sybil kroch.

Zeke fiel neben ihr auf die Knie, riss den toten Wolf von ihr herunter und warf ihn zu Boden. Er presste seine Hände um ihre Wunde und versuchte, die Blutung zu stoppen.

Bist du verletzt? Bodey verband sich wieder, seine Panik vermischte sich mit meiner.

Ein Wolf hat Sybil die Kehle herausgerissen. Ich kroch weiter auf sie zu, ohne Rücksicht auf das Gras, das meine Ellbogen aufschürfte. »Geh weg von ihr«, bellte ich Zeke an, wobei die Worte in meiner Kehle schmerzten. »Du hast zuge-lassen, dass sie getötet wird.« Ich konnte nicht begreifen, warum er den Wolf erst an sich vorbeigelassen und dann so getan hatte, als wäre es ihm egal, dass Sybil im Sterben lag.

»Jetzt ist nicht die Zeit für dein Drama«, knurrte Zeke, dessen Augen auf Sybils Hals gerichtet waren, während er weiter versuchte, Druck auf die Wunde auszuüben.

Sybil war bereits schrecklich blass. Der Tod stand unmit-telbar bevor.

Samuel beugte sich neben mich, als Sybils Augen sich mit den meinen trafen. Ihr Blick wurde sanft und freundlich, was mich bis ins Mark erschütterte. Sie war unter meiner Aufsicht verletzt worden – wenn überhaupt, dann sollte sie mich *hassen.* Ich hatte sie enttäuscht. Ich war nicht geeignet, Königin zu sein. Die Tinte hätte mich niemals markieren dürfen. Es war falsch, ein Fehler.

Etwas Feuchtes berührte mein Gesicht, als ich ihren Arm berührte, um sie wissen zu lassen, dass ich da war.

»Es tut mir leid, dass ich dich im Stich gelassen habe«, murmelte ich, wobei sich ein Schluchzen in meiner Brust bildete und fast die Kontrolle übernahm.

»Es ist nicht deine Schuld.« Samuel ging neben mir in die Hocke, sein Kiefer war angespannt, als Lucas zu Zeke lief.

Blut spritzte auf Lucas' dunkles Fell und tropfte aus seinem Mund, aber die Tatsache, dass er nicht verletzt zu sein schien, beruhigte mich. Das Blut musste von unseren Feinden stammen.

Sie sind alle tot oder nicht mehr bei Bewusstsein. Lucas warf einen Blick auf Sybil und Zeke. *Was soll ich mit ihm machen?*

Noch nichts. Ich wollte nicht, dass Sybils letzte Sekunden ihres Lebens darin bestanden, dass sie mitansehen musste, wie wir jemanden töteten. Ich wollte, dass sie Frieden fand. *Aber wenn sie stirbt, wird er nicht länger ein königlicher Berater sein.* Seine Zeit an der Macht war vorbei. Verdammt, ich hätte ihn entfernen sollen, sobald ich markiert worden war, aber ich hatte nicht noch mehr Unruhe stiften wollen. Jetzt war Sybil tot, und das war meine Schuld.

Ihre Augen wurden glasig, und mein Herz zerbrach. Was war ich für eine Königin, wenn ich niemanden retten konnte? Weißglühende Wut schoss durch meine Adern, als ich zusah, wie die Hexe, die den Schlüssel zu meinen Erinnerungen besaß, ihren letzten Atemzug tat. Dann blieb ihr Herz stehen.

Im Wald liefen immer noch ein paar knurrende Wölfe umher. Plötzlich hielt ein Truck ganz in der Nähe.

Großartig.

Die Tür des Trucks öffnete sich, und ein menschlicher Mann kletterte heraus. »Ihr solltet besser zurücktreten. Da ist ein tollwütiger Wolf neben euch.«

Meine Kehle schnürte sich zu, als ich den wilden Blick des Menschen wahrnahm. Seine Augen huschten von Sybil zu dem Wolf. Lucas.

Scheiße.

Bodeys Angst überrollte mich und brachte die Welt unter mir ins Wanken.

Was ist los? Ich rappelte mich auf und ignorierte den Schmerz in meinen Rippen. Ich musste *sofort* zu meinem Gefährten. Warum war er noch nicht hier?

Ich liebe dich, antwortete er. *Vergiss das niemals.*

»Miss«, rief der Mensch, aber ich drehte ihm den Rücken zu und rannte in Richtung Wald davon. Lucas' Pfoten waren mir dicht auf den Fersen.

Ich hoffe, das sollte kein Abschied sein, drohte ich ihm und verband mich dann mit allen, *Bodey ist in Schwierigkeiten!*

»Der Wolf«, schrie der Mann. »Er jagt euch!«

Ich bleibe hier und kümmere mich um den Menschen und Zeke, sagte Samuel. *Wir brauchen eine Hexe, um sein Gedächtnis zu auszulöschen.*

Gut. Ich hatte keine Zeit, mich damit zu befassen. Ich musste zu Bodey.

Komm nicht. Bodeys Verzweiflung stieg in mir auf. *Ich bin umzingelt. Ich werde einen Ausweg finden, ohne dich zu gefährden.*

Das kannst du nicht allein schaffen. Wenn er dachte, ich würde nicht zu ihm kommen, wenn er in Schwierigkeiten war, würde er bald eines Besseren belehrt werden.

Meine Wölfin war mehr als bereit, aber ich konnte mich nicht vor dem Menschen verwandeln. Ich musste warten, bis ich die Baumgrenze hinter mir gelassen hatte. Ich bewegte mich auf die Tannen zu, als Lucas an mir vorbeischoss. In seiner Wolfsgestalt war er natürlich viel schneller als ich.

Ich war schon fast am Ziel, als ich einen schrecklichen Schmerz durch die Verbindung spürte. Zudem kühlte unsere Verbindung deutlich ab, als wäre Bodey eingeschlafen ... oder bewusstlos.

Lucas, beeil dich. Dann meldete ich mich auch bei den anderen, *Bodeys Verbindung ist geschwächt!*

Scheiß auf den Menschen. Ich musste zu meinem Gefährten. *Und zwar sofort.*

Meine Wölfin übernahm die Kontrolle, erstarrte dann aber. Sie stöhnte, und meine Beine schwankten, zwangen mich zu Boden. Ein seltsamer Impuls durchströmte mich und brachte mich zu Fall.

Mein Schrei blieb mir in der Kehle stecken und machte es mir schwer, zu schlucken. Ich wusste nicht, was los war, aber ich musste zu meinem Gefährten.

Da ich mich nicht aufsetzen konnte, blieb ich auf dem Rücken liegen und starrte in den bewölkten Nachmittagshimmel. Dunkle Regenwolken zogen auf, und die Geräusche des Kampfes waren noch immer zu hören.

Helft Bodey, ich verband mich mit allen. Ich konzentrierte mich auf unsere Verbindung und versuchte, Kontakt mit ihm herzustellen. Ich wünschte mir so sehr, dass er in Sicherheit und an meiner Seite war.

Aber die Wolken wurden immer dunkler.

Callie! Lucas verband sich, seine Angst war sogar durch unsere Rudelverbindung spürbar. *Bodey ist weg.*

Panik ergriff mich, als sich meine Umgebung veränderte und mich an einen weit entfernten Ort brachte.

Lautes Heulen und der Gestank von Blut überwältigten mich, als ich der Dunkelheit erlag.

ÜBER DEN AUTOR

Lesen war schon immer eines meiner liebsten Hobbys, schon als kleines Mädchen. Als Kleinkind haben mir meine Eltern immer wieder Geschichten vorgelesen. Ich hörte sie so oft, dass ich die Bücher auswendig kannte und die Geschichte Wort für Wort aufsagen konnte.

Zu meinen Lieblingsgenres gehören Fantasy, Paranormales und zeitgenössische Liebesromane. Deshalb schreibe ich natürlich auch am liebsten darüber.

Ich habe einen Mann, zwei kleine Töchter und einen Mini Australian Shepherd. Ich habe die meiste Zeit meines Lebens in Tennessee gelebt und liebe diesen Staat.

Ich bin extrem koffeinsüchtig und trinke für mein Leben gerne Kaffee und Lattes.

Ich freue mich sehr, wenn du auf meiner Seite vorbeischaust. Du kannst mich gerne kontaktieren.

E-Mail: authorjenlgrey@gmail.com

www.jenlgrey.com

Schicksalswege-Trilogie

Bestimmung

Dämmerung

Vorsehung

Shadow City: Der Silberwolf

Unverhoffte Gefährten

Der Aufstieg der Dunkelheit

Silbermond

Shadow City: Königliche Vampire

Verfluchte Gefährtin

Vom Schatten gebissen

Dämonenblut

Shadow City: Dämonenwolf

Zerstörte Gefährten

Gebrochener Fluch

Vom Schicksal bestimmt

Shadow City: Dunkler Engel

Gefallener Gefährte

Von Dämonen gezeichnet

Dunkler Prinz

Tödliche Geheimnisse

Shadow City: Silberne Gefährtin

Zerrütteter Wolf

Schicksalsherzen

Gnadenloser Mond

Die Drachenprinz Trilogie

Gefährtin der Drachen

Drachenprinz

Drachenschicksal

Der Wolf in mir

Geheime Schicksalsgefährten

Blutsgeheimnisse

Erwachte Magie

Die Verborgener-König-Serie

Drachengefährte

Drachenerbe

Drachenkönigin

www.ingramcontent.com/pod-product-compliance
Lightning Source LLC
Chambersburg PA
CBHW021341310726
48971CB00001B/231